DUMONT NOIR

Erste Auflage 2000
© 2000 DuMont Buchverlag, Köln
Alle Rechte vorbehalten
Umschlag- und Reihengestaltung: Groothuis & Consorten
Gesetzt aus der Elzevir und der Antique Olive
Gedruckt auf säurefreiem und chlorfrei gebleichtem Papier
Satz: Greiner & Reichel, Köln
Druck und Verarbeitung: Clausen & Bosse, Leck

Die Deutsche Bibliothek – CIP-Einheitsaufnahme
Compart, Martin :
Noir 2000 – Ein Reader / Martin Compart. – Köln : DuMont, 2000
(DuMont Noir) Einheitssacht.: Noir 2000 – Ein Reader <dt.>
ISBN 3-7701-5018-X

Printed in Germany
ISBN 3-7701-5018-X

Martin Compart (Hg.)
Noir 2000 – Ein Reader
DuMont Noir 22

*Für Robin Cook, Jörg Fauser, Jean-Patrick Manchette,
Ulf Miehe und Ross Thomas.
Wir vermissen euch.*

*Die Abbildungen hat Martin Compart (© Archiv Compart) bis auf folgende
aus seinem Privatarchiv zur Verfügung gestellt:
S. 103: Daniel Pennac © Jacques Sassier, Gallimard*

Inhaltsverzeichnis

Statt eines Vorworts einige Zitate 7

Essays:

Paint it Black. Eine multimediale Betrachtung zur Noir-Theorie
 von Martin Compart 10

Jim Thompson: Dostojewski der Armen
 von James Sallis 28

David Goodis: Leben in Schwarz und Weiß
 von James Sallis 68

Schwarz mit rosaroten Schleifchen: Daniel Pennacs Malaussène-Serie *von Sabine Janssen* 103

Hard-boiled Wit: Ludwig Wittgenstein und Norbert Davis
 von Josef Hoffmann 121

Kennen Sie Miehe? Zu einer deutschen Krimilegende
 von Peter Henning 151

Brit-Noir:

Die schwarzen Briten. Zeittafel des Brit-Noir
 von Martin Compart 162

Die Distanz zwischen Gott und den Menschen: Graham Greene
 von Olaf Möller 209

Eastend Ballade: Die Krays *von Martin Compart* 217

Listen:

Meine zehn Noirs bêtes *von Russell James* 254
Meine zehn liebsten Noir-Romane *von James Sallis* 256

Die zehn besten Noir-Autoren sowie ein maßgeblicher Roman
 jedes einzelnen in der Reihenfolge meines Geschmacks
 von Max Allan Collins 257
Meine zehn liebsten Noir-Romane *von Jürgen Alberts* 265
Bestseller 266
Liste der indizierten Noir- und Kriminalromane
 von Martin Compart 271
Urteile der Bundesprüfstelle für jugendgefährdende Schriften 276

Noir-Momente:

Die schlechtesten Noir-Adaptionen 307

Film/TV:

Reisen zum Ende der Nacht: Die Unterwelten des Jean-Pierre
 Melville *von Martin Compart* 314
Im Herzen der Lüge: Der amerikanische Film-noir in den 90er
 Jahren *von Hans Gerhold* 350
Die gebrochenen Augen eines Toten. Notizen zum deutschen
 Noir-Kino *von Olaf Möller* 384
TV-Noir: Peter Gunn *von Martin Compart* 398

Noir-Comics:

Abseits der Superhelden: Amerikanische Crime-Noir-Comics
 in den 90ern *von Bernd Kronsbein* 404

Die Autoren 430

Statt eines Vorworts einige Zitate:

Der Kriminalroman ist die einzig wirkliche moderne Form des Romans.

Gertrude Stein

Einen universellen Mythos wie Tarzan oder Sherlock Holmes zu schaffen, ist in bestimmter Hinsicht eine größere Leistung als die Werke von Henry James.

John Updike

Die Form des Thrillers ist keinesfalls ausgeschöpft; seine Möglichkeiten sind ein Segen. Die Figur des Spions führt direkt ins Herz einer politischen Situation, schneller als jede andere Literatur. Der Thriller führt auch schneller an extreme Grenzen, an Not und Tod und letzte Fragen.

John LeCarré

Ich bin zu dem abschließenden Urteil gelangt, daß das Verschlingen von Detektivromanen ganz einfach eine Art Laster ist, das wegen seiner Harmlosigkeit irgendwo zwischen Rauchen und Kreuzworträtsellösen einzuordnen ist ... Angesichts so zahlreicher guter Bücher, die man lesen kann, erübrigt es sich, daß wir uns von solchem wertlosen Zeug anöden lassen.

Edmund Wilson

Man zeige mir den Mann oder die Frau, die Kriminalromane nicht ausstehen können, dann will ich Ihnen einen Narren zeigen; einen klugen Narren vielleicht – aber nichtdestoweniger einen Narren.

Raymond Chandler

Es gibt keinen Unterschied zwischen seriöser Literatur und Unterhaltungsliteratur. Es gibt nur gute und schlechte Bücher.

Eric Ambler

Ich habe Hunderte von Detektivromanen gelesen, gute und schlechte, und sie müssen schon sehr schlecht sein, wenn ich sie unausgelesen zur Seite lege.

Somerset Maugham

Worauf die Sache letzten Endes hinausläuft, ist folgendes: Der voll entwickelte Detektivroman ist technisch bei weitem die schwierigste Form der Erzählliteratur, die die Menschheit bisher erfunden hat.

Edmund Crispin

Spannung ist das Lebenselement aller guten Literatur.

Eric Ambler

Noir-Göttin: Rita Hayworth

**Paint it Black
Eine multimediale Betrachtung
zu einer Noir-Theorie**
von Martin Compart

Was man in der romanischen und angelsächsischen Welt unter *noir* in bildender Kunst, Literatur oder Film versteht, spiegelt alles das wider, was uns ängstigt. Ängste, die direkt aus dem Zustand der westlichen Industriekultur resultieren und manchmal ähnlich irrational sind wie der Glaube an die Unendlichkeit des Wirtschaftswachstums. Die moralische, philosophische und materielle Zerstörung des Individuums in der Herdengesellschaft ist das Thema des Noir-Romans oder Film-noir. Noir verbindet ein kritisches Gesellschaftsbild mit einer durchdringenden Betrachtung der düstersten Seiten der menschlichen Psyche. Soziale und psychische Deformationen sind die Themen. Der Noir-Roman ist die Gothic Novel des Maschinenzeitalters, der Schauerroman der elektronischen Revolution. Viele der besten Noir-Romane decken keine Verbrechen auf, sondern »führen uns in den Irrgarten unserer eigenen Existenz hinein, zu unseren Masken in einem Zeitalter der Masken« (Jerome Charyn).

Was in Frankreich und England längst als Erkenntnis gesichert ist, scheint in Deutschland noch unbekannt zu sein: die Bedeutung des Schwarzen Romans, novella negra, noir-literature, dark suspense oder black novel als medienübergreifende Strategie des Existentialismus. Noir-Roman oder Film-noir wird bei uns fast ausschließlich mit Kriminalliteratur oder Kriminalfilm gleichgesetzt. Aber nicht jeder Kriminalroman ist ein Noir-Roman, und nicht jeder

Noir-Roman ist ein Kriminalroman. Auch nicht, wenn man zum Beispiel Dostojewskis SCHULD UND SÜHNE oder Camus' DER FREMDE, wie das zum Beispiel Patricia Highsmith und andere Theoretiker getan haben, als Kriminalroman definiert. In THE LOST WEEKEND kämpft ein Trinker gegen seine eigenen Dämonen und die Dämonen des urbanen Lebens. Sein Flirt am Abgrund wird vorgeführt, bis er hinabstürzt (im Film von Billy Wilder gehörten die letzten zehn Minuten mal wieder der Zensur). Wenn je eine Noir-Welt gezeigt wurde, dann hier. Der einzige kriminelle Akt besteht in dem, was Don Birnam sich selbst antut – oder wozu ihn unkontrollierbare Kräfte getrieben haben.

Im Unterschied zum klassischen Detektivroman berühren den Leser beim Noir-Roman die Verbrechen. Im klassischen Detektivroman werden Karikaturen mit kalter Logik umgebracht, um sowohl unmoralische wie auch rationale Ziele zu verfolgen. »Seine Rolle ist nicht, die Nachtseiten der Seelen zu sondieren, sondern mit der Präzision eines Uhrwerks Marionetten in Gang zu setzen« (Paul Morand). Der Noir-Roman zwingt den Leser ins Geschehen hinein, läßt den überlegenen Beobachterstandpunkt nicht zu, sondern konfrontiert ihn mit den eigenen Ängsten. Die Ursache dafür, daß der Noir-Roman sich hauptsächlich der Strukturen verschiedener Subgenres des Kriminalromans bedient, sind die Möglichkeiten, die diese bieten: düstere Charaktere am Rande der Gesellschaft zu beschreiben, in die Schattenseiten einzutauchen, wo die Regeln des Systems zusammenbrechen oder äußerst fragil sind, wo der Überlebenskampf zu zivilisatorischen Brüchen führt. Die Konventionen der Kriminalliteratur (oder die Verstöße gegen sie) sind ein scheinbares Korsett, das dem Leser ein wenig Sicherheit vorgaukelt. Der Franzose Jean-Patrick Manchette, dem für die Entwicklung des Noir-Romans eine ähnlich wichtige Stellung als Innovator zukommt wie Hammett, sagte: »Wichtig ist die Frage des Stils im Noir-Roman. Durch die behaviouristische Schreibweise werden permanent Lügen aufgedeckt.«

Der Noir-Roman kann auch als Verschwörungsroman gelesen werden. Nicht im Sinne eines Polit-Thrillers, der die Verschwörer personalisiert und benennt, sondern im Sinne Ernst Blochs. Bloch wies darauf hin, daß unsere bürgerliche Gesellschaft wie ein großer Kriminalroman funktioniert. »Da rackert sich jemand ab in seinem kleinen Geschäft, und urplötzlich bricht dieses Geschäft aus geheimnisvollen Gründen zusammen (die Preise fallen, die Zinsen steigen, die Märkte schrumpfen), ohne daß er selbst Schuld daran trüge. Da plagt sich jemand mit seinem Job, gehorcht allen aufgezwungenen Regeln, strengt sich in der Tretmühle bis zum äußersten an – und wird trotzdem gefeuert. Schlimmer noch, man wird unerwartet von einer Rezession erwischt, von einer anhaltenden Depression, sogar von einem Krieg. Wer ist für all dies verantwortlich? Nicht man selbst. Auch nicht die Nachbarn oder Bekannten. Irgendwelche geheimnisvollen Verschwörer hinter den Kulissen müssen irgend etwas damit zu tun haben. Wenn wenigstens einige dieser Geheimnisse aufgeklärt sind, fühlt man sich weniger entfremdet« (Zitat nach Ernest Mandel: Ein schöner Mord; Athenäum, 1987, S. 82). Auch Bert Brecht hat sich als Theoretiker der Verschwörungstheorie versucht, indem er die Mechanismen beschrieb, die den Kriminalroman so attraktiv machen:

»*Wir machen unsere Erfahrungen im Leben in katastrophaler Form.* Aus Katastrophen haben wir die Art und Weise, wie unser gesellschaftliches Zusammensein funktioniert, zu erschließen. Zu den Krisen, Depressionen, Revolutionen und Kriegen müssen wir denkend die ›inside story‹ erschließen. Wir fühlen schon beim Lesen der Zeitungen (aber auch der Rechnungen, Entlassungsbriefe, Gestellungsbefehle usw.), daß irgendwer irgendwas gemacht haben muß, damit die offenbare Katastrophe eintrat. Was also hat wer gemacht? Hinter den Ereignissen, die uns gemeldet werden, vermuten wir andere Geschehnisse, die uns nicht gemeldet werden. Es sind dies die *eigentlichen* Geschehnisse. Nur wenn wir sie wüßten, verstünden wir.

Nur die Geschichte kann uns belehren über diese eigentlichen Geschehnisse – soweit es den Akteuren nicht gelungen ist, sie vollständig geheimzuhalten. Die Geschichte wird nach der Katastrophe geschrieben.

Diese Grundsituation, in der die Intellektuellen sich befinden, daß sie Objekt und nicht Subjekt der Geschichte sind, bildet das Denken aus, das sie im Kriminalroman genußvoll bestätigen können. Die Existenz hängt von unbekannten Faktoren ab.«

Gegen diese verschwörungstheoretischen Hintergründe wandte sich der Marxist Mandel vehement: »Nur eine von Grund auf kranke Gesellschaft kann davon ausgehen, daß die Welt durch Manipulation beherrscht sei ...« Über den gesundheitlichen Zustand unserer Welt dürften inzwischen keine Zweifel mehr bestehen.

Während der klassische Detektivroman die Perspektive des Untersuchenden einnimmt, der mit kaltem Intellekt der gesellschaftlichen Ruhestörung nachspürt, zelebriert der Noir-Roman, wie es Boileau/Narcejac so schön ausgedrückt haben, »den Bankrott des Denkens«. Indem der Noir-Roman Protagonisten vorführt, die oft

Täter oder Opfer sind, macht er die Wirkung gesellschaftlicher Kräfte auf das Individuum schmerzhaft erfahrbar. Von orthodoxen Marxisten wie Mandel wird der Kriminalliteratur wegen ihrer Unterlassung bestimmter Propagandastrategien deshalb auch häufig Nihilismus und Bestätigung der Ausweglosigkeit vorgeworfen. Dies trifft auch zu. Dieselben Vorwürfe muß sich auch der Existentialismus gefallen lassen. Man könte die Schraube des philosophischen Subtextes des Noir-Romans noch etwas weiterdrehen: in der festen Überzeugung, daß marxistische, leninistische oder maoistische Heilslehren letztlich kapitalistischen Interessen dienen, entzieht sich der Noir-Roman einer propagandistischen Stellungnahme und zeigt ausschließlich die existentielle Wirkung eines langfristig selbstzerstörerischen Ordnungsprinzips. Der Verfall bürgerlicher Normen wird in der Kriminalliteratur beschrieben und beklagt. Über mehrere historische Epochen hinweg können wir dies parallel zum Machtzuwachs des Monopol- und Staatskapitalismus entziffern. Daß ausgerechnet heute, wo monopolkapitalistische Interessen mit nie gekannter Brutalität unter den Stichworten Globalisierung und moralischer Kriegsführung durchgesetzt werden, der Noir-Roman in neuer Blüte steht, verwundert wohl keinen. Auch nicht verwunderlich ist der erneute Erfolg der bestätigenden Kriminalliteratur des klassischen Detektivromans: als ideologische Strategie versucht er gesellschaftliche Sicherheit zu suggerieren, wo diese nicht mehr besteht.

Dostojewski war der erste Autor, der unter die Haut seiner Charaktere glitt und uns ihre Qualen, Hoffnungen, Verzweiflungen von innen sehen ließ. Nachdem er sich von Gogols Einfluß befreit hatte und mit VERBRECHEN UND STRAFE (1866) seine eigene Stimme gefunden hatte, saugte er den Leser in die fast wahnsinnige Weltsicht Raskolnikovs und schrieb damit einen der ersten Romane, die uns die Ängste, Wut und Gedanken eines Mörders vorführten (man stellt nach der Lektüre fast überrascht fest, daß der Roman in der 3. Person geschrieben ist). Dostojewski ging es darum, die Relativierung der Moral durch ihre Loslösung aus dem Religiösen zu zeigen. Die nihilistische Maxime vom Tode Gottes schwingt in vielen späteren Noir-Romanen unbewußt oder bewußt mit. So wie DIE DÄMONEN (eigentlich: DIE TEUFEL) ein politischer Schlüsselroman für die gesellschaftlichen Entwicklungen im 20. Jahrhundert ist, zeigt VERBRECHEN UND STRAFE in scharfsichtig vorausschauender Weise das ethische Dilemma des im Materialismus verstrickten Individuums. Denn alle sittlichen Grundlagen sind – wenn sie alleine in den eigenen Kräften des Menschen begründet sind – relativ.

Wenn uns VERBRECHEN UND STRAFE in Noir-Manier erstmals das Dunkle von innen sehen ließ, betrachtete Joseph Conrad in HEART OF DARKNESS (1899) die Finsternis von außen. Marlows Reise zu Kurtz den Kongo hinauf wird von düsteren Symbolen begleitet. Aber Marlow kann sie nicht entziffern. Er weiß, es ist da und er sieht die Auswirkungen auf die Menschen um ihn herum, aber er versteht nicht. Am Rande bemerkt: Die Interpretationen von Dostojewski und Conrad nahmen einiges von Freuds Arbeit vorweg. Es war der Versuch, mit Rationalität an irrationale Phänomene des Unterbewußtseins heranzukommen, ganz im Sinne der TRAUMDEUTUNG (1900).

Loren D. Estleman wies zu Recht darauf hin, daß auch in den klassischen Detektivgeschichten Noir-Elemente zu finden sind.

Natürlich bei Edgar Allan Poe, dem frühen Noir-Autor schlechthin. Aber auch etwa bei Chesterton, den die dunklen Seiten der Großstadt in allen Facetten faszinierten. Oder Sherlock Holmes. Estleman: »Holmes ist noir in THE MAN WITH THE TWISTED LIP und THE ADVENTURES OF CHARLES AUGUSTUS MILVERTON. Er ist es nicht in THE ADVENTURE OF THE RE-HEADED LEAGUE und THE SOLITARY CYCLIST.«

Die zunehmende Industrialisierung, die Verstädterung und die Ausformung einer Massengesellschaft jenseits des Schutzes, den bei allen Vorbehalten feudalistische Agrargesellschaften noch gaben, führten zu einer neuen Kultur und neuen Ängsten. Die Industriegesellschaft erschien/erscheint als Moloch, der nicht mehr kontrollierbar ist (oder, wie in den Verschwörungsgeschichten des Noir-Romans, von einigen, wenigen manipuliert wird). Frankensteins Monster ist aus dem Ruder gelaufen und zerstört den Schöpfer. Es waren die Expressionisten, die in der darstellenden Kunst dieses Lebensgefühl aufgriffen und mit neuen Techniken sichtbar machten. Edvard Munchs DER SCHREI (1893) könnte das definitive Cover für einen Noir-Roman sein. Die Verlorenheit der oft in sexuellen Situationen eingebetteten Menschen in den Bildern von Egon Schiele zeigt ihre Geschichtslosigkeit in einer verdinglichten Welt. Oskar Kokoschka sah in seinen Porträts hinter die Masken und zerrte die Ängste in den Blickpunkt. Der einzelne, verloren in einer Welt brutaler Ausbeutung, war auch George Grosz' Thema. Franz Kafka trieb die expressionistische Reflektion der Gesellschaft noch weiter und machte Heuchelei und Bürokratie zum zentralen Noir-Thema, zum düsteren Mittelpunkt des PROZESS (1925). Sein K. sitzt in der Falle einer surrealen Bürokratie. Er versucht gegen etwas zu kämpfen, das er weder sehen noch berühren kann. Am Ende wird er für ein Verbrechen hingerichtet, das er nicht mal kennt. Ausgewiesene Noir-Autoren wie Cornell Woolrich, Fredric Brown oder David Goodis stehen ganz in dieser Tradition.

Die amerikanischen Pulp-Autoren, deren berühmtestes Organ das BLACK MASK-Magazin war, griffen eine neue Sprache auf: Die Sprache der Straße, die Sprache der Verlierer, Arbeiter, Gangster und Geschäftemacher. In dieser Sprache stellten sie realistisch eine Welt dar, die brutal, unmenschlich und nicht mehr zu beherrschen war. Die frühen Detektivhelden versuchen Gerechtigkeit im kleinen zu erkämpfen, sind aber nicht einmal der stete Tropfen, der den Stein höhlt. Bereits Dashiell Hammett, der herausragendste Vertreter der hard-boiled-school, glaubt nicht mehr an Gerechtigkeit im Mikrokosmos und wird zum Chronisten der Düsternis der Städte. Autoren wie Hemingway (in A FAREWELL TO ARMS, 1929), Faulkner (in SANCTUARY, 1931) oder John O'Hara (in APPOINTMENT IN SAMARRA, 1934) griffen Sprache und Weltbild auf. Hammett beschrieb die Abkehr von allen zivilisatorischen Regeln, indem er seine Helden, die oft im Dienste des amoralischen Kapitals standen, zu Richter, Geschworenen und Henkern gleichzeitig machte. Raymond Chandler fiel in dieser Hinsicht hinter Hammett zurück, indem er romantisierte und einen staubigen Ritter die *mean streets* einer korrupten Zivilisation durchstreifen ließ. Als echte Noir-Helden taugten die Privatdetektive von Chandler und seinen Nachfolgern nicht. Egal, was ihnen alles zustieß, am Ende überlebten sie. Sie waren im Gegensatz zum Leser nicht der totalen Zerstörung ausgesetzt. Sie konnten sogar an einem kleinbürgerlichen Ehrenkodex festhalten und diesen innerhalb einer wahnsinnig gewordenen Welt behaupten; und sei es nur für ihr eigenes Seelenheil.

Für die Entwicklung der Noir-Literatur war ein Autor wichtig, der eine ganz eigene Schule hervorbrachte: James Malahan Cains Roman THE POSTMAN ALWAYS RINGS TWICE von 1934 zeigte Protagonisten, die ins Verbrechen getrieben werden, weil sie nicht von ihren menschlichen Bedürfnissen lassen. Cains Werk ist defätistisch, denn wofür seine Charaktere auch kämpfen, sie verlieren es am Ende – sei es durch eigenes Verschulden oder ein unerbittliches Schicksal. Nie erfüllen sich ihre Träume und Hoffnungen. Noch einen Schritt weiter ging Horace McCoy, der über gewöhnliche Leute in ungewöhnlichen Situationen mitten in der Depression schrieb. Seine Charaktere sind von Anfang an Geschlagene, die nicht mehr den Willen haben, den Kampf gegen die Welt aufzunehmen. Herumgestoßene, die nicht zurückschlagen können. Sein berühmtestes Buch, THEY SHOOT HORSES, DON'T THEY?, 1935, zeigt eine perverse Gesellschaft, symbolisiert durch eine grausame »Sportart«, die sich Tanz-Marathon nannte: Solange die Ausgestoßenen und Armen mitmachen können, auf den Beinen bleiben, erhalten sie Essen; fallen sie um, können sie verrecken, zwischen den müden Beinen anderer Gequälter.

Mit Cain auf der einen Seite und Hammett und Chandler auf der anderen trennen sich die beiden wichtigsten Strömungen der Noir-Literatur. Hammett und Chandler als Begründer der hardboiled-school des Privatdetektivromans teilen die existentialistische Weltsicht. Chandler filtert sie aber durch die moralische Dimension einer Erlöserfigur. Für Cain und seine Nachfolger gibt es keine

Erlösung, kein Glaube daran, daß Schicksal oder gesellschaftliche Kräfte sich überwinden lassen. In ihren Büchern wird das Individuum nicht nur angeschlagen und verstümmelt, sondern vernichtet.

Nicht Hollywood, sondern Deutschland war in den 20er Jahren der Mittelpunkt der Filmwelt. Die Deutschen waren die Meister des Lichts, der special effects und ungewöhnlicher Kamerastandpunkte. Die Filmemacher nutzten Techniken des experimentellen Theaters und des Expressionismus, um Spannung, Horror und das Gefühl totaler Verunsicherung auf die Leinwand zu bringen. Mit dem KABINETT DES DR. CALIGARI (1919) schufen sie das sowohl düsterste wie auch expressionistisch befremdlichste Werk der Epoche: die Welt von Kafka durch die Kamera eines Expressionisten gesehen. Gleichzeitig revolutionierte Sergei Eisenstein in Rußland die Filmkunst mit einer neuen Schnittechnik. Das expressionistische Licht des deutschen Films und Eisensteins Schnittechnik wurden die entscheidenden Elemente des späteren Film noir, der in den 40er und 50er Jahren in Hollywood als Schwarze Serie stilbildend wirkte. Es waren fast ausschließlich Emigranten wie Fritz Lang, Billy Wilder oder Robert Siodmak, die in den 40er Jahren die pessimistische Grundhaltung der Amerikaner auf die Kinoleinwand brachten. Literarische Vorlagen fand man in den Pulp-Magazinen und den Romanen der Noir-Autoren: Geschichten über Menschen, die in aussichtslose Fallen gerieten, gesellschaftliche Außenseiter ohne Hoffnung und die Ausgegrenzten, die nur noch Chancen im Verbrechen sahen. Ihre handlungsbetonten Geschichten eigneten sich bestens für den Film. Die Crème der Noir-Autoren folgte dem Ruf Hollywoods und verdingte sich besser oder schlechter als Drehbuchautoren: Hammett, Chandler,

Cain, McCoy, David Goodis, Frank Gruber, Jonathan Latiner, Peter Ruric, Jim Thompson und viele mehr.

Fritz Lang verfilmte Graham Greenes MINISTRY OF FEAR (1944), William P. McGiverns BIG HEAT (1953) oder Geoffrey Households ROGUE MALE als MANHUNT. Billy Wilder drehte Cains DOUBLE INDEMNITY (nach einem Drehbuch von Chandler), Robert Siodmak Woolrichs PHANTOM LADY (1944) und Edward Dmytryk Don Tracys CROSSFIRE oder Chandlers FAREWELL, MY LOVELY. Daß man Noir-Filme auch in Farbe drehen kann, weiß man seit 1958, als Nicholas Ray mit PARTY GIRL den ersten »bunten« Noir-Film vorlegte. Die Liste ist lang, und seit einigen Jahren erleben wir die Wiedergeburt des Noir-Films (er war nie wirklich tot: THEY SHOOT HORSES, GET CARTER, CHINATOWN, TAXI DRIVER, BLOOD SIMPLE usw.) im Kino; jünstes Beispiel waren die erfolgreichen Umsetzungen von James Ellroys L.A. CONFIDENTIAL oder Scott Smiths A SIMPLE PLAN.

In diesen erschreckenden, gewalttätigen frühen Filmen (die manchmal aus Zensurgründen völlig unglaubwürdig das Ende der Vorlage ins Positive wandten) wurde der Einsatz der subjektiven Kamera perfektioniert, um den Zuschauer noch intensiver in die Leinwand zu saugen. Wie in den Romanen hatte der Zuschauer keine Chance, seinen eigenen Ängsten zu entkommen. Ende der 50er Jahre wurden immer weniger Noir-Filme gedreht. Aber ihre Stilmittel wurden von anderen Genres aufgenommen. In Frankreich erlebte der Noir-Film in den 60er Jahren eine neue Blüte, besonders in den Gangsterfilmen von Jean-Pierre Melville, der einen eigenen Noir-Kosmos schuf und den Vergleich mit den besten Angelsachsen aushält oder übertrifft. Immer wieder tauchten bis in die 80er Jahre einzelne Noir-Filme (HARPER, POINT BLANC, GET CARTER,

THE MECHANIC, TAXI DRIVER, LAST GOOD FRIDAY, RUE BARBARE usw.) auf, aber es war ein Science-Fiction-Film, der stilbildend für die Noir-Welle der 90er Jahre werden sollte: BLADE RUNNER von Ridley Scott konnte überzeugend durch Licht, Atmosphäre und Productiondesign eine zeitgemäße Noir-Welt auf die Leinwand bannen (das war auch der französischen David-Goodis-Verfilmung RUE BARBARE gelungen, aber leider ohne den weltweiten Erfolg).

Ende der 40er Jahre brach der Markt der Pulps zusammen. Anstelle der billigen Magazine traten billige Taschenbücher. Der ehemalige Pulp- und Comic-Verleger Fawcett begann als erster sogenannte Paperback Originals zu drucken, also keine Hardcover-Nachdrucke auf den Markt zu werfen. Seine Distributionsfirma hatte ihn dazu gezwungen, aus Konkurrenzgründen auf den lukrativen Nachdruckmarkt zu verzichten. Er machte aus der Not eine Tugend. Fawcett zahlte besser als Hardcoververlage und beließ den Autoren die Nebenrechte. Kein Wunder, daß sich viele Autoren auf den explodierenden Taschenbuchmarkt stürzten. Erstveröffentlichungen waren z.B. William Burroughs JUNKIE oder Jack Kerouacs TRISTESSA. Eine ganze Reihe von »Dimestore Dostojewskis« stürzte sich auf das Medium Taschenbuch und machte es zum entscheidenden Noir-Medium der nächsten Jahrzehnte. Autoren wie David Goodis, Jim Thompson, Wade Miller, Harry Whittington, Peter Rabe, Bruno Fisher, Day Keene und viele mehr schufen einen neuen Kanon, der klarmachte, daß das Ende des Zweiten Weltkriegs nicht das Ende des Schreckens bedeutete. Sie schilderten, wie die zivilisatorische Zerstörung durch alle Bereiche der westlichen (amerikanischen) Gesellschaft kroch. Das Jahrzehnt ist ein Höhepunkt der Noir-Kultur. Spillanes und Chandlers Erfolge lösen einen aberwitzigen Boom von Privatdektivromanen aus. Das Subgenre erstarrt bald in seinen Klischees, trotz großartiger Autoren wie Ross Macdonald, Howard Browne, Wade Miller, Thomas B. Dewey, William Campbell Gault oder Bart Spicer. Die Cain & Woolrich-Richtung erlebt ihr Goldenes Jahrzehnt mit Jim Thompson, der den großen amerikanischen Soziopathen vorführt, David Goodis, Charles Williams, Ed Lacy, Hal Ellson, John D. MacDonald oder Benjamin Appel.

Nachdem in den späten 50er Jahren eine Reihe von TV-Serien entstanden waren, die ästhetisch und inhaltlich als noir bezeichnet werden können (PETER GUNN, JOHNNY STACCATO, ASPHALT JUNGLE, UNTOUCHABLES usw.), war bis zu den 80er Jahren zumindest in den USA nichts Ähnliches mehr produziert worden. Anders in England, wo etwa mit MAN IN A SUITCASE eine der besten Noir-Serien enstanden war. Die britische Noir-Tradition konnte sich überzeugend im Fernsehen etablieren (siehe dazu den Beitrag über British Noir in diesem Buch) und Publikumserfolge verbuchen. Bis heute ist *noir* im englischen Fernsehen ein Erfolgsgarant, wie in den 90er Jahren die Serie CRAQCKER (FÜR ALLE FÄLLE FITZ) beweist.

Zumindest von ihrer Weltsicht her waren die 80er-US-Serien MIAMI VICE und WISEGUY ziemlich noir. Dabei gelang es Michael Mann, mit MIAMI VICE eine neue, zeitgenössische Noir-Ästhetik zu schaffen, die keine Kopie des wahrscheinlich einflußreichsten Noir-Films der letzten zwanzig Jahre, Ridley Scotts BLADE RUNNER, ist. Michael Mann war mit der Thomas-Harris-Verfilmung MANHUNTER nach RED DRAGON auch für den eigenwilligsten und besten Serienkillerfilm verantwortlich und schuf mit HEAT eine Synthese aus amerikanischem Gangsterfilm und dem Werk von Jean-Pierre Melville.

Sind Serienkillerromane à la Thomas Harris' RED DRAGON oder SILENCE OF THE LAMBS Noir-Romane? Schließt man sich der Definition von Boileau & Narcejac an, die im Noir den »Bankrott des Denkens zelebriert« sehen wollen, sicher nicht. Strukturell orientiert sich dieses Subgenre zu oft am klassischen Detektivroman (mit Einflechtungen aus der police procedural): Ein überlegener Geist, der sich der Technik und der Wissenschaft zu bedienen weiß, triumphiert über das trieb- oder sonstwie gesteuerte Ungeheuer – und mag es noch so intelligent sein. Es ist die romantische Vorstellung von der Überlegenheit des aufgeklärten rationalen Geistes über dionysische, nihilistische oder satanische Naturen. Andererseits weist die Darstellung der Killer und ihr meist nur unbefriedigend erklärtes Wesen auf schwarze Flächen im »rationalen Reich« hin, die weder mit Logik noch Wissenschaft oder Technologie in den Griff zu bekommen sind. Mit ihrem manichäischen Weltbild bieten diese Serienkiller fast so etwas wie eine primitive christliche Religiosität, wie sie etwa von den Katharern oder Albigensern vertreten wurde. Eben eine zweigeteilte Welt im ewigen Kampf zwischen Gut und Böse.

Allerdings ist Thomas Harris, der mit RED DRAGON, dem nach wie vor besten Serienkillerroman, das Genre definiert hat, die Ausnahme: In HANNIBAL (1999) – einem nicht gerade umwerfend geplotteten Bestseller – übt er eine bisher nicht gekannte kulturpessimistische Zivilisationskritik; der menschliche Gehirne schlürfende Dr. Lecter erscheint in einer völlig korrupten, dem

Untergang geweihten Welt als einziger kultivierter Mensch. Seine frühkindlichen Verletzungen und sein Sinn für das Schöne scheinen jede Tat zu rechtfertigen. Der Serienkiller ist hier der letzte Mensch, der die Früchte der westlichen Zivilisation zu genießen weiß. Damit steht er weit über der aus niederen Beweggründen handelnden Masse. Es ist bemerkenswert und bezeichnend, daß sich dieser letzte große Noir-Roman dieses Jahrhunderts als *update* des *Fin-de-siècle* erweist. Harris hat mit Joris-Karl Huysmans hier mehr Gemeinsamkeiten als mit Woolrich, Goodis oder gar Chandler.

Die Renaissance der Noir-Literatur und ihr aktueller Boom in den USA wird von dem Noir-Autor Jams W. Hall wie folgt begründet: Ein Großteil der Leserschaft (und der neuen Autoren) gehören der Babyboom-Generation an. Diese habe eine interessante soziale Entwicklung hinter sich, »von Radikalen zu Konservativen, oder zumindest Liberalen. Wir sind heute weniger tolerant dem radikalen Verhalten gegenüber, das unsere Jugend mitgeprägt hat. Ich glaube, das kommt durch die vielen Gewaltakte, die wir miterlebt haben und an denen wir gelitten haben oder bis heute leiden. Zum Beispiel die Ermordung der Kennedys und Martin Luther Kings. Auf dem Höhepunkt unserer romantischen Kindheitsträume erlebten wir das neue Camelot (wie die Regentschaft John F. Kennedys in den Staaten gerne genannt wird). Eine ähnliche zyklische Entwicklung kann man in den modernen Crime Novels erkennen: Männer und Frauen werden mit überwältigenden Gewaltakten konfrontiert, die die Helden bis ins Mark erschüttern. Durch sie zerbricht ihre romantische Weltsicht. Die Aktionen des Helden sind mythische Versuche, Gerechtigkeit wieder herzustellen und die eigenen Chimären zu überwinden. Die richtigen Helden der Crime Fiction wie Travis McGee oder Spenser sind romantische Rächer, die alle Dramen ausleben und die Werte leben, an die wir in unserer Jugend geglaubt haben.« Hall spricht damit einen Aspekt der Noir-Literatur an, den etwa ein Autor wie Loren D. Estleman nicht gelten läßt. Für Estleman ist Robert B. Parkers Spenser keine Noir-Figur: »Wie bei Mike Hammer ist sein Panzer viel zu dick, und er selbst ist unverwundbar. Er macht keine existentiellen Angsterfahrungen. Noir stellt verstörende, beunruhigende, grundlegende Fragen, oft ohne darauf Antworten zu liefern. Spenser beantwortet jede Frage sofort mit seinen Fäusten (oder Hawks Kanone).«

Noir-Themen und Noir-Sound sind bis heute ein wesentlicher Bestandteil der populären Musik, angefangen bei den Klagegesängen in Blues und Gospel. In der amerikanischen Folkmusik (etwa bei Woody Guthrie) entwickelte sich etwas, das man als *country noir* bezeichnen könnte; ein Begriff, der heute auch auf die Literatur (Daniel Woodrell) angewendet wird. Vor allem der Jazz als Großstadtmusik entwickelte musikalische Noir-Muster, die (um das unschöne Wort Klischee zu vermeiden) noch heute Signalcharakter haben. Berühmtestes Beispiel ist wahrscheinlich HARLEM NOCTURNE von Earl Hagen, einem schmählich vernachlässigten Komponisten. In den 50er Jahren trieben sich die europäischen Existentialisten in den Noir-Clubs der Jazz-Szene herum und entwickelten eine ganz neue Noir-Ästhetik, deren Protagonist der Kritiker, Musiker und Schriftsteller Boris Vian wurde. Sujetbedingt war es besonders die Filmmusik, die einen Kanon von Noir-Phrasen stilisierte: Angefangen bei Adolph Deutschs wunderbarer Musik zum MALTESER FALKEN. Für FAHRSTUHL ZUM SCHAFFOTT schrieb Miles Davis einen oft kopierten Jazz-noir-Soundtrack. Ennio Morricones Musiken für Western- und Gangsterfilme atmen ebenfalls diesen Geist. Nicht zu vergessen die elegischen Klangstrukturen von François de Roubaix, Bernard Gérard oder Eric de Marsan, ohne die den Melville-Filmen ein wichtiges Element fehlen würde. Aber besonders die Rock-Musik ist ohne Noir-Elemente nicht vorstellbar. Schon bei Johnny Burnette & the Rock'n'Roll Trio (BLUES STAY AWAY FROM ME u. a.) und Elvis (HEARTBREAK HOTEL) geht es noir zur Sache (erst recht dann bei Johnny Cash). Selbst die fröhliche High-School-Musik bleibt nicht hell in der paranoiden Welt von Del Shannon (STRANGERS IN TOWN). Doors, Velvet Underground oder Bob Dylan verstehen sich von selbst. Und James Sallis nennt nicht zufällig Bruce Springsteen, der vor und nach den Konzeptalben NEBRASKA und THE GHOST OF TOM JOAD immer wieder Noir-Topoi aufgreift und eine düstere Musik dazu schreibt. Regelrechte Noir-Gruppen kann man bis heute im Rock finden: Sisters of Mercy, Nirvana, Nick Cave & Bad Seeds, um nur einige zu nennen. Tom Waits oder Scott Walker sind ohne Noir-Elemente genausowenig vorstellbar wie Grunge oder Rap. Man kann sehr weit gehen, wenn man will: I see a red door and I want it painted black.

Bibliographie:

Breen, Jon L. & Martin H. Greenberg (Hg.): Murder Off the Rack. Critical Studies of Ten Paperback Masters. New Jersey & London: Scarecrow Press, 1989.

Cameron, Ian (Hg.): The Movie Book of Film Noir. London: Studio Vista, 1992.

Compart, Martin: Von Alf bis U. N. C. L. E. Anglo-amerikanisches Kult-TV. Essen: Klartext, 1997.

Duncan, Paul: The Story of Crime Noir. In: Paperback. Pulp and Comic Collector No.6, 1992.

Estleman, Loren D.: Never Street. New York: Mysterious Press, 1997.

Gorman, Ed & Martin H. Greenberg u.a. (Hg.): The Fine Art of Murder. New York: Carroll & Graff, 1993.

Gorman, Ed & Lee Server, Martin H. Greenberg: The Big Book of Noir. New York: Carroll & Graf, 1998.

Gerhold, Hans: Kino der Blicke. Der französische Kriminalfilm. Frankfurt a. M.: Fischer TB 4484, 1989.

Haut, Woody: Pulp Culture. London: Serpent's Tail, 1995.

Haut, Woody: Neon Noir. London: Serpent's Tail, 1999.

Madden, David: Tough Guy Writers of the Thirties. Southern Illinois University Press, 1968.

Mandel, Ernest: Ein schöner Mord. Sozialgeschichte des Kriminalromans. Frankfurt a. M.: Athenäum, 1987.

Ottoson, Robert: A Reference Guide to the American Film Noir 1940–1958. Metuchen & London: Scarecrow Press, 1981.

Sallis, James: Difficult Lives: Jim Thompson, David Goodis, Chester Himes. New York: Gryphon, 1993.

Server, Lee: Over My Dead Body. The Sensational Age of the American Paperback: 1945–1955. San Francisco: Chronicle, 1994.

Silver, Alain & Elizabeth Ward (Hg.): Film Noir. Woodstock: Overlook Press, 1979.

Williams, John: Into the Badlands. London: Paladin, 1991.

Jim Thompson: Dostojewski der Armen
von James Sallis

»Niemand sonst schrieb Bücher wie er«, sagt Barry Gifford über ihn.

Als Jim Thompson 1977 im Alter von 70 Jahren starb, nach mehr als 50 Jahren professionellen Schreibens, war kein einziges seiner insgesamt 29 Bücher mehr regulär lieferbar.

Nun, daß man seinen Werken keine dauerhafte Bedeutung beimaß, war klar, gehörte zum Geschäft: Thompson schrieb Pulp-Taschenbücher, Einwegromane, die die Pulp-Hefte der Vorkriegszeit ersetzten und die Kultur des B-Films wie auch der Live-Fernsehspiele erst vorwegnahmen, dann für kurze Zeit begleiteten. Pulp-Taschenbücher wurden in rauhen Mengen an Zwischenhändler geliefert, die sie dann kistenweise zu Bahnhofskiosken, Supermärkten und ähnlichen Abnehmern schleppten und dort die entsprechenden Dreh- und Hängeständer bestückten; die verführerisch glänzenden Blechlogos der einzelnen Firmen zeigten den Käufern dann, was sie wo in welchem Ständer erwarten konnten; hatte man diese Bücher gelesen, schmiß man sie weg, wie eine leere Bierdose.

In den 50ern produzierte Thompson mal innerhalb von vier Jahren dreizehn Romane für den Taschenbuchmarkt – nebenher arbeitete er noch mit Stanley Kubrick am Drehbuch zu dessen THE KILLING. In den 60er Jahren war der Pulp-Taschenbuchmarkt schon wieder tot, und Jim Thompson, leider, vergessen; in seinen letzten Lebensjahren begann Thompson mehr als ein Dutzend Romane, von denen er kaum einen beendete: Immer wieder schickte er Auszüge, Leseproben an seinen Agenten – zeigten die Verlage kein Interesse, wandte er sich dem nächsten Projekt zu.

Jim Thompson

Nur in Frankreich pflegte man Thompson: seine Romane blieben, mehr oder weniger, alle stets lieferbar und wurden literarisch ähnlich hoch gehandelt wie die Werke von Hammett, McCoy, Cain und anderen vergleichbar bedeutenden Noir-Autoren. In Amerika erinnerten sich nur ein paar wenige, Schriftsteller und Leser, voller Zärtlichkeit und Ehrfurcht an diese Werke, die so spröde waren, erfüllt von roh verzerrten Stimmen, die von so unendlich perversen Gefühlen sprachen. Einer davon war der Lyriker, Romancier, Biograph und Gelegenheits-Verleger Barry Gifford, der bei einem Frankreichbesuch mal einen Haufen Thompson-Romane im Mülleimer eines Buchladens fand – und sich daran erinnerte, wie er mit zwölf THE KILLER INSIDE ME gelesen hatte. Mit einem dicken Packen französischer Thompson-Ausgaben kehrte er in die Staaten zurück, wo er sich auf die Suche nach übriggebliebenen Exemplaren der amerikanischen Originale machte; 1984 dann brachte er bei Black Lizard vier Romane von Jim Thompson neu heraus, mit knallig-wäxernen Covern, ähnlich denen der Taschenbuch-Originale. Black Lizard publizierte in der Folge neun weitere Thompson-Titel, zusammen mit vergleichbaren Romanen von David Goodis, Harry Whittington, Frederic Brown u.a.. Im Rahmen dieser Thompson-Wiederentdeckung veröffentlichte der Verlag Donald I. Fine Inc. zwei Sammelbände mit Romanen sowie FIREWORKS, eine Anthologie ›verlorener Texte‹ aus einem Zeitraum von rund 60 Jahren. Vintage Books übernahm später Black Lizard und begann mit einer Thompson-Werkausgabe, bei der alle Bände in der gleichen Aufmachung erschienen; in ähnlichen Ausgaben veröffentlicht man außerdem die Werke solcher Blutsverwandter wie Himes, Goodis, Whittington u.a..

»Am Arsch der amerikanischen Literatur, einem Sumpf, dessen

einzige Bewohner, glaubte man bislang, Hubert Selby und William Burroughs sind, harrt nun Jim Thompson seiner Wiederentdeckung«, so Robert Polito und Michael McCauley, die Herausgeber von FIREWORKS. »Thompsons Romane drehen sich um so ziemlich die niedersten Themen, die man sich vorstellen kann. Sein Genie verbirgt sich unter den liederlichsten aller Pulp-Konventionen (seine 29 zwischen 1942 und 1973 veröffentlichten Romane erschienen, bis auf drei Werke, alle als Taschenbuch-Originalromane), ausgesetzt all jenen Sticheleien, wie man sie nur bei denen, die ihre Werke scheinbar runterrotzen, zu bringen wagt. Thompsons Bücher zu lesen ist so, als säße man in einem Luftschutzkeller gemeinsam mit einem Plappermaul von Wahnsinnigem, der, ganz nebenher, als Luftschutzwart fungiert.«

Nun, es scheint, die Rettung naht. Der Sumpf wird täglich nach weiteren Leichen abgesucht: man findet sie in Stücken, zersetzt, doch in sich reiner, wahrer, und sie fixieren uns mit ihrem Blick, unbeweglich, ungerührt: die Romane von Jim Thompson.

Ich habe Amy Stanton am Samstag, dem 5. April, kurz vor neun umgebracht.

Das ist aus THE KILLER INSIDE ME, nicht, wie man glauben könnte, vom Anfang, sondern vom Ende, aus dem achtzehnten von insgesamt sechsundzwanzig Kapiteln: die Geschichte lief für den Erzähler die ganze Zeit immer klarer, immer notwendiger hinaus auf diese eine furchtbar-unwiderrufliche Tat, in der er eine ungeahnte Freiheit fand. Hier nun, nach einem, scheinbar, vor Abschweifungen strotzenden, nur noch auf der Stelle tretenden Kapitel, der Mord selbst:

Und dann schlug ich zu, hart und schnell. Sie kippte vornüber, der Hut flog ihr vom Kopf, und dann kippte sie nach hinten und blieb mit herausquellenden Augen auf dem Rücken liegen. Ich sah die Pfütze, die sich unter ihr ausbreitete.

Ich setzte mich an den Küchentisch und versuchte, die Zeitung zu lesen. Aber das Licht war zu schlecht zum Lesen, und sie bewegte sich immer noch.

Einmal merkte ich, daß etwas an meinem Stiefel herumkrabbelte. Es war ihre Hand. Ich stand auf und zog und zerrte, aber die Hand hatte sich am Stiefelrand festgekrallt, und ich mußte sie fast einen Meter mitschleifen, ehe ich mich losmachen konnte.

Das ist Thompson vom Feinsten, reine Essenz: eine repräsentativere Passage läßt sich kaum finden. Die Gewalt zu Beginn entspricht den Pulp-Standards – ganz plötzlich verwandelt sie sich, bekommt etwas reptiliengleich kaltblütiges, der Erzähler steht scheinbar neben der Welt, erstarrt: das alles überhöht durch die Genauigkeit der Beschreibung und durch die Zusammenhanglosigkeit von Denken und Handeln (diese entkörperte Hand, das wiederholte Zucken), das alles verdichtet durch den Singsangton und durch diese ständigen unds.

THE KILLER INSIDE ME, mit seinem psychopathischen Deputy Sheriff, gilt im allgemeinen als Thompsons Meisterwerk; nur ein einziger anderer Roman, in vieler Hinsicht eine Art siamesischer Zwilling, kommt da heran: POP. 1280, eine bewunderungswürdig präzise gebaute Komödie. Beide Romane wurden verfilmt: ersterer von Burt Kennedy mit Stacy Keach in der Hauptrolle, letzterer, als COUP DE TORCHON, von Bertrand Tavernier, der die Handlung in eine westafrikanische Kolonie Frankreichs verlegt hat – beide Filme jedoch sind nur ein schaler Abklatsch des jeweiligen Originals: ihnen fehlt diese spezielle Stimme Thompsons.

Der Ich-Erzähler von POP. 1280 – ähnlich Lou Ford in THE KILLER INSIDE ME – ist ein Hüter des Gesetzes: Nick Corey, Sheriff eines gottverlassenen, völlig zurückgebliebenen Kaffs namens Pottsville, 1280 schwarze Seelen auf einem Fleck, verloren in den wüsten Weiten von West Texas. Die Weltsicht dieses Romans ist genauso finster wie die von THE KILLER INSIDE ME – verkörpert wird sie jedoch durch den unförmig-schäbig gekleideten, schleimig und monoton vor sich hin monologisierenden Nick Corey, einem Höhepunkt jener Tradition komischer Erzählungen über abgefeimte Stumpfköpfe, die über Twain und Bierce bis hin zurück zu Artemus Ward reicht. Hier nun ein erster Einblick in das Innenleben jenes Mannes, der glaubt, Pottsville retten zu müssen (Kapitel eins von vierundzwanzig).

Well, Sir, genau betrachtet war ich ja eigentlich fein raus mit meinem Job. Schätze, ich hatte es so dufte getroffen, wie sich's ein Mann nur wünschen kann. Als immerhin hauptamtlicher Sheriff des Bezirks Potts County schob ich im Jahr gut und gern meine zweitausend Dollar ein – mal ganz abgesehen von dem, was ich mir nebenher noch so unter den Nagel reißen konnte. Dazu 'ne kostenlose Behausung im zweiten Stock des Gerichtsgebäudes – eine verdammt gemütliche Bude. Sogar mit 'nem echten Badezimmer! Brauchte also nicht in 'nem lausigen Waschzuber zu baden oder wegen jedem Schiß auf ein Bretterhäuschen im Freien zu sausen, wie es die meisten Leute im Ort mußten. Ich freß 'nen Besen mit Drahtumwicklung, wenn man das nicht das Paradies auf Erden nennen konnte! Hatte meine Schäfchen gewissermaßen im Trockenen. Und es sah verdammt so aus, als ob sich das nicht ändern würde. Schließlich war ich ja hauptamtlicher Sheriff von Potts County – brauchte also eigentlich meine Nase nicht zu tief in anderer Leute Angelegenheiten zu stecken und höchstens dann mal eine Verhaftung vorzunehmen, wenn's wirklich unvermeidlich war und es sich um unbedeutendes Gesocks handelte.

Trotzdem hatte ich Probleme. Und zwar gleich so 'ne Masse von Schwierigkeiten, daß mich die Sorgen ganz krank und rammdösig machten. Es konnte passieren, daß ich 'ne ordentliche Mahlzeit von einem halben Dutzend Schweinskoteletts mit Spiegeleiern, Pfannkuchen, Soße und Maisgemüse um den Tod einfach nicht verdrücken konnte. So behämmert war mein Kopf von all den Sorgen!

Mit dem Pennen war's das gleiche Theater. Wenn ich mich mal aufs Ohr legte, dann dauerte es erst mal gut 'ne halbe Stunde, bis ich überhaupt halbwegs eindöste. Und dann schlief ich kaum meine acht oder neun Stunden – schon war ich wieder hellwach und konnte ums Verrecken nicht wieder einschlafen!

Well, Sir, und so flackte ich da eines Nachts schlaflos im Bett rum und drehte fast durch mit den ganzen Problemen, die mir durch den Kopf gingen – bis ich's einfach nicht mehr aushalten konnte. Und da sagte ich mir: »Nick«, sagte ich mir, »Nick Corey, bei diesen ganzen beschissenen Problemen drehst du echt noch durch, und es wird höchste Zeit, daß du dir was dagegen einfallen läßt! Du mußt 'ne Entscheidung treffen, Nick Corey, oder es wird dir noch verdammt leid tun, daß du's nicht getan hast!«

Und so überlegte ich, überlegte hin und her und überlegte dann noch eine verdammt lange Zeit weiter. Und schließlich kam ich auch zu 'nem Ergebnis. Ich kam zu der Entscheidung, daß ich um Tod und Teufel keinen blassen Dunst hatte, was ich anstellen sollte!

Am Ende des Buches hat er sich soweit durchgerungen, daß er nun doch, mehr oder weniger, weiß, was zu tun ist – ähnlich wie

Nathaniel Wests Miss Lonelyhearts, und mit vergleichbar desaströsen Folgen –, und so erklärt er sich denn allein verantwortlich für das Wohl und Wehe der Welt, oder zumindest das von Pottsville, denn *warum sonst wohl hatte es mich nach Pottsville verschlagen?! Und warum sonst wohl blieb ich dort?! Warum sonst wohl, wer sonst wohl, was sonst wohl wäre fähig gewesen, sich mit diesem Schicksal abzufinden, außer JESUS CHRISTUS, der Allmächtige?*

Nun, es ist schon etwas beunruhigend, wenn man ganz unbedarft so ein schmieriges Pulp-Taschenbuch öffnet und plötzlich Satan selbst oder einem leicht verwirrten Jesus ins Angesicht blickt. Die Genrekonventionen sind eigentlich dazu da, den Leser zu schützen: man tritt in eine abgeschlossene, neben der unsrigen existierende Welt, die, wie schlimm's auch kommen mag, im wesentlichen in sich selber ruht: uns passiert nichts. Thompsons Romane hingegen hämmern wie wild ein auf dieses »eigentlich dazu da« – er hielt sich nur seltenst an die Vorgaben seiner Verleger. Bei genauerem Hinsehen erkennt man, daß Thompson die Genreklischee systematisch zerlegt: nicht, indem er sie zu etwas anderem formte – wie das ›literarischer‹ gesonnene Autoren so machen –, sondern indem er sie ganz genau befolgte, sich immer tiefer und tiefer in sie reinschrieb, bis sie am Ende auf dem Kopf standen. Schlußendlich, wie Polito und McCauley schon vermerkten, sind es nicht Thompsons »Referenzen an die Hard-boiled-Literatur, die seine Romane so unbarmherzig hart machen: sie sind, im Gegenteil, das einzige menschliche Moment in diesen grausig-wilden Schlitterpartien in den Abgrund.«

R. V. Cassill kommt in seinem schönen Essay über THE KILLER INSIDE ME im wesentlichen zu demselben Ergebnis. Für den Demokraten, so Cassill, sind ›Gewalt-Geschichten‹ ein Weg zur Läuterung, sollen aber nicht zur Katharsis, zur Erlösung führen:

das Fegefeuer, nicht die Hölle. Überall finden sich »Romane des Widerstands und der Gewalt, die jene nicht zu spaltende Einheit der demokratischen Masse beschwören, die Rechtschaffenheit gewisser allseits akzeptierter Ideale, sowie die Gerechtfertigtheit unserer Hoffnungen auf ein besseres Morgen«. Schriftsteller aber, die sich mit Kriminalität und Gewalt beschäftigen, doch dabei nicht bloß die Konventionen bedienen und bestätigen wollen, finden sich meist abseits der (Leser)Massen wieder.

Thompson weigerte sich, nach den akzeptierten Regeln zu spielen, was sein Werk – samt seiner finsteren Weltsicht – natürlich zu einer Existenz im Ghetto der Pulp-Taschenbücher verdammte: die Kritik beachtete ihn nicht weiter, was schlußendlich wohl dazu führte, daß er ab einem bestimmten Punkt kaum noch publizieren konnte (abgewürgt durch das Schweigen der anderen, so Sartre). Nun ist es jedoch auch so, daß allein der Taschenbuch-Markt Thompson überhaupt die Möglichkeit, den Freiraum bot, die Grenzen seiner so eigenen Welt genauestens zu erforschen. »Jim Thompson bricht so ziemlich alle Regeln des Krimigenres bzw. der Genreliteratur im allgemeinen«, schreibt Geoffrey O'Brien im Nachwort zu einer der Black-Lizard-Ausgaben. »Mit dieser schleppenden Stimme des geübten Geschichtenerzählers, seinem wunderbar ausgewogenen narrativen Rhythmus und den genau gesetzten naturalistischen Akzenten baut Thompson seine Welt stets ganz genau auf – um dem Leser dann plötzlich einen Tiefschlag zu verpassen, der ihm den Boden unter den Füßen wegreißt und alles verschlingt: die Orte, die Erzählung, den Charakter selbst.«

Diese Beobachtung ist, meines Erachtens nach, entscheidend für das Verständnis von Jim Thompsons Werk. In Zentrum seines Schaffens steht die Unterwanderung aller etablierten Werte: erst die Genrekonventionen und -klischees, dann die Charakter-Konstruktionen, und schließlich das Wesen der menschlichen Existenz selbst. Man muß da immer wieder an die bizarre Schicksalhaftigkeit gewisser Cartoon-Figuren denken: Die machen halt, was sie so machen müssen, und irgendwann gucken sie nach unten und stellen fest, daß sie – wie lange schon? – keinen Boden mehr unter den Füßen haben – jedoch: bei Thompson gibt es keine Heilung, keinen Neuanfang, der Coyote sitzt auch im nächsten und im nächsten und im nächsten Bildfeld immer noch da, angesengt, dampfend, Haut und Haare sind weg, die Beine auch: die Cartoonfigur als Zerrbilder ihrer selbst, verwandelt.

Wieder und wieder kommen sämtliche Kritiker von Thompsons Schaffen, mit wieder und wieder neuen Formulierungen, auf diesen Kern zu sprechen: »Wir leben am Rande eines Abgrundes«, »Schlag auf Schlag werden wir immer stärker verunsichert, destabilisiert, um so, immer tiefer, in seinen Alptraum einzutauchen«, »In seinen Büchern gibt es kein Moment des Guten, an dem man sich festhalten könnte«.

Unbarmherzig, fruchtlos, jenseits aller Erlösung: so ist die Welt von Jim Thompson. Sexualität ist hier gleichbedeutend mit Gewalt: manchmal wird es bloß angedeutet, meist aber ist es augenscheinlich, krass. Groteske Ehepaare finden im Suff, auf der Flucht zusammen und trennen sich dann wieder mit einem Mord; die Figuren sind rastlos, sie umkreisen, belauern einander, ohne so recht zu wissen, warum. Selten nur hat ein amerikanischer Schriftsteller – obendrein ein strikt kommerzieller – in seinem Werk eine derartige Weltsicht entwickelt, so absolut bar aller Hoffnung, der Verdammnis anheimgefallen. Man geht in eine Solokabine, wirft eine Münze in den Schlitz und schaut in den Abgrund.

Ich merkte, daß mir da ein langes Haar aus der Nase 'raushing, und ich riß es raus und schaute es an, und fand es nicht sonderlich interessant. Ich ließ es auf den Boden fallen und fragte mich, ob so'n runtergefallenes Nasenhaar die gleiche Bedeutung hat wie'n gefallener Spatz. Ich hob eine Arschbacke an und ließ einen von diesen langen, schnarrenden Stinkern fahren, die man sonst in Gesellschaft anderer nicht loslassen darf.

Dieser stumpfe, starre Blick ins Leere, und diese Stimme: das ist Jim Thompson. Was auch immer die Romane an ausschmückendem Ausgangs-Drumherum so zu bieten haben – die Arbeit eines Kleinstadt-Sheriffs, das Dasein eines Klinkenputzers, Leben in der Tretmühle des Journalismus –: die ganze Zeit über hackt diese Stimme an der sorgfältig aufgebauten Realität herum, sie spricht über die Personen und die jeweiligen Ereignisse – so lange, bis es da keine Motive mehr gibt und keine Gefühle, bis da nur noch die Stimme selbst ist. Der Hauptfigur von SAVAGE NIGHTS ist in vieler Hinsicht der archetypische Thompson-Protagonist: »Die Dunkelheit und Ich. Alles andere ist verschwunden. Und das wenige, was noch von mir geblieben ist, verschwindet auch, immer schneller und schneller.«

Was soll man nun von diesen immer wiederkehrenden Themen und Obsessionen halten? Zum einen schrieb Thompson – wie Goodis, Woolrich und einige andere Zeitgenossen, wie so viele Schriftsteller überhaupt –, um seine inneren Dämonen zu konfrontieren – hat man ihnen einmal eine Form verliehen, wachsen diese Dämonen unaufhaltsam, gewinnen immer klarere Konturen, Fleisch und Blut. Die Weltsicht der Romane in ihrer Gesamtheit jedoch deutet auf einen Gesamtzusammenhang ganz anderer Art: Realiter zerstört Thompson, so Cassill, die Genreform, um in diesem Schlachtfeld, mit diesen Trümmern eine essayartige Hochliteratur zu produzieren. Buch für Buch finden wir – trotz all der Zeit zwischen den einzelnen Werken, trotz all der Eigenheiten der Figuren und ihrer jeweils anderen Umgebung – wieder und wieder dieselbe gottlose, zerfallende Welt.

Geoffrey O'Brien nennt Thompson, keineswegs gönnerhaft, den Dostojewsky der Armen; und weiter:

Man ist versucht, die Romane bloß als Zeugnisse seiner Obsessionen zu verstehen, was verständlich ist angesichts dessen, daß gewisse Bilder, Charaktere immer wieder auftauchen: die mörderische Mutter, der hilflose Vater, das zänkische Weib, der völlig entfremdete, meist impotente Gatte ... Nun, Thompsons Obsessionen sind zwar entschieden persönlicher Natur – ihre kulturelle Färbung aber, ihr Klang enstammt unserer Kultur als solcher. Das Material für seine Geschichten fand er unter den alltäglichen Scheußlichkeiten der Boulevardblätter – er war schließlich Reporter und regelmäßiger Autor für TRUE DETECTIVE *–, und ihre Orte sind Destillate all jener Landstraßen, Bahnhöfe und Hotelhallen, auf und in denen Jim Thompson sein Leben verbracht hat. Es ist eindeutig klar, daß Thompson in seinen Büchern nicht bloß seinen eigenen Phantasien Ausdruck verleiht: sie spiegeln einen Geisteszustand wider, der so allgegenwärtig und amerikanisch ist wie der Serienmörder von nebenan.*

Thompsons größte Gabe liegt darin, den Leser in die Höhlen des Unterbewußtseins seiner Erzähler-Protagonisten zu locken. Ihm ist klar, daß der Schrecken des Individuums dem institutionalisierten Schrecken von Staat, Kirche und Familie entspringt, sein Ohr stets offen für die »schreckliche Stimme der Rechtfertigung«: so gelingt es Thompson, daß sich der Leser mit seinen Monstren identifiziert, daß wir ihre Hilflosigkeit, ihre verstümmelte Unschuld akzeptieren, daß wir, fast, Mitleid mit ihnen haben. Es sind leise Monologe des Wahnsinns, von einer Stimme, die immer weiter und weiter spricht, die manchmal nicht genau weiß, welche Geschichte sie nun erzählt, manchmal ganz dreist lügt, die sich stets über die Menschheit amüsiert, stets einen Abstand – klinisch, hygienisch – hält von allem, die uns mit sich reißt, ein Reiseführer durch die dreuenden Untiefen und Sintfluten, die natürlichste Sache der Welt.

»Indem er es wagte«, so O'Brien, »den zentralen gesellschaftlichen Tabus, den abstoßendsten Begierden eine literarische Form zu verleihen und sie in einem Kontext, den man nicht einfach so ignorieren kann, zu präsentieren, hat Thompson uns vielleicht mehr zu sagen, als wir eigentlich wissen wollten. Wir sollten trotzdem zuhören.«

THE KILLER INSIDE ME, erschienen 1952, war Jim Thompsons viertes Buch, und seine erste Arbeit für den Pulp-Taschenbuchmarkt. Er war damals schon ein vielbeschäftigter Autor für Branchenblätter, Pulp-Hefte und True-Crime-Magazine. NOW AND ON EARTH, erschienen 1942, schrieb Thompson angeblich in zehn Tagen runter, in einem Zimmer, das der Verlag bezahlte, auf einer Schreibmaschine, die ihm der Verlag lieh. HEED THE THUNDER kam dann vier Jahre später raus. NOTHING MORE THAN MURDER (1949) – geschrieben mit 43 in einer finanziell prekären Lage – ist sein erster Kriminalroman und schon vollgestopft mit, aus heutiger Sicht, Thompson-typischen Elementen: Ein so mordlustiger wie zungenfertig vor sich hinmonologisierender Protagonist, ein Gewirr von verqueren sexuellen Beziehungen sowie eine detailfreudig ausgestaltete, etwas abseitige Welt, in der die Geschichte spielt (in diesem Fall geht es um den Verleih von Filmen abseits der großen Märkte).

Trotz gewisser apokrypher Quellen, die behaupten, Jim Thompson hätte THE KILLER INSIDE ME auf der Basis einer Plotsynopse von Arnold Hano, seinem Lektor bei Lion Books, geschrieben, scheint es so, als habe er die Grundkonstruktion für das Buch schon seit längerem mit sich herumgetragen – zumindest wenn man seiner schillernden Autobiographie BAD BOY (1953) trauen darf, in der er eine Anekdote aus seiner Zeit als Arbeiter bei einer Ölbohrfirma nahe Big Springs, Texas, zum besten gibt: Eines Tages suchte ihn an einem der Bohrlöcher ein lakonischer Deputy Sheriff auf, um ein Bußgeld zu kassieren ...

Ich starrte zu ihm hinab. Endlich fand ich die Sprache wieder: »Schöne Fahrt gehabt?«

»Erträglich. Gestern abend aus der Stadt weggefahren.«

»Na ja, hier bin ich«, sagte ich. »Komm rauf und hol mich.«

»Hab's nicht eilig, werd' mich noch ein bißchen ausruhen.«

»Warum erschießt du mich nicht?« sagte ich. »Ich bin ein ziemlich übler Krimineller.«

»Hab' keine Waffe.« Er grinste träge zu mir herauf. »Seh' keinen Sinn darin, zu schießen, hab' ich noch nie. Das ist Tatsache.«

Er streckte sich unten auf der Plattform des Bohrturms aus und schob seine Hände unter den Kopf. Er schloß die Augen. Ich saß eine ganze Weile rauchend auf einer Strebe, dann stieg ich bis nach oben hoch zur Turmkronenbühne und löste das Beil von meinem Gürtel. Ich hackte auf der Kante der Turmkrone herum und ließ einen Schauer fettgetränkter Splitter auf ihn herabregnen.

Er bürstete sich träge ab und zog den Hut über sein Gesicht.

Ich riß ein kleineres Balkenstück aus der Bühne, fing es mit der Hand ab, bevor es hinunterfallen konnte. Ich zielte sorgfältig und ließ los.

Es schlug dicht neben seinem Kopf auf, sprang in die Luft und landete zwischen seinen gefalteten Händen. Er setzte sich auf. Erst schaute er zu mir hoch, dann schaute er das Stück Holz an. Er zog sein Taschenmesser heraus und begann zu schnitzen. […]

Er war ein gutaussehender Typ. Das Haar unter seinem zurückgezogenen Stetson war kohlschwarz, und seine anthrazitfarbenen, intelligenten Augen standen weit auseinander in seinem sonnengebräunten Gesicht mit feinen Zügen. Er grinste mich an, als ich mich kurz vor ihm auf die Rampe des Bohrturms herunterfallen ließ.

»Na, das war nicht gerade klug«, sagte er, »das ist mal –« »Und das ist mal Tatsache«, äffte ich ihn nach. »Na gut, gehen wir.«

Er grinste mich weiter unverwandt an. Sein Grinsen wurde noch ein bißchen breiter, doch es war starr, humorlos, und ein Schleier schien sich über seine Augen zu senken.

»Warum bist du so sicher«, sagte er weich, »daß du überhaupt irgendwo hingehen wirst«. »Na ja, ich –« Ich schluckte. »Ich – ich –«

»Verdammt einsam hier, wie? Meilenweit keine Seele außer dir und mir.« »S-sieh mal«, sagte ich, »ich hab' nicht – ich hab' nicht versucht, dich –«

»Ich leb' hier schon mein ganzes Leben lang«, fuhr er gefährlich fort, »mich kennt jeder, keiner kennt dich und wir sind hier ganz allein. Was fällt dir dazu ein, du kluges Köpfchen. Du glaubst wohl, du kennst dich aus, wie? Nur Scheiße im Kopf und voller Flausen. Was meinst du wohl, macht ein alter, dummer Bauernlümmel mit dir in so einer Situation?«

Er starrte mich weiterhin unverwandt an, mit grinsend gebleckten

Zähnen. Ich stand nur da, wortlos und gelähmt und spürte, wie sich in meinem Bauch ein kalter Klumpen bildete. Der Wind fuhr heulend und stöhnend durch das Gerippe des Bohrturms. Er sprach weiter, als hätte er alle Antworten auf die Fragen, die er mir gestellt hatte.

»Nein, ich brauche wirklich nichts«, sagte er versonnen. »Mit 'ner Waffe richtet man auch nicht mehr aus als mit dem, womit's noch viel besser geht. Ne, ich seh' hier nichts, wofür ich eine Waffe brauchen würde.«

Er spreizte leicht die Beine, seine Schultermuskeln zogen sich zusammen, er zog ein Paar ganz dünner Lederhandschuhe aus seiner Tasche und streifte sie sich langsam über. Hart schlug er eine Faust in die linke Innenhand.

»Ich sag' dir was, ein paar Sachen gleich. Auf den ersten Blick kann man nie wissen, wie ein Mensch ist, man weiß nie, was er machen wird, wenn er 'ne Chance bekommt. Was meinst du, wirst du dir das merken können?«

Ich konnte nicht sprechen, aber ich nickte heftig. Sein Grinsen und der Ausdruck seiner Augen wurden wieder ganz alltäglich. »Hm«, meinte er, »du siehst ja ganz spitz aus. Wie wär's denn, wenn wir was essen und trinken würden, bevor wir hier verschwinden.«

Wieder und wieder versuchte Thompson, diesen Deputy zu beschreiben, dieses Amalgam aus Bedrohlichkeit und Leidenschaftslosigkeit – doch so lebendig er für ihn war, er konnte ihn nicht auf dem Papier zum Leben erwecken. Dafür mußte er sich in den Deputy einfühlen, sein Selbst hinter sich lassen.

Als ich schließlich reifer wurde, gelang es mir, ihn auf Papier nachzuerschaffen – den sardonischen, liebenswerten Mörder meines vierten

Romans »The Killer Inside Me«. Doch dazu brauchte es lange Zeit – fast dreißig Jahre.

Und er geht mir immer noch nicht aus dem Kopf.

Neben THE KILLER INSIDE ME erschienen 1952 u.a. noch Thompsons CROPPER'S CABIN, THE IVORY GRIN von Ross Macdonald, OF TENDER SIN und STREET OF NO RETURN von David Goodis sowie Mickey Spillanes KISS ME, DEADLY; das Jahr davor hatte mit CASSIDY'S GIRL einen Goodis-Klassiker hervorgebracht, Macdonalds THE WAY SOME PEOPLE DIE, drei Spillanes sowie Werke von Cornell Woolrich und Kenneth Fearing. Das Jahr darauf erwies sich als so was wie eine Wasserscheide der Hardboiled-Literatur: es erschienen drei Romane von Goodis, William Burroughs' JUNKIE, Chandlers THE LONG GOODBYE sowie fünf Bücher von Thompson (als da wären: THE CRIMINAL, BAD BOY, THE ALCOHOLICS, SAVAGE NIGHTS und RECOIL).

1952 war auch in anderer Hinsicht bedeutend: In diesem Jahr geriet die Pulp-Taschenbuch-Industrie in das investigative Sperrfeuer des House Select Commitee on Current Pornographic Materials, welches, so O'Brien, die Welt wieder sicher machen sollte zum Wohle aller guten Amerikaner. So wie es aussieht, ging es diesem Ausschuß gar nicht so sehr um den Sex-Gehalt der Taschenbücher als vielmehr um jenes schwer faßbare subversive Moment, das diese Bücher so an sich zu haben schienen, wie eine Krankheit: »Diese Romane und deren Umschlaggestaltung sprechen von den schändlichen Seiten des Lebens in einer Welt diesseits der strahlenden Jane Powell oder der Serie FATHER KNOWS BEST und diesen gesund lächelnden Gesichtern, mit denen in Zeitschriften Milch, Fertiggerichte und Ausflüge nach Kalifornien beworben wurden«, sie waren verführerisch fett schimmernde Himbeeren, die den amerikanischen Mythos rot vollsauten.

Diese Bücher zeigen einem die Kantigkeit der Realität – wie scharf sich Gebäudekonturen am Stadthimmel abzeichnen, wie plötzlich was an eine Plakatwand klatscht, von einem Bohrturm runterfällt, wie aus heiterem Himmel Gewalt ausbricht –, und sie finden zu einer ganz eigenen Form von Hyperrealismus in ihrer bedingungslosen Buchstabentreue, mit der sie das Fleisch der Welt abschaben, bis nur noch das Skelett der Dinge bleibt. Aus schmuddeligen Hotels, schmierigen Cafés und Kaschemmen mit Neonwerbung für Bier an den Wänden schufen sie ein gleichfalls mythisches, erzamerikanisches Hier-und-jetzt, und diese Durchgangsstationen und Sackgassen des amerikanischen Traumes erfüllten sie mit einem bleibend-brütenden Moment des Geheimnisvollen, sogar mit einer Art Poesie.

»Der Geist schafft sich seine Götter und Dämonen aus dem, was ihm zur Verfügung steht«, vermerkt O'Brien. »Amerika, die ultimative säkulare Gesellschaft, konnte nicht verhindern, daß die entseelten, allein von Menschen gemachten Fallen seines Lebensstils solch furchterregende Dimensionen annahmen. Der Träumer, dessen Himmel allein voller Waren hängt, erleidet dasselbe Schicksal wie jene Märchenfigur, deren Wunsch so vollkommen erfüllt wird, daß es sie zermalmt. Sex und Geld, die einzigen Objekte der Begierde, locken den einzelnen an Orte archaischen Schreckens, wo sich monströse Verwandlungen vollziehen. Das Begehren, erzürnt ob seiner fehlenden Erfüllung und all der gebrochenen Versprechen, verzweifelt, wird paranoid, gewalttätig: und es zerstört, was es nicht haben kann und niemals haben konnte.«

Als ich diese Worte um sechs Uhr morgens am Thanksgiving des Jahres 1988 niederschreibe, sind sie immer noch wahr, die einzig wesentliche Wahrheit, die Wesenheit aller Dinge, für uns alle auf der Schattenseite Amerikas.

Wie auch immer man es dreht und wendet: Romane verraten genauso viel vom Wesen ihrer Autoren, wie sie von ihm verschweigen. Finden wir, wie bei Jim Thompson (und mehr noch bei David Goodis), Buch für Buch immer wieder dieselben Figuren, Handlungsorte und Motive – als folge das Werk einer ganz eigenen inneren Logik, als spräche es mit sich selbst –, dann liegt es ziemlich nah, nach Parallelen zwischen dem Leben des Autors und seinem Werk zu suchen.

Michael McCauleys Biographie SLEEP WITH THE DEVIL (1991) ist eine ernstzunehmende Grundlage für jede weiterführende Arbeit zu Leben und Werk von Jim Thompson. In seiner Einleitung betont McCauley die Bedeutung jenes manichäistischen Moments in Thompsons Werk, welches er im folgenden, neben anderem, genauer untersuchen wird.

In den ersten beiden Romanen kämpfen Thompsons Charaktere – zum Scheitern verdammt durch ihre Herkunft wie die Umstände im allgemeinen – gegen ihr jeweiliges Schicksal an, um eine verlorene Welt oder einen verlorenen Teil ihrer selbst zurückzugewinnen; die Protagonisten der späteren Werke sind sich ihrer Welt wie ihrer selbst so wenig sicher, gewiß, daß es für sie gar nichts mehr zurückzugewinnen gibt. Der Zustand der Welt, über die Thompson schrieb, blieb sich, sei es als Makro-, sei es als Mikrokosmos, im Kern zumindest immer gleich: sie ist ein Ort voller undurchschaubarer wie unüberbrückbarer Gegensätze und Wider-

sprüche: Wahrheit und Lüge, Illusion und Realität, Gewißheit und Ahnung, Ursache und Wirkung.

McCauley ist sich dabei durchaus bewußt, daß Thompsons Werk, wie kryptisch und verschlüsselt es auch sein mag, stets dazu gedacht war, den Lesern etwas mitzuteilen: es waren Not- und Warnrufe. Seine wichtigste Botschaft, so McCauley, war und bleibt, daß der Selbstbetrug und die innere Verwirrung von Jim Thompsons mordlustigen Psychopathen klare Spiegelungen einer in sich wirren, betrügerischen Gesellschaft sind, die sich mehr mit (Ab)-Bildern beschäftigt als mit der Realität selbst.

Die Probleme, mit denen McCauley bei der Arbeit an diesem Buch zu kämpfen hatte, könnte man, stichwortartig, in einem Vorlesungsverzeichnis abdrucken, als Ankündigung für einen Kurs über ›Probleme im Umgang mit biographischem Material‹. Die größte Schwierigkeit lag dabei nicht in all der Zeit, die schon vergangen war und so vieles mit sich gerissen hatte, sondern in einem für viele kreative Menschen typischen Verhalten, das sich auch bei Jim Thompson findet: er bastelte ständig an der Präsentation, also der äußeren Wahrnehmung seines Lebens herum. Was in gewissen Augenblicken wie ein privates Geständnis wirken sollte – nur für einen Freund, oder den Lektor, oder einen Bekannten –, erwies sich bei genauerem Nachforschen als genauso tolldreist zusammengesponnen wie seine schön spinnerten Roman-Autobiographien BAD BOY und ROUGHNECK (die Ausnahme von der Regel ist vielleicht NOW AND ON EARTH, eine ziemlich glaubwürdige Darstellung der Arbeit in den Flugzeugwerken von San Diego sowie von Thompsons ersten Ehejahren).

Freischaffende Autoren führen fast alle ein eher zurückgezogenes Leben – Jim Thompson aber scheint eine Art Eremit gewesen zu sein. Die ziemlich schlichten Kommentare so ziemlich aller, die mit ihm beruflich zu tun hatten, deuten darauf hin, daß sie in Wirklichkeit so gut wie nichts von ihm wußten. Für die Masse hat der Pulp-Autor an sich zampanohafte Züge und sein Leben, passenderweise, etwas abseitig-kitschig Romantisches: und so verschwand Thompson, ein williges Opfer seiner Fans wie seines Berufs, mit den Jahren unter einem kaum abtragbaren Berg von Legenden.

Die Familie wiederum kennt einen ganz anderen Jim Thompson, dessen Bild sie sorgsam schützt: das eines schweigsamen, hart arbeitenden Mannes. Mike McCauley fiel auf, daß die Thompson-Familie ihn so ähnlich sieht und porträtiert wie die Bewohner von Central City den guten alten Lou Ford in THE KILLER INSIDE ME. Man kann sich gut vorstellen, wie Jim Thompson Tag für Tag diesen Schutzraum Familie verließ, und wie er in sein Arbeitszimmer ging und dessen Tür zuknallte und im gleichen Augenblick sämtliche Hintertüren und Notausgänge zu seiner eigenen Welt aufriß. So ähnlich ergeht's auch dem Leser: Er nimmt sich einen Roman von Thompson, fängt an zu lesen und merkt plötzlich, wie er, ähnlich Alice, in ein Loch fällt und sich in einem Wunderland der besonderen Art wiederfindet. Wann auch immer ich über Thompson nachdenke, es fällt mir stets dieses Bild ein.

Und schließlich ist da noch Jim Thompsons Alkoholismus, über den er mit einem gewissen Maß an Distanz in BAD BOY und ROUGHNECK schrieb, und mit einer erstaunlichen Offenheit und Klarheit in AN ALCOHOLIC LOOKS AT HIMSELF, erschienen in dem Magazin »Saga«, während Thompson dort als Redakteur beschäftigt war. Davon später mehr. Jetzt erst mal ein kurzer Auszug aus dem Essay:

Ein wirklich kranker Alkoholiker kann nicht beständig an einer Sache arbeiten. Er kann, schnell und intelligent, erstaunliche Leistungen vollbringen, z. B. ein Arbeitsaufkommen von einem halben Jahr in nur einem Monat abarbeiten – mehr kann der Arbeitgeber dann in den nächsten sechs Monaten aber auch nicht von ihm erwarten, wenn er überhaupt so lang bleibt. Der Alkoholiker sucht nicht nach einer Zukunft in einem Beruf: er will sich nur beweisen daß er, »wenn er wollte«, jeden Spitzenangestellten in Grund und Boden denken und arbeiten könnte. Kurz gesagt geht es ihm allein darum, seine früheren wie noch alle kommenden Alkoholexzesse vor sich selbst zu rechtfertigen.

Eines meiner Lieblingszitate stammt von dem Illusionisten Howard Thurston, der einmal zu einem seiner Assistenten sagte: »Wenn du keine Ahnung hast, was los ist, mein Junge, dann grins' einfach und zeig in die entgegengesetzte Richtung.« Ich glaube, daß Jim Thompson, ein Meister der Finten und falschen Fährten, es so ähnlich gehalten hat: der spezielle Reiz seines Schaffens liegt darin, wie er Züge seines Charakters verzogen, Elemente seiner Autobiographie bewußt falsch in seine Romane eingebaut hat und wie er, Buch für Buch, ganz langsam dem Leser seine Welt offenbart.

Hier sitze ich also in Fort Worth – einer Stadt, um die Thompsons erste Lebensjahre beständig kreisten –, ähnlich ihm, von spät in der Nacht bis früh am Morgen, allein an meinem Schreibtisch mit meinen Blättern und meinem eigenen Unvermögen, meinen Sorgen. Mir ist klar, daß ich, zumindest in einer Hinsicht, versuche, es Jim Thompson gleich zu tun: Ich versuche, allein durch meine Vorstellungskraft die Türen zu seiner verschlossenen Welt, seinem Geist zu öffnen, so wie er, Buch für Buch, die Türen zu den Köpfen und Welten all der Joe Wilmots, Nick Coreys und Lou Fords dieser Erde öffnete.

Hier nun, in aller Kürze, was wir über Jim Thompson wissen.

Geboren wurde er im Jahre 1907 als James Myers Thompson in Anadarko, Oklahoma, wo er einen Teil seiner Kindheit verbrachte; weitere Stationen waren Fort Worth sowie die ländlicheren Regionen von Texas. In diesen Orten, Landschaften spielen die meisten seiner Romane. Thompsons Vater war ein unversöhnlicher, ruheloser Mann: er arbeitete als Sheriff, war Anwalt, wurde Ölbohrer, ohne Land und Firma: mal hatte er großes Glück, dann verlor er wieder alles. So lernte Jim Thompson schon in jungen Jahren Reichtum und Armut kennen: die Wege seiner Familie führten von den prallen Ölbohrerstädten ins dürre Hinterland, von den Heimstätten aller möglichen Verwandten zu Übergangswohnungen, schließlich in überfüllte Einzelzimmer. Aus CROPPER'S CABIN, der in Ost-Oklahoma spielt, bekommt man einen guten Eindruck von der Welt seiner Kinderjahre; in BAD BOY erfährt man viel über die Irrwege der Familie Thompson.

Wie so viele Figuren seiner Romane hatte auch Thompson soziale Anpassungsschwierigkeiten: er war in der Schule ziemlich schlecht, hatte häufig Ärger – wenn er überhaupt da war – und bekam seinen Abschluß nur, indem er einen Klassenkameraden, der das Notenbuch für die Lehrer führte, bestach (dann brach er zusammen und kam wegen Tuberkulose wie auch seiner Alkoholprobleme ins Krankenhaus). Während seiner sechs Highschool- sowie einiger der folgenden Jahre hatte Thompson eine wahnwitzige Menge von Jobs: er war Caddy, Stauer, Schauspieler, Reporter, Geldeintreiber, Lastwagenfahrer, Hilfsarbeiter auf den Ölfeldern, beim Pipelinebau und bei der Ernte, Spieler, Trickbetrüger, Schornsteinfeger und Hotelpage. Als 1946 sein zweiter Roman veröffentlicht wurde, sagte er: »Solang ich mich erinnern kann, wollte ich nie etwas anderes tun als schreiben – nun, die meiste Zeit über habe ich alles mögliche getan, nur nicht geschrieben.«

Thompson heiratete 1930. Zu dieser Zeit war er schon ein vielbeschäftigter Autor: er schrieb für lokale Publikationen wie TEXAS MONTHLY und PRAIRIE SCHOONER, für Branchenblätter und Pulp-Hefte sowie für True-Crime-Magazine à la TRUE DETECTIVE (für Kriminalreportagen interessierte er sich sein ganzes Leben lang). Es war außerdem eine Zeitlang (niemals für länger) bei einigen Tageszeitungen angestellt, wie etwa der NEW YORK DAILY NEWS oder der L.A. TIMES-MIRROR. Ende der Dreißiger wurde Thompson Vorsitzender des Federal Writer's Project, Sektion Oklahoma; zwei Geschichten aus jener Zeit finden sich in FIREWORKS.

Thompson schrieb seinen ersten Roman 1941, nachdem er von einem karriereträchtigen Redaktionsposten gefeuert worden war und eine Zeitlang als freier Autor sowie als Arbeiter in einer Flugzeugfabrik in San Diego gut verdient hatte. So wie er es darstellt – bestimmt übertrieben, wie weit, läßt sich nicht sicher sagen –, schickte er seine Frau und die Kinder »für ein oder zwei Wochen« zu ihren Eltern und macht sich dann mit einem Bus auf nach New York. Dort landete er pleite, besoffen und bar aller Hoffnung – und beschloß, all dem ein Ende zu setzen, indem er einen Roman schrieb. So machte er sich auf den Weg zu den Verlagen.

Der Lektor, zu dem man mich verwiesen hatte, hörte mir ungläubig zu, brach in schallendes Gelächter aus und schleppte mich kurzerhand zu dem Verleger selbst. Dieser Herr nun hörte mir genau zu, seine Stirn vor Staunen voller Falten.

»Also«, sagte er schließlich, »Sie möchten, daß wir erst einmal Ihre überfällige Hotelrechnung bezahlen. Dann –«

»Es sind bloß ein paar Dollar.«

»Dann möchten Sie, daß wir Ihnen eine Schreibmaschine leihen und eine Unterkunft samt Mahlzeiten bezahlen. Dafür werden Sie einen Roman schreiben – einen Roman, vom dem Sie selbst bloß eine blasse Vorstellung haben.«

»Meine Vorstellung ist klar genug. Es ist eine finstere Geschichte«, sagte ich, »und Sie müssen mir auch nur für zwei Wochen die Unterkunft und das Essen bezahlen. Sie haben dabei nicht viel zu verlieren. Wenn ich den Roman abliefere, können Sie ja Ihre Kosten von meinem Vorschuß abziehen – ein Vorschuß ist ja üblich.«

»WENN sie ihn abliefern.«

»Ich werde ihn abliefern.«

Er zögerte, rang mit seinem Urteilsvermögen. »Ich glaube nicht, daß Sie das tun werden«, sagte er langsam. »Ich wüßte nicht, wie – obwohl ich mir sicher bin, daß Sie nur die besten Absichten hegen. Dennoch ...«

Ich verließ das Verlagshaus mit einer ziemlich alten Schreibmaschine in der einen und einem Scheck in der anderen Hand. Ich zog aus meinem Hotel, mietete mir ein billiges Zimmer nahe Seventh Avenue und Twenty-Third Street und begann mit der Arbeit. In den folgenden zehn Tagen arbeitete ich im Durchschnitt zwanzig Stunden am Tag; ich aß kaum was, nippte nur manchmal an einer Flasche Whiskey.

Nach zehn Tagen hatte ich ein Manuskript von etwa 70.000 Wörtern zusammen; unter Berücksichtigung der nötigen Überarbeitungen habe ich im Durchschnitt 15.000 Wörter pro Tag geschrieben.

Ich lieferte das Manuskript bei dem Verleger ab. Er las und akzeptierte es sofort. Außerdem schlossen wir einen Vertrag über zwei weitere Romane ab.

NOW AND ON EARTH war eine fiktionalisierte Autobiographie, die primär auf Thompsons Zeit in der Flugzeugfabrik basiert. Der Krieg und mit ihm gewisse Zerfallsprozesse folgten. Vier Jahre vergingen, bis Thompsons nächster Roman HEED THE THUNDER erschien. In der Zwischenzeit, so Thompson, arbeitete er für mehrere Tageszeitungen, war kurz bei der Armee und trank ansonsten viel. Sein Essay AN ALCOHOLIC LOOKS AT HIMSELF, erschienen 1950 in »*Saga*«, beginnt folgendermaßen:

Während ich diese Zeilen schreibe, schaue ich auf zwei Briefe.
Der eine kommt von meinem Agenten, der mir mitteilt, daß er gerade die australischen und die französischen Rechte für meinen dritten Roman verkauft hat, sprich: das Buch wird mir wohl allerhand Geld einbringen; der andere kommt von einer Zeitung: man kündigt mir den besten Job, den ich je hatte.
Der erste Brief läßt mich seltsam kalt. Ich habe an diesem Roman mehrere Jahre lang immer wieder gearbeitet; er hat so gut wie nichts damit zu tun, ob ich einen weiteren Roman schreiben kann, oder will; und außerdem: meine Schulden sind so hoch, daß ich sie mit dem Gewinn aus dem Buch – wie außergewöhnlich er auch sein mag – wohl nicht ganz abtragen kann.
Der zweite Brief bedeutet mir soviel wie mein Leben.

Mehr als ein Jahrzehnt lang hämmerte Thompson dann, stets für den Pulp-Taschenbuchmarkt, Roman für Roman runter: neunundzwanzig Stück mindestens, dreizehn davon in dem Wahnsinns-Zeitraum von vier Jahren, zwischen 1952 und 1956. Man darf allerdings, so Polito und McCauley, nicht glauben, daß Thompson da Tag für Tag gesessen und fleißig seine Schreibmaschine bearbeitet hätte:

Seine unablässige Produktivität ist zwar ein wesentlicher Aspekt seiner Legende, faktisch aber wohl falsch. Tatsächlich hatte Thompson anscheinend kurze Phasen, in denen er vor Produktivität strotzte: dann drosch er in weniger als einem Monat einen Roman oder ein halbes Dutzend Magazin-Beiträge runter. FIREWORKS *enthält sowohl schlanke, präzis konstruierte Texte als auch Gebrauchsware, die er fürs schnelle Geld geschrieben hat: sie dokumentieren, wie Thompson ständig mit der Situation des Marktes und seinem eigenen Platz darin kämpfte, wie unsicher sein Arbeitsleben, sein Auskommen war. Für jeden kleinen Diamant, dem man die Sorgfalt wie auch die vielen Bearbeitungsdurchgänge ansieht, findet sich eine Handvoll Tineff, Kleinode, die Thompson unter wohl erbärmlichsten Bedingungen zusammengehämmert hatte.*

Als die Sechziger kamen, hatte das Fernsehen den Markt wie auch die soziale Funktion der Pulp-Hefte und -Taschenbücher an sich gerissen – so verlor Jim Thompson sein Publikum. Er versuchte sich den neuen Gegebenheiten anzupassen und arbeitete eine Zeitlang für DR. KILDARE sowie andere längst vergessene Fernsehserien; er begann mindestens vierzehn Romane, von denen er keinen beendete; er trat als Richter Grayles in einer 1975 entstandenen Neuverfilmung von FAREWELL, MY LOVELY auf – primär wohl, weil er das Geld brauchte, aber auch, natürlich, als respektvolle Reminiszenz an Chandler. Am Anfang jenes Jahres erlitt er den ersten einer Reihe von Schlaganfällen, die ihn dazu zwangen, mit dem Schreiben aufzuhören. Er erlebte noch, wie drei seiner Romane verfilmt wurden: THE GETAWAY, THE KILLER INSIDE ME und POP. 1280 (unter dem Titel COUP DE TORCHON).

Jim Thompson starb am 7. April 1977.

In NOTHING MORE THAN MURDER – Thompsons erstem Kriminalroman, gleichzeitig das Werk, mit dem er seine Stimme fand – erzählt ein Versicherungsvertreter dem nach eigenem Willen frischverwitweten Joe Wilmots eine Geschichte, die symptomatisch ist für Thompsons Werk und es symbolisch zusammenfaßt:

»Es war Mord, Joe. Ungefähr die schlimmste Schweinerei, die ich je gesehen habe. Eine Frau war buchstäblich zerfetzt worden, zerfetzt und zu Tode gebissen. Offenbar war der Täter ein Debiler oder ein Verrückter; wir brauchten einen Experten zur abartigen Psychologie, um der Sache auf den Grund zu kommen. Einer der besten Männer im Lande lebte direkt in der Nachbarschaft, also riefen wir ihn mit Genehmigung der Behörden an.

Also, die Polizei warf das altbekannte Fangnetz aus, fing alle Wirrköpfe, die sie in die Finger bekam, und der Bursche ging an die Arbeit. Und bei Gott, Joe, wenn man ihm nur zusah, kriegte man eine Gänsehaut. Er saß mit einem Vogel zusammen in einer Zelle, den unsereins nicht mit 'ner meterlangen Stange anfassen würde – die Sorte Vogel, die einige der Sachen anstellen, die viele Zeitungen nicht abdrucken würden –, und er wurde gleich gut Freund mit ihm. Er sprach mit ihm wie mit dem lang verschollenen Bruder. Er fand heraus, welche besondere Art von Irrsinn es dem Kerl angetan hatte, und für die Zeit, in der er mit ihm zusammen war, wurde er ganz genauso. Wenn man die Augen schloß und zuhörte, konnte man nicht mehr unterscheiden, wer von beiden gerade sprach. Und trotzdem war er einer der liebenswürdigsten Burschen, die ich je kennengelernt hatte. Er sprach genauso meine Sprache. Es schien zu klicken zwischen uns. Es ergab sich, daß wir uns außerhalb der Dienstzeit einigermaßen regelmäßig sahen. Er kam zwei- oder dreimal die Woche bei mir vorbei oder ich bei ihm. Wir tranken ein paar, aßen einen Happen und schlugen die Zeit zusammen tot. Und nach und nach, ohne zu wissen, was ich tat, fing ich an, seine Deckung zu unterlaufen. Er begann sein Geheimnis preiszugeben. [...]

Er hatte einen großen deutschen Schäferhund, Joe, ein riesiges Viech, das verteufelt mehr Wolf als Hund war. Und mir fiel auf, daß er und der Hund sich ganz schön ähnlich waren. Manchmal schnappte er genau wie ein Hund nach einem Sandwich oder einem Brocken Essen. Manchmal war die Spur eines Grollens in seiner Stimme, oder er kratzte sich am Hinterkopf, mit jener steifen und schnellen Bewegung, mit der es Hunde tun. Manchmal sahen sie sich sogar ähnlich.

Die Lösung tauchte eines Abends auf, als er begann, mit dem Hund zu spielen. Es startete als Jux, aber bevor es zu Ende war, lagen beide zusammen auf dem Boden, schnappten und schlugen und bissen, yeah, und bellten. Beide. Und als die Cops kamen, die ich angerufen hatte, da wandten sie sich uns zu – die zwei Hunde. Wölfe. Ich brauche Ihnen nicht zu sagen, wer der Mörder war.«

Alles ist da: Die veräußerlichte Liebenswürdigkeit, der Kriminelle als perverser wie pervertierender Bestandteil der Ordnungsmacht, die Doppeldeutigkeiten im Dialog zwischen dem weltweisen Verfolger und dem in die Enge getriebenen Verfolgten, das Fadenscheinige aller Zivilisation, der absolute Verständnis der einen für die andere Seite. Davon abgesehen findet sich in diesem Werk noch ein weiteres Merkmal aller wesentlichen Bücher Thompsons: eine detailliert beschriebene, handfeste Arbeitswelt – Filmverleih und Kinobetrieb in diesem, der Welt der Handlungsreisenden, des Tagesjournalismus oder der Arbeit auf den Ölfeldern in anderen Romanen –, die stets im krassen Kontrast steht zu den mythischen Nöten und Plagen der Protagonisten. Thompson schien diese Arten von Arbeit selbst gut gekannt zu haben – wenn man denn seinen »Autobiographien« trauen will, in denen diese Berufe alle auftauchen.

Ein weiteres Thompson-Merkmal ist diese altkluge, stets mit einer verwirrend-exzentrischen Intelligenz verbundene Art seiner Monstren. Lou Ford, Autodidakt, wälzt in seiner Freizeit Studien über abnorme Psychologie in Französisch, Deutsch oder Italienisch und entspannt sich mit dem Lösen von differential- und integralmathematischen Problemen; der jugendliche Protagonist einer Kurzgeschichte namens THE HORSE IN THE BABY'S BATHTUB hingegen überträgt zum Spaß Catullus ins Sanskrit. Auch dieses Merkmal scheint aus Thompsons eigenem Leben zu stammen: ähnlich den verschiedenen Arbeitswelten, ähnlich den Landschaften des amerikanischen Südwestens, in denen seine Romane spielen. In BAD BOY erzählt er, wie er in der Schule »Geschichten über irgendwelche Hündchen und Kätzchen« lesen mußte, während er sich selbst zu Hause langsam eine zwölfbändige Geschichte der Vereinigten Staaten (Geschenk seines Vaters) vorlas.

In ganz demselben Stil wurde ich in höherer Buchhaltung gedrillt, noch bevor ich die ungekürzte Division in Mathematik so recht gemeistert hatte; ich wurde in politischer Wissenschaft trainiert, lange bevor ich

Gesellschaftskundeunterricht hatte; ich lernte die Abmessungen der Beteigeuze, die Größe des Riesensterns im Orion, bevor ich noch meine eigene Hutgröße kannte. Für meine Lehrer war ich ein Rätsel und eine Plage. Ich wußte oft Sachen, von denen sie selbst keine Ahnung hatten, doch nur selten etwas, das ich wissen mußte.

Manchmal lungerte er auf der Straße 'rum, den Hut hochgeschoben, die Beine überkreuz geschlagen: so lehnte er an einem Schaufenster, schaute freundlich drein und ein bißchen blöd und lachte sich innerlich halb kaputt über die Leute, die an ihm vorübergingen: selbstgefällig-fette Frauen und verwelkt wirkende Männer, o-beinige Wunderknaben neben x-beinigen Schönheiten – und natürlich sind sie drollig anzuschauen, real jedoch, da ihnen das Leben allen einen ziemlich üblen Streich gespielt, sind sie tragische Figuren. Es gab mal eine Zeit – vielleicht erst vor ein paar Minuten –, da sahen sie sich an und erkannten einander, sofort, und alle Unterschiede verschwanden mit einem Mal. Es gab diese Zeit, diese wenigen Minuten – und dann gab es nichts Vergleichbares mehr. Alles andere ist längst vergangen und vergessen.

Lou Ford hat noch nicht mal mehr diese paar Minuten gehabt. Seine ziel- und lustlos vor sich hin treibende Affäre mit der Lehrerin Amy Stanton – »Wir fanden zueinander wie zwei Strohhalme in einer Pfütze« – kommt zu einem abrupten Ende, als ihn die Herumtreiberin Joyce Lakeland in eine Sadomaso-Beziehung verwickelt: bei Lou Ford werden 15 Jahre lang vernagelte Seelentüren aufgerissen, und was dort zum Vorschein kommt, treibt diese drei Ungeliebten unaufhaltsam in den Tod.

Thompson haut seinen Lesern einige dieser Aspekte mit allerhand Nachdruck um die Ohren: da kommt wohl von der Eile, mit der er seine Bücher schrieb, aber auch von den altersgrauen Pulp-Kultur-Konventionen, mit denen er arbeitete. Lous abnorme, mörderische Tendenzen werden als »Krankheit« bezeichnet – »ihre« Stellen sind kursiv gesetzt, für all jene, so R. V. Cassill, die beim Lesen mit dem Finger unter dem Text langfahren. Kursiviert, wenn man so will, wird auch Lous Andersartigkeit, Entfremdung: durch die Vasektomie, die sein eigener Vater an ihm vollzog, durch die Klischees, mit denen er sich von den anderen distanziert, und durch dieses Geheimversteck, in das er sein Haus verwandelt hat. Lous wahre Andersartigkeit liegt jedoch in seiner Fremdheit sich selbst gegenüber. Mit großer Sorgfalt und einem hohen Maß an Einfühlungsvermögen zeichnet Thompson die scheinbaren Gegensätze und Übereinstimmungen in Lous Verhalten nach: wie er einen Penner völlig sinnlos zusammenschlägt und dann (wenige Seiten später) ganz höflich einige Samstag-Abend-Säufer heimschickt, wie er geduldig einen gewalttätigen Gefangenen beruhigt, wie grausam er sich Joyce Lakeland unterwirft, wie herzlos und unterwürfig er seiner Affäre mit Amy Stanton nachgeht. Wie zwei gleichgepolte Elektromagnete stoßen sich die zwei Lou Fords gegenseitig ab: je stärker die Polung, desto hartnäckiger verweigern sie sich einander – nur der Stillstand kann diesen Prozeß stoppen: der Stromfluß muß unterbrochen werden. Wenn Lou Ford auf den letzten Seiten wieder Teil hat an der Welt der Menschen, dann ist das genauso erschütternd wie Miss Lonelyhearts symbolische Himmelfahrt.

Auch hier erweisen sich R. V. Cassills Beobachtungen als absolut zutreffend:

Der Leser von THE KILLER INSIDE ME *muß innerlich so manchen unverdaulichen Pulp-Knochen und -Kern ausspucken: sie gehören zwar zu der Gattung, die dieses Buch hervorbrachte, aber nicht unbedingt zu dem Roman selbst ...*

Was ich versuche klarzumachen ist, daß für Thompsons Zwecke, für ›seine‹ spezielle Hochliteratur, die Welt der Pulp-Taschenbücher mit ihren Kernen und Knochen, ihren Topoi und ihrer Sprache, bestens geeignet war.

Thompson ging es bei seinen Porträts zerstört-geteilter Seelen nie bloß um ein billig-flottes Divertissement: er wollte zeigen, »was hinter all dem Schrecken auf dieser Welt steckt, hinter einer Kreuzigung, hinter einem Massaker an Unschuldigen«. Er hatte bestimmt seinen Spaß daran, sich hinter gruseligen Masken zu verstecken – zuerst aber ging's ihm darum, die zu Masken erstarrten Gesichter all jener, nach denen diese Masken gestaltet waren, unbarmherzig zu zerfetzen.

Die rauchzart-rauhe Stimme des Alkohols durchzieht, mal mehr, mal weniger laut, das gesamte Werk von Jim Thompson – wie im übrigen auch das von David Goodis (speziell in CASSIDY'S GIRL) und Chester Himes (siehe vor allem THE PRIMITIVE).

Nun, sie durchzieht, wenn man genau hinschaut, die gesamte Pulp-Kultur: vielleicht, so Geoffrey O'Brien, ist sie sogar eines ihrer zentralen Bestandteile. Ein typischer Hard-boiled-Roman ähnelt einem Säufer-Zyklus: Jedem Augenblick von ausgelassener Heiterkeit folgt gnadenlos und folgerichtig der Fall ins Loch einer tiefen Depression; wenn der Held – eh am vollkommensten bei sich, wenn er ruht – nach einer fiesen Schlägerei ganz langsam erst wieder zu sich kommt, ähnelt die Beschreibung seines inneren Zustands der eines schweren Katers (das kannten die Autoren wohl alle ziemlich genau).

Hier zwei Passagen von Kenneth Fearing und Raymond Chandler.

Noch ein paar Drinks mehr, dachte ich, und ich würde die Lösung schon finden ... Vor mir stand ein Teller mit Huhn, daneben ein Viertel Scotch. Solang ich das hatte, ging's mir gut: ich hatte eine Zukunft. Wenn ich dann alles aufgegessen und ausgetrunken haben würde, dann wüßte ich auch, wie ich aus meinen Schwierigkeiten rauskäme, und die Antwort wäre bestimmt ganz simpel ... Und wenn mir das alles klar wäre, dann würde ich noch einen heben und feststellen, daß ich mir die ganze Zeit selbst was vorgemacht hatte, und zwar die ganze Zeit über, nicht nur heute, sondern auch die letzten Monate, und wenn man's genau nimmt, mein ganzes Leben lang. Wenn man geboren wird – das gilt für jeden –, steckt man sofort in irgendwelchen Schwierigkeiten: und der einzige Ausweg ist der Tod.

Ich zog meinen Mantel und die Krawatte aus und setzte mich an den Schreibtisch, und holte die Büro-Flasche Whiskey raus und genehmigte mir einen. Das nützte nichts. Also genehmigte ich mir noch einen ...
Langsam fühlte ich mich nicht mehr so grausam wild. Ich schob ein paar Kleinigkeiten auf meinem Schreibtisch rum. Meine Händen fühlten sich heiß und aufgequollen an, ganz linkisch. Ich strich mit einem Finger über eine Ecke des Schreibtischs und schaute mir den Streifen an, der dabei entstand. Ich schaute mir den Staub auf meinem Finger an und wischte ihn ab. Ich schaute auf meine Uhr. Ich schaute auf die Wand. Ich schaute auf Nichts.

Mittlerweile haben wir erkannt, daß es so etwas wie eine Alkoholiker-Persönlichkeit gibt, deren einzelne Elemente sich bei allen

Betroffenen im wesentlichen gleichen. Diese Persönlichkeit hat ihren Ursprung in ungelösten Widersprüchen: sie entwickelt sich nicht; sie träumt ständig von unrealisierten und unrealisierbaren Projekten; sie vergeudet ihre Energie damit, die Schuld an allem in den Umständen oder den anderen zu suchen; schließlich versucht sie, völlig vergebens, sich einzureden, daß alles in Ordnung sei, während ihre Welt langsam und unaufhaltsam in ihre Bestandteile zerfällt. »Zwischen Schein und Sein«, so Berryman, »sind Sichtblenden/und sie brennen, weil wir es wollen.«

Auch wenn man diese Vergleiche nicht zu weit treiben sollte – selbst wenn Thompson persönlich sie einem nahelegt –, so sind gewisse Parallelen zwischen diesen Alkoholiker-Persönlichkeits-Mermalen und einigen immer wiederkehrenden Motiven und Themen Thompsons doch recht auffällig. Fast alle Thompson-Protagonisten sind außergewöhnlich talentiert oder haben besondere Begabungen – doch es führt nie wohin; dafür verschwenden sie außerordentlich viel Zeit damit, ihr Versagen vor sich selbst zu rechtfertigen: siehe etwa Dolly Dillons selbstmitleidiges Gejammer in A HELL OF A WOMAN, Lou Fords Verachtung für alle anderen oder Nick Coreys sublimierte Paranoia. Es gibt immer eine Kluft, ein Schisma zwischen der gesellschaftlichen Existenz und dem Privatleben – und es gibt immer jemanden, der droht, dieses Schisma öffentlich zu machen (was dann, automatisch, den Stoff für die Haupthandlung liefert). Ebenfalls häufig finden sich folgende Motive: die Unfähigkeit, über seinen eigenen Tellerrand hinauszuschauen, die endlosen Zweideutigkeiten, die geschickte Manipulation anderer, die Zornigkeit und die häufig maßlose Grausamkeit, mit der man seine Nächsten behandelt: das alles gehört zum Alltag eines Alkoholikers.

»Wenn ich auf mein Leben zurückschaue«, schrieb Jim Thompson, »dann sehe ich, daß ich fast immer nur enttäuscht war, und zwar nur deshalb, weil ich meine Hoffnungen und Ziele stets absurd hoch gesetzt hatte.« Und: »In den Frühstadien meines Alkoholismus genügte es mir, die Menschen um mich herum zornig zu machen. In den letzten Jahren jedoch bin ich gewalttätig geworden. Ich habe mich nie, zumindest nicht absichtlich, mit jemandem angelegt, der zurückgeschlagen hätte, sondern immer nur mit Menschen, die mich mochten oder liebten.«

Wir erkennen nun auch langsam die perfide Art und Weise, wie nicht nur der Alkoholiker selbst, sondern auch die Menschen um ihn herum mit der Zeit blind werden für die Realität ihres Daseins: auch sie können dann nicht mehr unterscheiden, was wahr ist und was Schein: so haben sie dann Anteil an seiner Neuordnung der Welt. Jim Thompsons Familie weigert sich, über seinen Alkoholismus zu sprechen. Sie sagen: Er arbeitete hart, er ernährte die Familie, er war immer für sie da. In einem verschlossenen Hinterstübchen – ähnlich jenem, in das er sich mehr als fünfzig Jahre lang immer wieder zum Schreiben zurückzog –, liegen wohl seine Briefe und Manuskripte, die persönlichen Papiere, die unveröffentlichten Werke: Material, das uns eines Tages vielleicht Aufschluß geben wird über Jim Thompsons schwierigen Weg durch diese Welt, und andere.

Ungefähr in der Mitte von A HELL OF A WOMAN beginnt, ohne irgendeine Einführung oder Erklärung, ein Parallel-Erzählstrang: »Durch dick und dünn: Die wahre Geschichte vom Kampf einen Mannes mit hohen Risiken und heruntergekommenen Frauen«, eine Geschichte, die aus dem eigentlich Text auftaucht wie eine mittelalte Wasserleiche im Strom. Diese Wahnsinns-Anspannung, die bis dahin Dolly Dillon funktionieren ließ, zusammenhielt, zerreißt ihn nun. In diesem miesen, von Thompson wohl durchaus selbstironisch gemeinten, Pulp-Pastiche kommt nun Dollys eigene, nur in kleinen ›Details‹ abweichende Wahrheit zum Vorschein – fiktiv sind sie beide. Diese Parallel-Erzählung taucht in der Folge immer wieder auf, sie entwickelt sich zur zweiten, unterschwellig dräuenden Stimme des Buches, das es nun, langsam, wie Dolly, zerreißt – bis die beiden Stimmen am Ende zusammenfinden: die letzte Seite teilen sie sich, Zeile für Zeile. Das klingt in der Theorie ziemlich selbstzweckhaft-experimentell, funktioniert aber in der Praxis ganz wunderbar, da diese Spaltung ihren Ursprung in dem inneren Druck der Handlung, des Buches selbst hat. Wobei wir eins nicht vergessen dürfen: wir reden hier nicht über einen Text in einer akademischen Vierteljahrespublikation, sondern über ein Pulp-Taschenbuch aus dem Jahr 1954, das damals in einem Ständer neben Süßigkeiten, Zigaretten und Allheilmittelchen verkauft wurde.

Ich muß immer wieder an eine Passage aus THE KILLER INSIDE ME denken:

In vielen Büchern flippt der Autor aus, sobald er zu einem Höhepunkt der Handlung kommt. Er vergißt die Satzzeichen und macht lange Schachtelsätze und faselt von Sternen und schwarzen Strudeln und dergleichen, und kein Mensch weiß, was läuft. Viele Kritiker halten so was für gute Literatur, aber so, wie ich das sehe, ist der Schreiberling nur zu faul, um seinen Leuten zu verklickern, was eigentlich Sache ist. Ich will alles erzählen, und zwar in der richtigen Reihenfolge, damit jeder versteht, wie es gewesen ist.

Und wahrlich, wir lauschen und verstehen: Buch für Buch, aus dem Gestrüpp und Unterholz des Pulps, spricht Jim Thompson zu uns mit seiner unverkennbaren, manchmal tobenden und manchmal tröstlichen Stimme, deren Erzählung häufig Haken schlägt und manchmal nicht weiß, wohin in all den Welten. Kritiker sehen es oft als gegeben an, daß Leute wie Hammett, Chandler oder Cain nur deshalb so bedeutende Autoren wurden, weil sie sich über die abgedroschenen Figuren-Stereotypen und die völlig an den Haaren herbeigezogenen Geschichten erheben konnten; das trifft durchaus auch auf Thompson (wie auch Goodis und Himes) zu, denn es gelang ihm, wieder und wieder, aus hanebüchenem, manchmal sogar völlig ausgelutschtem Material etwas zu schaffen, das man so noch nicht gesehen hatte. Seine Bücher sind schlierige Spiegel der Gesellschaft – und manchmal kommt einer, teilnahmslos gegenüber den Menschen wie ein Hai, und schmeißt einen Stein, und der Spiegel zerbricht.

O'Brien glaubt – so seltsam es auch erst mal klingt –, daß allein die physische Leichtigkeit der Pulp-Taschenbücher die Schwere ihres Inhalts erträglich macht. Ähnlich Dolly Dillons Erzählung war die Welt der Pulp-Taschenbücher völlig unwirklich: einerseits versimplifizierten sie die Realität, andererseits rangen sie ihr eine ganz eigene, krude Poesie der nächtlichen Großstadtstraßen, billigen Absteigen und illegalen Spelunken ab. So entstand eine moderne, spezifisch amerikanische Mythologie, deren Einfluß und Bedeutung bis heute ungebrochen ist.

Und doch, man fragt sich: Wer außer Jim Thompson könnte – speziell in den Zeiten einer rigiden gesellschaftlichen Repression – von Mitgefühl erfüllte Romane über einen Mann ohne Penis, über Soziopathen oder über Inzest schreiben?

Man fragt sich: Wer sonst käme auf die Idee, die Hölle, prall voll mit dantehaften Details, nach Mexiko zu verlegen?

Oder einen Roman zu schreiben, wo sich mit jedem Kapitel die Erzählperspektive verändert?

O'Brien: »Unter all den Lohnsklaven, die sich mit Standard-Variationen über altbekannte Motive begnügten, finden sich auch, hier und da, einzelne Autoren, die von ihrer eigenen Welt sprachen. Diese Werke sind bis heute lesenswert, da sie eigene Perspektiven für die jedermann bekannten Mythen entwickelten – was nur bedingt auffiel, da dem Markt Innovationen eigentlich egal sind: gut ist, was sich verkauft. Diese Autoren sind eine seltsame Bande Vereinzelter mit einem starken Hang zur Melancholie – zumindest insofern melancholisch, als daß sie alle, ähnlich Hammett und Chandler, unzufrieden mit sich selber waren, was nicht so recht zu der äußeren Härte, dem Panache der Pulp-Literatur paßt. Der amerikanische Alptraum: das Versagen, ist ein integraler Bestandteil dieser Welt.«

In FAREWELL, MY LOVELY spielt Jim Thompson den Richter Grayles, einen einstmals mächtigen, nunmehr nur noch alten und gebrechlichen Mann, der nicht einmal mehr den Mund aufmacht, wenn er seine Frau mit einem anderen im Bett findet: er blickt zu Boden und schleicht sich aus dem Zimmer.

In seinen letzten Lebensjahren muß Thompson wohl von einem schleichenden Gefühl des Versagens zerfressen worden sein, in welche abgelegenen Zimmer, welche Hinterstübchen seines Geistes er sich auch verzogen haben mag. Er konnte natürlich nicht ahnen, daß man seine Bücher wiederentdecken, daß sie ein zweites Leben haben würden. Ihr erstes war so kurz, und schnell vergessen. Nun erinnern wir uns wieder an diese Bücher – wie an Narben aus unserer Kindheit, wie Ereignisse, deren Einfluß auf unser Leben wir erst langsam begreifen –, und wir entdecken in diesen Zerrspiegeln Thompsons ein Amerika, das schon damals wahr war, und heute (partiell) real ist.

Aus dem Amerikanischen übersetzt von Olaf Möller. Der Aufsatz erschien erstmals 1990 in *North Dakota Quarterly*. © 1993 by James Sallis

David Goodis: Leben in Schwarz und Weiß
von James Sallis

Wenige Leben sind so voller seltsam-bizarrer Anekdoten und Geschichten wie das von David Goodis.

1950, im Alter von dreiunddreißig Jahren, kehrte David Goodis heim nach Philadelphia – nachdem er seinen ersten Roman mit 21 Jahren veröffentlicht und eine so erfolg- wie ertragreiche Karriere als Pulp-Autor in New York begonnen hatte, die ihm schließlich, mit 28, aufgrund seines (heute, immer noch) bekanntesten Werkes, DARK PASSAGE – vorveröffentlicht als Serie in der »Saturday Evening Post«, verfilmt dann als Bogart-Bacall-Vehikel – einen Sechs-Jahres-Vertrag mit Warner Brothers einbrachte, weshalb er damals nach Hollywood zog; in Philadelphia nun verlebte Goodis, hermetisch-neurotisch abgeschieden, den Rest seiner Tage bei seinem Vater und seiner Mutter, bis zu deren Tod im Jahre 1963 bzw. 1966, dem sein eigener dann rasch, im Jahre 1967, folgte.

In Kalifornien lebte Goodis bei einem Freund zur Untermiete – auf dem Sofa, für vier Dollar im Monat. Fast sein ganzes Leben lang fuhr er mit demselben abgewrackten Chrysler-Kabrio rum. Seine Anzüge trug er, bis sie zerschlissen waren – dann färbte er sie blau – ab und an nähte er noch Etiketten namhafter Designer ein –, und trug sie noch einige Jahre weiter.

Wenn er in einem Restaurant saß, stopfte er sich manchmal rotes Zellophanpapier von einer Zigarettenpackung in seine Nasenlöcher und tat so, als blute er; wenn er durch eine Drehtür ging, schrie er manchmal vor Schmerz, aus Spaß; hin und wieder zog er sich den alten Bademantel eines Freundes über und ging auf die Straße, wo er sich als »exilierter, altrussischer Adliger von königlichem Blute« präsentierte (der Vergleich mit dem verarmten, verrückten Kinboten in FAHLES FEUER drängt sich geradezu auf).

Freunde an der Ost- wie an der Westküste behaupten, daß Goodis oft in die Bars und Nachtclubs der schwarzen Ghettos ging, wo er sich fette Frauen suchte, die ihn so runterputzten und zusammenschrien, wie er's brauchte (und wer weiß, was noch, den Romanen nach zu urteilen).

Der erste Satz seines ersten Romans lautet: »Nach einer Weile wird's so schlimm, daß man alles hinschmeißen will.«

Mit seinem Rückzug nach Philadelphia begann, was Geoffrey O'Brien (in seinem Vorwort zu einer der Black-Lizard-Goodis-Neuausgaben) als »willentlicher wie diskreter Heimfall ins Vergessen« umschrieb: ein Schluß, der einen Neuanfang impliziert, welcher wiederum genauso zweideutig und an den Haaren herbeigezogen wirkt wie so manches ›happy end‹ bei Goodis.

Verschlossene Leben sind die in sich dichtesten, schrieb Blaise Cendrars. Nach der Rückkehr in das Haus seiner Eltern vertrieb sich Goodis die erste Zeit damit, tagsüber in seinem alten Chrysler herumzufahren und nachts die Schwarzen-Ghettos heimzusuchen, alldieweil sich in seinem Kopf, immer mehr und mehr, eine Idee konkretisierte: Er würde für den gerade entstehenden, stark boomenden Pulp-Taschenbuch-Markt arbeiten. So begann er, Buch für Buch (drei für den Verlag Lion, der Rest für Gold Medal), sich selbst von neuem zu erfinden: so begann eine zehn Jahre lange Pulp-Jeremiade, in welcher er seine eigene Geschichte, gerade leicht überhöht, in eine Reihe von Romanen über Verlierer, Mißachtete und Geächtete, Ungeliebte und Verdammte verwandelte. Nichts deutet darauf hin, daß es Goodis um Kunst oder ähnliches Hehres ging: er suchte sich halt eine Publikationsweise, eine Form von Literatur, die ihn ernährte und ihm dabei ein hohes Maß an Anonymität gewährte. »Goodis entschied sich nicht dafür, Pulp-Autor zu werden – das machten die Pulps für ihn«, schrieb einer seiner Exegeten.

So wie sich Goodis' Produktivität dem Unterleib der amerikanischen Literatur zuwandte, wurden die Romane – als seien sie Spiegel seines selbstgewählten Scheiterns – immer mehr und mehr von den Verstoßenen des amerikanischen Traums bevölkert. Seine Geschichten drehten sich um arbeitslose, weil alkoholabhängige Piloten (CASSIDY'S GIRL), um Künstler, die für die Unterwelt als Schätzer von gestohlenen Kunstgegenständen arbeiten (BLACK FRIDAY), um früher mal berühmte Schnulzensänger oder Konzert-Pianisten, die das Schicksal oder ihr innereigenstes Unvermögen zu Pennern oder Kneipenklimperern gemacht hatten (STREET OF NO RETURN und DOWN THERE; ersteren verfilmte Samuel Fuller, letzteren François Truffaut unter dem Titel SCHIESSEN SIE AUF DEN PIANISTEN).

»Auf diese Weise«, so Geoffrey O'Brien, »konnte David Goodis – Ex-Hochliterat, nun schmieriger Zeilenschinder – seine eigene Geschichte erzählen und gleichzeitig seinem Gewerbe nachgehen.«

Und wie: So schuf er sich, Buch für Buch, seine eigene, in der amerikanischen Literatur einzigartige Welt, so schrieb er Romane, die man sofort sowohl an ihrem dicht-nervigen Stil wie auch gewissen beständig wiederkehrenden Obsessionen erkennt.

Jedoch: Je häufiger man diese Bücher liest, desto klarer wird – laut Geoffrey O'Brien –, daß da mehr im Spiel ist als nur ein Verarbeiten gewisser Vorlieben, oder einfach bloß ein Sinn fürs produktive Wiederverwerten: ein Hauch von authentischem Wahnsinn bestimmt diese Romane.

»Wir haben es hier nicht mit einem Dutzend Bücher zu tun, sondern allein mit einem einzigen, welches der Autor, mit Geschick und Phantasie sowie einem gehörigen Maß an Wahnsinn, zwölfmal, leicht variiert, geschrieben hat«, meint Mike Wallington in seiner Einführung zu einer von Zebra Books veröffentlichten Goodis-Anthologie.

Dieses Urbuch erzählt, aus der Sicht seines Protagonisten, die Geschichte eines durchaus selbstverschuldeten sozialen Absturzes, in dessen Tiefen sich der Erzähler – vom Alkohol vernebelt und durch eine masochistische Beziehung immer weiter zurechtgestutzt – nun schicksalsergeben und lebensvergessen eingerichtet hat.

O'Brien dazu: »Jeder, der sich eine Zeitlang intensiver mit diesen Büchern auseinandergesetzt hat, erkennt Goodis' Stil nach einiger Zeit sehr schnell: an dieser ihm eigenen, sehr speziellen Atmosphäre, an diesen drängenden Momenten von Beredsamkeit, an diesem Gefühl, daß die Welt ein uns verschlingender Abgrund ist.«

Zwei Aspekte sind bei alldem außerordentlich.

Erstens: Diese zwölf Bücher sind ein einzigartiges Beispiel von Offenbarungsliteratur in Genre-Form, was insofern bemerkenswert ist, als daß man normalerweise davon ausgeht, daß Genre-Romane aufgrund ihrer starken Reglementierung für diese Art von seelischer Selbstentäußerung nicht geeignet sind; es finden sich auch nur wenige weitere Beispiele dafür.

Zweitens: Es ist mehr als erstaunlich, daß ein Pulp-Taschenbuch-Autor mit derart verschnörkelt-besessenen Romanen seinen Lebensunterhalt verdienen konnte.

»Heutzutage würde etwas so Deprimierendes, etwas so in seiner Litanei des allseitigen Versagens Aufgehendes, wahrscheinlich niemals bei einem großen Verlag erscheinen«, schreibt Geoffrey O'Brien. »Angesichts dessen hat die Präsenz, der Klang von Goodis' so einzigartig persönlicher Stimme etwas von einem Unfall. Diese Stimme hallt aus dem Inneren einer effizient funktionierenden Unterhaltungsindustrie heraus: wie der Schrei eines gefangenen Verdammten.«

Es gibt zwei berühmte Photographien von David Goodis.

Auf der einen sieht man ihn im Profil – Hemdsärmel lässig hochgekrempelt, eine gemusterte Krawatte um den Hals – entspannt vor seiner Schreibmaschine sitzen; seine Arme sind ausgestreckt, die Finger schweben über den Tasten, hin zum nächsten Wort: das Inbild eines professionellen Autors.

Auf der anderen (aufgenommen 1963 in seinem Zimmer in Philadelphia) sieht man ihn von hinten, ein schwarzer Schattenriss vor einem lichtweißen Fenster; im Vordergrund des Bildes ist ein Bett, darauf ein Buch, das durch die Perspektive riesig wirkt.

Am Ende hängt bei Goodis stets alles mit allem zusammen: alles dreht sich im Kreis, so wie alle Straßen immer nur in die eine Sackgasse führen; die eigene Vergangenheit – lang verdrängt, abgehackt, innerlich, wie ein wundbrandzerfressenes Glied – holt einen plötzlich wieder ein: in Gestalt eines Menschen, den man zufällig trifft, einer Frau, deren Gesicht sich in einer Fensterscheibe spiegelt, oder einfach einer Tür, die sich öffnet. Das ganze Leben eines Mannes: es erfüllt sich in einem Fleck auf dem Pflaster, es findet sich in der einen falschen Entscheidung, die er machen mußte, es verblaßt in den so verführerisch dunkel scheinenden Schatten jener ganz wenigen so sicher wirkenden Orte.

STREET OF NO RETURN (1954) beginnt mit drei Pennern, »zweibeinigen Schatten«, die an einer Straßenecke sitzen und sich fragen, wo sie wohl ihren nächsten Drink herkriegen. Einer von ihnen hört auf den Namen Whitey (»Das geschwungene Glas präsentierte ihm eine Miniaturausgabe seines Spiegelbildes, einen kleinen Mann, ganz verloren in der Leere einer trockenen Flasche«); Whitey verläßt die beiden anderen und kehrt erst 209 Seiten später zu ihnen zurück: vorher besucht er, körperlich wie seelisch, noch einmal die Stationen seines Aufstiegs – zum Schlagerstar – und seines Falls – durch seine obsessiv-(selbst)zerstörerische Liebe zu einer Nutte, durch die Schläge der Polizei und durch die Folter einiger Gangster, die seine Stimmbänder ruinieren –, und dann verhindert er zufälligerweise noch eine Rassenunruhe und wird so zum Helden wider Willen.

Es waren drei, die da auf der Straße saßen, an die Wand der billigen Absteige gelehnt. Es war eine bitterkalte Novembernacht, und sie saßen dicht beieinander und versuchten, sich gegenseitig zu wärmen. Der feuchte Wind, der vom Fluß herkam, fuhr schneidend durch die Straße, biß in ihre Gesichter und drang ihnen in die Knochen, aber es schien ihnen nichts auszumachen.

Nach diesem Schema funktionieren im wesentlichen alle Romane von Goodis: die Bücher, und die darin beschriebenen Leben, sind Teufelskreise (unter Strom, und kurzgeschlossen ...). Irgend etwas, irgendwer verpaßt dem erstarrten Leben der Protagonisten einen kleinen Stubs, es beginnt sich wieder zu bewegen, und es bleibt in Bewegung, immer weiter, zumindest für gewisse Zeit ... dann setzt langsam die Trägheit ein, langsam rollt alles aus, bis langsam alles zum Stillstand kommt und das Leben erneut erstarrt. Diese Ruhe muß der Protagonist stets teuer bezahlen: für diese Ruhe, die nun vielleicht das einzig Wertvolle in seinem Leben ist, gibt er alles auf.

»Ein solcher Fall, über Stock und Stein ins Bodenlose, führt dazu, daß man alle Schmerzen zu ignorieren, schlußendlich zu vergessen lernt«, schreibt Mike Wallington. Diese furchtbare Dumpfheit – dieses Dräuen, das wie ein Galgenquerbalken seinen Schatten über jede Seite von Goodis wirft – entspringt der Angst vor der Erinnerung. Für Goodis' Charaktere gibt es kein Entkommen – nur noch mehr verhängnisvolle Fallen, noch mehr Zellen für ihre Gedanken.

In HARDBOILED AMERICA: THE LURID YEARS OF PAPERBACKS stellt O'Brien die These auf, daß es dem Hard-boiled-Roman primär um ein Moment der Präsenz geht: die Worte werden knallhart gesetzt, Schlag auf Schlag, Eindruck für Eindruck, bis die Texte uns, scheint's, zu nahe kommen und aufhören, Zeichenkolonnen zu sein: sie werden Taten. Aber, argumentiert O'Brien weiter: Beim genaueren Hinschauen wird einem etwas Erstaunliches bewußt: Obwohl die Hard-boiled-Romane sich eigentlich um Momente des Handelns – der Interaktion, in Wort wie Tat, zwischen den Charakteren untereinander wie zwischen Menschen und Räumen innerhalb eines gewissen Zeitraums – drehen, haben diese Romane »realiter eine Tendenz dazu, sich, immer wieder, auf einen ›Nullpunkt‹ – einen Augenblick des Schweigens, der Einsamkeit, der Stasis – zuzubewegen und dort zu verharren. Nehmen wir die verführerischen Frauen und die schießwütigen Kerle raus – was bleibt: ein unbehaust wirkendes Zimmer, in dem ein einsamer Mann viele Zigaretten raucht und viele Flaschen Whiskey leert.«

So stellt sich Goodis die Ruhe selbst vor: dies ist der Ort, an den sich seine Charaktere stets zurückziehen, der Zielbahnhof auf ihrer aller Fahrkarten, der Freigang von der Hölle.

Hier zeigt sich auch sehr klar Goodis' enge Verwandtschaft mit den beiden anderen großen Nihilisten des Genres, James M. Cain und Horace McCoy, was wiederum erklärt, warum die Franzosen seine Werke so unerbittlich verteidigten und voller Bewunderung weitreichend verfügbar hielten.

In Cains Romanen dreht sich alles allein um die Begierde. Die Leben seiner Charaktere erleuchten sich schlagartig, wenn sie mit diesem Gefühl in Berührung kommen, sie nehmen plötzlich Gestalt an – dann verlöscht die Flamme wieder, die Gestalt zerfällt, die Figuren verlieren sich wieder in ihrer stumpfen Trübsal. In einem Augenblick künstlerischer Selbstreflektion beschrieb Cain den Kern seines Schaffens so: Gewisse Umstände treiben die Figuren dazu, etwas Schreckliches zu tun – danach ist ihr Leben ein einziges Rückzugsgefecht.

In McCoys Romanen gibt's noch nicht mal mehr dieses Moment der Begierde, dieses Leuchten. Gloria in THEY SHOOT HORSES, DON'T THEY ist, so O'Brien, »ein heiter-gelassener Vampir, der das Nichts liebt«; sie ist in vieler Hinsicht gar kein Charakter, sondern »eine Charakter-Grenze, hinter der die Ödnis der Unmenschlichkeit beginnt«.

Es fällt nicht schwer zu verstehen, warum sich die Franzosen in den Nachkriegsjahren sofort so heimisch und verstanden fühlten bei der Lektüre dieser Romane: Die absolute Bedeutungslosigkeit und Sinnentleertheit allen Tuns hier, dieser Nullpunkt als zentrale Wesenheit des Lebens an sich entsprach exakt dem Zeitgefühl, aus dem heraus während der Kriegs- und Besatzungsjahre der Existentialismus zu sich fand. In der amerikanischen Hard-boiled-Literatur vereinigte sich für die französischen Leser dieses Gefühl von totaler Isoliertheit und beklemmender Angst, das sie aus den Werken von Gide und Malraux kannten, mit diesem ausgeprägten Sinn für Stil, den sie so sehr an den Romanen von Faulkner, Hemingway, Steinbeck und Caldwell bewunderten (und immer noch bewundern).

Die Franzosen erkannten ganz klar, was kein amerikanischer Kritiker jener Jahre sah: daß diese bis auf die Knochen ausgeweideten, aufs absolut Wesentlichste reduzierten und dann noch mal runtergestrichenen Romane von McCoy, Cain oder Goodis, daß dieser Hyperrealismus am Rande der Selbstauslöschung etwas ganz Neues war, eine Form, mit der man den Dingen wie mit einem Skalpell tief und gründlich auf den Grund gehen konnte, und zwar mit einer Genauigkeit, an der es den älteren literarischen Formen mangelte. Die größte Ehrerweisung, die Frankreich selbst diesem Denken erwies, ist einer der größten Romane der Moderne: Albert Camus' DER FREMDE, erschienen 1942, sieben Jahre nach der Erstveröffentlichung von THEY SHOOT HORSES, DON'T THEY.

Perry Miller beschäftigte sich mit dieser französischen Wahlverwandtschaft in seinem bahnbrechenden Artikel »Europe's Faith in American Literature« (erschienen 1951 in »Atlantic Monthly«), ausgehend von der Vorliebe Gides und anderer europäischer Intellektueller für die »gewaltstrotzende«, sprich romantische, amerikanische Literatur, und ihre Ablehnung des Realismus einer Edith Wharton oder Willa Cather. Dieses romantische Amerika-Bild, glaubt Miller, entsprach eher den europäischen Vorstellungen von diesem Land und seiner Kultur – nicht seiner Wirklichkeit, sondern seiner – eh bedeutenderen – poetischen Wesenheit. Diese

Romane bieten dem Leser, so Gide, »einen Vorgeschmack auf die Hölle«: ein grenzenloser Ort der Gewalt und des Schreckens, aus dem es kein Entkommen gibt – der aber wenigstens lebendig ist.

Ich gehe nach Amerika, sagt Svidrigailov in SCHULD UND SÜHNE, kurz bevor er sich an einer Straßenecke erschießt.
So kehrte David Goodis heim nach Philadelphia.

Vielleicht sehen nur die Außenseiter klar: jene, scheint's, Entschlafenen, die in einer anderen Welt erwachen, wie etwa de Tocqueville, oder jene Künstler, die sich in eine innere Verbannung zurückgezogen haben, wie etwa Thoreau oder Baudelaire.
Goodis, das ist sicher, war ein Außenseiter, seine Charaktere sind es ebenso. Was auch immer er da durch sein Fenster in Philadelphia sah – wie schwächlich und dürftig alles gewirkt haben muß: die Welt als Puppentheater mit ihm als einzigem Zuschauer: sein Blick gebrochen durch seine Vorlieben und Obsessionen –: seine Aussicht muß einzigartig gewesen sein.
Die Franzosen interessieren sich weiterhin sehr für Goodis. Gallimard hielt seine Bücher stets verfügbar, auch und gerade zu einer Zeit, als in den USA regulär kein einziger Goodis-Roman mehr lieferbar war; bei Editions du Seuil erschien 1984 Philippe Garniers Studie GOODIS: LA VIE EN NOIR ET BLANC.
Wie jede Monographie bzw. Biographie ist auch diese halb ein Detektiv-Roman und halb eine Reportage: im ganzen ist es das Ergebnis einer Suche, die zu keinem wirklichen Ende kommen kann. Garnier wollte mehr erfahren über diesen Autor, dessen Romane – in den schönen schwarz-gelben Gallimard-Serie-Noir-Ausgaben – er als Junge verschlungen hatte: So flog er in die USA und begann

eine Reise von New York nach Hollywood nach Philadelphia, und sprach dabei mit beinahe jedem (den er fand), der Goodis gekannt hatte. Das Ergebnis ist ein atmosphärisch dichtes, mit Fakten und Geschichten vollgepacktes Werk – man kann aber nicht behaupten, Goodis dadurch besser zu verstehen: er bleibt ein Geheimnis. Ganz am Ende des Buches, wie eine Coda, findet sich ein Interview Garniers mit einer schwarzen Frau, die in den frühen 50er Jahren Goodis' Geliebte gewesen war. »Ihr David«, so Garnier, »kannte keine Sorgen, brauchte sich nicht vor der Welt zu schützen, brauchte auch keine Familie. Wie alle anderen auch glaubte sie, dieses von ihr geliebte Irrlicht sei nun ›der wahre David Goodis‹. Noch einer.«

Zu den wohl aufschlußreichsten Begegnungen Garniers zählt die mit dem Filmemacher Paul Wendkos, der Mitte der 50er Jahre, gemeinsam mit Goodis, dessen THE BURGLAR als Drehbuch adaptiert und dann später selbst verfilmt hatte. Wendkos kam ursprünglich vom Dokumentarfilm, hatte zwischendurch auch Verbindungen zum Avantgarde-Theater; mit THE BURGLAR gab er sein Spielfilm-Debut. Goodis und Wendkos wurden durch die gemeinsame Arbeit Freunde. Wendkos war wie alle anderen Amerikaner, mit denen sich Garnier unterhielt, erstaunt über das Interesse der Franzosen an Goodis' Leben und Werk – er war der einzige, der sich darüber Gedanken machte:

Ich vermute, die Franzosen wußten diese alles umfassende Traurigkeit in Davids Romanen zu schätzen, diese vorurteilsfreie Haltung gegenüber Menschen, die von Schicksalsschlägen getroffen und zerstört wurden, darüber aber nicht ihre Würde, ihre Werte oder ihr Mitgefühl für das Leiden der anderen verloren – und das trotz all dessen, was ihnen das Le-

ben angetan hat. Diese Haltung hat ein gewisses existentialistisches Moment. Ich denke, es ist dieses Moment in Davids Büchern, diese Lebensphilosophie, die die Franzosen erkannten, oder zu erkennen glaubten, gerade nach dem Krieg, als der Existentialismus en vogue war. Diese Sichtweise hat für Amerikaner etwas völlig Befremdendes. Davids Charaktere verlieren niemals ihre Menschenwürde, selbst wenn sie, oberflächlich betrachtet, von Verzweiflung zerfressen sind; der unzerstörbare Glaube an gewisse moralische Grundlagen hält sie am Leben, auch wenn sie sich keine großen Illusionen mehr über die Menschheit machen. Ich glaube, das entspricht, historisch wie philosophisch, recht genau der französischen Nachkriegserfahrung. Für uns Amerikaner ist diese Gefühlswelt kaum nachvollziehbar: wir sind eben unverbesserliche Optimisten ...

Ich habe mich oft gefragt, ob David diese Bücher quasi unbewußt geschrieben hat – ich bin mir zumindest sicher, daß er sich nie solche Gedanken, wie ich mir gerade, gemacht hatte. Er sprach zumindest nie über solche Dinge. Schreiben war für ihn, glaube ich, vor allem etwas sehr Mechanisches. Man wählte halt zwischen bestimmten Formeln. Dennoch, egal wie eng man sich an die Formeln hält, wie kommerziell eine Arbeit auch ist: der Autor gibt seinen Werken immer etwas von seiner Persönlichkeit mit. Ich glaube nicht, daß sich David selbst je als ›ernsthaften‹ Schriftsteller sah. Er sprach so gut wie nie über sich, gab nichts von seiner Persönlichkeit preis – wie jovial auch immer er gewirkt haben mag. [...] Nun, er war ein absolut bemerkenswerter, sehr liebenswerter Mensch, der wie kein zweiter schreiben konnte. Daß die Franzosen das erkannten, daß sie seine Einzigartigkeit als Autor wie als Mensch zu würdigen und preisen wußten, spricht sehr für die französische Kultur, finde ich.

Woran man sich bei Goodis' Büchern – wenn alle Wendungen der Geschichte gemacht und alle Situationen aufgelöst sind – schlußendlich stets erinnert, ist ihre Intensität.

Einerseits ist die natürlich das Geburtsrecht aller Pulp-Taschenbuch-Autoren, schließlich waren diese Bücher, wie ihre Cover schon aufs grellste signalisierten, völlig schamlos und starrköpfig nur auf eins aus: ihre Geschichte an den Mann zu bringen. Populäre Kunst ist per definitionem in der Wahl ihrer Themen wie Mittel stets beschränkt; das unterscheidet sie von ernsthafteren literarischen Formen, denen es um Vielschichtigkeit und Ambivalenz geht. Die Pulp-Taschenbücher, diese Nullnummer-Kellerkinder der Populär-Literatur, waren so weit aufs Wesentliche reduziert, wie's ging: Sie sind das literarische Äquivalent zum Eintakter mit seinem stieren, ständigen Hämmern. Subtilität und Tiefe verbaten sich von selbst: nichts durfte den Blick auf den Kern aus Sex und Gewalt verstellen, was diesen Büchern etwas Kleingeistiges und Niederträchtiges gibt und sie in letzter Konsequenz völlig unwirklich wirken läßt.

Im großen und ganzen beherrschte Goodis das ›mechanische‹ Moment seiner Kunst – oft genug ist es allein diese Routine, erworben in jahrelanger Arbeit für die Pulp-Magazine, die seine Romane zusammenhält und lesbar macht: die sie davor bewahrt, in einem Sumpf aus Psychopathologie und Obsessivität zu versacken. Goodis kannte sein Handwerk, wußte, wie man halt so seine Charaktere von hier nach da bringt: er ist ein guter Reiseleiter, wenn er seine Leser vom ›Moor der Verzagtheit‹ rauf zum ›Herzeleid-Kamm‹ und wieder runter führt. Er wußte, wie man seinen Sätzen Saft gibt, wie man auf die Tube drückt, damit die Geschichte Zug kriegt und immer straff weiterläuft. Und dennoch ist da mehr als bloß gekonnt beherrschtes Handwerk, mehr als bloße Mechanik, mehr als bloße

Dynamik: wieder und wieder bringt Goodis seine Geschichten zum Beben – Schrecken und Faszination –, treibt seine Sätze, seine Charaktere, seine Leser an den Rand des Wahnsinns: Borderline-Literatur.

»Die Stärke seiner Romane«, so O'Brien, »ist, daß die Gefühle seiner Charaktere absolut alles bestimmen: jeden Satz, jede Dialogzeile, jedes noch so kleine Detail in der Beschreibung einer Person. [...] Wenn Goodis schlecht ist, wirkt seine Prosa bloß prall überzogen, am Rande zum Lächerlichen, doch wenn er gut ist, dann haben seine winddurchpfiffenen Straßen und heruntergekommenen Kneipen etwas fast Expressionistisches in ihrer Intensität.«

In einem Roman wie NIGHTFALL, so O'Brien weiter, schafft Goodis eine Atmosphäre, in der alles zugleich absolute Präsenz und rein symbolisch ist: die drückende Hitze einer Sommernacht, der metallene Wasserfarb-Malkasten, der fällt und am Boden zerspringt, die verwinkelte Treppe, auf der der Protagonist durch Zufall von einem Verrat erfährt, und dann die Berge, zu denen hin er schutzsuchend flieht.

Dies ist der Hyperrealismus des Daseinsgrates: des Suffs, des Fiebers und des Wahnsinns. Und wahrlich, da ist eine rein halluzinatorische Kraft in solchen Goodis-Sätzen wie »Das leere Zimmer erwiderte starr seinen Blick« oder »Die Stille kam und setzte sich«, ganz zu schweigen etwa von Parrys ›Dialog‹ mit dem toten Felsinger in DARK PASSAGE oder Vannings ›Zwiegespräch‹ mit seinem Spiegelbild in NIGHTFALL, oder das Ende von DOWN THERE:

Dann hörte er den Klang. Er war zart und sanft, und er kam von dem Klavier. Das ist ein gutes Klavier, dachte er. Wer spielt denn da?
Er öffnete die Augen. Er sah, wie seine Finger über Tasten glitten.

(Psychiater nennen so was Bewußtseinsspaltung).

Es handelt sich hierbei nicht um literarische Spielereien; diese Bilder, Szenen entwickeln sich aus den jeweils genau umrissenen Situationen sowie der verworren-intensiven Gefühlswelt der jeweiligen Charaktere heraus: sie sind poetische Verdichtungen, die als ›Abkürzungen‹ funktionieren und die Goodis so verwendet wie Dichter die Lautung, den Klang ihrer Worte. Wenn Goodis in Hochform war, reichte ihm eine Handvoll sorgfältig gewählter Sätze, ein einziges Bild oder eine leitmotivische Phrase, allein die Farbe eines Zimmers aus, um zum Punkt zu kommen. Nehmen wir als Beispiel den ersten wesentlichen Wendepunkt von DARK PASSAGE – zu finden nach rund vier Seiten –, in dem sich der so unschuldige wie schicksalsergebene, im Gefängnis gestrandete weil von seinem ›Freund‹ Fellsinger betrogene Parry entschließt, sein Leben wieder in die eigenen Hände zu nehmen.

Parry saß auf der Kante seiner Pritsche und starrte auf die Gitterstäbe der Zellentür. Wie eine Schlange, die in einen Tümpel gleitet, glitt ein Gedanke in seinen Kopf. Parry stand auf, ging zur Tür und umfaßte die Stahlstäbe mit seinen Händen. Sie waren nicht sehr dick, aber sehr stabil. Er dachte darüber nach, wie stabil diese Stäbe waren und wie solide die Stahltür am Ende des Ganges D wäre. Wie bereit wäre der Revolver des Wärters am Ende des Ganges E, danach kamen die beiden Wärter am Ende des Ganges F, wie hoch die Mauer war und wie viele Maschinengewehre entlang der Mauer warteten. Die Schlange machte eine Wendung und glitt wieder aus dem Tümpel. Dann kehrte sie erneut um und begann zu wachsen. Sie wurde zu einer sehr dicken Schlange, denn Parry dachte an die Lastwagen, die die Zementfässer in den Bereich des Hofes brachten, wo ein neues Lagerhaus gebaut wurde. Parry arbeitete in diesem Teil des Hofes.

Der Schlaf war eine Tafel, und auf dieser Tafel entstand mit Kreide ein Plan des Hofes. Parry überarbeitete ihn immer und immer wieder, und als er ihn klar vor sich sah, stellte er sich ein weißes X an dem Punkt vor, wo er sein müßte, wenn die Fässer entladen würden. Das X setzte sich in Bewegung, als die leeren Fässer wieder auf den Lastwagen gestellt wurden. Das X bewegte sich langsam und verschwand dann in einem der leeren Fässer, die schon auf dem Lastwagen standen.

Die Tafel war ganz schwarz und blieb so, bis ein Pfeifen ertönte. Der Motor wurde angelassen. Das Geräusch durchbohrte die Wand des Fasses und Parrys Kopf.

Oder nehmen wir direkt den bewunderungswürdig dichten Beginn des Buchs: wie und warum Parry ins Gefängnis kam.

Es war eine üble Geschichte, denn Vincent Parry war unschuldig. Noch schlimmer war, daß er einer von den Menschen war, die nie irgend jemand anderen belästigen und eigentlich ein ruhiges Leben führen wollen. Aber die Gegenseite hatte zuviel gegen ihn in der Hand, und für ihn sprach praktisch gar nichts. Die Geschworenen entschieden, daß er schuldig wäre, und der Richter gab ihm lebenslänglich. Parry wurde nach San Quentin gebracht.

Parrys Prozeß hatte viel Aufsehen erregt, und obwohl nur unbedeutende Leute darin verstrickt waren, war der Prozeß in vieler Hinsicht sensationell. Parry war einunddreißig und verdiente als Angestellter eines Kapitalanlagebüros in San Francisco fünfunddreißig Dollar die Woche. Wenn man dem Staatsanwalt Glauben schenken wollte, dann war Parry sechzehn Monate lang unglücklich verheiratet gewesen. Und, wieder aus der Sicht des Staatsanwaltes, kam eines Winternachmittages eine Freundin der Parrys in das kleine Apartment, wo sie Mrs. Parry mit einem

Loch im Schädel vorfand. So wie die Anklage es darstellte, lag Mrs. Parry im Sterben, und kurz bevor sie ihr Leben aushauchte, sagte sie, daß Parry ihr einen schweren Glasaschenbecher auf den Kopf geschlagen hätte. Der Aschenbecher lag direkt neben dem Körper, und die Polizei fand Parrys Fingerabdrücke darauf.

Das war aber nur die eine Hälfte der Geschichte. Die andere Hälfte gab Parry den Rest. Er mußte einige Dinge zugeben.

Als da wären: daß er und seine Gattin nicht miteinander klar kamen, daß er mit anderen Frauen herumgemacht hatte (für die Untreue seiner Frau interessierte sich das Gericht nicht), und daß er am Tattag nicht arbeiten ging, weil er Kopfschmerzen hatte. Und dann muß er sich noch dafür rechtfertigen, daß er T 5, also nicht kriegsdiensttauglich ist – und nur deswegen, nur deswegen wird Parry für schuldig befunden (Man muß unwillkürlich an Meursault denken: der wird nicht, weil er einen Araber ermordete, zum Tode verurteilt, sondern weil er am Grab seiner Mutter nicht geweint hatte. Und dann erinnert man sich gleich daran, wie Cain den Kern seines Schaffens definierte: Gewisse Umstände treiben die Figuren dazu, etwas Schreckliches zu tun.)

Es fällt nicht schwer zu verstehen, was so viele Regisseure an Goodis fanden: Das Tempo, mit dem das Buch beginnt, dieser Schwall an Informationen, mit denen man konfrontiert wird, diese sanft gleitende, ganz visuelle Bewegung von der Zelle in das Faß: das ist alles äußerst filmisch. Der berühmte Parry-Fellsinger-Dialog, in den der Text so schlank-graziös gleitet wie die Schlange in den Pool, ist allerdings um einiges schwerer filmisch umzusetzen.

Der Körper Fellsingers war blutüberströmt, ebenso der Fußboden. Es gab kleine Pfützen und Rinnsale von Blut. Dazu kamen Blutflecken, die nahe bei Fellsinger sehr groß waren und die kleiner wurden, je weiter sie vom Körper entfernt waren. Weitere Flecken befanden sich auf den Möbeln, und Spuren davon an der Wand. Der Raum war erfüllt von dem karminroten Glanz des Blutes und seinem Geruch. Er drang aus Fellsingers zerschlagenem Schädel, tanzte im Raum und legte sich auf alles. An den Stellen, wo das Blut am Schädel angetrocknet war, glänzte es dunkelrot. Wo es über die Trompete, die neben dem Körper lag, gelaufen war, hatte es eine helle, durchscheinende Farbe. Der Schalltrichter der Trompete war etwas eingedrückt, und die Perlmuttknöpfe der Mechanik schimmerten rosa von Blutspritzern.

Fellsinger lag auf dem Bauch, doch sein Gesicht war zur Seite gedreht. Seine Augen waren aufgerissen, die Pupillen nach oben gerichtet, und man sah viel von dem weißen Augapfel. Es hatte den Anschein, als wollte Fellsinger nach hinten sehen. Entweder wollte er nachsehen, wie schwer er verletzt war, oder er versuchte zu erkennen, wer die Trompete auf seinen Schädel schlug. Sein Mund stand halb offen, und die Zungenspitze ragte ein Stück aus dem Mundwinkel.

»Hallo, George«, sagte Parry tonlos.

Und genauso antwortete Fellsinger: »Hallo, Vince.«

»Bist du tot, George?«

»Ja, ich bin tot.«

»Warum bist du tot, George?«

»Kann ich dir nicht sagen, Vince. Ich wollte, ich könnte es, aber ich kann nicht.«

»Wer war es, George?«

»Kann ich dir nicht sagen, Vince. Schau mich an. Sieh her, was mit mir passiert ist. Ist es nicht schrecklich?«

»Ich habe es nicht getan, George. Das weißt du.«
»Natürlich, Vince. Natürlich hast du es nicht getan.«
»George, du glaubst nicht wirklich, daß ich es nicht getan habe.«
»Ich weiß, daß du es nicht getan hast.«
[...]
»Sie werden schreiben, daß ich dich ermordet habe.«
»Ja, Vince, das werden sie schreiben.«
»Aber ich habe es nicht getan, George.«
»Ich weiß, Vince. Ich weiß, daß du es nicht getan hast. Ich weiß, wer es getan hat, aber ich kann es dir nicht sagen, weil ich tot bin.«
»Kann ich irgend etwas für dich tun, George?«
»Nein, für mich kannst du nichts mehr tun. Ich bin tot. Dein Freund George Fellsinger ist tot.«

Die Bühne des Lebens wird, langsam, mit immer mehr und mehr Leichen übersät. Die Kippen im Aschenbecher neben dem Bett werden im Laufe der Nacht immer mehr und mehr, wie eine ständig wachsende Familie. Ein Mann und eine Frau sitzen gemeinsam in einem kleinen Lichtkegel, während draußen die Stadt mit ihren Fingern aus Neon und Stahl am immer dunkler werdenden Himmel kratzt.

Der Lebenslauf.
Geboren 1917 in Philadelphia. 1919 wird sein Bruder Jerome geboren, der drei Jahre später an einer Hirnhautentzündung stirbt, 1923 sein Bruder Herbert. Besucht die Cooke Junior High (1923–30) und die Simon Gratz High School (1930–35), studiert – so lust- wie erfolglos – ein Jahr (1936) an der University of Indiana und kehrt dann zurück nach Philadelphia, wo er sich für das Studien-

jahr 1937/38 an der Temple University im Fach Journalismus einschreibt. Alldieweil arbeitet er schon an einer Karriere als freier Journalist und Pulp-Autor.

Nach Erscheinen seines Debut-Romans RETREAT FROM OBLIVION (1938) zieht er nach New York. Hier produziert er eine Unmenge an Pulp-Material – bis zu 10.000 Wörter pro Tag, mehr als fünf Millionen Wörter in fünf Jahren –, sowie Hörspiele fürs Radio. Eine feste Anstellung hat er in dieser Zeit nur einmal: 1939 ist er kurz bei einer Werbeagentur beschäftigt.

Goodis' erster Roman, erschienen ein Jahr vor Chandlers THE BIG SLEEP, erzählt eine hemingwayhafte Geschichte über Liebe und Untreue, Glaube und Verrat, situiert vor dem Hintergrund der Bürgerkriege in China und Spanien. Weitere ›hochliterarische‹ Arbeiten werden zumeist abgelehnt. Dafür kann Goodis Dutzende von Kurzgeschichten unter Dutzenden von Pseudonymen in Magazinen wie HORROR STORIES, WESTERN TALES und DIME MYSTERY MAGAZINE publizieren: er überschwemmt sie regelrecht; für Popular Publications etwa schreibt er ganze Ausgaben von Flieger-Magazinen wie BATTLE BIRDS und DAREDEVIL ACES im Alleingang. Außerdem gehört er zum Autorenstamm von Hörspiel-Serien und -Sendungen wie HAP HARRIGAN OF THE AIRWAVES, HOUSE OF MYSTERY und SUPERMAN.

1942 lebt Goodis für einige Zeit in Los Angeles, wo er für Universal an DESTINATION UNKNOWN arbeitet. Dort lernt er eine gewisse Elaine kennen, die er gleich heiratet und die ihn dann nach einem Jahr, nach ihrer Rückkehr nach New York, wieder verläßt; eine Scheidungsurkunde liegt nicht vor.

Bis 1945 hämmert Goodis fleißig weiter Geschichten für die Pulps und Hörspiele fürs Radio runter; bei Hap Harrigan wird er schließlich Mitglied des Produzentenstabs. 1946 verkauft er die Filmrechte für DARK PASSAGE an Warner Brothers; als Folge davon akzeptiert er ein Angebot des Studios und unterschreibt einen Sechs-Jahres-Vertrag, der vorsieht, daß ihm die Hälfte des Jahres für die Entwicklung eigenen Materials freisteht, daß er aber die andere Hälfte für das Studio arbeiten muß. Im Jahr darauf kommt sowohl THE UNFAITHFUL – nach einem Drehbuch von Goodis – als auch die Verfilmung von DARK PASSAGE in die amerikanischen Kinos: beide mit großem Erfolg; außerdem erscheinen die Romane BEHOLD THIS WOMAN und NIGHTFALL.

Goodis' Karriere als Drehbuchautor befindet sich zu dieser Zeit schon in einer Sackgasse – was erstaunlich ist angesichts seiner handwerklichen Sicherheit, seines ausgeprägten Sinns für Spannung und der generell so filmischen Art seines Schreibens. Er ist an einigen Auftragsarbeiten beteiligt, die am Ende alle nicht produziert werden: eine Adaption von Chandlers THE LADY IN THE LAKE, ein gemeinsam mit Lou Edelman entwickeltes Drehbuch namens OF MISSING PERSONS – auf dessen Basis er später seinen gleichnamigen Roman verfaßt –, sowie, gemeinsam mit Jerry Wald, UP TILL NOW, ein episches Werk über den Weg des Menschen ins atomare Zeitalter.

Wir schreiben jetzt das Jahr 1950.

Goodis hat bislang vier Bücher veröffentlicht. In diesem Jahr erscheint mit OF MISSING PERSONS sein letztes Hardcover-Original; im Jahr darauf erscheint bei Gold Medal sein erstes Pulp-Taschenbuch, CASSIDY'S GIRL.

CASSIDY'S GIRL – Goodis' vielleicht bekanntestes Pulp-Taschenbuch – ist eine Studie über das Wesen des Versagens, über die kleinen und die großen Fehler in jedem Leben, geschrieben, so O'Brien, »in Goodis' ganz eigenem Stil, diesem gequälten Lyrizismus der Seelenpein, der so absolut angemessen ist für dieses Thema, diese Welt«. Waddington kommt zu einem ähnlichen Ergebnis, er schreibt: kein Autor zuvor hatte eine derartig tiefgehende Obsession »mit den Schatten der Opfer, der Versager, der Verlorenen, der Vergessenen«: CASSIDY'S GIRL nun ist Goodis' erstes Werk, in dem sich all seine Obsessionen finden, miteinander verbinden: er ist die Basis, auf der all seine weiteren Romane entstehen.

Bestandteil Nummer eins ist die Umwelt, in der die Geschichte spielt: ein Sub-Lumpenproletariat, dessen Träume nicht weiter reichen als bis zu billigen Seidenstoffen und Furnier-Möbeln: absolute, alles umfassende Armut, die zeigt, wie nah am metaphysischen wie realen Abgrund die Menschen bei Goodis leben.

Nummer zwei ist dann der sensible, still in sich hinein nuschelnde, unwissentlich selbstzerstörerische Protagonist der Geschichte: eine im Schutt verlorene Perle, oder besser, passender: ein Bierglas, das man ganz exakt wieder auf seinen Kondensring plaziert hat.

Und schließlich sind da noch die zwei Seiten seines Problems: zwei Frauen; die eine: erdig, fett und besitzergreifend, säuft wie ein Loch und labert einen ständig voll – die andere: eine zarte Gestalt, eine Verlorene, ein Wesen aus fahl-unfaßbaren Träumen, eine Alkoholikerin.

Die vierte Gestalt am Tisch hatte Cassidy noch nie zuvor gesehen. Eine kleine, zerbrechlich wirkende, blasse Frau. Sie mochte Ende Zwanzig sein. Cassidy sah ihre Schlichtheit und ihre Sanftmut. Ein

Hauch von Liebenswürdigkeit. Und doch wußte er in dem Augenblick, als er sie ansah und beobachtete, wie sie ihr Glas hob, daß sie Alkoholikerin war.

Man sah sie sofort. Alkoholiker verrieten sich durch Hunderte kleiner Gesten.

Sie hatte ein leeres Glas vor sich stehen. Sie schaute das Glas an, als wäre es eine Seite in einem Buch und als läse sie eine Geschichte.

Mitten auf der Straße stürzten sie wieder, und Cassidy schaffte es im letzten Moment, sie festzuhalten, bevor ihr Kopf auf das Pflaster schlug. Das Licht einer Straßenlaterne huschte über ihr Gesicht, und er sah, daß ihr Gesicht völlig ausdruckslos war. Der Blick in ihren Augen war der tote, verlorene Blick eines Menschen, dem alles gleichgültig war, der weit darüber hinaus war, sich um irgend etwas zu kümmern.

Er plagte sich mit ihr ab, und dann standen sie wieder auf den Beinen. Sie schritten auf einem Weg, der keine Richtung mehr hatte, liefen zu einer Seite, dann zurück zur anderen; sie drehten sich im Kreis, wichen zurück und kamen schließlich doch auf der anderen Seite der Straße an. Schweratmend lehnten sie sich gegen eine Straßenlaterne.

Als sie dastanden, ernüchterte der feuchte Nebel vom Fluß sie ein wenig, so daß sie sich anschauen und sich erkennen konnten.

»Ich könnte einen Drink gebrauchen«, sagte Cassidy.

Ihre Augen wirkten nicht mehr völlig leblos. »Dann laß uns einen Drink besorgen.«

»Wir gehen zum Lundy's zurück«, erwiderte er. »Und trinken noch etwas.«

Dann plötzlich zitterte sie; er spürte, wie ihr magerer, zerbrechlicher Körper sich an ihn drückte und zitterte; spürte ihren wilden, ungezügel-

ten Versuch, nicht mehr zu stürzen. Er hielt sie und sagte: »Ich bin bei dir, Doris. Es ist alles in Ordnung.«

Die Geschichte dreht sich um James Cassidy, den Ex-Football-Star, Ex-Kriegsheld, Ex-Flugkapitän, und in mehrerer Hinsicht Ex-Mensch: ein Mann, den das Unglück umgibt wie »ein Magnetfeld, fast sogar wie eine verführerische Aura« (O'Brien). Cassidy hat sich langsam an den Rand des Abgrunds gleiten lassen, nachdem man ihn – unschuldig – zum Alleinverantwortlichen für eine Flugzeugkatastrophe gemacht hatte, der 78 Passagiere sowie die gesamte Crew – bis auf ihn – zum Opfer fielen. Jetzt ist er Busfahrer – wenn er nicht gerade mit Mildred, seiner streitlustigen, grobschlächtigen Schlampe von Gattin die Wohnung zertrümmert oder sich bei Lundy's besäuft.

Wichtig war nur, daß er den Bus hatte. Er war nicht so groß wie ein viermotoriges Flugzeug, aber er fuhr und hatte Räder. Und er, Cassidy, saß am Steuer. Das allein zählte. Das allein brauchte er mehr als alles andere. Er wußte, er hatte die Fähigkeit verloren, sich selbst zu kontrollieren, und er hatte sicherlich auch niemals die Kontrolle über Mildred, aber es gab eine Sache auf der Welt, die er unter Kontrolle haben würde. Und dieses Ding war wirklich, und es hatte einen Sinn und eine Bedeutung. Dieses Ding gestattete ihm, seine Hände um ein Lenkrad zu legen und zu schalten. Und das war beinahe so wie in der Zeit, an die er sich noch schwach erinnerte: als er ein Linienflugzeug gesteuert hatte. Es war nur ein alter, klappriger, heruntergekommener Bus, den er fuhr, aber es war ein verdammt guter Bus. Es war ein wundervoller Bus. Denn er tat genau das, was er tun sollte. Denn endlich saß wieder J. Cassidy hinter dem Lenkrad.

Nun, er mag zwar wieder am Lenkrad sitzen – die Kontrolle über die Richtung, in der sich die Dinge entwickeln, hat er deshalb aber noch lange nicht zurückgewonnen. Die gegenläufigen Anziehungskräfte der beiden Frauen zerreißen ihn innerlich. Dazu kommt, daß er, wie die meisten Alkoholiker, die Welt nur gebrochen, als Spiegelung seiner selbstsüchtig-hintertriebenen Wünsche wahrnehmen kann. Gegen Ende des Buches findet sich eine Stelle, wo Cassidy – im Rahmen eines unabwendbaren und Goodistypisch widersinnigen ›happy end‹ – zu folgender Erkenntnis kommt:

Nun begriff er auch, wie vergeblich es war, Doris retten zu wollen. Es gab keine Möglichkeit, sie zu retten. Sie wollte gar nicht gerettet werden. Seine Versuche, sie vom Alkohol wegzubringen, beruhten auf einer falschen Voraussetzung, und sein Motiv war auch eher selbstsüchtig als edel gewesen. Sein Mitgefühl, das er für Doris empfand, war nur die Widerspiegelung des Mitgefühls, das er für sich selbst empfand.

So ein schales Ende, so eine falsche Lösung aller Probleme findet sich in vielen seiner nach CASSIDY'S GIRL entstandenen Romane. Den impotenten Alkoholiker in OF TENDER SINS etwa erlösen die Weisheit und die psychoanalytischen Einsichten eines alten Schwarzen, der wie er auf dem Weg nach Unten sein Dasein fristet; der Pyroman in FIRE IN THE FLESH stillt seinen ewigen inneren Durst – wonach? – zuerst mit billigem Wein, dann mit freudianischen Selbsterkenntnissen. »Die meisten Romane von Goodis«, meint O'Brien, »sind nach demselben psychologischen Muster gestrickt. Alles in ihnen drängt zu einem Moment der Befreiung, der Erlösung, der Auflösung aller Konflikte; einige der Geschichten finden sogar zu einem – eher hypothetischen – ›happy end‹. Dennoch, was auch immer sich Goodis in seiner Rolle als Autor zusammenstrickt: es ist nie mehr als literarischer Zweckoptimismus. Die Verzweiflung kennt kein Ende.« Goodis' letzte Werke sind, seiner Ansicht nach, dann so derartig depressiv, daß diese Stimmung selbst den Satzrhythmus färbt.

Es ist mehr als nur wahrscheinlich, daß Goodis – ähnlich Cassidy in der oben zitierten Passage – seine eigenen Probleme in die anderen, sprich seine Charaktere, hineinprojizierte, um sich so, verdichtet, die ganze Last seines Versagens von der Seele zu schreiben. In gewisser Hinsicht sind seine Romane eine einzige Selbst-Rechtfertigung; einer davon, der in den Dreißigern situierte THE BLOND ON THE STREET CORNER, ist, scheint's, eine kaum verschlüsselte Autobiographie: Ein Schriftsteller wird von einer älteren Alkoholikerin ruiniert und dabei gezwungen, sich mit seinen sexuellen Bedürfnissen und Begierden ernsthaft auseinanderzusetzen – mit traumatischen Ergebnissen.

O'Brien glaubt, in einer der ersten Passagen von CASSIDY'S GIRL eine Zusammenfassung von Goodis' ganzer Weltsicht gefunden zu haben:

Abgesehen von der Bezahlung war es für Cassidy auch gefühlsmäßig wichtig, diese Art von Arbeit zu erledigen. Die Augen auf die Straße zu richten und sich auf das Lenkrad zu konzentrieren bot einen wirksamen Schutz gegen irgendwelche Katastrophen, die von innen oder außen auf ihn eindringen konnten.

Hier spricht Goodis selbst, glaubt O'Brien: nicht über das Lenken eines Busses, sondern über das Schreiben eines Romans: sein

Schreiben. Goodis' Romane, meint O'Brien, liest man nicht wegen ihrer Geschichten oder ihres Stils: man liest sie wegen diesem beständigen Gefühl eines nahenden Zusammenbruchs, wegen dieser unerträglich gleißenden, fast hysterischen, alles durchdringenden Intensität, wie sie die Beschreibung einer Straßenlaterne, oder das gelbe Licht im Fenster einer Kneipe, ja sogar die Sprache selbst färbt, besser: schwärzt und weißelt.

»Goodis hatte weder ein großes Talent für die Beschreibung seiner Figuren noch war er besonders gut darin, irgendwelche Abläufe zu schildern; seine Handlungsbögen waren weder geist- noch einfallsreich; seine Charaktere blieben dieselben, Buch für Buch. Aber da ist dieser Schmerz in den Büchern wie in ihm, dieser Schmerz, der seine Charaktere trennt von der Realität. Sein Held ist ein angsterfüllter, einsamer, weltferner, meist alkoholabhängiger Mann. Er raucht eine Zigarette nach der anderen. Er streift ziellos durch die Straßen, ohne dabei je einen Freund zu treffen. Er sitzt in einem Hotelzimmer und starrt aus dem Fenster, oder er stürzt sich plan- und ziellos in eine Arbeit, um sich so vom Rest der Welt abzuschotten.«

In seinen besten Büchern, so O'Brien, findet Goodis zu einer so einzigartigen wie eigenen Poesie der Einsamkeit und Furcht – selbst seine glanzlosen Nebenwerke beben so vor Leben, wieder und wieder, wenn auch nur für einen Augenblick.

»Seine Romane wirken manchmal, als seien sie Improvisationen eines Autors, der unbedingt immer weiter und weiter schreiben, der die Worte und Seiten hinter sich lassen muß. Er schreibt, weil er jetzt noch diese Seite vollkriegen muß, um dann dieses Kapitel zu Ende zu bringen, und dann das nächste Kapitel, und dann, dann das nächste Buch zu beginnen: das muß er einfach. Das zentrale Motiv seines Werkes ist der verwundete Mann: seine Kräfte haben ihn verlassen, er schleppt sich vorwärts, ahnend, daß er's am Ende doch nicht schaffen, daß alles umsonst gewesen sein wird.«

Was für eine Bedeutung, schließlich, hat bei all dem Elaine, dieser so geheimnisumwobene wie mächtige Einfluß auf Goodis' Leben?

Die Ehe zwischen Elaine und Goodis hielt weniger als ein Jahr; diese Zeit jedoch, so glauben einige seiner Freunde, diese Erfahrung hat Goodis für immer zerstört: seine Seele erlitt unheilbare Wunden. Eins ist sicher: Elaine – mehr die Erinnerte als die real Erfahrene – war das Urbild all jener anstrengend-anspruchsvollen, alles verschlingenden Frauen in seinen Romanen – was man nun nicht genau einschätzen kann, ist, wie sehr Goodis wirklich unter ihr gelitten hatte: erkannte er nicht vielleicht erst durch sie, daß er ein Masochist war, daß er ein Gefühl der Unterdrückung brauchte?

Goodis' Cousin beschreibt Elaine als rothaarig, anziehend und sexy, wenn auch – im Model-Sinn – nicht besonders bemerkenswert gebaut. Sie hatte große Brüste und ein »prächtiges Hinterteil«, erinnert er sich, was alles durch ihre stets eng anliegende Kleidung noch betont wurde.

Goodis erzählt oft seiner Freundin Jane Fried von Elaine, allerdings erst viele Jahre später.

Die wiederum sprach mit Garnier: »Ich glaube, sie haben 1942 oder '43 geheiratet. David meinte, sie sei in keinster Weise die Art von Frau gewesen, von der er erwartet hätte, daß sie ihn heiraten würde. Er beschrieb sie als so eine Art Höhere Tochter: durchschnittlich-wertkonservativ, schwer zufriedenzustellen, und etwas etepetete. Ich kann das nicht beurteilen, aber sie hatte wohl allerhand Stil. Wie auch immer: Die Ehe war ein Desaster. Sie wurde ihn denn auch schnell wieder los; sie fand ihn anscheinend zu eigenartig, er war ihr wohl nicht reif, nicht weltgewandt genug. Sie haute dann ab nach New York. Er fuhr mehrere Male zu ihr und versuchte, sich wieder mit ihr zu versöhnen. Sie arbeitete in einem eleganten Bekleidungshaus und schämte sich immer zu Tode, wenn er da auftauchte und sie belästigte – so wie er immer angezogen war ... David machte das mit Absicht; er zog sich schäbiger an als üblich, um wirklich so richtig erbärmlich zu wirken; so stellte er sich dann vor das Schaufenster oder vor die Tür.«

Marvin Yolis, ein Freund von Goodis aus Los Angeles, erinnert sich an eine für die Ehe wohl typische Anekdote, die Goodis dann in BEHOLD THIS WOMAN verarbeitete.

»Allem Anschein nach hatte sie ihn völlig unter ihrer Fuchtel, worunter er schrecklich litt. Sie war rothaarig und hatte große Brüste, die David regelrecht anbetete. Als sie in New York lebten, passierten häufig Geschichten wie diese. Sie weckte ihn mitten in der Nacht auf und sagte: ›Willst du meine Brüste sehen?‹ Und er sagte natürlich ja. Dann schickte sie ihn weg, etwa um ihr ein Eis zu besorgen – mitten in der Nacht! –, wofür er dann natürlich lange brauchte. Wenn er dann mit dem Eis zurückkam, fing sie an, ihn wüst zu beschimpfen, weil er sie geweckt hatte. Er meinte zu mir, daß sie ihn physisch wie psychisch zerstört hätte. Er konnte zwar – nach allerhand Jahren – mit mir darüber reden, und er konnte sogar ein wenig darüber lachen – die Spuren aber waren unübersehbar da; ich bin mir sicher, daß ihn die Zeit mit Elaine für immer verändert hat.«

Abgesehen von der ›Drehbuch-Novellisierung‹ OF MISSING PERSONS – erschienen 1950, dem Jahr, in dem Goodis seine Pulp-Taschenbuch-Karriere begann –, war sein letztes Hardcover-Original – nach RETREAT FROM OBLIVION (1938), DARK PASSAGE (1946) und NIGHTFALL (1947) – ein merkwürdiger Roman namens BEHOLD THIS WOMAN (1947).

Als dieses ob seines Inhalts nicht gerade karriereförderliche Buch erschien, war Goodis »gerade mal 30, und schon auf dem Höhepunkt seiner Karriere«, schreibt O'Brien. BEHOLD THIS WOMAN ist, seiner Ansicht nach, »der Traum eines Masochisten« und somit Goodis' erstes Werk, in dem er seinen innersten sexuellen Obsessionen eine literarische Form verlieh.

Dieses Porträt eines alles verschlingenden Weibsteufels ist wohl Goodis' Versuch, seine Zeit mit Elaine zu verarbeiten, lies: seine Sicht der Dinge darzustellen. Das Buch ist richtig schlecht, erbarmungslos bedrückend, vollgestopft mit manchmal haarsträubend lächerlichen Szenen (O'Brien nennt etwa den Höhepunkt des Buches, die Ermordung der Bösen Frau, ein »dreiseitiges Sperrfeuer von Fleischfetzen«) – es ist jedoch genau das ›Schlechte‹ an diesem Buch, das es so interessant macht: es ist ein Werk allertiefster Pein und Scham.

Mit diesem Aspekt, dieser ›Schlechtigkeit‹, beschäftigt sich Philippe Garnier eingehend in einem Kapitel seiner Goodis-Biographie, das sich primär um die soziale Zugehörigkeit der Leserschaft von Pulp-Taschenbüchern dreht. BEHOLD THIS WOMAN wirkt – so seine These –, als sei er eigentlich für den Lore-Roman-Markt geschrieben worden.

Das Buch ist das literarische Äquivalent zu einer Seifenoper; als solches hat es mehr mit der Welt von Cain und seinen »Märchen für Erwachsene« gemein als mit Goodis' Gossen-Milieu der für immer Verlorenen. Diese Lore-Romane sind wortgewordene Tagträume von all jenen Dingen, die für ihre Leserschaft unerreichbar sind: Ein Leben in exorbitantem Luxus, voller Abenteuer und schicksalhafter Begegnungen. Geschrieben werden diese Bücher meist von Menschen, die sich gern an Schaufenstern die Nase plattdrücken, die stundenlang vor Schmuckvitrinen und Kösetheken stehen können; für Goodis, einen leidenschaftlichen Katalogleser, hatte dieses Genre, bei aller Lächerlichkeit, etwas durchaus Verführerisches. Da Goodis zu Luxus an sich kein Verhältnis hatte, konnte er ihn nur als Fetischwelt voller Fallen zeigen.

Eine der Hauptfiguren von BEHOLD THIS WOMAN ist der gekkenhafte Leonhard, »ein veritabler Katalog auf zwei Beinen«, zu dessen Leidenschaften dunkelblauer Cheviot sowie ein Parfum namens Montana Saddle zählen. Sein weibliches Pendant, Clara, gehört zu der Sorte Frauen, die ständig an Schokoladenriegeln lutschen, sich selbst mit Edelsteinen aller Art belohnen und für jeden Tag der Woche die gesamte Garderobe (plus das Badesalz) in jeweils einer Farbe zusammen passend haben. Wenn Goodis über den drallen Charme dieser Domina schreibt, steht seine Prosa, so Garnier, den irreal-überladen-zotigen Ergüssen viktorianischer Pornographen in nichts nach.

Man kommt nicht umhin, die sardonisch-boshaften Untertöne dieses seltsamen Romans zu bemerken. Die Geschichte ist absurd und dämlich; der Tonfall des Romans ist verstiegen; in vielen Einzelheiten ist er einfach bloß lächerlich. Dennoch: dieses Werk erzählt, offenbart uns – endlich!, vielleicht ... – mehr über den Menschen David Goodis als sämtliche seiner Noir-Romane zusammen.

Nun ist es schon erstaunlich, mit was für einem Unsinn das Buch vollgestopft ist: die Figuren treffen sich z. B. immer nur unter völlig an den Haaren herbeigezogenen, allerhahnebüchensten Umständen. [...] Und natürlich frönt Goodis auch hier, in einem Hausfrauen-Roman, seiner Faszination für den Faustkampf: alle paar Seiten wird wer umgehauen.

Man muß sich schon ernsthaft fragen, wie so ein Buch einen Verleger finden und veröffentlicht werden konnte.

Die Antwort darauf ist simpel: Goodis besaß ein gewisses Maß an Ruhm: zum einen, weil DARK PASSAGE als Fortsetzungs-Roman in der »Saturday Evening Post« veröffentlicht worden war, und zum anderen, weil er entscheidende Anteil an einigen erfolgreichen Filmprojekten hatte. Im wesentlichen jedoch ist BEHOLD THIS WOMAN eine Vorstudie für Goodis' Pulp-Taschenbücher, bei denen er im großen und ganzen machen konnte, was er wollte. Knox Burger, zu jener Zeit Lektor bei Gold Medal, erinnerte sich daran, daß sich Goodis immer unwohl zu fühlen schien – speziell wenn man ihn bat, sein Manuskript noch einmal zu überarbeiten, was bis dahin wohl nie vorgekommen war.

Burger beschreibt Goodis als schüchtern und sehr ungelenk im Umgang mit anderen. Er gelangte zu folgender Einschätzung:

Meiner Meinung nach spielte David Goodis nicht in derselben Liga [wie etwa John D. MacDonald oder Jim Thompson]. Zu meiner Zeit wollte er anscheinend an anspruchsvolleren Projekten arbeiten. Nun, er war zwar überaus ambitioniert, besaß aber weder die entsprechende technische Finesse noch das nötige Talent. Er war zum Beispiel nie fähig, das nötige Maß an Spannung und Neugierde im Leser auf-

zubauen: seine Romane waren von der Konstruktion her einfach zu schwach.

Zu Zeiten meines Vorgängers Dick Carroll schrieb Goodis für Gold Medal an seinem Proleten-&-Verdammten-Zyklus. Das war ein erster Versuch, glaube ich zumindest, wieder auf die Beine zu kommen – vergeblich, meines Erachtens nach: Goodis hatte sich leergeschrieben, die Quelle war versiegt.

Goodis kehrt also zurück nach Philadelphia, in das Haus Nummer 6305, North 11th Street. Wir werden uns immer an dieses Haus erinnern, wegen des Photos, das dort entstand, wegen der Dunkelheit darauf und dessen Feindseligkeit. Verschlossene Leben sind die in sich dichtesten. Und wir erinnern uns an eine Bemerkung von Garnier: weil Goodis selbst in einer schwarzen Welt voll grauer Schatten lebte, mußte er in BEHOLD THIS WOMAN so schrill frohlocken: »Es ist so wunderbar, in einer Welt voller Farben zu leben.«

Dort, im Haus seiner Eltern, findet sein Leben noch kein Ende – so dramatisch und zu Goodis passend das auch gewesen wäre. Er zieht sich also zurück an die Brust der Familie, kümmert sich um die weitere Zukunft seines schizophrenen Bruders Herbert, versorgt seinen kranken Vater und wird, nach dessen Tod im Jahre 1963, zur einzigen seelischen wie materiellen Stütze seiner Mutter. Manchmal geht er aus essen mit alten Freunden wie etwa Jane Fried, die Garnier so viel über Goodis' letzten Jahre erzählen konnte. 1962 fährt er nach New York zur Premiere von SCHIESSEN SIE AUF DEN PIANISTEN, um François Truffaut kennenzulernen. Er unternimmt eine kurze Reise nach Jamaica und Barbados. Und immer wieder und wieder zieht's ihn in die schwarzen Nachtclubs, hin zu seinen Affären mit seinen – vielleicht realen, vielleicht bloß ersehnten – schwarzen Geliebten, von denen er ständig seinen Freunden erzählte und deren Existenz er sorgsam vor seiner Familie verheimlichte.

Weitere Romane entstehen. 1952: STREETS OF THE LOST und OF TENDER SIN; 1953: THE BURGLAR und MOON IN THE GUTTER; 1954: THE BLONDE ON THE STREET CORNER, STREET OF NO RETURN und BLACK FRIDAY; 1955: THE WOUNDED AND THE SLAIN (in dem er u. a. seine Jamaica-Reise verarbeitet); 1956: DOWN THERE; 1957: FIRE IN THE FLESH; 1961: NIGHT SQUAD.

Jeden Morgen zieht sich Goodis in sein Arbeitszimmer zurück, um zu schreiben, verläßt es mittags kurz zum Essen und für sein anschließendes Nickerchen, zieht sich danach wieder in sein Arbeitszimmer zurück und schreibt weiter, bis in den frühen Abend hinein. Seine Mutter, die ihm jeden Tag das Essen bereitet, schirmt ihn systematisch ab: Anrufer bekommen stets den Satz ›David arbeitet gerade‹ zu hören. Er spricht nie über seine Arbeit, abgesehen vielleicht von Bemerkungen wie ›Ich muß diesen Kram für Fawcett endlich zu Ende kriegen‹, oder ›Heut' ist mir nichts richtig eingefallen‹.

Mit dem Tod seines Vaters im Jahre 1963 beginnt Goodis' bis dahin so wohlbehütetes Leben zu zerfallen: sein Schutzraum, sein sicherer Hafen liegt in Schutt und Asche. Er schreibt nur noch selten, und wenig. 1965 versteigt er sich in die fixe Idee, daß die Produzenten von THE FUGITIVE das Konzept zu dieser Serie von ihm, aus seinem Roman DARK PASSAGE gestohlen hätten; er strengt eine Klage an, ohne Erfolg. Im Jahr darauf stirbt seine Mutter: Goodis scheint nun endgültig den Kontakt zur Realität zu verlieren; bald darauf läßt er sich in eine psychiatrische Anstalt einweisen.

Am 7. Januar 1967, um 11.30 h nachts, stirbt David Goodis im Albert Einstein Medical Center; er wurde 49 Jahre alt.

Im Verlauf jenes Jahres erscheint bei Banner (Avon Books) ein letzter Roman von David Goodis: SOMEBODY'S DONE FOR. Zu jener Zeit ist in den USA kein anderer Roman von Goodis mehr lieferbar. Erst zwanzig Jahre später wird man dort erneut Bücher von David Goodis verlegen: 1987 startet Black Lizard seine Goodis-Edition mit der Wiederveröffentlichung von BLACK FRIDAY, SHOOT THE PIANO PLAYER und NIGHTFALL.

Aus dem Amerikanischen übersetzt von Olaf Möller.

Schwarz mit rosaroten Schleifchen:
Daniel Pennacs Malaussène-Serie
von Sabine Janssen

»Die Liebe, meine Klarinette, es ist die Liebe, die uns in diesen Zustand versetzt. Sieh dir nur deine Schwester an!«[1] Klingt so etwa ein Roman Noir? Wo bleibt die Härte, wenn ein kleiner Junge durch seine rosarote Brille sieht, daß eine Oma einen Blondschopf in eine Blume verwandelt?[2] Wo steckt der Sinn für Realität, wenn ein knöchernes Mädchen einer zur Polizistin gewordenen Nonne ein Kind vorhersagt?[3] Was ist das für eine schöne heile Welt, in der der nach einem Kopfschuß im Koma liegende Serienheld Benjamin Malaussène auf wundersame Weise gerettet wird[4] ebenso wie ein Band später sein noch ungeborener Sohn[5]. Wer Daniel Pennac liest, hat keinen

Daniel Pennac

Grund zur Traurigkeit: Die kinderfressenden Ungeheuer eliminieren sich am Ende selbst[6]. Die Gerechtigkeit trägt den Sieg davon, weil ein Bulle, der handgestrickte Pullis trägt, kaltblütig einen Ledernacken umlegt.[7] Die Nonne bekehrt die Nutten[8], die Großfamilie bewahrt die alten Männer vor der Einsamkeit[9]. Liebe und Literatur leuchten all jenen, die im Pennac'schen Universum schwarz sehen.

In einem Genre, das sich Depression und Zynismus auf die Visitenkarte schreibt, kommt Pennac daher wie Rotkäppchen im Rotlichtviertel. Weshalb aber wurden dann die ersten beiden Bände der Malaussène-Serie, IM PARADIES DER UNGEHEUER und WENN NETTE ALTE DAMEN SCHIESSEN[10], in der Série Noire von Gallimard veröffentlicht? Warum erschienen sie in Deutschland in der Thriller-Reihe von Rowohlt?

Versehen? Unwahrscheinlich. Marketing? Sicher, ein schwarzes Deckmäntelchen könnte werbeträchtig wirken. Aber ein blüten-

1 Pennac, Daniel: *Im Paradies der Ungeheuer*. Reinbek: Rowohlt, 1995.
2 ders.: *Wenn nette alte Damen schießen*. Reinbek: Rowohlt, 1990.
3 ders.: *Monsieur Malaussène*. Köln: Kiepenheuer & Witsch, 1997.
4 ders.: *Königin Zabos Sündenbock*. Reinbek: Rowohlt, 1991.
5 vgl. *Monsieuer Malaussène*.
6 vgl. *Im Paradies der Ungeheuer*.
7 vgl. *Wenn nette alte Damen schießen*.
8 vgl. *Monsieur Malaussène*.
9 vgl. *Wenn nette alte Damen schießen*.
10 Die Reihenfolge der französischen Originale unterscheidet sich von der der deutschen Ausgaben. Im Original: *Au bonheur des ogres/Im Paradies der Ungeheuer* 1985, *La fée carabine/Wenn nette alte Damen schießen* 1987, *La petite marchande de prose/Königin Zabos Sündenbock* 1989, *Monsieur Malaussène* 1995, *Les fruits de la passion* 1999 (im Oktober 1999 noch nicht übersetzt).

weißes Buch in schwarzer Hülle wäre Betrug am Leser. Das leistet sich kein Verlag. Ergo, Theorie unbrauchbar. Sollte die kleine Formalität vielleicht doch als ein erstes Indiz ernstgenommen werden? Daß der Schein trügt, ja, trügen muß, weiß jeder, der Miss Marple bei der Arbeit verfolgt hat. Verdächtig auch Pennacs alter Stoijl. Der grummelt: »Wenn es einen Gott gibt, dann hoffe ich, daß er eine gute Entschuldigung parat hat.«[11] Das läßt auf Schwärze hoffen!

Kein Ergebnis ohne Ermittlung. So zumindest war es noch bei Miss Marple. In der Regel beginnt diese am Ort des Geschehens und den dort Anwesenden. Wie es sich für neuere französische Krimis gehört, spielt die Malaussène-Serie am Rande von Paris. Pennac hat das Multi-Kulti-Viertel Belleville zur Drehscheibe seiner Romane gemacht. Leider nur entspricht es nicht dem, was das Klischee verspricht: Ausländer, sicher, aber kein Ghetto der Gestrandeten, Arbeitslosen und Sozialhilfeempfänger. Dafür ein friedfertiges Zusammenleben, das Pennac in einem Interview einmal als friedfertiges Dorfleben beschrieb: »Und so ist Belleville ein Planet im kleinen. Hier leben Polen, Türken, Armenier, Portugiesen, Italiener und viele andere Nationalitäten nebeneinander und miteinander. Sie leben hier so, als sei es die letzte Chance in ihrem Leben. Das verbindet sie. Und das finde ich einfach wunderbar.«[12] Kein Boden für Trostlosigkeit also.

Die Bewohner von Belleville sind aus Sicht des Roman Noir vielversprechende Außenseiter: Benjamin Malaussène und seine gebärfreudige Großfamilie, der man mit Leichtigkeit das Etikett

---

11 *Wenn nette alte Damen schießen* 1990: 15.
12 Interview von Petra Kammann. Argus Buch Journal. Zürich, 9.6.1997: 14.

»asozial« anheften könnte, allen voran der jeweils von unterschiedlichen Männern ewig-schwangeren Mutter. Doch nein, sie ist eine jungfräuliche Erscheinung. Nur hinterläßt sie Kinder wie Orgelpfeifen (in der Reihenfolge ihres Alters): Ben, ein Sonder-(Sünden-)Fall; Thérèse, die Sternenkundige; Clara, die Fotografin mit der samtenen Stimme; Jérémy, der Täufer, der seine Schule in Brand setzt; der Kleine, der durch seine rosarote Brille einen zerplatzenden Kopf für eine Blume hält; Verdun, die Kriegerische ... Mit jedem Roman kommt ein Kind hinzu, dem Jérémy, der Kleine mit der großen Klappe, einen Namen verpaßt. Wer die Malaussènes frequentiert, begibt sich in gute Gesellschaft: Benjamins arabischer Freund Hadouch und seine Aufpasser, der schwule Théo, der halbvietnamesische, knarzköpfige Bulle Van Thian, die Polizisten-Nonne Gervaise. So suspekt diese schrägen Vögel scheinen mögen, so sicher stehen sie auf seiten des Guten. Sie sind nicht nur unschuldig, sie sind die besseren Menschen: hilfsbereit, solidarisch, ehrlich. Vielversprechend im Ansatz, aber als Noir-Literatur: Fehlanzeige. Das Böse muß woanders stecken!

Nimmt man nun also sherlock-mäßig die Lupe zur Hand und sucht die Umgebung ab, kommen die Risse dieser wundersamen Welt ans Licht. Tatsächlich, jenseits des friedlichen Malaussène'schen Mikrokosmos, der Happy Ends, der märchenhaft angehauchten Figuren und ihrer sagenhaften Lebenszähigkeit sieht die Welt schon viel düsterer aus. Wer die rosarote Brille beiseite schiebt, entdeckt bei Pennac eine korrupte, gierige und perverse Welt, die der unsrigen doch verdammt ähnlich sieht.

IM PARADIES DER UNGEHEUER spielt in einem Konsumtempel unserer Tage. Dort arbeitet Protagonist Benjamin Malaussène. Dort sorgt eine Reihe von Bombenattentaten für Aufruhr. Die

Motive liegen in der Vergangenheit und sind mehr als rabenschwarz: In der Zeit des besetzten Frankreich fand eine Sekte Spaß daran, in einem geschlossenen Kaufhaus jüdische Kinder zu opfern. Während Pennac im ersten Band düstere Gelüste noch relativ geradlinig präsentiert, beginnt ab dem zweiten Band das Verbrechen aus allen Ecken zu wuchern: Da werden alte Frauen ermordet, aber auch Polizisten von alten Damen erschossen, alte Männer drogenabhängig gemacht, eine Journalistin gefoltert und mit Immobilien spekuliert. In WENN NETTE ALTE DAMEN SCHIESSEN – im übrigen eine sehr unzureichende Übersetzung des Originals LA FÉE CARABINE – stecken Polizei, Verwaltung und Spekulanten unter einer Decke und üben als ehrenwerte Bürger unehrenhafte Morde aus. Schön schwarz also. In KÖNIGIN ZABOS SÜNDENBOCK nimmt Pennac den Literaturbetrieb selbst aufs Korn: Mit einer Marketing-Kampagne will die Verlagschefin Königin Zabo dem anonymen Erfolgsautor JLB endlich ein Gesicht verpassen. Leider nur erweist sich die Kampagne als recht bleihaltig für viele Beteiligte, und am Ende ist es der Mörder, der einer betrügerischen, verlogenen Polit- und Verwaltungskaste zum Opfer gefallen ist. Geldgier und nebenbei auch pure Boshaftigkeit sind die Motive in MONSIEUR MALAUSSÈNE, dem vierten und weitschweifigsten Band der inzwischen fünfteiligen Malaussène-Serie (LES FRUITS DE LA PASSION 1999). Wieder lauert das Verbrechen an vielen Ecken. Es läßt nur auf sich warten. 148 von 607 Seiten vergehen in schönster Harmonie, bis das erste kleine Übel in Sichtweite kommt. Dann aber sterben ehemalige Prostituierte, weil sie wegen ihrer Tätowierung gehäutet werden. (Das Schweigen der Lämmer läßt grüßen!) Jemand fälscht ein medizinisches Gutachten, was dazu führt, daß Ben und seine Julie ihr Kind abtreiben, und diverse

Leute des Filmbusiness, darunter der Urheber des »Einzigen Filmes« und sein Sohn, müssen eines gewaltsamen Todes sterben. Gott sei Dank, bei Pennacs Verbrechen wird man endlich fündig: die Gesellschaft ist korrupt, das Verbrechen realistisch, die Täter brutal.

Jedes Verbrechen wiederum braucht einen Schuldigen, und deshalb beläßt es Pennac nicht, wie es noch Chandler tat, beim Aufzeigen von Korruption, Gier und perversen Gelüsten. Sein illusionsloser Blick schweift weiter zu gesellschaftlichen Mechanismen, von denen er einen in der Person des Benjamin Malaussène in den Mittelpunkt der Serie gerückt hat. Der Protagonist ist Sündenbock, beruflich wie privat, jedenfalls immer dann, wenn Polizei oder Täter einen Verdächtigen, respektive ein Opfer, brauchen. So lenken die Bombenleger den Verdacht auf Benjamin, und sie gehen sogar so weit, daß er unwissentlich die letzte Bombe auslöst und daher in den Augen der Polizei schuldig erscheinen muß. In WENN NETTE ALTE DAMEN SCHIESSEN wird er gemeinsam mit seinem (natürlich!) arabischen Freund von einem rassistischen Kommissar verdächtigt, und in KÖNIGIN ZABOS SÜNDENBOCK hält er den Kopf für den anonymen Bestsellerautor JLB hin und wird beinahe an seiner Stelle getötet.

Doch Pennac geht noch weiter: Er etabliert das Sündenbockprinzip als Beruf. Das Kaufhaus und später der Verlag, in denen Benjamin unter dem Deckmäntelchen eines anderen Berufes arbeitet, haben den Nutzen des Prinzips erkannt und setzen es für sich profitbringend ein. Malaussène erklärt es dem Kommissar Coudrier: »Also erkläre ich ihm, daß die besagte Funktion der Technischen Kontrolle eine absolut fiktive ist. Ich kontrolliere überhaupt nichts, weil in der Opulenz der Tempelhändler nichts kontrollierbar ist. Es sei denn, man würde das Kontrollpersonal verzehnfachen. Wenn also nun ein Kunde eine Beschwerde vorbringt, werde ich zum Reklamationsbüro gerufen, wo ich einen absolut schrecklichen Anschiß bekomme. Mein Job besteht darin, diesen Schwall von Demütigungen über mich ergehen zu lassen, mit ganz reumütiger, hilfloser, so tief verzweifelter Miene, daß in aller Regel der Kunde seine Beschwerde zurückzieht, um nicht meinen Selbstmord auf dem Gewissen zu haben. Und alles endet gütlich – mit einem Minimum an Kosten für das Kaufhaus.«[13]

»Das ist ein wahres Stück Mythos«, jubelt Julie, als sie von Benjamins wahrer Profession erfährt: »Der Gründermythos aller Zivilisation! Bist du dir darüber im klaren? [...] Um nur mal vom Judaismus zu sprechen, zum Beispiel, und vom Christentum, seinem kleinen, cleanen Bruder: Malo, hast du dich schon mal gefragt, wie Jahweh, der erhabene Paranoid, seine unzähligen Geschöpfe zum Funktionieren brachte? Indem er ihnen einen Sündenbock auf jeder Scheißseite seines Scheißtestaments vorsetzte, mein Schatz!«[14] Mit diesen wenigen Worten verweist Julie, Benjamins künftige Freundin, auf die von Pennac offen bekannte Inspirationsquelle: DER SÜNDENBOCK des Ethnologen René Girard (1982). Girard betrachtet darin jenen Mechanismus kollektiver Gewalttaten, der angesichts einer Krise in Gang gerät und der darin endet, daß das Kollektiv einem bestimmte Kriterien erfüllenden Opfer die Schuld überträgt und dieses als Sündenbock in einem Akt der Gewalt opfert. Diesen immer noch funktionierenden Mechanismus verfolgt Girard über Jahrhunderte hinweg in der mittelalterlichen Literatur,

---

13 *Im Paradies der Ungeheuer* 1995: 50.
14 ebd. 76.

den jüdischen und christlichen Schriften, der griechischen Mythologie.

Als talentierter Looser paßt Benjamin Malaussène wunderbar ins schwarze Weltbild. Mit Distanz blickt er, der einen Großteil der Romane als Ich-Erzähler bestreitet, auf das Geschehen um ihn herum. Es fängt bei den großen Themen der Romane an, wenn Ben zum Beispiel seinen Berufsalltag als Sündenbock oder das Altern als Tragödie in fünf Akten beschreibt, und setzt sich bis in die letzte Ecke der Nebenschauplätze fort. Immer entwischt er dabei knapp den Stereotypen. Er meidet sie nicht, er spielt mit ihnen und läßt sie dann ins Leere laufen. »Ein halbes Dutzend Werbefachleute kreuzten auf, alle frisch gebräunt, als kämen sie gerade von einer Safari zurück. Sie waren gleichermaßen konzentriert und zungenfertig, breiteten ihre Pläne auf dem Konferenztisch aus, spielten mit den Zeigestock und dem keinen Widerspruch duldenden Makler, hatten Gesicher wie Offiziere der Sioux [...] Sie sagten: Wir schlagen Ihnen hier eine besonders bissige Rhythmik vor, einen Wechsel zwischen Konzept und Blick, sehen Sie? DER LIBERALE REALISMUS ... und der Blick. Erstaunlich, nicht wahr?«[15]

Nüchtern schildert Erzähler Ben Allerweltserfahrungen und reibt sich dann die Augen – als wäre er gerade aufgewacht. »In der Zeitung, die ich mir gekauft habe, läßt man sich lang und breit über das ›grausame Attentat im Kaufhaus‹ aus. Ein Toter scheint nicht genug zu sein. Der Verfasser des Artikels schreibt jedenfalls über das Spektakel, dem man ›hätte beiwohnen können‹, so, als hätte es ein Dutzend gegeben! [...] Trotzdem widmet der Schreiber dann doch ein paar Zeilen der Biographie des Verstorbenen. Es handele

---

15 *Königin Zabos Sündenbock* 1991: 107

sich um einen ehrenwerten Autoschlosser von zweiundsechzig Jahren aus Courbevois – das Viertel heule bittere Tränen – aber ›zum Glück‹ sei er ledig und kinderlos. Ich habe keine Halluzinationen, ich habe richtig gelesen: ›zum Gück ledig und kinderlos‹. Ich schaue mich [...]«[16]

Die Welt jenseits des Planeten Belleville ist also rauh, ungerecht und so gar nicht schön. Zwar gleitet das Geschehen oft ins Phantastische ab, gleichzeitig aber zeichnet es ein bitterböses Bild einer auf Gewinn und den eigenen Vorteil bedachten Gesellschaft. Der Leser sieht bei Pennac durch die Brille des unschuldig-staunenden Benjamin Malaussène, alles kommt hinein in den Topf und wird zu einer gesellschaftskritischen Soße verrührt: Politik, Mord, Betrug, Literatur, Alltägliches und immer mit einem guten Schuß Ironie.

Aus ähnlichem Stoff wie die Szenen sind die übrigen Pennacschen Figuren: aus Bildern und Klischees. Charaktere wäre hier schon zu viel gesagt, denn eine realistische oder gar psychologische Zeichnung geht ihnen ab. Pennac skizziert Stereo-Typen und malt sie anschließend mit grellen Farben aus. Nach nur wenigen Absätzen passt Commissaire divisionnaire Cercaire in die Schublade »Macker-Bulle«: »Blasser Schmerz um seinen schwarzen Schnauzer [...] Cercaire war außerdem der Typ Bulle, der sich mit seinem Namen anreden ließ. [...] Cercaire liebte seinen Namen.«[17] Auch am Seniorenbeauftragten Le Chapelier pappt schnell das Etikett »Schmieriger Verwaltungsmensch«: »Sein Scheitel teilt ihn wirklich wie einen Butterklumpen. Die Verlängerung dieses Scheitels ist

16 ebd. 23.
17 *Wenn nette alte Damen schießen* 1990: 19.

eine scharfe Nase, der es gelingt, das Gesicht in zwei Hälften zu teilen und dabei wie ein Ausrufezeichen in die Furche eines eher fetten Kinns zu fallen. Das alles ergibt eine eigenartige Mischung. Unaufhaltsam schlaffe Züge. Eine mollige Schwarte schützt die Muskulatur eines mondänen Sportsmanns.«[18]

So hart die Realität auch ist, Pennac verpackt sie immer wieder in eine Sprache, die chandler-like zwischen blumig und brutal schwankt: »Mit deiner Baukastensprache änderst du nichts daran, wie in diesem Land die Menschen miteinander umgehen. Die menschliche Wahrheit ist dunkel, Xavier, das ist die Wahrheit. Du machst dich lächerlich mit deiner *Transparenz*. [...] Es genügt nicht, auf der richtigen Seite der neuen Wörter zu stehen, mein Schwiegersohn! Es gehört ein bißchen mehr dazu, um zu verhindern, daß die Kacke ins Rotieren kommt ...«[19], mault Kommissar Coudrier seinen Nachfolger an. Bisweilen hüllt Pennac die Härte auch in Bilder, deren Poesie den Aufprall abfedert, so wie der Kopf des blonden Polizisten nicht durch eine Kugel zerplatzt, sondern sich in eine »hübsche Blume am Abendhimmel«[20] verwandelt.

Anders dagegen als die allermeisten Noir-Autoren würzt Pennac seine Illusionslosigkeit noch mit einem anderen Mittel: Humor. Sei es durch Wortspiele, sei es durch Metaphern, sei es durch die Konstruktion bestimmter Figuren und Situationen. Eine Kostprobe: »Es ist so groß wie ein Braten für eine kinderreiche Familie. Rotes Fleisch, fast fix und fertig zubereitet, sorgfältig eingewickelt in eine dicke Windelschwarte, es hat eine durchschim-

---

18 ebd. 57/58.
19 *Monsieur Malaussène* 1995: 517.
20 *Wenn nette alte Damen schießen* 1990: 12.

mernde Haut, ist überall rundlich, es ist ein Baby. Es ist die Unschuld. Aber Vorsicht: […] Und wenn es aufwacht, dann ist es Verdun! […] Die Luft ist nur noch von einem Ton erfüllt. Die Welt erzittert in ihren Fundamenten, der Mensch im Menschen taumelt, bereit zu jeder Heldentat oder zu jeder Gemeinheit, bloß damit es aufhört, damit es bloß wieder einschläft, und wenn es auch nur für eine Viertelstunde ist. Damit es wieder zu dieser Riesenroulade wird, die zwar so bedrohlich ist wie eine Granate, gewiß, aber wenigstens ruhig.«[21] Ein Baby wie eine Riesenroulade oder eine Granate? Immer liegen Pennacs Bilder ein Stück abseits der Norm. Kodex und gesellschaftlich Anerkanntes sind ihm in höchstem Maße suspekt. Wie auch der pädagogisch beseelte Gefängnisdirektor, den Benjamins Lieblingsschwester Clara heiraten will: »Die ganze Erziehung für die Katz, Hochzeit in Weiß in der Gefängniskapelle, kirchliche Trauung durch den obersten Knastgeistlichen der Republik, wie es die Heiratsanzeigen präzisieren. Die Heiratsanzeigen im Reliefdruck – Saint-Hiver versteht zu leben. Zweimal standesamtlich getraut, zweimal geschieden, überzeugter Positivist, militanter Etikettenmensch, und nun eine dritte Hochzeit mit einer Jugendlichen ganz in Weiß in der Kirche! Clarence de Saint-Hiver …«[22]

Pennac klassifiziert und überzeichnet. Nichts ist in seinen Romanen so wie im wirklichen Leben: Die Typen sind zu einfach gestrickt, die Intrigen zu verwickelt, die Auflösung zu phantastisch. Aber immer hat das Dargestellte Wiedererkennungswert. Mit den Noir-Literaten teilt er das Misstrauen und den skeptischen Blick.

---

21 ebd. 124.
22 *Königin Zabos Sündenbock* 1991: 35.

Was macht es da noch aus, daß er die Düsterkeit am Ende der Romane einer märchenhaften Dramaturgie opfert. Obwohl es schon seltsam anmutet, dieser Sinn fürs Wundersame! Was wäre, wenn die Mischung von Märchen und Moral Methode hätte? Was wäre, wenn die Gründe in der Vergangenheit lägen?

Die Akte Pennac beginnt harmlos: 1944 zufällig bei einer Zwischenlandung in Casablanca geboren; Spross zweier (laut Pennac selbst) »reisender Beamter« im Dienste des Militärs. (Nein, Vater war kein verklemmter Tyrann, sondern liberal und literaturliebend); begleitete die Eltern auf ihren zahlreichen Reisen in die damaligen französischen Kolonien: Afrika und Südostasien; spät eingeschult, mittelmäßiger Schüler; Studium der französischen Literatur. Beruf(-ung) als Lehrer. (Aha!) Erste Veröffentlichung 1973; Titel: LE SERVICE MILITAIRE AU SERVICE DE QUI? Statt Vorwort eine Warnung: »Daß man hier nicht erwarte, gute Geschichten des Regiments zu finden; der Autor wird in keinster Weise für die altersschwachen Wachposten werben, die den Erfolg einer bereits scheintoten Institution unterstützen und die ihr erlauben ihre Verwüstungen fortzusetzen.«[23]

Hoppla, das klingt nach kämpferischem Engagement à la Sartre und riecht nach friedensbewegtem Anti-Militarismus der 68er-Bewegung. Tatsächlich rechnet der damals 29jährige Pennac – nachdem er selbst zwölf Monate gedient hat – mit der Wehrpflicht ab, spricht der Armee ihre soziale Aufgabe ab und kritisiert sie als Instrument der Massenmanipulation, die der Verbreitung rückständiger Ideen dient. Ein Übergangsritus, dem Männer unterzogen werden und der Sexismus, Rassismus, hierarchisches Den-

---

23 Pennac, Daniel: *Le service militaire au service de qui?* Paris: Seuil, 1973.

ken und Konformität fördert. Um so erstaunlicher überkommt den Leser die resignierende Schlussfolgerung der Polemik: »Ein Buch zu schreiben, genügt nicht, um Probleme zu lösen. Es zu lesen, auch nicht.«[24] Nach zwei weiteren politischen Burlesken, LES ENFANTS DE YALTA (1978) und PÈRE NOËL (1979), ist Schluss mit der engagierten Schreiberei.

Erst 1982 wird er wieder auf den Tischen der Buchhändler gesichtet – mit einem Kinderbuch. DER HUND UND DAS MÄDCHEN (Original: CABOT-CABOCHE 1982) erzählt aus der Sicht eines Straßenköters seine Beziehung zu einem kleinen Mädchen, das er zähmen muß (Hier grüßt der kleine Prinz!), und handelt von der Unberechenbarkeit der menschlichen Spezies. 1983 folgt mit AFRIKA UND BLAUER WOLF noch eine Mensch-Tier-Geschichte. Auffällig in beiden Fällen: die tierische bzw. kindliche Sichtweise, die Sympathie für Underdogs, die kleinen und großen Gemeinheiten der Großen.

Was in der Zwischenzeit geschah? Ein Bruch. Er selbst bekennt: »Ich habe aufgehört, den Intelligenten zu spielen. Ich hatte genug davon, und ich wollte einfach nur erzählen. Es kann ruhig ein Sinn darin liegen, aber der Sinn darf nicht zuerst ankommen.[25] Rückblickend auf seine vergangenen Taten sagt er: «Wenn du so willst, war LE SERVICE MILITAIRE AU SERVICE DE QUI? mein 68er-Beitrag. Aber dann habe ich mich distanziert von dieser Generation, die Sinn machen wollte und die den Wunsch hatte, alles Reale zu kommentieren.»[26]

---

24 ebd. 171.
25 Interview mit Sabine Janssen, Paris, Oktober 1999.
26 ebd.

Und noch etwas geschah zu dieser Zeit. Pennac hielt sich gerade in Brasilien auf. Er war bereits über 30 Jahre alt, und er entdeckte in Brasilien bei einem französischen Buchhändler die Série Noire von Gallimard: »Es war so schön wie Flaubert. [...] Ich schrieb Pouy, daß ich eine Entdeckung gemacht hätte. Er motzte mich an und schickte mir all die Großen: Himes, Chandler, Burnett.«[27] Nach seiner Rückkehr aus Brasilien 1981 beschloss Pennac für Kinder zu schreiben: »Ich habe versucht, Geschichten zu schreiben, die von selbst Eindruck machen, ohne dabei zu versuchen, den Leser durch etwas anderes anzuziehen als die Erzählung.«[28] CABOT-CABOCHE machte den Anfang.

Die ersten Gehversuche im schwarzen Milieu machte Pennac mit zwei alten Hasen Jean-Bernard Pouy und Patrick Raynal gemeinsam in MACHTSPIELE (Rowohlt 1990; Original LA VIE DURAILLE 1985). Die Handlung, so steht es zumindest in der Stadt-Revue (Mai 1997) geschrieben, entwickelte sich durch ein Reihum-Konzept. Jeder schrieb ein Kapitel, gab es weiter, und jeder versuchte, den Protagonisten des anderen umzubringen.

Doch erst mit der Malaussène-Serie wurde Pennac in der Polar-Szene berüchtigt. Eine Wette sollte ihm dabei zum Verhängnis werden: »Ich hatte schon 15 Kriminalromane gelesen, als ein Freund mir sagte, daß ich nicht in der Lage sei, selbst einen zu schreiben. – ›Gut, einverstanden‹, sagte ich. [...] Es war ein Spiel, eine Blödelei. Viele Dinge fangen in unserem kleinen Kreis so an.«[29] Also war es doch

---

27 Poletti, Marie-Laure: »Mystère Pennac«. In: Le français dans le monde 1993, 46.
28 Interview von Aliette Armel. Magazine Littéraire 1997: 98.
29 Interview von Sabine Janssen. Paris, Oktober 1999.

kein Zufall, daß der erste Malaussène-Roman erst in der Série Noire und schließlich auch in der deutschen Thriller-Reihe landete! Im Gegenteil. Denn obwohl Pennac den Malaussène-Coup nicht von langer Hand geplant hatte, so hatte er doch vorher die Lage genauestens sondiert und war zu folgendem Schluß gekommen: »Beim schwarzen Roman lassen sich im Grunde drei große Familien unterscheiden: Erstens die soziologischen Bestandsaufnahmen wie bei Chester Himes. Zweitens die metaphorischen Romane, die sich durch ihre bildliche Sprache auszeichnen. Raymond Chandler ist ein solcher Autor. Als drittes gibt es die psycho-pathologischen Romane mit Serienkillern und psychotischen Mördern, wie Jim Thompson, Robin Cook und James Ellroy sie schreiben.«[30] Vor allem die ersten beiden Gruppen, so gesteht Pennac, hätten für seine Romane Pate gestanden. Zwar kommen auch Psychopathen in seinen Büchern vor. Doch ist Pennac nicht der Mann für die Zeichnung von Seelenlandschaften. »Ich habe einen behavioristischen Ansatz. Bei mir erklärt das Verhalten der Figuren ihren Charakter und nicht umgekehrt.«[31]

Bis ins kleinste hat er seinen Coup durchdacht, nichts dem Zufall überlassen. Wo ihm die Genre-Grenzen zu eng waren, rebellierte er. Pennac schlug das Genre mit seinen eigenen Waffen. Regeln und Stereotypen verkehrte er kurzerhand in ihr Gegenteil. »Aus literarischer Sicht wollte ich, daß er keine der üblichen Gegebenheiten des Roman Noir enthält. Nehmen wir den Held, Benjamin Malaussène, als Beispiel: Ich wollte nicht, daß der Held ein Detektiv ist. Ich wollte nicht, daß er ein einsamer Wolf ist. Ich wollte nicht, daß er ein Mädchen hat, was ihn ständig anmault, weil er

30 ebd.
31 ebd.

für seine Ermittlungen unterwegs ist. Also habe ich mich gefragt: Was ist das absolute Gegenteil davon?«[32]

Ja, er hat sie durchschaut, seine Vorgänger und Schreiberkollegen. Freimütig räumt Pennac die Märchenhaftigkeit seiner schwarzen Romane ein, ohne aber zu versäumen, damit die Tricks der alten Hasen zu entlarven: »Nehmen wir die Romane von Peter Cheyney. Auf Seite 30 sind wir, du und ich, schon dreimal tot. Warum aber stirbt der Held nicht? Es liegt am Eingreifen des Autors. Er löst das Problem so, daß sein Held trotz allem realistisch erscheint. In Wirklichkeit aber hat er einen Zauberstab benutzt.«[33] Pennacs Rechnung ging auf. Die Wette hat er gewonnen. Mehrere literarische Preise auch.[34]

Dennoch ist Pennac dem schwarzen Roman nicht treu. Er hat seine Finger überall drin. Da sind zum Beispiel noch diverse Bildbände wie LES GRANDES VACANCES (1992) und LA VIE DE FAMILLE (1993) mit dem Fotografen Robert Doisneau. Auch nicht zu vergessen: der Bestseller-Essay WIE EIN ROMAN (1992), in dem Pennac noch einmal seine Ansichten zu Toleranz, Liberalität und Literatur bündelt. »Das Verb ›lesen‹ verträgt keinen Imperativ«,[35]

---

32 ebd.
33 ebd.
34 Für den ersten Band, *Im Paradies der Ungeheuer*, erhielt Pennac 1985 den »Prix de la ville de Reims« und für *Wenn nette alte Damen schießen* drei Preise: den »Prix Mystère de la critique«, den »Prix de la ville de Grenoble« und die »Trophée 813 du meilleur roman policier«. Für den dritten Band *Königin Zabos Sündenbock* schließlich bekam er 1990 den »Prix du Livre Inter«.
35 Pennac, Daniel: *Wie ein Roman. Von der Lust zu lesen.* München: DTV 1998: 13

heißt es darin. Nachdem Pennac aufgezeigt hat, wie Eltern und Lehrer ihren Kindern die Lust am Lesen austreiben – ohne dabei dem Konkurrenzmedium Fernsehen den Kampf anzusagen –, endet er demonstrativ mit den zehn Rechten eines jeden Lesers. 1992/1993 – die ersten drei Bände der Malaussène-Serie sind bereits erschienen – greift Pennac wieder für Kinder zur Feder. Sein neuer Held Kamo ist ein elfjähriger Junge. In jedem der vier Bände gibt es ein Geheimnis zu lösen: um eine seltsame Brieffreundin namens Cathy, um einen netten Lehrer mit vielen Gesichtern, um einen strengen Lehrer mit einem Problem … Den eigenen Lehrerberuf aber hat der inzwischen 55jährige aufgegeben. Er lebt in Belleville, ist verheiratet und hat ein Kind.

Pennac hat viele Genres ausprobiert, auch im schwarzen Milieu ist er nicht fest verwurzelt. Bereits der dritte Malaussène-Band wurde aus der Série Noire in die renommierte weiße nrf-Reihe von Gallimard übernommen. Was jedoch nicht darüber hinwegtäuschen sollte, wie der Autor beteuert, daß alle fünf Bände der Serie als Kriminalromane geplant waren. Bleibt Pennacs Faible für Außenseiter und humorige Gesellschaftsporträts. Was, wenn Eric Ambler recht hätte und der Roman Noir tatsächlich die letzte Zuflucht der Moralisten ist? Was, wenn sich mit Pennac ein zutiefst moralischer Autor eine Nische im schwarzen Roman gesucht hätte? Anders als andere Zeitgenossen, spielerischer vielleicht, nichtsdestotrotz aber mit einem kritisch-distanzierten Blick auf das heutige Leben. Jemand, der in der Zeitschrift *Télérama* rückblickende Kommentare auf das Weltgeschehen des Jahres 1992 schreibt, beweist, daß er einer von dieser Welt ist, aber auch einer, der noch an Ideale wie Menschlichkeit glaubt, der dem etwas entgegenzusetzen versucht, und seien es nur ein paar Buchstaben. Derek Raymond schrieb im ersten Dumont-Noir-Band, den VERDECKTEN DATEIEN: »Es gibt ihn (den Roman Noir), damit Menschen begreifen, was Verzweiflung – die kleinen, dunklen isolierten Räume der Existenz sind – wirklich ist.« Pennac zimmert die gleichen Räume, nur zündet er darin ein Licht an.

Hard-boiled Wit: Ludwig Wittgenstein und Norbert Davis
von Josef Hoffmann

1. Einleitung: Wittgenstein las Davis
Rosro Cottage
Renvyle P. O.
Co Galway
Eire
4.6.48

Lieber Norman,
vielen Dank für die Krimimagazine. Ich las, ehe sie ankamen, eine Detektivgeschichte von Dorothy Sayers, & die war so verdammt mies, daß ich ganz deprimiert wurde. Als ich dann eines Deiner Hefte aufschlug, war es, wie wenn ich aus einem stickigen Zimmer an die frische Luft trete. Da ich gerade von Detektivgeschichten rede, bitte ich Dich, etwas für mich zu ermitteln, wenn Du mal nichts Besseres zu tun hast. Vor ein paar Jahren habe ich eine Detektivgeschichte mit dem Titel »Rendezvous with fear« von einem gewissen Norbert Davis gelesen. Sie gefiel mir so gut, daß ich sie nicht nur Smythies zum Lesen gab, sondern auch Moore, & beide teilten meine positive Meinung. Denn, wie Du weißt, habe ich Hunderte von Geschichten gelesen, die mich *amüsierten* & die ich gerne gelesen habe, aber ich glaube, ich habe womöglich nur zwei gelesen, die ich als *good stuff* bezeichnen würde, & die von Davis ist eine davon. Vor einigen Wochen habe ich sie durch einen seltsamen Zufall in einem Dorf in Irland wiedergefunden. Sie erschien bei »Cherry Tree Books«, einer ähnlichen Reihe wie »Penguin«.

Nun möchte ich Dich bitten, in einer Buchhandlung zu fragen, ob Norbert Davis noch andere Bücher geschrieben hat, & welche. (Er ist Amerikaner.) Es mag verrückt klingen, aber als ich kürzlich die Geschichte nochmals las, gefiel sie mir wieder so gut, daß ich dachte, ich würde dem Autor wirklich gern schreiben & ihm danken. Falls dies verrückt ist, wird es Dich nicht überraschen, denn so bin ich eben.

Es würde mich nicht wundern, wenn er eine ganze Menge geschrieben hätte & nur diese eine Geschichte wirklich gut wäre.
...

Herzlich
Ludwig

Dieser Brief stammt aus Norman Malcolms Buch »Ludwig Wittgenstein: a memoir«. Malcolm fügte beim Namen »Norbert Davis« eine Fußnote an:»Soweit ich mich erinnere, konnte ich keine weiteren Informationen über diesen Autor bekommen.«

Der amerikanische Philosoph Norman Malcolm war Student bei Wittgenstein in Cambridge, wurde später ein geschätzter Gesprächspartner und Lieferant der neuesten Detective Pulps aus den USA. Malcolm scheint den Wunsch seines Freundes Ludwig, mehr von Davis zu lesen, nicht allzu ernst genommen zu haben. 1948 hätte er ohne größere Schwierigkeiten Short-Story- und Buchpublikationen von Norbert Davis auftreiben können. Davis war es erst in den 40er Jahren, nach jahrelangem Schreiben für die Pulps, gelungen, Detektivgeschichten in Buchform zu veröffentlichen. Von 1943 bis 1947 erschienen vier Kriminalromane: THE

MOUSE IN THE MOUNTAIN (1943, als Taschenbuchausgabe betitelt: RENDEZVOUS WITH FEAR und DEAD LITTLE RICH GIRL); SALLY'S IN THE ALLEY (1943); OH MURDERER MINE (1946); MURDER PICKS THE JURY (1947, gemeinsam mit W. T. Ballard).

Mehr Bücher sind es nicht geworden. 1949 nahm sich Norbert Davis, vierzig Jahre alt, das Leben.

Daß Wittgensteins Versuch, mit Davis Kontakt aufzunehmen, scheiterte, ist eine tragische Geschichte. Wenn jemand Norbert Davis hätte helfen können, dann, so meine ich, Ludwig Wittgenstein.

Er war ein einflußreicher Philosoph, der es zeit seines Lebens verstanden hatte, seine wohlhabenden Freunde und Verwandten für die Unterstützung von notleidenden Menschen, insbesondere von Schriftstellern und Künstlern, einzuspannen.

Wittgensteins Begeisterung für den ersten Roman von Norbert Davis ist verständlich, da sowohl dieser Roman als auch andere Texte von Davis einen ähnlichen Denk- und Schreibstil, eine gewisse Geistesverwandtschaft mit seinem eigenen Werk aufweisen.

Im übrigen wurde Wittgenstein in jungen Jahren wiederholt vom Gedanken der Selbsttötung heimgesucht. Drei seiner Brüder beendeten ihr Leben durch Suizid. Suizide gehörten zum Milieu seiner frühen Lebensphase in Österreich, das Ray Monk in seiner Biographie als »Laboratorium der Selbstzerstörung« bezeichnet.

Heute, nach einem halben Jahrhundert, ist es nicht möglich, Malcolms unterlassene Ermittlung in einer Weise nachzuholen, daß die Nicht-Begegnung von Wittgenstein und Davis historisch aufgehoben würde. Jedoch ist es möglich, der Frage nachzugehen, warum Wittgenstein den Roman von Norbert Davis so sehr geschätzt hat, daß er ihm dafür persönlich danken wollte.

2. Wittgenstein als Kulturliebhaber und Krimileser

Wittgenstein war im Jahre 1948, drei Jahre vor seinem Tod, ein berühmter Philosoph, der von Personen wie Bertrand Russell, George Moore, John Maynard Keynes und nicht zuletzt durch seine Geschwister in Österreich unterstützt wurde. Er stammte aus einer der reichsten und kulturell führenden Familien Wiens am Ende der Donaumonarchie. Brahms, Mahler, Klimt, Grillparzer zählten zu den Besuchern des Hauses Wittgenstein. Ludwigs älterer Bruder Paul wurde ein berühmter Pianist, für den Ravel das »Konzert für die linke Hand« schrieb, da Paul Wittgenstein im Ersten Weltkrieg seinen rechten Arm verloren hatte.

Ludwig Wittgenstein hat bereits in seiner Kindheit die Hochkultur, vorwiegend des deutschen Sprachraums, kennen und schätzen gelernt. Zeit seines Lebens liebte er besonders die klassische Musik. In der Literatur hatten es ihm Werke von Goethe, Mörike, Keller, Hebel, Lenau, Nestroy angetan; er mochte auch Tolstoi, Dostojewski, Sterne, Lewis Carrol, Dickens und den frühen Joyce.

Im Jahre 1914 ließ Wittgenstein 100.000 Kronen (heute ca. 200.000 DM) über den Herausgeber der Zeitschrift »Der Brenner« als Spende an »unbemittelte österreichische Künstler« verteilen, u.a. an Rilke, Trakl, Lasker-Schüler, Kokoschka, Haecker, Däubler.

1926 bis 1928 errichtete Wittgenstein gemeinsam mit Paul Engelmann, einem Schüler des modernistischen Architekten Adolf Loos, für seine Schwester Gretl in der Wiener Kundmanngasse das sogenannte Wittgenstein-Palais. Das Haus wurde perfektionistisch außen wie innen in einem Loos und dem Bauhaus verwandten Stil gestaltet. Wittgenstein liebte es nach getaner Arbeit, sich mit Engelmann Westernfilme, vor allem Tom-Mix-Streifen, anzuschauen. Später in Cambridge war er von amerikanischen Revuefilmen begeistert, die er sich aus der ersten Reihe ansah.

Wann genau Wittgenstein mit dem Lesen von Kriminalgeschichten begann, steht nicht fest. Jedenfalls wurden sie nach seiner Rückkehr nach Cambridge im Jahre 1929 fester Bestandteil seiner Lektüre. Er bevorzugte Street & Smith's Detective Story Magazine, ein monatlich erscheinendes Pulp-Heft, das er mehr oder weniger regelmäßig bis zu seinem Tode las. Wittgenstein schätzte dieses Krimimagazin so sehr, daß er es in seiner letzten Vorlesung als Fellow am Trinity College zitierte. Doch damit nicht genug. In seiner Korrespondenz mit Norman Malcolm brachte er mehrfach zum Ausdruck, wie wichtig die Lektüre der Krimimagazine für ihn war, bei weitem wichtiger als die damals führende Philosophie-Zeitschrift »Mind«. So schrieb er in Anbetracht der Papierrationierung in England an Malcolm unter dem 8.9.1945:

»Vielen Dank für die Magazine. ... Der Punkt, in dem das Ende des Leih- und Pachtabkommens mich wirklich trifft, ist die dadurch bewirkte Knappheit an Detektiv-Magazinen hierzulande. Ich kann nur hoffen, daß Lord Keynes das in Washington ganz klar machen wird. Denn ich sage: Wenn die USA uns keine Detektivhefte liefern, dann können wir ihnen auch keine Philosophie liefern ...«

Der Brief vom 15.3.1948 enthält die Zeilen: »Ihre Hefte sind herrlich. Wie die Leute *Mind* lesen können, wenn sie Street & Smith (-Mazagine) lesen könnten, begreife ich nicht. Wenn Philosophie mit Weisheit irgend etwas zu tun hat, ist sicherlich nie ein Körnchen davon in *Mind*, aber sehr oft in den Detektivgeschichten.«

Noch negativer fiel der Vergleich für *Mind* im Brief vom 3.10.1945 aus: »Wenn ich Ihre Hefte lese, frage ich mich oft, wie irgend jemand *Mind* lesen kann, mit dessen ganzer Impotenz & Unfähigkeit, wenn er statt dessen Street & Smith-Magazine lesen könnte! Nun, jeder nach seinem Geschmack.«

Wittgensteins Lesegeschmack war bei Krimis nicht auf »hardboiled detective stories« beschränkt, wie Ray Monks Biographie glauben machen könnte.

M. O'C. Drury, ein enger Freund Wittgensteins, erinnerte sich an ein Gespräch über Kriminalromane im Jahre 1936. Wittgenstein lobte Agatha Christie und meinte, es sei ein spezifisches englisches Talent, solche Bücher schreiben zu können. Ihre Kriminalgeschichten seien für ihn der reine Genuß, da nicht nur die Handlung raffiniert ausgetüftelt sei, sondern die Figuren so gut geschildert seien, daß sie wie wirkliche Personen wirkten. Als ihm die Lektüre der Father-Brown-Geschichten Chestertons empfohlen wurde, rümpfte Wittgenstein die Nase: »Nein, nein, die bloße Idee, daß ein katholischer Priester die Rolle des Detektivs spielt, mißfällt mir. Nein, das will ich nicht.«

Vor dem Hintergrund jenes Gesprächs Mitte der 30er Jahre ist anzunehmen, daß Wittgenstein dem Zeitgeschmack folgte und so die Entwicklungen der Kriminalliteratur nachvollzog. Wahrscheinlich fand er an den literarisch moderneren hardboiled detective stories erst Gefallen fand, als diese sich – nach dem Vorbild von Black Mask – in nahezu allen Kriminalmagazinen, so auch dem Street &

Smith Detective Story Magazine, durchgesetzt hatten. Dort erschienen in den 30er und 40er Jahren, wie Ray Monk hervorhebt, auch Stories von Black-Mask-Autoren, z. B. Raymond Chandler, Carroll John Daly, Erle Stanley Gardner, Cornell Woolrich und Norbert Davis. Allerdings spricht Wittgenstein stets von *Detektiv*geschichten, weshalb zu vermuten ist, daß ihm andere Subgenres von Kriminalliteratur wie Gangstergeschichten, Actionkrimis oder Psychothriller weniger zusagten. Die Mehrzahl der Detektivgeschichten der hardboiled school hatte mit den klassischen Whodunnits noch tragende Elemente gemeinsam, so daß sich der Wandel des Lesegeschmacks schrittweise vollziehen konnte.

3. Was Norbert Davis' Detektivgeschichten auszeichnet

Norbert Davis war kein Realist. Es ging ihm nicht darum, ungeschminkte Realität zu zeigen, nicht darum, Charaktere, Szenen und Dialoge, wie aus dem rauhen Alltag gegriffen, zu präsentieren. Was Davis als Autor des Hard-boiled-Stils ausweist, ist der knappe, bissige Sprach- und Erzählstil, womit er eine durch und durch korrupte und gewalttätige Welt schildert. Die Worte sind oft plakativ. Die kurzen, präzisen Sätze sind stilistisch durchgefeilt. Gelegentlich werden sogar Binnenreime und Alliterationen eingestreut: »A LADY GETS A LIFT.« »TARGET FOR TERESA.« »A BREAK FOR A BUM.« »GIVE THE DEVIL HIS DUE.« »LATIN IN ART.« (zitiert nach »THE ADVENTURES OF MAX LATIN«). Davis' Dialoge sprühen vor Sarkasmus. Seinen abgebrühten Hauptcharakteren ist jegliches Pathos, ist jede Sentimentalität oder Naivität abhold. Das beste Beispiel ist der Privatdetektiv Doan. Als in THE MOUSE IN THE MOUNTAIN der Bandit García nach einem Schußwechsel mit Doan leblos am Boden liegt und ein mexikanischer Offizier ihn untersucht hat, folgt der Dialog:

»Dead«, said the tall man. »That is unfortunate.«

»For him«, Doan agreed.

Die Plots, die Charaktere der Protagonisten und die Grundkonstellationen der Hauptfiguren verraten eine stark ausgeprägte Nähe zu den klassischen Whodunnits. Bei Max Latin oder Doan wird der Typus des allzeit überlegenen Meisterdetektivs mit demjenigen des trinkfesten, rauhbeinigen Private Eye verschmolzen. Typische Plotelemente und Szenen der traditionellen Detektivgeschichte wie die Konfiguration möglicher Täter und Opfer in einer »closed society« (z. B. in »Holocaust House«) oder die Schlußansprache des Detektivs zur Aufklärung des Falles vor einem staunenden Publikum werden aus dem altbewährten Formenspektrum entlehnt.

Die Kombination der Elemente unterschiedlicher Erzählstile gelingt Davis, indem er die Formen beider Arten von Detektivgeschichten ironisch aufbricht und die Handlung und Dialoge mit Humor würzt. Die Wort- und Situationskomik bezieht ihren Witz oft aus der Unterschlagung gewohnter Vermittlungsformen, insbesondere aus einem gnadenlosen Wortwörtlich-Nehmen des Gesagten (aber eben nicht Gemeinten), vergleichbar einer deductio ad absurdum. So bekommt Davis' Komik mitunter anarchisch-bizarre Züge wie die Marx-Brothers-Filme. Eine Kostprobe aus GIVE THE DEVIL HIS DUE: »... You are Max Latin, and you call yourself a private inquiry agent, and you are the undercover owner of this restaurant.«

»Well, how do I do«, said Latin. »I'm glad to know me.«

Eine weiteres Beispiel aus THE MOUSE IN THE MOUNTAIN:

»Friend«, said Henshaw, »... I'm in the plumbing business – ›Better Bathrooms for a Better America.‹ What's your line ?«

»Crime«, Doan told him.

»You mean you're a public enemy?« Henshaw asked, interested.

»There have been rumors to that effect«, Doan said. »But I claim I'm a private detective.«

Der intellektuelle, lakonisch-sarkastische Erzählstil dürfte der hauptsächliche Grund gewesen sein, warum Davis' Roman Wittgenstein so gefallen hat. Nebenbei: ein Satz von Davis wie »›Latin‹, said Latin« erinnert durchaus an Wittgensteins: »Herr Schweizer ist kein Schweizer« in PHILOSOPHISCHE UNTERSUCHUNGEN (PU, Teil II).

4. Über die Nähe von Wittgensteins Denk-, Schreib- und Lebenshaltung zur »hard-boiled school«

Wie in Detektivgeschichten, den traditionellen und moderneren, geht es Wittgenstein um die Transparenz, um die Gewinnung von Gewißheit über Sachverhalte sowie die richtige Sichtweise und Sichtbarmachung der realen Zusammenhänge durch die Beseitigung von Täuschungen und Scheinkonstrukten. Wittgenstein wollte Verstellung, Heuchelei, Aufplusterung, Schlamperei und Vernebelung aufdecken, die in den akademischen Gefilden von Philosophie und Wissenschaften ebenso zu Hause sind wie in der Welt geldgieriger Geschäftemacher. Er verglich manche zeitgenössischen Philosophen mit Betrügern und Geschäftsleuten, die aus Elendsquartieren Kapital schlagen, und sah es als seine Aufgabe an, solchen Kollegen das Handwerk zu legen.

Da Wittgensteins philosophische Arbeit, wie die typische Detektivgeschichte, sich mit der Aufdeckung von Täuschungen befaßte, kam er in den PHILOSOPHISCHEN UNTERSUCHUNGEN (PU) auch auf Sachverhalte zu sprechen, die an detektivische Fragestellungen und Methoden der Problemlösung erinnern. Was in PU § 129 steht, liest sich wie ein Resümee aus Poes DER ENTWENDETE BRIEF. In dieser Kriminalerzählung wird ein gestohlener Brief vor den Augen der Ermittler dadurch verborgen, daß er offen auf einem jederzeit zugänglichen Kartenhalter abgelegt wird. Wittgenstein schreibt: »Die für uns wichtigsten Aspekte der Dinge sind durch ihre Einfachheit und Alltäglichkeit verborgen. (Man kann es nicht bemerken, – weil man es immer vor Augen hat.)«

Einzelne Sätze in PU § 99 könnten eine Anspielung auf ein typisches Krimi-Element enthalten, »the locked room mystery«:

»Wenn ich sage, ›ich habe den Mann fest im Zimmer eingeschlossen – nur *eine* Tür ist offen geblieben‹ – so habe ich ihn eben gar nicht eingeschlossen. Er ist nur zum Schein eingeschlossen. ... Eine Umgrenzung, die ein Loch hat, ist so gut wie *gar keine.*«

Und kommen nicht folgende Zeilen aus PU § 293 einer parodistischen Darstellung der typischen Szene nahe, wo der Meisterdetektiv die Problemlage des Falles vor dem staunenden Publikum rekapituliert, um einen »red herring« als den die Ermittlung irreführenden Gegenstand auszuräumen?

»Angenommen, es hätte Jeder eine Schachtel, darin wäre etwas, was wir ›Käfer‹ nennen. Niemand kann je in die Schachtel des Andern schaun; und Jeder sagt, er wisse nur vom Anblick *seines* Käfers, was ein Käfer ist. – Da könnte es ja sein, daß Jeder ein anderes Ding in seiner Schachtel hätte. Ja, man könnte sich vorstellen, daß sich ein solches Ding fortwährend veränderte. – Aber wenn nun das Wort

›Käfer‹ dieser Leute doch einen Gebrauch hätte ? – So wäre er nicht die Bezeichnung eines Dings. Das Ding in der Schachtel gehört überhaupt nicht zum Sprachspiel; auch nicht einmal als ein *Etwas*: denn die Schachtel könnte auch leer sein. – Nein, durch dieses Ding in der Schachtel kann ›gekürzt werden‹; es hebt sich weg, was immer es ist.«

In eine ähnliche Richtung weist PU § 115: »Ein *Bild* hielt uns gefangen.«

Wittgenstein befaßte sich wiederholt mit dem Einfluß des kulturellen Umfelds auf die Sichtweise eines Gegenstandes. Auch Davis beschreibt solche Effekte immer wieder, besonders sarkastisch am Anfang des 3. Kapitels von SALLY'S IN THE ALLEY: »The Mojave Desert at sunset looks remarkably like a painting of a sunset on the Mojave Desert which, when you come to think of it, is really quite surprising. Except that the real article doesn't show such good color sense as the average painting does. Yellows and purples and reds and various other violent sub-units of the spectrum are splashed all over the sky, in a monumental exhibition of bad taste. They keep moving and blurring and changing around, like the color movies they show in insane asylums to keep the idiots quiet.«

Bei manchen Texten Wittgensteins zur Aufgabe der Philosophie genügen einzelne Wortersetzungen, um die Verwandtschaft mit der Kriminalliteratur zu zeigen:

»Ein detektivisches Problem hat die Form: ›Ich kenne mich nicht aus.‹ (PU § 123) »Die Arbeit des Detektivs ist ein Zusammentragen von Erinnerungen zu einem bestimmten Zweck.« (PU § 127) »Was ist dein Ziel in der Arbeit als Detektiv? – Der Fliege den Ausweg aus dem Fliegenglas zu zeigen.« (PU § 309) Die Kommentierung dieses Satzes durch den Wittgensteinexperten Joachim Schulte unterstreicht noch die Nähe der Aussage und Formulierung zur Haltung eines Privatdetektivs à la Philip Marlowe gegenüber seiner Klientin, gleichsam der bedrohten »Fliege«. Schulte meint, dadurch, daß die Fliege auf den Leim gegangen sei, stecke sie in schlimmer Gefahr. Das Problem sei nicht nur eines der mangelnden Orientierung, sondern hier habe sich jemand mit allen Fasern seines Wesens verheddert und komme von dem, was ihn gepackt habe, nicht wieder los. Wer einer derart Gefangenen helfe, sei wirklich ein Retter in höchster Not.

Wittgenstein mißtraute in der Philosophie nicht nur abgehoben-mysteriösem Geschwafel, sondern hielt auch die Gleichsetzung von mathematischer Logik und Wissenschaftlichkeit für einen Irrglauben. Insofern mag Ray Monk zu Recht annehmen, daß Wittgenstein sich mit der Haltung der abgebrühten, amerikanischen Privatdetektive besser identifizieren konnte als mit den Methoden eines Sherlock Holmes oder Hercule Poirot. So wie der neue, bodenständige Privatschnüffler sich dem scheinbar logisch deduzierenden Detektiv alter Prägung gegenüberstellte, wollte sich Wittgenstein von den Vertretern einer Mathematisierung der Philosophie und Wissenschaften distanzieren. Denn für Wittgenstein beruhten die Grundregeln mathematischer Logik lediglich auf Vereinbarungen, gleichsam Erfindungen der Menschen, und unterschieden sich gänzlich von Gesetzmäßigkeiten der Natur.

Bereits bei Abfassung des TRACTATUS hatte er die Auffassung gewonnen, daß Wissenschaft und Philosophie an die für den einzelnen wichtigsten Dinge im Leben nicht heranreichen: »6.52: Wir fühlen, daß, selbst wenn alle *möglichen* wissenschaftlichen Fragen beantwortet sind, unsere Lebensprobleme noch gar nicht berührt sind.« Norbert Davis scheint diese Ansicht geteilt zu haben, wie vor allem das letzte Kapitel aus OH, MURDERER MINE belegt. In einer Sequenz jagt Doans Hund Carstairs, eine riesige Dogge, den verhaftungsgeilen, dümmlichen Campus-Polizisten Humphrey in den Swimmingpool, ohne auf Doans Warnungen zu hören. Doan wird ebenfalls von den beiden Dozenten Eric und Melissa nicht beachtet, die in einer Umarmung zueinander finden.

»Carstairs ignored him. Carstairs was contemplating the frothy, turgid water in the pool with the remotely sadistic indifference of a scientist studying a pinned-down bug.

And Eric and Melissa ignored him too. For the moment they were too occupied with each other to have any interest in external affairs. Melissa's arms were about Eric's neck and he was holding her so closely that no bio-chemist or meteorologist or physicist or psychologist or any other scientist could have presented a logical explanation of how it was that she could breathe.«

Kürzer heißt es im TRACTATUS unter 6.43: »Die Welt des Glücklichen ist eine andere als die des Unglücklichen.«

Wittgensteins Bemerkungen zur Arbeit des Philosophen wie die oben zitierte Fliegenglas-Metapher verraten eine desillusionierte, bittere, aber auch zähe, verbissene Einstellung zu seiner Profession, die mitunter an die berufliche Haltung und spezielle Lebensweisheit (»streetwisdom«) der Privatdetektive der Hard-boiled school erinnern. Wittgenstein als Begründer der sog. »ordinary language philosophy« konnte eher für Detektive Sympathie empfinden, die die Sprache gewöhnlicher Leute sprachen, die sich mit alltäglichen Problemen und realen Gegnern herumschlugen und ihre Schrammen davontrugen, als für die klassischen Detektive, die aufgrund ihrer genialen Kombinationsgabe oder gar hellseherischen Fähigkeiten Verbrecher dingfest machten.

Auch die Vorliebe für die Arbeitsweise der *hardboiled detectives* läßt sich mit leicht modifizierten Zitaten aus den PU belegen: »In der Detektivarbeit werden nicht Schlüsse gezogen.« (§ 599) »Hier ist es schwer, gleichsam den Kopf oben zu behalten, – zu sehen, daß wir bei den Dingen des alltäglichen Denkens bleiben müssen, um nicht auf den Abweg zu geraten, wo es scheint, als müßten wir die letzten Feinheiten rekonstruieren, die wir doch mit unseren Mitteln gar nicht rekonstruieren könnten. Es ist uns, als sollten wir ein zerstörtes Spinnennetz mit unsern Fingern in Ordnung bringen.« (§ 106)

»Wir sind aufs Glatteis geraten, wo die Reibung fehlt, ... wir eben deshalb auch nicht gehen können. Wir wollen gehen; dann brauchen wir die *Reibung*. Zurück auf den rauhen Boden!« (§ 107)

»Ich kann ihn suchen, wenn er nicht da ist, aber ihn nicht hängen, wenn er nicht da ist.« (PU § 462)

»Die Ergebnisse der Arbeit des Detektivs sind die Entdeckung irgendeines schlichten Unsinns und Beulen, die er sich beim Anrennen an die gesetzten Grenzen geholt hat. Sie, die Beulen, lassen uns den Wert jener Entdeckung erkennen.« (§ 119).

Könnten solche Worten nicht auch die »Philosophie« des »tough Private Eye« beschreiben? Max Latin sagt es in der Story YOU CAN DIE ANYDAY kürzer und konkreter: »... – so I went right ahead anyway. I couldn't wait to investigate. I had to poke my neck out.«

Einige der Bemerkungen Wittgensteins zu Spielregeln, zum »Geführt-Werden« und zum Lesen könnten durch die Erzähltechnik von Kriminalgeschichten, das unmerkliche Hinhalten des Lesers bis zum Finale, angeregt worden sein. Z. B. heißt es in PU § 652: »›Er maß ihn mit feindseligem Blick und sagte ...‹ Der Leser der Erzählung versteht dies; er hat keinen Zweifel in seiner Seele. ... – Es ist aber auch möglich, daß der feindselige Blick und die Worte sich später als Verstellung erweisen, oder daß der Leser im Zweifel darüber erhalten wird, ob sie es sind oder nicht, und daß er also wirklich auf eine mögliche Deutung rät. – Aber dann rät er vor allem auf einen Zusammenhang. Er sagt sich etwa: die beiden, die hier so feindlich tun, sind in Wirklichkeit Freunde, etc. etc.«

Die Frage, was Regeln sind, wie sie erkannt, aufgestellt und ihnen gefolgt werden kann, ist ein Hauptthema in der Spätphilosophie Wittgensteins. Hier kommen wir zu einem weiteren Grund, warum er amerikanische Detektivgeschichten wie jene von Davis favorisiert hat. Bekanntlich halten sich Privatdetektive wie Max Latin oder Doan weder streng an die Regeln logischen Schließens noch an die Regeln des Gesetzes und gesellschaftlicher Konventionen, sondern sie handeln und denken, wie es die Situation mit sich bringt; sie brechen Regeln, ändern sie oder tun nur so, als ob sie ihnen folgten.

Wittgensteins Überlegungen zu Regeln entsprangen innerphilosophischen Entwicklungssträngen; jedoch sind sie auch vor dem Hintergrund des Bewußtseinswandels der tiefgreifenden Gesellschaftsumbrüche in der ersten Hälfte des 20. Jahrhunderts zu sehen, die vormals als selbstverständlich geltenden Regeln den sicheren Grund entzogen. Zum Erfahrungshorizont der Generationen, die den Ersten und Zweiten Weltkrieg und die krisenhafte Zwischenzeit erlebten, gehörte die Verunsicherung, verlorengegangene Gewißheit, welche Werte und Regeln noch Geltung beanspruchen konnten. Aus solchen Erfahrungen entsteht der Wunsch nach Orientierung, Gewißheit und Sicherheit, nach verläßlichen Regeln des individuellen und gesellschaftlichen Lebens, die es wert waren, eingehalten und gegen Angreifer unnachgiebig verteidigt zu werden. Doch angesichts der zahllosen Meinungen, Vorschläge, Erklärungen und Weltbilder, die in der Öffentlichkeit der freien Gesellschaften kursierten und konkurrierten, war es selbst für gebildete Köpfe schwierig, verbindliche Regeln und Gewißheiten ausfindig zu machen. Diese Bewußtseinslage wird nicht nur in der Philosophie, sondern auch in Literatur und Film reflektiert, inbesondere in dem narrativen Spektrum, das mit dem Wort »noir« charakterisiert wird.

Die Autoren jener schwarzen Geschichten wurden üblicherweise als Geistesverwandte der französischen Existentialisten angesehen. Doch dies ist nicht durchweg richtig. Einzelne »Noir«-Schreiber stehen eher anderen philosophischen Lehren nahe, Karl Marx, Charles Peirce oder Wittgenstein. Wittgensteins Blick auf seine Zeit war vermutlich noch düsterer – und elitärer – als die Sicht vieler »Noir«-Autoren, wie u. a. eine Stelle aus dem Vorwort zu den PHILOSOPHISCHEN UNTERSUCHUNGEN bezeugt:

»Daß es dieser Arbeit in ihrer Dürftigkeit und der Finsternis dieser Zeit beschieden sein sollte, Licht in ein oder das andere Gehirn zu werfen, ist nicht unmöglich; aber freilich nicht wahrscheinlich.«

Ein weiteres Identifikationsmoment mit der hartgesottenen Kriminalliteratur könnte für Wittgenstein in der gesellschaftlichen Sonderrolle des neuen Privatdetektivs gelegen haben: Er war der einsame Kämpfer zwischen den Fronten der reichen Oberschicht und der schäbigen Welt des Elends, zwischen Stadtverwaltung und Polizei einerseits und der Unterwelt andererseits. Wittgenstein verschrieb sich der Rolle eines einsamen Kämpfers. Er wandte sich sowohl gegen bürgerlich-akademische Lebensformen als auch die Beschränktheit und »Gemeinheit« gewöhnlicher Leute, über die er vor allem in jüngeren Jahren häufig klagte. Ähnlich den modernen Privatdetektiven schien er sich zwischen den verschiedenen »Lagern«, Milieus der Gesellschaft zu bewegen, ohne sich in einem definitiv zu Hause zu fühlen.

Wittgensteins Lebenshaltung, genauer sein Typus von Männlichkeit und seine Ideale von Wahrhaftigkeit und Ehre wiesen gemeinsame Züge mit der Lebenseinstellung von Dashiell Hammett und anderen Autoren der Hard-boiled school auf. Wie Hammett genügte es Wittgenstein nicht, sich am Schreibtisch als dem ihm zugewiesenen »Kampfplatz des Lebens« zu bewähren. Beide fanden es unerträglich, nicht wie andere Männer an der wirklichen Front zu agieren, wo es um Leben oder Tod ging und sie Tapferkeit beweisen konnten. Im Krieg konnten sie ihre aggressiven Impulse gegen reale Feinde richten und hierfür Anerkennung erhalten, auf diese Weise auch ihre selbstdestruktiven Potentiale im Zaum halten oder überdecken. Obgleich ihre Gesundheit angeschlagen war, schafften es Wittgenstein wie Hammett, an Kriegseinsätzen teilzunehmen. Während des Ersten Weltkriegs hielt Wittgenstein als Frontbeobachter beharrlich in der Schlacht aus und bekam Tapferkeitsauszeichnungen verliehen. Während des Zweiten Weltkriegs gab er die Lehrtätigkeit in Cambridge auf und arbeitete statt dessen im Guy's Hospital, um so seinen Beitrag zum Krieg gegen die Nazis zu leisten. Er begründete seinen Entschluß mit den Worten: »Ich spüre, daß ich in Cambridge langsam eingehen werde, zöge aber einen schnellen Tod vor.« Hammett, der als Soldat im Ersten Weltkrieg TBC bekam und deshalb nicht an der Front kämpfen konnte, gab seinen Job als Pinkerton-Detektiv erst auf, als ihn seine Krankheit dazu zwang. Trotz fortgeschrittenen Alters und mangelnder Fitness gelang es Hammett dann im Zweiten Weltkrieg durch trickreiche Bemühungen, doch noch als Soldat eingesetzt zu werden.

Zum Lebensentwurf von Hammett und Wittgenstein gehörte, daß sie ein gesichertes Wohlleben verachteten und sich nichts aus Geld machten. Beide hatten zeitweise Sympathien für den Kommunismus. Wittgenstein reiste 1935 nach Rußland, um dort zu arbeiten, kehrte aber enttäuscht nach England zurück. Hammett ging während der McCarthy-Ära aus Loyalität mit marxistischen Freunden in den Knast. Und Wittgenstein blieb nach dem Ersten Weltkrieg aus Verbundenheit mit den anderen Kriegsgefangenen freiwillig länger in Gefangenschaft und wehrte eine vorzeitige Entlassung ab.

Wittgenstein und Hammett hatten, wie auch Chandler oder Davis, keine Illusionen, was die Käuflichkeit von Dingen und Menschen anbelangte. Bösartige Zeilen finden sich hierzu in SALLY'S IN THE ALLEY.

Als Doan sich handgreiflich mit der gutaussehenden Hollywoodschauspielerin Susan Sally anlegt, ruft ihr Manager besorgt aus dem Hintergrund:

»Hit her in the stomach!«

»What?« said Doan, startled.

The shadow jiggled both fists in an agony of apprehension. »Not in the face! Don't hit her face! Thirty-five hundred dollars a week!«

Gegen Ende der Geschichte führen Doan und Harriet, eine patriotische, doch naive Begleiterin, mit dem Nazi MacAdoo folgenden Dialog:

»Goering is going to be hung after we win the war,« Harriet told him.

MacAdoo looked at her. »Don't be silly. The Kaiser didn't have much more than a hundred million dollars, and nobody hung him. Goering is worth two or three billion by this time, and besides that he has heavy influence in England and the United States.«

»How do you know?« Doan asked.

»Read the papers. Who do you think is paying for all this bilge about Goering being a harmless, jolly fat man with a love for medals and a heart of gold? Stuff like that isn't printed for free. Particularly not after the guy involved has murdered a half million civilians with his air force. I shouldn't wonder but what he'll wind up as president of the *Reich* under a, pause for laughter, democratic government.«

Die Arbeits- und Lebensweise von Autoren wie Wittgenstein und Hammett mutet angesichts ihrer sozial privilegierten Stellung zwiespältig an. Dies mag einer der Gründe für ihre Unruhe, Unzufriedenheit gewesen sein, vielleicht auch für ihre Unfähigkeit, ein Meisterwerk nach dem anderen zu schreiben, wie es andere Autoren taten. Hammett war nach dem Roman DER DÜNNE MANN

(1934) bis zu seinem Tod im Jahre 1961 – trotz verzweifelter Anstrengungen – nicht mehr in der Lage, ein Werk zu vollenden. Und Wittgenstein schrieb resignierend in seinem Vorwort zu den PU, daß er gern ein gutes Buch hervorgebracht hätte. Es sei ihm mißlungen, seine Ergebnisse zu einem Ganzen »zusammenzuschweißen«. Das beste, was er habe schreiben können, würden »immer nur philosophische Bemerkungen bleiben«. Erinnert dies nicht ein wenig an die Klage Chandlers in einem Brief an Sandoe: »Ich sehe mich ständig vor Szenen, die ich nicht rausschmeißen will, die sich aber nicht einfügen lassen. ... Der bloße Gedanke, im voraus an einen bestimmten Plan gebunden zu sein, erschreckt mich.«

Bei einem Blick auf Davis' Publikationen fällt auf, daß er eine Menge von Charakteren entworfen und eine Unzahl von »novelettes« und »short stories« geschrieben hat, aber nur wenige, äußerst knappe Romane zustande brachte. Die Fähigkeit, ein größeres, gut durchkonzipiertes Werk zu schaffen, hat offenbar auch ihm gefehlt. Da ich über seine Arbeits- und Lebensbedingungen nichts Genaueres weiß, kann ich mir nur John D. MacDonalds Einschätzung von Davis als einem typischen Pulp-Schreiber anschließen: »I never met Norbert Davis, but I have no reason to suspect that he was any less eccentric, or less anxious, in that penny-a-word environment than any of the rest of us.«

5. Wittgenstein – ein philosophischer Autor mit »hartgesottenem« Stil?

Wittgensteins Sprachstil weist in mancher Hinsicht eine Verwandtschaft mit der Prosa der Black-Mask-School, insbesondere dem Stil von Norbert Davis auf.

Wittgenstein verabscheute zutiefst das »Schwefeln«. Er war nahezu besessen von einer knappen, präzisen, logischen Ausdrucksform und peinigte die Menschen seiner Umwelt mit der unnachgiebigen Korrektur fehlerhafter Sätze. Nicht nur in privaten Texten wie Gesprächen, Tagebucheintragungen und Briefen, sondern auch in philosophischen Darstellungen neigte er zu krassen, hartgesottenen Äußerungen und sarkastischem Humor. Wittgenstein bevorzugte lakonische Formulierungen, die »blitzartig« einen Gedanken präsent machen sollten. Das Wort »wisecrack« würde seinen philosophischen Schreibstil treffend zum Ausdruck bringen, wenn es nicht bereits für die scharfzüngigen Sprüche von Philip Marlowe und Kollegen vorbehalten wäre.

Wittgensteins Übersetzer (vom Deutschen ins Englische wie umgekehrt) waren von dessen provokantem Sarkasmus anscheinend peinlich berührt und bemühten sich gelegentlich, die Schärfe des Originaltextes abzumildern und ihn in eine akademisch-bürgerliche Sprache zu übertragen, wie ich noch an Beispielen zeigen werde. Ein weiterer Grund für diese Verfahrensweise könnte gewesen sein, Wittgensteins Werk nicht der Gefahr der Unseriosität und mangelnden Rezeption auszusetzen. Wie einer seiner Nachlaßherausgeber, Georg Henrik von Wright, betonte, hatte sich Wittgenstein, nicht zuletzt wegen seiner spartanischen Lebensweise und seiner Abneigung gegen das Cambridge-Milieu, den Ruf erworben, ein kultureller Analphabet zu sein. Ferner wurde er von manchen Zeitgenossen als unhöflich, ruppig, dreist, ja, grausam beschrieben. Angesichts solcher Vorwürfe und Vorurteile lag es nahe, diejenigen Äußerungen Wittgensteins in Übersetzungen zu glätten und zu verharmlosen, welche solche Urteile gegen ihn und sein Werk zu bestätigen schienen. So wurde auch lange Zeit verschwiegen oder zumindest in biographischen Darstellungen vernachlässigt, daß er in seiner Spätphase ein leidenschaftlicher Leser von Kriminalgeschichten war und auf sie sogar in seiner Vorlesung zu sprechen kam.

Doch befassen wir uns mit *Originaltexten* Wittgensteins, die einen Hard-boiled-Stil dokumentieren.

Am 9.7.1916, also während seines Kriegsdienstes, notierte Wittgenstein in Geheimschrift in sein Tagebuch:

»Ärgere dich nicht über die Menschen. Die Menschen sind graue Schufte.«

Die Tagebucheintragung vom 19.8.1916 enthält wiederholt den Satz: »Von Gemeinheit umgeben.«

In einem Brief vom 16.1.1918 an Paul Engelmann schrieb er:

»*Das eine ist mir klar:* Ich bin viel zu schlecht um über mich spintisieren zu können, sondern, ich werde entweder ein Schweinehund bleiben oder mich bessern, und damit basta ! Nur kein transzendentales Geschwätz, wenn alles so klar ist wie eine Watschen.«

In einem späteren Brief: »Vielleicht müßte ich durch einen äußeren Hieb erst ganz zerschlagen werden, damit wieder Leben in diesen Leichnam kommt.«

Äußerst drastisch gerieten Wittgensteins Formulierungen in Postkarten an Gilbert Pattison. Auf einer Karte schrieb er über Chamberlains Diplomatie in München: »Falls Du ein Brechmittel brauchst. Hier ist es.«

Eine andere Postkarte beendete er mit den Worten:

»... I am, old God, yours in bloodyness Ludwig« (was abgemildert übersetzt worden ist mit: »In alter verfluchter Verbundenheit Ludwig«).

Sowohl Wittgensteins private als auch seine philosophischen Aufzeichnungen enthalten Textstellen, die aus einer Kriminalgeschichte stammen könnten:

»Ich sehe, wie Einer das Gewehr anlegt, und sage: ›Ich erwarte mir einen Knall.‹ Der Schuß fällt.« (PU § 442)

»Ich schaue auf die brennende Lunte, folge mit höchster Spannung dem Fortschreiten des Brandes und wie er sich dem Explosivstoff nähert.«
(PU § 576)

Ein Traumbericht des Jahres 1929 über einen Verbrecher mit Namen Vertsag enthält folgende Szene:

»Er feuert nach rückwärts mit einem Maschinengewehr auf einen Radfahrer, der hinter ihm fährt und sich vor Schmerzen krümmt und der unbarmherzig durch viele Schüsse zu Boden geschossen wird. Vertsag ist vorbei, und nun kommt ein junges Mädchen, ärmlich aussehend, auf einem Rade daher und auch sie empfängt die Schüsse von dem weiterfahrenden Vertsag. Und diese Schüsse, die ihre Brust treffen, machen ein brodelndes Geräusch wie ein Kessel, in dem sehr wenig Wasser ist, über einer Flamme.«

Die hartgesottenen Kriminalgeschichten der 40er Jahre präsentieren auffallend oft Folterszenen und Riten der Schmerzerduldung. Ein beliebtes Handlungselement ist auch die Situation völliger Ungewißheit, worin sich der Detektiv oder das Verbrechensopfer befindet. Wittgenstein gelingt es, diese beiden Elemente in philosophischen Problemstellungen zu verschmelzen:

»... mehrere Leute stehen in einem Kreis, darunter auch ich. Irgendeiner von uns, einmal der, einmal jener, wird mit den Polen einer Elektrisiermaschine verbunden, ohne daß wir es sehen kön-

nen. Ich beobachte die Gesichter der Andern und trachte zu erkennen, welcher von uns jetzt gerade elektrisiert wird. – Einmal sage ich: ›Jetzt *weiß* ich, welcher es ist; *ich* bin's nämlich‹.«
(PU § 409)

»Daß mich das Feuer brennen wird, wenn ich die Hand hineinstecke: das ist Sicherheit.« (PU § 474)

In der englischen Ausgabe steht: »I shall get burnt if I put my hand in the fire: that is certainty.« Wörtlich übersetzt müßte der Satz lauten: »That fire will burn me if I put my hand into it: that is certainty.«

Eine besondere Schärfe bezieht Wittgensteins deutsche Formulierung daraus, daß »Sicherheit« sowohl die Bedeutung »Gewißheit« (certainty) als auch »Gesichertheit« (security) hat. In der auf »certainty« abstellenden Übersetzung fällt die zweite Konnotation unter den Tisch. Darüber hinaus wird die Härte der Ausdrucksform durch den geänderten Satzbau abgeschwächt.

Den abgebrühten Privatdetektiven scheint so gut wie nichts heilig zu sein. Sie überrumpeln ihre Gegner, Konkurrenten und selbst Auftraggeber mit ihrer Unverschämtheit und Skrupellosigkeit. Ein besonders fintenreiches Spiel mit ihren Mitmenschen treiben die Detektivgestalten in den Erzählungen von Davis. Einer Spielernatur wie dem Detektiv Max Latin könnte auch folgender Satz Wittgensteins eingefallen sein: »Jemand sagt zu mir: ›Zeige den Kindern ein Spiel!‹ Ich lehre sie, um Geld zu würfeln, und der Andere sagt mir ›Ich habe nicht so ein Spiel gemeint‹.« (PU Anm. zu 70)

Der illusionslose, selbstironische Humor im Hinblick auf die eigene Profession findet sich in vergleichbarer Schärfe in Wittgensteins Äußerungen zum Beruf des Philosophen wieder:

»Ich sitze mit einem Philosophen im Garten; er sagt zu wiederholten Malen ›Ich weiß, daß das ein Baum ist‹, wobei er auf einen Baum in unserer Nähe zeigt. Ein Dritter kommt daher und hört das, und ich sage ihm: ›Dieser Mensch ist nicht verrückt: Wir philosophieren nur.‹« (467. Über Gewißheit)

Ein Grundthema der Philosophie, aber auch des Kriminalromans ist seit jeher die Beziehung von Leben und Tod. Zu nachfolgender Aussage könnte Wittgenstein durch Davis' Krimi THE MOUSE IN THE MOUNTAIN angeregt worden sein:

»Und so scheint uns auch ein Leichnam dem Schmerz gänzlich unzugänglich. – Unsere Einstellung zum Lebenden ist nicht die zum Toten. Alle unsere Reaktionen sind verschieden.« (PU § 284)

Denn Davis' Krimi enthält einen Dialog, der Wittgensteins Aussage humorvoll veranschaulicht. Nachdem der Privatdetektiv Doan den Gangster Bautiste Bonofile im Kampf erschossen hat, fragt Doans Begleiterin Janet besorgt: »Is he – hurt ?« »Not a bit«, said Doan. »He's just dead.«

Einige Seiten weiter präsentiert Doan eine Variante des logischen Problems, das in der Philosophie mit dem Satz »Ein Kreter sagt: ›Alle Kreter lügen‹« beschrieben wird:

»Yes, I lied to him.« »Well, aren't you ashamed ? You involved me, too.«

»You shouldn't have believed me«, Doan said ...

»Why not ?« Janet demanded indignantly.

»Because I'm a detective,« Doan said. »Detectives never tell the truth if they can help it. They lie all the time. It's just business.«

»Not all detectives!«

Doan nodded, seriously now. »Yes. Every detective ever born, and every one who ever will be. Honest.«

6. Überlebenshilfe, post mortem

Wittgenstein starb 1951. Sein Leben endete ohne große Leiden im Haus von Freunden. Seine letzten Worte waren: »Sagen Sie ihnen, daß ich ein wundervolles Leben gehabt habe!« Wittgensteins zweites Hauptwerk, PHILOSOPHISCHE UNTERSUCHUNGEN, erschien 1952 als Fragment. Es folgten andere Werke aus dem Nachlaß seiner Schriften. Bald wurde Wittgensteins Gesamtwerk vielfach rezipiert, sein Einfluß nahm im Laufe der Jahre stetig zu. Heute ist sein Name, sind seine Gedanken aus der Kultur des 20. Jahrhunderts nicht mehr wegzudenken. Spuren finden sich selbst in der Populärkultur. Derek Jarman drehte einen Film über Wittgenstein. John Cleese bezieht sich in seiner Rolle als Fawlty-Tower-Hotelier (in BASIL'S RAT) auf Wittgenstein. Bei der Fußball-Europameisterschaft in England 1996 wurde ein Trikot mit einem Wittgenstein-Zitat (»make up the rules as we go along«) vermarktet. Philip Kerr läßt seinen erfolgreichen Serienkiller-Zukunftskrimi »Philosophical Investigations« (auf deutsch: Das Wittgenstein-Programm) mit einem Zitat von Wittgenstein beginnen.

Ganz anders als bei Wittgenstein sehen Lebensende und Rezeption des Werks von Nobert Davis aus. 1949, im Jahre seines Todes, bat Davis Raymond Chandler um finanzielle Unterstützung. Chandler schickte ihm 200 Dollar und begründete dies in einem Brief an Carl Brandt mit den Worten: »Er sagt, er hat in diesem letzten Jahr von fünfzehn Sachen eine verkauft. Ob das nun seine eigene Schuld ist, ob er einen Kater hatte oder besoffen war, oder einfach faul, oder was weiß ich – was macht das schon für einen Unterschied! Man leidet genauso, wenn man im Unrecht ist.« Davis hatte versucht, aus dem Krimi- und Pulp-Geschäft auszusteigen. Er hatte sich spezialisiert auf Humoresken für die besser bezahlenden »slicks«, die Edelmagazine. Doch ihm war bei der Saturday Evening Post und ähnlichen Publikationsorganen nur ein kurzfristiger Erfolg beschieden. Bald wiesen sie seine Geschichten ab. Zu seinem Pech kam hinzu, daß sein Literaturagent unerwartet verstarb. Norbert Davis, der damals noch auf eine Kette von Niederlagen in der Ehe (»string of marital failures«, J.D. MacDonald) zurückblicken mußte, sah keinen Ausweg mehr. Er ging in die Garage und tötete sich mit Autoabgasen.

Obgleich in den 80er Jahren eine beträchtliche Anzahl von Kriminalschriftstellern der Hard-boiled und Pulp-Ära wiederentdeckt und ihre Romane und Stories nachgedruckt wurden, blieb Davis weitgehend unbeachtet. Kein einziger seiner Romane wurde wieder aufgelegt. Lediglich ein – nun seit Jahren vergriffener – Band mit Max-Latin-Stories wurde bei Mysterious Press veröffentlicht. In voluminösen Nachschlagewerken zur Kriminalliteratur wie der sog. Bibel der Krimikenner, der Bibliographie TWENTIETH-CENTURY CRIME AND MYSTERY WRITERS, herausgegeben von Reilly, sowie der ENCYCLOPEDIA MYSTERIOSA von DeAndrea wird Norbert Davis kein Platz eingeräumt. Julian Symons erwähnt ihn in der Auflage von BLOODY MURDER von 1992 eher beiläufig und abwertend. In dem Essayband THE FINE ART OF MURDER von 1993 findet sich in der Abteilung NOSTALGIA ein älterer Artikel von John D. MacDonald über Davis wiederveröffentlicht. Leider enthalten die drei bis vier Buchseiten mehr Information über die Detective Pulps und ihre Autoren als über das Leben und Werk von Davis. Überdies kommen deutlicher seine Schwächen als seine Stärken zur Sprache. Davis' Pech scheint zu sein, daß er weniger ein Schriftsteller für ein großes Publikum gewesen ist als ein »critics' and writers' writer«, wie lobende Kritiken belegen. Über THE MOUSE IN THE MOUNTAIN schrieb seinerzeit die *New York Times Book Review*: »Much excitement ... one of the gayest and wackiest mystery novels that has come our way.« *San Francisco Chronicle* befand: »Action, fun, satire and first rate light writing.« Ron Goulart beurteilte Davis' ersten beiden Romane als »excellent«. .

Seit den 8oer Jahren ist es vor allem Bill Pronzini, der immer wieder ein Lob auf Davis anstimmt und in mehreren Anthologien Stories aus dessen Feder präsentierte, am eindrucksvollsten in dem Band HARD-BOILED, den er 1995 zusammen mit Jack Adrian herausgegeben und kommentiert hat. Der Name Norbert Davis wird ferner in den Büchern von Pulp-Experten wie Ron Goulart oder Lee Server und in den Kreisen der Pulp- und Paperback-Sammler hochgehalten, wie Lynn Munros schön gemachter Auktionskatalog zu Norbert Davis belegt. So geistert Norbert Davis als einer der wichtigeren Black-Mask-Autoren, zu sehen neben Hammett, Chandler, Ballard, McCoy auf dem legendären Foto vom »First West Coast Get-Together« am 11. Januar 1936, durch diverse biographische und literarhistorische Darstellungen über Chandler und Kollegen, ohne daß Davis' Werk erhältlich ist. Einen Hoffnungsschimmer für Davis-Freunde bildet die verdienstvolle, vielgelesene Monk-Biographie über Wittgenstein, wo Norbert Davis ausführlicher gewürdigt wird als ein zeitgenössischer Philosoph wie Martin Heidegger. Womöglich verhilft der Wittgenstein-Kult noch post mortem dem Werk von Davis zur gebührenden Anerkennung. Immerhin findet sich in Pearsall's MYSTERY & CRIME, THE

NEW YORK PUBLIC LIBRARY BOOK OF ANSWERS aus dem Jahre 1995 die Frage nach Wittgensteins »favorite mystery author«. Die Antwort lautet: Norbert Davis.

Quellen der Zitate

Raymond Chandler, Briefe 1937–1959, hrsg. v. Frank MacShane, München 1990, S. 258

Norbert Davis, Oh, Murderer Mine, Kingston N.Y. 1946, S. 125 f.

–, Sally's in the Alley, New York 1943, S. 36, 77, 208

–, The Adventures of Max Latin, New York/London 1988, S. 149, 189

–, The Mouse in the Mountain, 1943, zit. n. der Taschenbuchausgabe: Dead Little Rich Girl, Kingston N.Y. 1945, S. 8, 29, 114, 116

M.O.' C. Drury, Gespräche mit Wittgenstein, in: Ludwig Wittgenstein: Porträts und Gespräche, hrsg. v. Rush Rhees, Frankfurt/M. 1992, S. 186

Paul Engelmann, Letters from Ludwig Wittgenstein With a Memoir, Oxford 1967, S. 10, 46

John D. MacDonald, Introduction, in: Norbert Davis, The Adventures of Max Latin, New York/London 1988, S. 6, 8

Frank MacShane, Raymond Chandler. Eine Biographie, 2. Aufl., Zürich 1984, S. 112

Norman Malcolm, Ludwig Wittgenstein: a memoir, 2. Aufl., Oxford 1984, S. 97, 100, 107, 109.

Der deutschen Übersetzung: Norman Malcolm, Erinnerungen an Wittgenstein, Frankfurt/M. 1987, wurde teilweise nicht gefolgt, um den Wittgensteinschen Stil besser zur Geltung zu bringen.

Ray Monk, Wittgenstein: das Handwerk des Genies, 3. Aufl., Stuttgart 1993, S. 286 (Abb.38), 300, 422 (Abb.45), 457 f., 612

Joachim Schulte, Wittgenstein. Eine Einführung, Stuttgart 1989, S. 137

Ludwig Wittgenstein, Geheime Tagebücher 1914 – 1916, 2. Aufl., Wien 1991, S. 73, 76

–, Philosophische Untersuchungen, in: Werkausgabe Bd.1, 7. Aufl., Frankfurt/M. 1990, zit. n. Paragraphen

–, Tractatus logico-philosophicus, in: Werkausgabe Bd.1, 7. Aufl., Frankfurt/M. 1990, zit. n. Satznummern

–, Über Gewißheit, in: Werkausgabe Bd.8, 4. Aufl., Frankfurt/M. 1990, zit. n. Paragraphen.

Kennen Sie Miehe?
Zu einer deutschen Krimilegende
von Peter Henning

Bevor der Krimi in Deutschland zur Nichtigkeit verkam, brachte er noch zwei bedeutende Autoren hervor: Jörg Fauser und Ulf Miehe. Der Rest ist Fußvolk – kaum der Rede wert. Doch Fauser lief in der Nacht seines 43. Geburtstags, jenem ominösen 17. Juli 1987, über die A 94, Fahrtrichtung München, bis ihn auf Höhe der Anschlußstelle Feldkirchen ein LKW erfaßte und er auf »die längste Reise« ging, als es über der Autobahn zu dämmern beginnt. Er hinterließ Romane wie seinen mit Westernhagen ganz passabel verfilmten SCHNEEMANN (1981), ROHSTOFF (1984) und SCHLANGENMAUL (1985) sowie einige Reportagen, die zum Besten zählen, was hierzulande in diesem Genre nach 1945 geschrieben wurde.

Zwei Jahre später folgte ihm Miehe nach, ebenfalls in München: Tod infolge einer Gehirnblutung – und innerhalb von nur 24 Monaten sah sich Krimi-Deutschland um seine beiden größten Hoffnungen gebracht.

So hören Geschichten auf, so fangen welche an. Folgende beginnt in den späten 60er Jahren: ein achtundzwanzigjähriger Autor namens Ulf Miehe, der mit ersten Gedichten hervorgetreten war, debütiert nun mit 13 Geschichten als Erzähler. Einer, der seine »Stimme auszubilden sucht, bis dato ein Niemand auf der literarischen Landkarte der Bundesrepublik jener Jahre; und doch auch einer, der es von Anfang an auf Literatur abgesehen hat. Eine abgeschlossene Buchhändlerlehre liegt zu diesem Zeitpunkt hinter ihm; vier Jahre zuvor hat er seine ersten Gedichte publiziert. Und Miehe geht 1968 neben anderen mit Autoren wie Rolf Dieter Brinkmann und Peter Handke an den Start: doch mit Brinkmanns Roman KEINER WEISS MEHR hat er ebensowenig am Hut wie mit Handkes Stücken. Beide destillieren auf ihre Weise die Befindlichkeit einer neuen, noch nicht etablierten Generation, machen mit neuen, literaturästhetischen Konzepten und Kampfansagen mobil gegen scheinbar geregelte Lebensformen, die längst erstarrt ihre Widersprüche bloß noch verdrängen. Doch Miehe siedelt zunächst bewußt eine Etage tiefer an. Ihn interessieren nicht die großen Worte, sondern kleine Leute; nicht der große Zusammenhang, vielmehr das kleine, bekanntlich nur allzu vertrackte Zwischenspiel zwischen Ich und Welt: der Moment, in dem eine Tür zufällt, oder die Sekunde, in der sich zwei verpassen; und damit, sich zu erinnern oder sich vorzustellen: Was wäre wenn …? So nehmen sich seine 1968 unter dem Titel DIE ZEIT IN W UND ANDERSWO im Peter Hammer Verlag erschienenen Erzählungen geradezu irritierend selbstbezogen aus, denn: wo Brinkmann etwas mit unfrisierten Stilleben aus einer als Horrorwelt ausgemachten Wirklichkeit zu schockieren sucht, bestechen Miehes Texte durch die zurückgenommene Art, wie hier ein Erzähler zunächst einmal in einer gleichwohl dynamischen, rhythmisierenden Prosa die Sensationen des Alltags beschwört – und in seinen Personen langsam zu sich kommt: wir erleben einen Mann, der sich mit seiner früheren Freundin in einem Café trifft, sehen einem Lehrling über die Schulter, der seinen ersten Arbeitstag antritt, und leihen einem alten Mann das Ohr, der von einer unerhörten Begegnung an einer Bushaltestelle berichtet. Banales? Literarische Bagatellen? – Vielleicht, doch Miehe will mehr und bilanziert zwischen den Zeilen Biographisches, so etwa, wenn es eingangs der Titelerzählung heißt: »Die ersten fünf Jahre seines

Lebens hatte er in W gelebt, einer Kleinstadt, die von Fremden eher für ein Dorf gehalten wurde ... Er war fünf Jahre alt, als seine Mutter mit ihm die Stadt verließ; er war ein kleiner Junge. Sein widerspenstiges Haar wurde von der Mutter mit einer Klammer festgesteckt. Als er merkte, daß sich seine Spielgefährten darüber lustig machten, ihn Mädchen nannten, riß er die Haarklemme herunter und warf sie weg.« Dies alles vollzieht sich in Miehes Texten als scheinbar wenig aufsehenerregender Prozeß einer fortschreitenden, insgeheim aber sehr ambitionierten sprachlichen Reduktion; als ein Ringen um Authentizität im Schreiben, bis sich das Gesehene oder Erlebte in seiner Zuspitzung, ja, Verdichtung vor unseren Augen durch die Sprache des Autors in Literatur verwandelt.

Ulf Miehes erste, auf das eigene Herkommen aus Wusterhausen in der Mark Brandenburg anspielenden Texte sind mehr als bloße Fingerübungen eines ambitionierten Autors, der auf der Suche nach seinem Thema ist; seine 13 Geschichten veranschaulichen vielmehr eindrucksvoll, wie es einem noch jungen Autor offenbar auf Anhieb gelingt, jenen »Morast von Empfindungen« der eigenen Anfänge hinter sich zu lassen – und eine eigene Erzählerstimme auszubilden. Denn was Miehes stark autobiographisch gefärbte und wohl nicht zuletzt an Böll oder Borchert geschulte Erzählungen von Anfang an auszeichnet, ist ein eigener Ton; ein bei aller schwebenden Grundstimmung zupackendes Erzählen und eine Stimme, die ihre Charakteristik aus der Reibung mit Wirklichkeit bezieht, um die es ihr geht. Kurz: Da wußte einer, wovon er schrieb; einer, der realistische Literatur machen wollte. In seinem berühmten Aufsatz DIE SIMPLE KUNST DES MORDES bemerkt Chandler dazu: »Mit dem realistischen Stil läßt sich leicht Schindluder treiben: aus Flüchtigkeit, aus Mangel an Bewußtsein, aus Unfähigkeit, den Abgrund zu überbrücken, der zwischen dem klafft, was ein Schriftsteller gerne sagen möchte, und dem, was er tatsächlich zu sagen versteht.«

Chandler, dieser puritanische Moralist, hat stets gewußt, daß realistische Literatur, wie sie ihm vorschwebte, nicht machbar war ohne genaue Kenntnis des Materials und die Bereitschaft, über die eigenen, inneren Abgründe zu spähen. Auch Miehe hat diese Vorstellung offenbar schnell verinnerlicht. Zwar findet sein Erstling seinerzeit nur wenig Beachtung: manchen erscheinen seine skizzenhaften Erzähltexte als zu autobiographisch; andere dagegen erkennen auf Anhieb sein Talent und sein Vermögen, aus der ihn umgebenden Wirklichkeit heraus bildhaft zu erzählen. Gleichwohl aber ist der später gefeierte Krimischreiber Miehe ohne diese Texte ebensowenig denkbar wie der große Chandler ohne seine frühen, allerdings prätentiösen und wenig gelungenen Versuche als ernsthafter Belletristikautor, denn: bestechen beider spätere Arbeiten nicht zuletzt durch ihre große Authentizität und die Genauigkeit, mit der sie an der vorgefundenen Realität entlangschreiben? Bei Miehe jedenfalls sind bereits seine ersten Geschichten geprägt durch jenes kühle Formbewußtsein, das seinen späteren Romanen ihren Schliff und zeitlosen literarischen Rang verleihen wird. Chandler schreibt mit 45 seine ersten Kriminalstories, nachdem die Weltwirtschaftskrise seinem Dasein als Direktor diverser Ölfirmen den Garaus macht; Miehe schlägt sich jahrelang als Übersetzer, Regieassistent, Statist, Synchronsprecher, Filmer und Co-Autor zweier wenig erfolgreicher Science-Fiction-Romane in Berlin durch, ehe er 1973 den Wandel zum Krimiautor vollzieht – und im Münchener Piper Verlag sein erster Krimi ICH HAB NOCH EINEN TOTEN IN BERLIN erscheint, der ihn über Nacht zur ersten deutschen Krimihoffnung macht. Übersetzungsrechte des Buches werden in elf Länder verkauft – und Miehe erhält den Literaturförderungspreis der Bayrischen Akademie für Künste.

»Gute Romane werden von Leuten geschrieben, die keine Angst haben«, bemerkte einmal der Schriftsteller und Berufsrebell George Orwell. Der am 13. Juli 1989 in München verstorbene Ulf Miehe jedenfalls war einer jener Furchtlosen; einer, der begriffen hatte, daß ein guter Krimi nicht am Reißbrett entsteht, sondern von der Realität diktiert wird, aus der er kommt. 23 Jahre nach seinem Ersterscheinen liegt unterdessen sein Hauptwerk, der Roman PUMA, in einer Neuausgabe im Kölner DuMont Buchverlag vor. Miehe schrieb Romane, deren Anmutung an die Filme des Meisters des französischen *Film-noir*, Jean-Pierre Melville, erinnern: undurchsichtige und philosophische Genrestücke, detailversessen und düster-lakonisch; Balladen, die auch 20 Jahre nach ihrem Erscheinen gut gemachtes Kopf-Kino bescheren – Geschichten, die anrollen wie Trance: langsam und bedächtig. Bis sie sich auf Betriebstemperatur erhitzt haben – und den Leser mitreißen in einem Sog aus Tempo und Schwärze und schäumendem Gefühl. Insbesondere Miehes Debütroman ICH HAB NOCH EINEN TOTEN IN BERLIN löst Mitte der 70er Jahre ein mittleres Erdbeben im deutschen Feuilleton aus – ein Buch, das quasi aus dem Nichts kommt und 1974 unter dem Titel OUTPUT von Michael Fengler verfilmt wird, aber fast ausschließlich im Fernsehen zu sehen ist. Miehes Roman entspinnt die Geschichte seiner beiden Protagonisten Benjamin und Gorski, die sich als Regisseur und Autor zu Beginn der 70er Jahre in Berlin aufhalten, um Recherchen für einen Kriminalfilm voranzutreiben, der hart der Wirklichkeit folgen soll. Dazu gehören eingehende Milieustudien, bis sich die beiden dazu entschließen, das als TV-Plot Geplante kurzerhand eigenhändig in die Tat umzusetzen: nämlich den Überfall auf einen Transportwagen, der per Flugzeug angelieferte US-Gelder in ein Militärhauptquartier bringen soll. Ziel der irrwitzigen Unternehmung: 1 Million Dollar.

Hatte sich Miehe bereits im Rahmen seiner kürzeren Prosa als genauer Beobachter der Zustände und Zusammenhänge erwiesen, so liest sich sein erster seitenstarker Kriminalroman ganz in der Manier der großen angelsächsischen Autoren. Man ist als Leser keineswegs nur auf den Ausgang des Plots gespannt, sondern wird interessiert für Details, für den Alltag und seine Abläufe, für den Untergrund, den Sumpf im Dickicht der Städte und seine etwas anderen Gesetze. Dabei überzeugt Miehe auf Anhieb als ein Meister der atmosphärischen Schilderung: er besitzt ein enorm filmisches Auge und ein dramaturgisches Gespür, das bis heute seinesgleichen sucht unter Deutschlands nachrückenden Krimischreibern. Immer wieder finden sich in dem Buch lange, eindrucksvolle, wie durch das klinische Auge der Kamera gesehene Gänge und Fahrten durch das Berlin jener Jahre: wirklichkeitsgesättigt und ungemein präzise. Und ebenso überzeugend wie die Ausleuchtung seiner Figuren, deren innerste Regungen und Verschiebungen Miehe mit der Schärfe des Seelenforschers zu Papier zu bringen vermag, funktioniert sein Plot. Das Resultat ist eine Geschichte – so knapp und karg, so schnell und flüssig und realistisch, wie die deutsche Hard-boiled fiction eben zuläßt. Daß Miehe unterm Strich hochkarätiges literarisches Entertainment gelingt, macht den Roman auch nach 26 Jahren zu einem Ereignis, auch und vor allem für Leute, die auf gute Literatur aus sind. Schrieb sich der Mann mit dem John-Lennon-Face, der seine Augen gerne hinter dunklen Gläsern verbarg, mit seinem 300 000mal verkauften TOTEN IN BERLIN quasi aus dem Nichts auf den deutschen Krimi-Parnaß, so liest sich sein zweiter, 1976 erschienener Roman PUMA, als hätten Hemingway, Jim Thompson und Joseph Roth gemeinsam in die Tasten gedrückt: die Schilderungen sind noch präziser geworden, die Grundierung seiner Bilder und Sujets noch dunkler, die Atmosphäre noch tropischer, schwüler. Und wie in Zeitlupe die Ereignisse los: ein Mann namens Franz Morgenroth kommt im französischen Fresnes nach verbüßter Haftstrafe mit nichts als einem wilden Plan im Gepäck aus dem Gefängnis. Die Welt hat sich jahrelang ohne ihn ums Geld und Glück und um die Frauen gedreht. Doch die alten Rechnungen sind für den »PUMA« noch nicht beglichen. Und obwohl der längst begriffen hat, daß der Sieger in der Regel leer ausgeht, will er ein letztes Mal das Gegenteil beweisen: über die Entführung der bayerischen Industriellentochter Billie hofft der »PUMA« an das ganz große Geld herankommen zu können. Assistiert von dem New Yorker Berufskiller Tomcik und dem englischen Autofachmann Maugham, beginnt Morgenroth die akribische Umsetzung seines Plans. Bis ihm die Entwicklungen mehr und mehr aus den Händen zu gleiten beginnen – und die Ereignisse sich unter wundersamer Mithilfe der Entführten drehen und in ein aberwitziges Finale münden. Das Buch, das sich seinerzeit selbst in den USA mehr als 200 000mal verkaufte und Miehe Mitte der 70er Jahre endgültig zum Fixstern des deutschen Krimis adelte, wuchert mit allem, was einen Thriller der Extraklasse ausmacht: Tempo, Milieutreue, ein intelligentes Setting und Figuren, die das Gegenteil von Abziehbildern sind. Und wie schon in seinem TOTEN IN BERLIN sind seine Sätze legiert und getragen vom harten und poetischen Realismus des Blues. Insbesondere mit diesem Roman kommt Miehe dem amerikanischen Krimi so nahe, wie das einem Deutschen nur möglich ist. 1981 dann erscheint sein zweiter Berlin-Streich, der Roman LILLI BERLIN, der mit der dunklen, tropischen Atmosphäre eines Chandler-Romans das als verwinkeltes Fluthilfestück anlaufende Buch in eine grandiose Gesamtberliner Liebesgeschichte überführt – es wird sein letzter durchgeschriebener Roman sein.

»Ich mache jetzt genau das, was ich immer machen wollte«, konstatiert Ulf Miehe, der obendrein mit seinen Drehbüchern und vor allem seinem Film JOHN GLÜCKSTADT 1974 zur deutschen Kinohoffnung avanciert, im November 1976 auf der Höhe seines Ruhms. Doch der Havanna-Raucher, der sich schon mal ins Münchner Penta-Hotel einquartiert und selbst gegen Freunde abschottet, um seine Unterweltsballaden hervorzustoßen, schreibt gegen die Uhr, denn: Miehe weiß, daß ihm wegen einer Nierenkrankheit nicht viel Zeit bleibt. 1981/82 erscheinen die Kurzgeschichten BEAT und EIN TOTER SCHIESST NICHT, es entstehen Songtexte für Esther Ofarim sowie 1987, zwei Jahre vor seinem Tod, DER UNSICHTBARE, ein Roman zum Film. Doch sein Hauptwerk bleiben die drei Romane, Bücher, die das Aroma der 70er und 80er Jahre kondensieren – und dennoch mit jedem Komma über ihre Zeit hinausweisen; Arbeiten, die sich zu knallharten Berlin-Endspielen verdichten und das Kunststück fertigbringen, ihre Leser eine deutsche Wirklichkeit neu entdecken zu lassen, die doch ihre ureigene ist. Wohl darum auch scheinen sie resistent zu sein gegen Moden, Trends und erzählerische Krisen. Eines aber macht den Desperado Miehe vor allem anderen aus: daß er Kunst dort als Lüge begreift, wo sie sich von der Wirklichkeit entfernt. In der Wendung »rein äußerlich war wenig Bemerkenswertes an ihm« gönnt dieser sich 1973 in seinem Debütroman ICH HABE NOCH

EINEN TOTEN IN BERLIN – durch die Maske seines Alter ego Benjamin hindurch – ein skizzenhaftes Selbstporträt des Rebellen als vermeintlicher Jedermann, auch wenn er ein solcher nie gewesen ist. Er, den sein Freund und Kollege Jörg Fauser einmal »den besten Krimiliteraten« nannte, »den Deutschland bisher hervorgebracht hat«.

Es gibt eine Szene in Wim Wenders HAMMETT-Film, in welcher wir den von Frederic Forrest großartig gespielten Hammett dabei sehen, wie er ein in der Nacht fertiggestelltes Manuskript unter dem Arm trägt, das er, frankiert an seinen Verleger, zum Briefkasten bringen möchte. Doch ehe er sich versieht, kommt ihm das teure Stück in den verwinkelten, engen Gassen von Chinatown unversehens bei dem Versuch abhanden, einen alten Weggefährten auf der Suche nach einer jungen Chinesin namens Christel Ling zu begleiten.

Als er wenig später seiner Freundin, der Bibliothekarin Kit Condor, erzählt, daß er das Manuskript verloren hat, antwortet ihr Hammet auf die Frage, ob er's noch mal neu schreiben will, in der für ihn typischen, staubtrockenen Manier: »Ich schreib' was Besseres!« Eine Szene, die Miehe sicher gefallen hat. Und eine Frage, die er wohl ähnlich beantwortet hätte, wäre die Rede mit Blick auf mögliche Romanpläne seinerseits darauf gekommen, ob er sich imstande sehe, die Qualität seiner ersten drei Romane zu halten.

Ulf Miehe, soviel läßt sich über sein unabgeschlossen gebliebenes, gerade mal drei Romane und einige Stories umfassendes erzählerisches Werk abschließend sagen, war dabei, sich in der ersten Reihe der deutschen Krimiautoren festzusetzen. Er hatte das Zeug zu einem deutschen Chandler. Seine Spezialität: literarische Cinemascope. Sein Rohstoff: die Wirklichkeit. Vor allem: Miehe schrieb von Beginn an für Leute, die keine Angst vor den Schattenseiten des Lebens haben, sondern, im Gegenteil, dort zu Hause sind.

»Leute wie ich sind auf der Suche nach der verborgenen Wahrheit«, konstatierte dereinst Raymond Chandler. Miehe hatte früh verstanden und mit Verve den deutschen Krimi auf eine neue Qualitätsstufe gehoben. Und auch ihn hatte wohl die Suche nach der verborgenen Wahrheit umgetrieben: das Diffuse der Räder und das Dunkle der Träume, das alle Phantasien erdet. Doch was für Chandler Los Angeles und für Hammett San Francisco waren – mythische Räume der Großstadt, in denen einsame Männer ihr Leben aufs Spiel setzen, um die Wahrheit zu erfahren und ihre Selbstachtung zu behaupten – das sind für Miehe vor allem Berlin und ein paar Unbeugsame, die lieber dem Gesetz der Straße gehorchen als einer verlogenen bürgerlichen Moral; Melville'hafte Einzelkämpfer, die einmal im Leben Schicksal spielen wollen: Franz Morgenroth, der im PUMA den alles entscheidenden Coup landen will; Benjamin und Gorsik, die im TOTEN IN BERLIN statt eines geplanten Films das ganz große Ding anvisieren. Und nicht zuletzt Rick Jankowsik, der in LILLI BERLIN einen sein Leben lang gehegten Traum wahrmachen will – Endspieler allenthalben. Dabei ging es Miehe in Wahrheit nie allein um Kriminalfälle und ihre Ausführung, sondern um Menschen und die Desaster, die ihren Träumen innewohnen. In diesem Sinne schrieb Miehe menschliche, mitleidende und stellenweise sogar komische Desillusionsromane, die von Schuld und Sühne erzählen, von der Macht der Phantasie und der Enttäuschung, von der Liebe und vom Tod.

Patricia Highsmith eröffnete ihre erstmals 1966 unter dem Titel SUSPENCE – ODER WIE MAN EINEN THRILLER SCHREIBT erschienene kleine Poetologie des Thrillers mit den Worten: »Doch eben das macht Schreiben zu einem lebendigen und aufregenden Beruf: die ständige Möglichkeit des Mißlingens.« Ulf Miehe, dieser in die Nachtschwärze eines Hammet und die Lakonie eines Chandler vernarrten Desperado, stand – das jedenfalls evoziert die unveränderliche Qualität seiner Romane – vor einer großen Zukunft. Er, der – nicht zuletzt die eigene Krankheit vor Augen – bis zuletzt mit dem Wissen um die ständige Möglichkeit eines weit existentielleren Scheiterns schrieb als dem des bloßen Strauchelns am Text. Er starb am 13. Juli 1989 in München an den Folgen einer Gehirnblutung. Die Liste der von ihm zwischen 1966/67 und 1986/87 verfaßten Drehbücher und realisierten Kino- oder Fernseharbeiten umfaßt mehrere Buchseiten – sein gleichwohl unverwitterliches Romanwerk nimmt sich dagegen geradezu spärlich aus. Doch vielleicht wird er ja schon demnächst als einer der großen Krimiautoren deutscher Sprache wiederentdeckt. Und vielleicht kriegen wir ja bald die filmischen Adaptionen seiner Bücher zu sehen, die sie verdient hätten und auf die Miehe selbst zu Lebzeiten vergeblich hoffte. Denn vielleicht herrscht ja doch ein Funken irdische Gerechtigkeit: in W und anderswo.

Die schwarzen Briten
Zeittafel des Brit-Noir
von Martin Compart

Wenn man an britische Kriminalliteratur denkt, meint man meistens die klassischen Detektivgeschichten. Übermächtig überschatten Sherlock Holmes, Agatha Christie oder Dorothy L. Sayers dieses Genre und verstellen den Blick auf unabhängige Strömungen, die als Subgenre mit diesen Klassikern nichts zu tun haben. Trotz verschiedener »Revolutionen«, von Francis Iles Transformation der *inverted story* bis hin zum Psychothriller der *angry young men* Anfang der 50er Jahre, wird die britische Kriminalliteratur entweder mit klassischen Detektivromanen oder bestenfalls noch Spionageromanen gleichgesetzt. Diese Betrachtungsweise war immer schon verkürzt und ist heute besonders unzutreffend: Um 1990 begannen neue britische Autoren die kriminalliterarische Landschaft ihrer Heimat zu verändern. Der Schock, den Derek Raymond in den 80er Jahren der britischen Kriminalliteratur verpaßt hatte, zeigte Wirkung und rüttelte das Genre aus der Lethargie – eine zweifellos kommerziell erfolgreiche Lethargie, wie die Auflagen von P. D. James, Martha Grimes, Ruth Rendell, Len Deighton oder John LeCarré zeigten. Aber die neuen Autoren wollten jenseits von klassischen Detektivromanen, Psychothrillern oder Polit-Thrillern die Mean Streets Britanniens wiederentdecken. Derek Raymond hatte mit seiner Factory-Serie an eine Tradition erinnert, die trotz gelegentlicher Einzelleistungen keine Bedeutung zu haben schien: an die höchst eigenwillige britische Noir-Tradition, die zwar einige Meisterwerke hervorgebracht hatte, aber nie so stilprägende Autoren wie die amerikanischen Vettern mit Dashiell Hammett, James M. Cain, Raymond Chandler, W. R. Burnett, Mikey Spillane, Jim Thompson, David Goodis oder Ross Macdonald. Der britische Noir-Roman, wenn nicht einfach nur kommerzieller Epigone der Amerikaner, war ein im Schatten blühendes Pflänzchen, das von wenigen Autoren gepflegt wurde und von wenigen Lesern, die sich damit als wahre Afficionados erwiesen, in eine Tradition eingeordnet wurde. Selbst der große Kriminalliteraturtheoretiker Julian Symons hat in seinem verdienstvollen Standardwerk BLOODY MURDER diesen Teil der britischen Kriminalliteratur unterschlagen oder einzelne Autoren nur isoliert betrachtet. Folgerichtig waren es weniger die eigenen Traditionen, die die Fresh-Blood-Autoren Ende der 80er Jahre inspirierten. Es waren die zeitgenössischen Amerikaner wie Elmore Leonard, Carl Hiaasen, Charles Willeford, James Crumley oder James Ellroy, die den Wunsch auslösten, eine ähnliche Literatur zu produzieren.

Ursprünge der britischen Noir-Literatur lassen sich auf die Thriller von Autoren wie Leslie Charteris, Sidney Horler oder Peter Cheyney zurückführen, die alle bezeichnenderweise in dem englischen Pulp-Magazin *The Thriller* in den 20er und 30er Jahren Geschichten um gesellschaftliche Außenseiter veröffentlichten. Natürlich waren diese Autoren keine Noir-Autoren im heutigen Sinne. Aber ihre atmosphärische Darstellung der Vorkriegszeit hatte etwas Beklemmendes und Düsteres. Robin Cook alias Derek Raymond sieht die Urväter des Noir-Romans durchaus in Autoren wie Shakespeare, der wie kein anderer die dunklen Gefilde der Seele ausleuchtete, William Godwin, dessen CALEB WILLIAMS wohl die erste Hard-boiled novel ist und die Pulp- oder Black-Mask-Revolution vorwegnahm, Henry Fielding mit seiner Gangsterbiographie

JONATHAN WILDE und natürlich Charles Dickens, der den Horror der urbanen Industriegesellschaft unvergleichbar einfing. Interessierten sei Derek Raymonds autobiographisches Buch, das gleichzeitig eine brillante Betrachtung der Noir-Literatur ist, empfohlen: DIE VERDECKTEN DATEIEN ist als erster Band der DUMONT NOIR-Reihe erschienen.

Die Privatdetektive

In seinem umfangreichen Private-Eye-Lexikon TROUBLE IS THEIR BUSINESS (Garland, 1990) führt John Conquest bis 1988 über 70 harte britische Privatdetektive auf – angefangen bei Peter Cheyneys Slim Callaghan, der wohl der erste Vertreter des hartgesottenen Brit-PIs ist. Peter Cheyney hatte bereits 1936 mit seinem ersten Lemmy-Caution-Roman vieles von dem vorweggenommen, was James Hadley Chase perfektionierte: Cheyney erzählte seine Geschichten über den FBI-Agenten Caution in einem Stil, der an der Härte und dem Wisecracking der amerikanischen Hard-boiled novel orientiert war. Sein Held und Ich-Erzähler tummelte sich oft in einem Nord- und Mittelamerika, das aus reinen Klischees bestand, wie sie damals verbreitet waren. Cheyney und Caution hatten nach dem Krieg besonders in Frankreich riesigen Erfolg.

In den 50er und 60er Jahren feierten sie als mehr oder weniger gelungene Epigonen ihrer amerikanischen Vettern Publikumserfolge. Beliebt und erfolgreich waren vor allem die 50er-Jahre-Atmosphäre versprühenden 16 Chico-Brett-Romane, die Marten Cumberland (1892–1972) unter dem Pseudonym Kevin O'Hara schrieb. Brett, ein gebürtiger Argentinier mit spanisch-irischer Abstammung, hat sein Büro am Shepherd Market und trinkt statt Whisky gerne Wermut. Der Zeit entsprechend treibt er sich vor allem in den verrufenen Nachtklubs von Soho rum, um zwischen Dunkelmännern und Striptease-Tänzerinnen seine Fälle zu lösen. Der rothaarige Chico gehört nicht zu den Härtesten seiner Zunft, und die Geschichten sind typische Dutzendware, die aber als Zeitdokument unterhalten.

Die Unterwelt von Zentrallondon, Covent Garden und Soho ist das Revier von Tom Langley, der in vier Romanen aus den 50er Jahren von Jack Monmouth, einem Pseudonym von William Pember, auftritt. Im ersten Roman, THE DONOVAN CASE, wird Langley von einer Zeitung eingesetzt, um das Londoner Rauschgiftgeschäft zu untersuchen. Keine Frage: Im London der 50er Jahre führt jede dunkle Spur ins verworfene Soho. Ebenfalls ziemlich konventionelle US-Nachahmungen schrieb Gilroy Mitcham von 1957 bis 1960: Drei Romane über den Londoner Privatdetektiv Nick Marshall. Die Liste dieser Epigonen der großen amerikanischen Vorbilder ist lang. Erst Ende der 60er Jahre fand der britische Privatdetektivroman zu einer eigenen Stimme. Aber auch für ihn gilt, was letztlich für alle europäischen Kriminalliteraturen gilt: Der professionelle Privatdetektiv wirkt (fast immer) wie ein Fremdkörper und aufgesetzt. Er ist kein europäischer Mythos, sondern vital mit der US-Kultur verbunden.

Zeittafel:

1794

Die Verderbtheit der Gesellschaft und des Rechtssystems ist Thema des Romans CALEB WILLIAMS von William Godwin (1756–1836). Mit seiner auf Suspense bedachten äußeren Handlung und seiner vehementen Sozialkritik könnte man das Buch als einen Vorläufer des harten, realistischen Kriminalromans ansehen.

Godwin führt auch einen zweiten Erzähler ein und nimmt damit die Erzähltechnik des MOONSTONE vorweg.

1905
Schon in den frühen Tagen des britischen Kinos wird der Crime-Film von der realen Kriminalität mitgeprägt: Es entstehen zwei Filme über den Sheffielder Einbrecherkönig Charles Peace.

1913
Der quantitativ hohe Anteil an Crime-Filmen im britischen Kino führt dazu, daß das British Board of Film Censors gegründet wird. Hier mußte man sich alle Drehbücher absegnen lassen, und diese Institution sorgte dafür, daß im Gegensatz zu den USA (erst mal) kein eigenes Gangsterfilm-Genre entstehen konnte. Weltfremde Gentleman-Helden, die angebliche britische Tugenden verkörperten, durften zwar den Gangs aufs Haupt hauen, aber an die soziale Realität angelehnte Gangsterfilme entstanden bis Ende der 40er Jahre nicht.

1924
Im ersten Kapitel seines Romans THE THREE HOSTAGES (DIE DREI GEISELN; Diogenes 20773, 1988) fordert John Buchan durch eine seiner Personen eine neue, realistische Kriminalliteratur und verdammt die klassischen Detektivgeschichten als Unverschämtheit angesichts der Schrecken des Ersten Weltkriegs.

1929
Das Magazin *The Thriller* wird gestartet. Bis 1940 erscheinen 589 Ausgaben mit Geschichten von John Creasey, Peter Cheyney,

Agatha Christie, Leslie Chateris (sein *Saint* Simon Templar war die populärste Figur des Magazins), Sax Rohmer, Roy Vickers u. v. m. Es war das stilprägendste britische Magazin der 30er Jahre.

1934
Der Schriftsteller und Amateurdetektiv Nicholas Slade untersucht den Mord an dem Führer einer faschistischen Organisation in DEATH WEARS A PURPLE SHIRT von W. C. Woodthorpe.

1936
»Einer der interessantesten und völlig vergessenen Schriftsteller der 30er Jahre ist James Curtis«, stellt Paul Duncan in seinem wichtigen Essay IT'S RAINING VIOLENCE – A BRIEF HISTORY OF BRITISH NOIR (in *Crime Time* No. 2.3., 1998) fest. Der aktive Kommunist schrieb in der Sprache der Straße über den Überlebenskampf der Arbeiterklasse am Rande der Gesetzlosigkeit. Er begann 1936 mit THE GILT KID, dem fünf weitere Noir-Klassiker folgten, darunter auch THEY DRIVED BY NIGHT (1938), der 1958 von Cy Enfield als HELL DRIVERS verfilmt wurde. Der harte Film nimmt eine besondere Stellung im britischen Noir-Kino ein, da er wohl die eindrucksvollste Besetzung der 50er Jahre zeigt: Neben Stanley Baker und Herbert Lom in den Hauptrollen spielen Patrick McGoohan, Sean Connery, David McCallum, Gordon Jackson und Jill Ireland. »Curtis' Bücher zeigen Opfer; er erzählt über Menschen, die nie erfolgreich sein können, weil die ganze Welt gegen sie ist. Es sind keine sentimentalen oder romantischen Romane, und sie haben keine *happy ends*. Da sie vergriffen und vergessen sind, kann man sagen, daß auch Curtis keine Gerechtigkeit widerfahren ist«, stellte Duncan abschließend fest.

THIS MAN IS DANGEROUS (DIESER MANN IST GEFÄHRLICH; Heyne 2016, 1982) von Peter Cheyney (1896–1951) verbindet Elemente der Hard-boiled novel mit dem britischen Thriller. Cheyney war der erste englische Autor, der seine Romane »amerikanisierte« und mit dem Serienhelden Lemmy Caution einen der größten multimedialen Erfolge der Kriminalliteraturgeschichte hatte. Er schrieb keine linearen Jagdgeschichten, sondern Verwechslungsspiele um die Enttarnung von Doppel- und Dreifachagenten. Cheyney, der den englischen Faschisten um Oswald Mosley nahe stand, war ein unangenehmer Charakter, dessen unverhohlener Rassismus sich etwa darin äußerte, daß er nie mit einem Farbigen im selben Raum trank. Er überwarf sich mit Mosley, weil er dessen Führerfunktion nicht anerkennen wollte.

1938

Einige Werke von Graham Greene können als noir gelten (siehe dazu Olaf Möllers Essay). Aber besonderen Eindruck hinterließ BRIGHTON ROCK (AM ABGRUND DES LEBENS; Rowohlt 4249, 1978) bei immer neuen Generationen von Noir-Autoren. Verrat und Verlust von Idealen werden in diesem Roman an der Figur des jugendlichen Gangsters Pinky festgemacht und zeigen die dunkelsten Seiten der englischen Gesellschaft vor Ausbruch des Krieges.

Im selben Jahr erschien auch Gerald Kershs (1911–1968) Unterweltroman NIGHT AND THE CITY über den kleinen Ganoven Harry Fabian, der sich mit krummen Geschäften in Soho durchschlägt. Der Roman, den ein Kritiker als eine Synthese aus Graham Greene und der amerikanischen *Hard-boiled school* bezeichnete, wurde zweimal verfilmt: 1950 von Jules Dassin mit Richard Widmark, Herbert Lom und Gene Tierney und 1992 von Irwin Winkler mit Robert De Niro nach einem ziemlich freien Drehbuch von Richard Price (der aus Harry einen Anwalt machte und die Geschichte nach New York verlegte). Nach Ansicht des Kersh-Experten und Noir-Theoretikers Paul Duncan ist der 1947 erschienene Roman PRELUDE TO A CERTAIN MIDNIGHT über die Jagd nach einem Kindermörder in Soho das beste Buch von Kersh, der Londons schäbige Seiten in beklemmenden Szenen beschrieb und auch ein Klassiker der *London Novel* ist.

1939

Das Geburtsjahr des modernen britischen Noir-Romans war 1939 – so meinte man (auch der Autor dieser Zeilen ist diesem Irrtum lange aufgesessen) fälschlicherweise, wie die vorausgegangenen Autoren belegen. 1939 debütierte Rene Raymond alias James Hadley Chase (1906–85) mit seinem ultrabrutalen, in einem mythischen Amerika angesiedelten Roman NO ORCHIDS FOR MISS BLANDISH (KEINE ORCHIDEEN FÜR MISS BLANDISH; zuletzt im Ullstein Verlag 1989). Obwohl er später harte Geschichten aus der Londoner Unter- und Halbwelt erzählte, kehrte er immer wieder in sein fiktionales Amerika zurück. Wie andere große Autoren schuf sich Chase einen eigenen Kosmos um die fiktive Stadt Paradise City. Chase, der die USA nur von einem einzigen Kurztrip kannte, ließ seine besten Romane im *Chase County* spielen, in dem er den Sozialdarwinismus der kapitalistischen Gesellschaft ungeschminkt vorführen konnte. Chase erzählte schmutzige, schnelle Geschichten über wenig sympathische Menschen, die für Sex, Macht und Geld alle gesellschaftlichen Normen brechen. Er zeichnete ein düsteres Bild der westlichen Zivilisation, in der jeder der Wolf des Mitmenschen ist, wenn er nicht untergehen will. Initialzündung für seinen Kosmos war James M. Cains THE POSTMAN ALWAYS RINGS TWICE (WENN DER POSTMANN ZWEIMAL KLINGELT; Heyne Jubiläumsband 25, 1987). Später schrieb Chase manch besseren Cain-Roman als Cain selbst. Autoren wie Jackson Budd, Gerald Kersh, David Craig, James Barlow, Jack Monmouth und andere schrieben finstere London-Novels über die Unterwelten der Metropole bis in die 60er Jahre hinein.

1940

Gerald Butler arbeitete in derselben Werbeagentur wie Eric Ambler, bevor er zu schreiben begann. Sein Erstling KISS THE BLOOD OF MY HANDS wurde ein enormer Erfolg und verkaufte allein als gebundene Ausgabe über 250 000 Exemplare. Für die spätere Verfilmung wurde das gnadenlose Ende abgemildert. Es folgten fünf weitere Bücher, die immer düsterer wurden und sexuelle Obsessionen behandelten. Verfilmt wurden: THEY CRACKED HER GLASS SLIPPER als THIRD TIME LUCKY (SPIELTEUFEL), 1949 von Gordon Parry mit Glynis Johns, MAD WITH MUCH HEART als ON DANGEROUS GROUND, 1952 von Nicholas Ray.

In WITHERED MAN von Norman Deane (d.i. John Creasey) wird die Geschichte aus der Perspektive eines Nazi-Agenten erzählt.

1941

HANGOVER SQUARE von Patrick Hamilton(1904–62) nutzt erstmals psychologische Erkenntnisse über Schizophrenie für den Kriminalroman. Es ist eine düstere Geschichte über Sex und Obsession im Milieu der Säufer rund um Earls Court. Andrew Calcutt und Richard Shephard sagen in ihrem Buch CULT FICTION, es sei

James Hadley Chase

zusammen mit Malcolm Lowrys UNDER THE VOLCANO (1947) wahrscheinlich das beste Buch über die verheerenden Auswirkungen des Alkohols. Hamiltons London ist ein No-Man's-Land voller mieser Hotels, übler Kaschemmen und dunkler Seitenstraßen. Sein berühmtestes Werk war wohl ROPE (1929), das auf dem Leopold-Loeb-Fall basierte (der auch Meyer-Levin zu seinem Meisterwerk COMPULSION anregte) und von Alfred Hitchcock verfilmt wurde. Auch er ist ein längst überfällig wiederzuentdeckender Meister des Noir-Romans. HANGOVER SQUARE wurde 1944 von John Brahm mit Laird Cregar verfilmt.

1941 erschien ein weiterer Meilenstein: A CONVICT HAS ESCAPED von Jackson Budd, einem Pseudonym von William John Budd (1898–?). Der Roman zeigt ein beeindruckendes Bild der Londoner Eastend-Unterwelt während des Krieges. Dem Helden werden Schiebereien und Schwarzmarktgeschäfte zum Verhängnis. Das Buch wurde 1947 von Alberto Cavalcanti mit Trevor Howard unter dem Titel THEY MADE ME A FUGITIVE verfilmt. Ein harter und düsterer Film ohne Happy End, der die Handlung in die Nachkriegszeit verlegte. Budd hatte bereits in den frühen 30er Jahren Kriminalromane zu schreiben begonnen, aber keines seiner Bücher übertraf diesen Noir-Klassiker.

Zu Unrecht vergessen ist John Mairs grandioser Noir-Thriller NEVER COME BACK. Der Held, der durch eigene Schuld in die Schußlinie einer Weltverschwörung des Totalitarismus gerät, ist der erste Anti-Held der Kriminalliteratur allgemein und des Polit-Thrillers im besonderen. Mair schrieb das rabenschwarze Gegenstück zu John Buchans Klassiker THE 39 STEPS, und ihm gebührt die Ehre, den Nihilismus in den Spionageroman eingeführt zu haben. Mair war ein angesehener Lyriker, und sein Sprachgefühl wirkte sich auf das Niveau seines Stils aus. Das Buch hat heute trotz der großen zeitlichen Distanz nichts von seiner Kraft verloren und ist ein echter Klassiker auf dem Level von Hammett oder Ambler, der erste Noir-Polit-Thriller.

1942

Sich auf das Gesetz »gegen die Verbreitung von Obszönität« (nicht Pornographie) von 1868 stützend, verurteilte der Londoner Central Criminal Court den Verleger Jarrold und Autor Rene Raymond (James Hadley Chase) wegen des Romans MISS CALLAGHAN COMES TO GRIEF zu insgesamt 200 Pfund und 50 Guineas.

1945

Heute kennt man Arthur LaBern fast nur noch wegen der Romanvorlage für Hitchcocks FRENZY: GOODBYE PICCADILLY, FAREWELL LEICESTER SQUARE (FRENZY; Heyne 1517, 1973), 1966. Aber bereits sein Erstling IT ALWAYS RAINS ON SUNDAY wurde erfolgreich verfilmt und übte damit nachhaltigen Einfluß auf das britische Noir-Kino aus. LaBerns literarische Technik in diesem Buch war von der *Wandering Rocks*-Episode im ULYSSES beeinflußt. Es ist ein harter, schwarzer Roman, an dessen Ende die schwächlichen Charaktere ein Schicksal erfahren, das hart, aber ungerecht ist. Besonders kleingeistige, junge Mädchen mit einem Drang zu Höherem tauchen immer wieder in seinen Büchern auf, um die Erfahrung zu machen, daß in dieser Welt keiner seines Glückes Schmied sein kann. GOODBYE PICCADILLY ..., der als LaBerns bester Roman gilt, hat ein viel schockierenderes und härteres Ende als der Film.

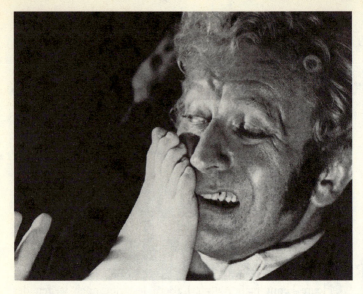

Barry Foster in Hitchcocks »Frenzy«

1947/48
Für Kim Newman beginnt das *Golden Age of British Gangster Movies* in diesem Jahr mit IT ALWAYS RAINS ON SUNDAY (1948) von Robert Hamer nach dem Roman von Arthur LaBern über einen Ausbrecher, der sich 24 Stunden in Whitechapel (so der deutsche Titel; aber auch: FLUCHT VOR SCOTLAND YARD) im Milieu der kleinen Leute und Schieber des Eastend verbirgt. Bombentrichter, verrauchte Nachtbars, dunkle Straßen und schattige Bahnanlagen wurden fast dokumentarisch eingefangen. Neben THEY MADE ME A FUGITIVE (1947) das faszinierendste Bild des geheimnisvollen Eastend im britischen Noir-Film dieser Zeit. Letzterer ist einer der besten Noir-Filme des britischen Kinos überhaupt. Gedreht

von Cavalcanti nach Jackson Budds Roman A CONVICT HAS ESCAPED, führt Trevor Howard einen neuen Typus ein: der zynische, hart trinkende Veteran, der aus dem Krieg zurückkehrt und sehen muß, wie Drückeberger und Gangster jetzt den Ton angeben.

Vielleicht sollte man auch noch Norman Fosters Film KISS THE BLOOD OF MY HANDS (1948) mit Burt Lancaster und Joan Fontaine nach dem Roman von Gerald Butler hinzuziehen, in dem Lancaster als flüchtiger Totschläger im Dauerregen durch das Eastend flieht. Angeblich sind die Dreharbeiten, bis auf einige Stockshots, fast vollständig in den Hollywooder Studios entstanden. Falls dies stimmt, haben Produktionsdesigner und Regisseur einen tollen Job gemacht: Die mythische Hintergassenatmosphäre des Eastend ist gerade in der sechsminütigen Anfangssequenz, in der Lancaster von einer ganzen Meute durch Gassen, Hinterhöfe und über Dächer gejagt wird, beeindruckend. Diese britischen und semi-britischen Film-noir brauchen keinen Vergleich mit ihren amerikanischen Pendants zu scheuen!

Die Verfilmung von Chases NO ORCHIDS FOR MISS BLANDISH von St. John L. Clowes aus demselben Jahr sorgt für ziemliche Aufregung, und die Zensoren sollten daraufhin wieder strenger über Gewalt und Sex urteilen. Die kurze Liberalität der unmittelbaren Nachkriegszeit ging zu Ende.

1949

Mit THE CHIEF INSPECTOR'S STATEMENT (SPUREN INS NICHTS; Mitternachtsbuch 157, 1963) wird Maurice Procter (1906–73) neben J. J. Marric zum wichtigsten Vertreter des britischen Polizeiromans der 50er und frühen 60er Jahre.

1952

Mit THE TIGER IN THE SMOKE (DIE SPUR DES TIGERS; Goldmann 6215, 1985) trägt Margery Allingham von allen Autoren des klassischen Detektivromans den historischen Veränderungen nach dem Zweiten Weltkrieg am meisten Rechnung. Sie thematisiert das Elend im London der Nachkriegszeit, behält zwar ihren snobistischen Detektiv Mr. Campion bei, führt aber einen neuen Realismus ein. Das Buch markiert einen Wendepunkt im britischen Kriminalroman und ebnet den Weg für Autoren wie John Bingham, der im selben Jahr seinen Erstling MY NAME IS MICHAEL SIBLEY (WARUM HABEN SIE GELOGEN, SIR?; Rowohlt 2380, 1976) vorlegt. Binghams Thema ist vor allem eine Attacke gegen den Mythos der britischen Justiz, der Glaube, daß das englische Recht auf dem Prinzip der Fairneß basiere und dem Individuum Schutz vor ungerechtfertigter Verfolgung garantiere. Mrs. Allingham ist mit diesem Buch dem Noir-Roman so nahegekommen, wie sie nur konnte. Bingham führte das für den Noir-Roman so typische Mißtrauen gegenüber der Staatsmacht in die britische Mainstream-Kriminalliteratur ein. Ein echter Noir-Klassiker wurde sein 1965 erschienener Roman A FRAGMENT OF FEAR (WO SIND DIE BEWEISE, SIR?; Rowohlt 2502, 1979); ein exzeptioneller und fast surrealistischer Thriller, der die Regeln des Genres auf den Kopf stellt und einen Plot vorführt, der Cornell Woolrich oder David Goodis blaß aussehen läßt. Richard C. Serafians Verfilmung von 1970 mit David Hemmings gehört zu den unterschätztesten Werken des Noir-Kinos.

1956

Der Film SOHO INCIDENT von Vernon Sewell und Ian Stuart Black (Drehbuch) verändert die Haltung seiner literarischen Vorlage, WIDE BOYS NEVER WORK (1937) von Robert Westerby ideologisch: Aus dem faulen kriminellen Helden ohne Skrupel aus Coventry wird im Film ein tapferer kanadischer Pilot mit einer Menge Skrupel, der nur durch unglückliche Umstände in die Unterwelt getrieben wird. Die kompromißlose Härte früherer Noir-Filme wie THEY MADE ME A FUGITIVE mit zumindest ambivalenten Helden wird in den 50er Jahren aufgeweicht.

1960

Der beste britische Gangsterfilm des Jahrzehnts ist THE CRIMINAL (DIE SPUR FÜHRT INS NICHTS) von Joseph Losey mit Stanley Baker. Ein brutaler, lakonischer Film, der keinerlei Gangsterromantik aufkommen läßt. Das Buch schrieb Alun Owen nach einer eher trivialen Vorlage von Jimmy Sangster. Die Musik von Johnny Dankworth, besonders der *Prison Blues*, gesungen von Cleo Laine, bleibt in ihrer Intensität ähnlich haften wie die Musik von Miles Davis zu FAHRSTUHL ZUM SCHAFOTT.

Im selben Jahr spielt Stanley Baker Maurice Procters Helden Inspector Martineau in der Procter-Verfilmung HELL IS A CITY von Val Guest. Baker legt diesen Kriminalbeamten ungewöhnlich an: Mit seiner Härte und seinen proletarischen Wurzeln hat er nichts mehr mit den freundlich-korrekten Coppern à la Dixon zu tun, sondern weist schon auf die unangenehmen Bullen wie John Thaw in THE SWEENEY voraus.

Nur wenige Gangsterfilme (und noch weniger Noir-Filme) entstehen in den 60er Jahren in Britannien. Der englische Filmhistoriker Alexander Walker schreibt in seinem Buch NATIONAL HEROES, daß das britische Kino dieses Jahrzehnts mit individueller und organisierter Kriminalität nicht viel im Sinn hatte. Erst Anfang der 70er Jahre entdeckt das britische Kino unter dem Eindruck des Kray-Prozesses den Gangster als Mittelpunkt eines Filmes. Die großen britischen Gangsterfilme sieht er im Gegensatz zu den amerikanischen Genrestücken als Filme, die in einem totalen moralischen Vakuum angesiedelt sind.

1962

Anfang der 60er Jahre nahm die Öffentlichkeit stärker davon Notiz, daß es Gangster oder zumindest eine Halbwelt in London gab. Immer öfter tauchten Geschichten über die Kray-Zwillinge in den Zeitungen auf, die vom Eastend aufgebrochen waren, um auch im Nachtklubgeschäft des Westend Fuß zu fassen. Der 1962 veröffentlichte Roman DEATH OF A BOGEY (TOD EINES GREIFERS; Heyne 1963) von Douglas Warner ist wohl der erste Kriminalroman, der den Kray-Mythos thematisiert. Die Informationen über die Kray-Gang, hier Lane-Bande genannt, die indirekt in den Roman einfließen, sind zwar aus heutigem Kenntnisstand manchmal naiv, scheinen aber nicht nur aus der Zeitungslektüre zu stammen. Gut beschrieben ist vor allem die Mauer des Schweigens im Eastend, die die Krays so lange schützte und deren Zerstörung erst ihre Festnahme ermöglichte. Douglas Warner war ein Pseudonym für Desmond Currie und Elizabeth Warner, die bis 1968 sechs harte Krimis über die Schattenseiten Londons veröffentlichten.

Irgendwo in Schottland lebt ein Mann, der von seinen Fans kultig verehrt wird: der Schriftsteller Edward Boyd. Zu Recht stellen ihn Kenner der Kriminalliteratur als einen der größten Stilisten des Genres an die Seite von Dashiell Hammett und Raymond Chandler. In Deutschland dürfte er nur einem kleinen Kreis von Hörspiel-Freunden bekannt sein: Mit den Hörfunkserien

VIER SCHWARZE KERZEN, FÜNF FINGER SIND KEINE HAND, KEIN MANN STEIGT ZWEIMAL IN DENSELBEN FLUSS oder SCHWARZ WIRD STETS GEMALT DER TEUFEL hat er für das Kriminalhörspiel dasselbe getan, was Raymond Chandler für den Roman getan hatte: nämlich einen unerreichten Qualitätsmaßstab gesetzt.

Aber kaum jemand bei uns weiß, daß Boyd als Fernsehautor begann und auch in diesem Medium Geschichte geschrieben hat. Der aus mehreren Hörspielserien bekannte Theateragent und Amateurdetektiv Steve Gardiner (gesprochen von the one and only Hans-Peter Hallwachs) begann seine Karriere nämlich in der britischen Kult-Serie THE ODD MAN. Laut Dave Rogers explodierte diese Serie im Sommer 1962 geradezu in ein unvorbereitetes Publikum. Erstmals wurde ein langer Verbindungsstrang über einzelne, abgeschlossene Episoden bei einer Krimi-Serie gelegt. Die düstere, manche sagten hitchcockianische Atmosphäre war etwas Neues im TV. Gezeigt wurden fünf unterschiedliche Charaktere und ihre Reaktionen auf Verbrechen, Gewalt oder Spionage. Hauptperson war natürlich Steve Gardiner, gespielt von Edwin Richfield. Seine Frau Judy (Sarah Lawson) wurde gleich in der ersten Season ermordet, tauchte aber mysteriöserweise in der 3. Season wieder auf. Dann gab es noch den unheimlichen, schweigsamen Killer South (Christopher Quine), Chief Inspector Gordon (Moultie Kelsall) und natürlich Chief Inspector Rose (William Mervyn).

Immer wieder geriet Gardiner in unglaublich bizarre Fälle um Attentate auf Politiker oder ehemalige SS-Männer, die Sanatorien leiteten. Anders aber als etwa bei MIT SCHIRM, CHARME UND MELONE, die abgedrehteste und bizarrste Serie überhaupt, wirkte bei ODD MAN alles düster und wirklich bedrohlich.

Der unfreundliche und manchmal brutale Rose war eine völlig neue Polizeifigur im britischen Fernsehen. Dieser unangenehme Bursche war so populär, daß man nach dem Ende von ODD MAN zwei weitere Serien um Rose produzierte: IT'S DARK OUTSIDE (mit dem jungen Oliver Reed als Anführer einer Gang; 1964–65) und MR. ROSE (1967–68); letztere in Farbe. Stuart Latham produzierte bis September 1963 26 einstündige Folgen für Granada TV. Wer das Glück hat, in England mal eine Wiederholung zu sehen, wird von dieser Serie nicht mehr loskommen. Genausowenig wie von den Hörspielserien von Boyd.

Noch ein Tip für Fans: Leider hat Boyd seine Hörspiele oder Drehbücher nie zu Romanen umgearbeitet. Bis auf eine Ausnahme: den genialen Dreiteiler KEIN MANN STEIGT ZWEIMAL IN DENSELBEN FLUSS. Diese Serie ließ er von Roger Parkes 1973 als THE DARK NUMBER novellisieren. Dank sei dem Goldmann-Verlag, der die deutsche Ausgabe unter dem Titel DER DUNKLE ENGEL 1975 als Goldmann Krimi Nr. 4430 veröffentlichte. Das Buch ist zwar längst vergriffen und schwer aufzufinden, aber manchmal findet man es noch in Antiquariaten mit einer Krimi-Ecke.

1963

Barry Gifford stellt fest, daß zwischen 1959 und 1963 das britische Kino seinen höchsten Produktionsausstoß erreichte: Von den 218 Filmen, die in dieser Zeit in die Kinos kamen, behandelte jeder dritte kriminelle Aktivitäten.

1965

Eine besondere Bedeutung kommt dem 1921 in Leeds geborenen Ex-Polizisten John William Wainwright zu. Gemeinhin gilt er seit seinem ersten Buch, das 1965 erschien, als ein herausragender Autor des britischen Polizeiromans. Im Gegensatz zu den *police procedural*-Autoren und seinem Lieblingsautor Ed McBain behandelt Wainwright in seinen Polizeiromanen immer nur einen einzigen Fall. Bemerkenswert ist auch die frühe Betonung des organisierten Verbrechens. Seine Helden stehen in ihren Extremsituationen den schwarzen Thrillern näher als den durchschnittlichen Polizeiheroen. Beispielsweise scheut sich einer seiner Serienhelden, der ein Anhänger der Todesstrafe ist, nicht, einen jugendlichen Mörder sofort hinzurichten. Die Methoden der Polizei und die der Gangster sind bei Wainwright fast identisch. Er treibt die erstmals bei John Bingham auftauchende Negativdarstellung der britischen Polizei noch weiter. Das scheint angesichts der beruflichen Vergangenheit des Autors noch beängstigender. Seine bisher überzeugendste Leistung im Schwarzen Roman ist die Tetralogie um den Ex-Polizisten Davis, der die Fronten wechselt. Stilistisch überzeugend zeigt Wainwright Intimes aus der Unterwelt und Charaktere, die der Leser so schnell nicht vergißt.

Der realistische Polizeiroman THE INTERROGATORS von Allan Prior gilt Julian Symons und George Grella als bester britischer Polizeiroman überhaupt.

Der erste harte Privatdetektiv in einer britischen TV-Serie war Alfred Burke als Frank Marker in PUBLIC EYE.

1966
Der Noir-Roman hat es bereits immer aufgezeigt, aber nach einigen spektakulären Verhaftungen mußte nun auch die britische Öffentlichkeit zur Kenntnis nehmen, daß der Anteil an korrupten Beamten in der Polizei ganz schön hoch ist. Bernard Toms Roman

THE STRANGE AFFAIR (GANGSTER IN UNIFORM; Rowohlt 2154, 1968) widmet sich ganz diesem Thema und schafft es, anders als G. F. Newman oder John Wainwright, die Polizeikorruption ebenfalls thematisieren, zu einem mittleren Bestseller, der auch erfolgreich für das Kino verfilmt wird.

Entscheidenden Einfluß auf die britischen Polizei-TV-Serien hatte SOFTLY, SOFTLY (TASK FORCE POLICE), die es von 1966 bis 1975 auf 264 Folgen brachte. Es waren lebensechte Geschichten um eine Task Force in Thamesford, einem fiktiven Ort in der Nähe Bristols. Alle Aspekte der hierarchisch ausgeprägten Polizeiarbeit, vom Superintendent bis zum Hundeführer, dienten den Autoren Elwyn Jones und Robert Barr als Inspiration für fesselnde Alltagsgeschichten. Die Serie war ein spin-off von Z CARS, in der Stratford Johns und Frank Windsor ihre Charaktere bereits gespielt hatten. Trotz gelegentlicher Studioatmosphäre verlor die Serie nie ihren Charme, der im Realismus wurzelte. Es war die erste britische Polizeiserie, in der Korruption innerhalb der Polizei thematisiert wurde. 1973 traten Barlow und Watt als Team im Sechsteiler THE RIPPER FILE auf um den Fall Jack the Ripper zu untersuchen. Von 1971 bis 1975 bekam Barlow, der populärste Charakter der Serie, zwei eigene Shows: BARLOW AT LARGE und BARLOW.

1967

Die von 1967 bis 1968 in 30 Folgen ausgestrahlte Serie MAN IN A SUITCASE (DER MANN MIT DEM KOFFER) war die vielleicht beste Noir-Serie der 60er Jahre. Richard Bradford als McGill war einer der härtesten TV-Helden der Seriengeschichte. Er machte in der ersten Einstellung klar, daß er nicht an alte Wertvorstellungen glaubte und wirklich gefährlich war. Ein Ex-CIA-Mann (ohne daß damals der Dienst namentlich genannt wurde), den man reingelegt hatte. Die Firma beschuldigte McGill, er habe absichtlich nicht verhindert, daß ein westlicher Wissenschaftler zu den Russen übergelaufen war, und schmiß ihn deshalb ohne Rentenansprüche raus. Natürlich war McGill schuldlos und versuchte in verschiedenen Folgen seine Unschuld zu beweisen. In MAN FROM THE DEAD, geschrieben vom genialen Stanley Greenberg, stellte sich diese dann heraus. Aber da der vermeintliche Überläufer in Wirklichkeit ein Doppelagent war, konnte McGill natürlich nicht rehabilitiert werden, und seine zynischen Ex-Arbeitgeber ließen ihn weiterhin draußen in der Kälte stehen. Widerliche Bürokraten sorgten noch dafür, daß er nicht zurück in die USA konnte, ohne verhaftet zu werden, und setzten ihn auf eine Schwarze Liste. Alles, was ihm blieb, war ein Leben aus dem Koffer, mit dem er von einer miesen Absteige in die nächste zog. Er hatte nichts zu verkaufen als seine Arbeitskraft. Der erste proletarische Krimi-Held der Fernsehserie. Um Geld zu verdienen, nahm er so ziemlich jeden miesen Job an, und oft genug blieb man ihm den Lohn schuldig. Für Konsumfetischismus und dummes Geplänkel hatte er nichts übrig. Außerdem war er ein Pechvogel. Wenn er schon mal die Chance hatte, an eine Million Dollar ranzukommen, wie in dem grandiosen Zweiteiler VARIATION ON A MILLION BUCKS von Greenberg, landete er am Ende ohne Geld im Krankenhaus und mußte noch dankbar dafür sein, daß jemand für die Kosten aufkam. MAN IN A SUITCASE schlachtete eine goldene Kuh und schaffte das Happy End in TV-Serien ab. Bei ihr kam in den naiven 60er Jahren wirklich manchmal das Gefühl auf, daß McGill am Ende einer Episode ins Gras beißen könnte. Außerdem zeigte man erstmals in einer britischen Serie die dreckigen Londoner Hinterstraßen, auf denen Obdachlose herumlagen und Besoffene in Hauseingänge kotzten. Als Nebenfiguren tauchten einige der schlimmsten Freaks auf, die man in einer 60er-Jahre-Serie zu sehen bekam. Richard Harris und Dennis Spooner lieferten für McGill ein hervorragendes Konzept, und Sidney Cole als ausführender Produzent holte sich das Genie Stanley Greenberg als Story Editor, der aus Autoren wie Victor Canning, Edmund Ward, Philip Broadley oder Jan Read das Beste rausholte. Der spätere Bond-Regisseur John Glen arbeitete als Cutter der Serie, bevor er in Folge 19, SOMEBODY LOSES, SOMEBODY ... WINS? sein Regiedebut geben durfte. Andere Regisseure waren Charles Chrichton (FISH CALLED WANDA, LAVENDER HILL MOB) und Freddie Francis (CREEPING FLESH). Ron Grainer, der einige der besten Titelmusiken der Seriengeschichte komponierte (PRISONER), legte mit der Musik zu McGill sein Meisterwerk vor. Mit ihrer Ideologie der positiven Resignation war sie eigentlich keine echte 60er Jahre-Serie (und nahm einiges von MIAMI VICE oder WISEGUY vorweg).

Peter Yates' ROBBERY mit Stanley Baker ist der erste der Big *Caper Movies* infolge des legendären Eisenbahnraubs. Die fulminante Autojagd durch London brachte Yates die Regieverpflichtung für BULLIT. Im Unterschied zu den meisten britischen *caper*-Filmen oder Romanen zeigt Yates minutiös (ohne melvillesk zu werden) die Planung und Durchführung des Raubes. Ansonsten konzentrieren sich die Briten, anders als auch die Amerikaner, weniger auf diese »technischen« Details. Sie interessieren sich mehr für die gruppendynamischen Prozesse, die vor oder nach einem *caper* ablaufen, zeigen die Milieus und beschreiben genau die Charaktere.

1968

Mitte der 50er Jahre erschien James Henry Stanley Barlow (1921–73) auf der kriminalliterarischen Bühne und wurde mit einer Handvoll bösartiger, schwarzer Romane zum Geheimtip: THE PROTAGONIST (1956), ONE HALF OF THE WORLD (1957), THE MAN WITH GOOD INTENTIONS (1958), THE PATRIOTS (1960), TERM OF TRIAL (KRONZEUGIN DER HAUPTVERHANDLUNG, Lichtenberg 29, 1963), (1961), THE HOUR OF MAXIMUM DANGER (1962), THIS SIDE OF THE SKY (1964) und ONE MAN IN THE WORLD (1966). Die Kritik haßte (oder ignorierte) Barlow mit ebensolcher Vehemenz wie schon zuvor Chase. Sein großer Wurf war der 1968 erschienene Roman THE BURDEN OF PROOF, der gleichzeitig sein letztes Buch war. In diesem Roman befaßte sich Barlow auf ganz eigene Art mit dem Krays-Mythos, indem er Ronnie Kray in der Figur des psychopathischen Gangsterbosses Vic Dakin ein Denkmal setzte (in der Verfilmung wurde er von einem umwerfenden Richard Burton gespielt). Nicht von ungefähr erschien der Roman in dem Jahr, als sich die Schlinge des Gesetzes um die Terrible Twins zuzog. Auch Barlow zeigt ein realistisches Bild der Londoner Unterwelt. Dem Sadisten Dakin gelingt es dank der herrschenden Korruption, genau wie den Krays, lange Zeit vom Gesetz unangetastet seine Terrorherrschaft über das Eastend auszuüben.

1969

1965 legte der Schotte Hugh C. Rae mit SKINNER seinen ersten Noir-Roman vor. Der ehemalige Air-Force-Mann schrieb unter mehreren Pseudonymen zahlreiche Thriller, Kriegs- und Spannungsromane. Unter dem Pseudonym Robert Crawford veröffentlichte er mit COCKLEBURR (MORD NACH TAUSEND TAGEN; Heyne 1449, 1971), 1969, KISS THE BOSS GOODBYE (TOT BIST DU AM SCHÖNSTEN; Heyne 1458, 1971), 1970, THE BADGER'S DAUGHTER (DIE PISTOLEN-LADY; Heyne 1464, 1971), 1971, und WHIP HAND, 1972, eine knallharte Serie über die Söldlinge Arthur Salisbury und Frank Shearer, die im toten Winkel des Gesetzes ihre Geschäfte machen. Sie arbeiten auch schon mal für Gangster und mischen für den eigenen Vorteil die Unterwelt auf. Mit einem guten Auge für Details läßt Crawford das London der Nach-Krays-Ära aufleben. Die Charaktere sind glaubwürdig und die Atmosphäre authentisch. Das Ende der Swingin'-Sixties wird in den Romanen schön eingefangen.

Ein Aufschrei der Entrüstung des britischen TV-Publikums ereilte Producer-Autor Robin Chapman und Granada TV nach der Austrahlung des ersten Teiles der siebenteiligen Serie BIG BREADWINNER HOG. Erzählt wurde die Geschichte vom rücksichtslosen Aufstieg des brutalen Ganoven Hog (Peter Egan) zum Boß der Londoner Unterwelt. Derartig realistische Beschreibungen der Londoner Unterwelt und dargestellte Brutalität war zuviel für das Publikum. Dieser Noir-TV-Klassiker, der selbstverständlich nie dem deutschen Publikum vorgeführt wurde, war seiner Zeit weit voraus. Solche Scheußlichkeiten wurden zähneknirschend gerade mal im Kino geduldet. Regie führte u. a. Michael Apted, dem wir 1975 das Meisterwerk THE SQUEEZE verdankten.

1970

Die Krays waren bereits ein Jahr hinter Gittern, als ein Mann im schwarzen Roman debutierte, der heute zu Recht als einer der Giganten gefeiert wird: Ted Lewis (1940–80). Der geniale Autor griff auf eigene Erfahrungen zurück, als er 1970 in dem all-time-classic JACK'S RETURN HOME (JACK CARTERS HEIMKEHR; Bastei 19108, 1987) seinen Unterwelt-Ttroubleshooter Jack Carter in eine völlig verrottete nordenglische Industriestadt, der Lewis' Heimatort Newcastle als Vorbild diente, schickte, um für richtigen Ärger zu sorgen. Derek Raymond billigte dem Meisterwerk eine Schlüsselstellung zu und weist darauf hin, daß in »dem Buch kein falsches Wort steht«. Darüber hinaus meinte Raymond, daß jede Episode des Romans authentisch ist und nichts von Lewis erfunden wurde. Mike Hodges verfilmte den Roman mit Michael Caine unter dem Titel GET CARTER; ein Kultfilm, der in den letzten Jahren in England wiederentdeckt und geradezu hysterisch gefeiert wird. Zwei weitere Carter-Bände folgten, darunter JACK CARTER'S LAW (JACK CARTERS GESETZ; Bastei 19111, 1987), den einige Fans wegen der genauen Darstellung des Krays-Kosmos und seiner düsteren London-Atmosphäre noch über den Erstling stellen. Lewis machte inhaltliche und stilistische Experimente, allerdings immer auf der Grundlage einer Betrachtung der englischen Gesellschaft, über die die Lewis'sche Halb- und Unterwelt soviel aussagt. Ohne Kompromisse an Erwartungshaltungen, die der Erfolg der ersten beiden Carter-Romane ausgelöst hatte, experimentierte er mit Form und Stil. Wenige Leser folgten ihm dabei und sein Ruhm verblaßte ebenso schnell, wie er gekommen war. Lewis soff sich zu Tode, bevor er zu einem der großen Stars seiner Generation heranreifen konnte. Zurück bleiben geniale Entwürfe und zwei der zehn besten Romane des britischen Noir-Romans. In den 80er Jahren setzte seine Wiederentdeckung ein – dank Derek Raymonds, der nie müde wurde, auf Lewis' Bedeutung für die britische Noir-Kultur hinzuweisen.

Michael Caine in »Get Carter« (Jack rechnet ab)

Unter dem Pseudonym *James Quatermain* gab der 1920 geborene James Brown Lynne ein kurzes, vielversprechendes Gastspiel im Schwarzen Roman. Von 1970 bis 1975 legte er eine Tetralogie über den zynischen Sicherheitsexperten Carbo vor, der u. a. von Mickey Spillane beeinflusst war.

Der erste Terry-Sneed-Roman von Gordon F. Newman: SIR, YOU BASTARD (DER BASTARD; Ullstein 10353, 1986). Kein anderer britischer Kriminalschriftsteller zeichnet ein negativeres Bild der Polizei.»Die Polizei wird als eine Institution gezeigt, die ihrer Natur nach menschlicher Korruption ideale Entfaltungsmöglichkeiten bietet ... Dem Autor geht es offenbar um die Zerstörung des Mythos vom hilfreichen Bobby ...« (Eberhard Späth)

In Nicholas Roegs und Donald Cammels Film PERFORMANCE trifft der Krays-Gangster James Fox auf die Pop-Ikone Mick Jagger und muß feststellen, daß die alten (Krays-)Zeiten vorbei sind und das Big Business die Gangs verdrängt. Der Film reflektiert die Veränderungen des kriminellen Milieus im England der 60er Jahre, zeigt aber auch den Zusammenprall zweier unterschiedlicher Wertesysteme, die den historischen Zustand des Landes vortrefflich beschreiben.

1974
Der 1929 geborene Allan James Tucker schrieb unter dem Pseudonym David Craig eine Reihe von Kriminalromanen mit großer thematischer Spannbreite. In Erinnerung geblieben sind den Thriller-Fans vor allem seine Spionageromane. Aber er unternahm 1974 auch einen gelungenen Ausflug in den Noir-Roman mit WHOSE LITTLE GIRL ARE YOU? (JILL UND DIE BOYS; Goldmann 4407, 1974) und schuf einen englischen Klassiker des Genres. Die Ge-

schichte um die entführte Tochter und die Ex-Frau eines geschiedenen Ex-Kriminalbeamten und Alkoholikers, der sich mit der Londoner Unterwelt und dem neuen Gatten seiner Frau anlegt, wurde 1977 erfolgreich von Michael Apted mit Stacy Keach als THE SQUEEZE (DER AUS DER HÖLLE KAM) verfilmt. Die Adaption gehört zusammen mit GET CARTER und VILLAIN (DIE ALLES ZUR SAU MACHEN), der Verfilmung von THE BURDEN OF PROOF, zu den drei großen britischen Noir-Filmen des Jahrzehnts und zu den Klassikern des Noir-Kinos überhaupt. Natürlich hatte auch Craig die Prozesse gegen die Kray-Zwillinge und die Südlondoner Richardson-Gang verfolgt. Spätestens nach dem großen Gerichtsverfahren gegen die Kray-Zwillinge und ihre »Firma«, die als Gangsterimperium das Eastend Londons und mehrere Klubs im Westend umspannte, wußte man, daß diese Autoren keine Spinner waren, sondern daß Großbritannien über eine organisierte und funktionstüchtige Unterwelt verfügte. Was Al Capone für Autoren wie W. R. Burnett, Armitage Trail und den amerikanischen Gangsterroman war, sind die Krays für den britischen Noir-Roman: Seit den Romanen von Douglas Warner aus den frühen 60er Jahren beeinflußt ihr Mythos bis heute die Literatur.

Gordon M. Williams, Autor der Romanvorlage für Sam Peckinpahs Film STRAW DOGS, und Terry Venerables schrieben unter dem Pseudonym P. B. Yuill die vielleicht besten Privatdetektivromane Britanniens. Ihr Held Hazell, der es auch zu einer düsteren TV-Serie brachte, taucht zum ersten Mal in HAZELL PLAYS SOLOMON auf und durchstreift in zwei weiteren Romanen (bei DuMont Noir in Vorbereitung) das Londoner Eastend. In Witz und Tonfall kommen die Autoren Chandler nahe, ohne ihn simpel zu kopieren.

London ist auch im Fernsehen dreckig und noir geworden und

ein Tummelplatz für Terroristen und Gangs in einer der härtesten englischen TV-Serien: THE SWEENY von Ian Kennedy Martin mit John Thaw und Dennis Waterman.

Britische Cop-Serien sind anders (viele Fans meinen: besser). In den 50er und 60er Jahren bestimmte der brave Bobby à la DIXON OF DOCK GREEN das Bild des Inselbullen. Aber Korruptionsaffären und Noir-Romane kratzten gewaltig am Image von Scotland Yard oder der Copper.

Für die TV-Seriengeschichte war 1974 ein wichtiges Jahr: Da mal wieder Krisenstimmung angesagt war, ließen die Anbieter mehr Experimente zu, und die Produzenten wollten den Krimi-Serien mit einer gehörigen Portion Realismus neues Leben einhauchen. In den USA begannen die Vorbereitungen, um den unsäglichen Möchtegernrowdys STARSKY & HUTCH in die ausgelatschten Turnschuhe zu helfen, während sich in England zwei wirklich harte Burschen warm prügelten: Inspector Regan und Sergeant Carter, allgemein als Mitglieder der SWEENY bekannt. Der Titel der Serie, die bei uns unter dem Titel DIE FÜCHSE gezeigt wurde, bezieht sich auf den Cockney-Ausdruck Sweeny Todd, eine Slangbezeichnung für die Flying Squad der Londoner Metropolitan Police, eine Art zivile Eingreiftruppe für Gewaltverbrechen. Die Helden der Serie waren echt miese Prolos: Hauptakteur Regan, gespielt von der britischen TV-Ikone John Thaw (der in den letzten Jahren in der hervorragenden Serie INSPECTOR MORSE nach den Kriminalromanen von Colin Dexter Einschaltrekorde verbucht), ist alles andere als der freundliche Postkartenbobby. Ihm ist die Frau weggelaufen, und er fühlt sich in gammeligen Eastendkneipen wohler als in einem sauberen Anzug. Seinen Helfer Carter spielte Dennis Waterman (der später im genialen AUFPASSER – wann zeigt uns endlich ein Sender alle 63 Folgen? – zum Star wurde), dem später natürlich auch die Frau weglief, weil sie nicht mehr hinter den »Gangstern die 2. Geige« bei ihrem Sergeant mit dem ewig fettigen Haar spielen wollte. Vor SWEENY hatte man in britischen TV-Serien die Gesetzeshüter heroisiert und verherrlicht. Damit war's jetzt vorbei. Regan und Carter gingen lieber einen saufen oder Verdächtige verprügeln, als alten Damen über die Straße zu helfen. Und natürlich regte sich bei den »Freunden und Helfern« sofort Empörung. Heuchlerisch sagte der damalige Chef der Metropolitan Police, Sir David McNee: »Wenn sich Beamte wie Regan aufführen würden, endete das in einer Katastrophe.« Die Bullen des Battersea-Reviers sahen die Sache anders und schenkten Regan-Darsteller Thaw ein Zigarettenetui mit der Gravur:»Wir wünschten, alle Detektivinspektoren wären wie du.« Erfunden hatte die Rüpel der alte Krimi-Spezialist Ian Kennedy Martin, dessen Bruder Troy die Serie TASK FORCE POLICE kreierte. Zusammen mit Gleichgesinnten, die die Nase voll von den üblichen Cop-Serien hatten, entwickelte er das Konzept für Euston-Films, die es dem Privatsender Thames-TV anboten. Thames gab grünes Licht: Man könne machen, was man wolle, solange es nur billig sei. Mit wenig Geld und viel Enthusiasmus ging man ans Werk: Jede Folge der ersten Staffel wurde in 10 Tagen gedreht, geschnitten und gemischt und kostete lächerliche 40 000 Pfund. Als Studio nutzte man eine alte Schule in Hammersmith, und im Pub gegenüber wurde nicht nur gedreht, sondern auch die gesamte Logistik telefonisch abgewickelt. Um Geld zu sparen, drehte man vor allem auf den Straßen, was der Serie ihren unvergleichlichen Touch gab. Nie zuvor hatte man London so verslumt und dreckig abgefilmt gesehen. Bei den Drehbüchern sparte man nicht. Es wurde gründlich recherchiert, und man engagierte den früheren Flying-Squad-Mann Jack Quarrie, damit er über Authentizität und Wahrhaftigkeit wachte. Im Unterschied zu anderen Serien dieser Zeit wurde SWEENY auf Film statt auf Video gedreht. Das ermöglichte damals einen besseren Schnitt, was den Action-Szenen zugute kam. Trotz Schlaghosen und langer Kragen wirkt sie heute noch realistisch, was sicherlich mit dem Cinema-verité-Touch zusammenhängt. Inhaltlich bekam man den Eindruck, daß die verschiedenen Polizeiabteilungen mehr gegeneinander als miteinander arbeiteten. Die Darstellung der Gesellschaft als sozialdarwinistischer Dschungel voller Korruption und die exzessive Gewalt ließen die Serie mehr als einmal auf die vorderen Seiten der Zeitungen kommen. 1977 löste sie in England eine weitere Diskussion über »Gewalt im Fernsehen« aus, die Jugendliche zu gar furchtbaren Dingen treibe. Produzent Ted Childs antwortete tückisch, daß die Hälfte der SWEENY-Fans über 60 Jahre alt wären und bisher ein Anstieg geriatrischer Verbrechen nicht festgestellt werden konnte.

Nach der 1. Staffel war SWEENY der große Hit beim Publikum, und man produzierte 1976 und 1978 sogar zwei Kinofilme, die gelegentlich von RTL2 gezeigt werden. In England lief die Serie bis 1978 und brachte es auf 52 ausgezeichnete Folgen, von denen bei uns nur magere 18 gezeigt wurden. Höchste Zeit, daß sich mal ein Sender um britische TV-Serien bemüht, statt drittklassige Ami-Ware einzukaufen. Die SWEENY sind auch heute noch eine Kult-Serie (1999 erschienen in England gleich zwei Bücher, die sich mit ihr beschäftigen), und man hört Fans verklärt Regans Lieblingsspruch zitieren: »Zieh Deine Hosen an, Du bist verhaftet.«

1976

A BETTER CLASS OF BUSINESS (DER BASTARD HIESS BRISTOW; Rowohlt 2570, 1981), der Erstling (also noch ohne Inspector Rosher) von Jack C. Scott setzt den schwarzen Thriller à la Chase auf hohem Niveau fort.

1978

G. F. Newman, der Autor der Bastard-Romane, schreibt für die BBC den Vierteiler LAW AND ORDER und zeigt die Polizei als korrupten Haufen. Damit gehen Autor Newman und Produzent Tony Garnett noch weiter als THE SWEENEY. Aus einer linken Position heraus verlangen sie eine stärkere Kontrolle der Ordnungskräfte. Inzwischen hat sich aber auch die Reaktion formiert und den Bildschirm mit der ungeheuer erfolgreichen Serie DIE PROFIS (THE PROFESSIONALS) besetzt, die zumindest faschistoid eine Gruppe von Agenten vorführt, die kaum einer demokratischen Kontrolle unterliegt und brutal alles niedermacht, was gegen ihr Empfinden eines staatlichen Gemeinwesens gerichtet ist. Wird eine demokratische Kontrollfunktion thematisiert (THE RACK von Brian Clemens, Regie Peter Medak), wird sie natürlich diskriminiert.

1980

Dan Kavanagh (Pseudonym für Julian Barnes) setzt mit DUFFY (Haffmans 1007, 1988) die Tradition des harten PI in England fort. Die deutsche Erstausgabe des Romans, erschienen bei Ullstein, um einen bisexuellen Helden wurde 1983 in der BRD von der Bundesprüfstelle für jugendgefährdende Schriften indiziert.

»The Sweeny« (Die Füchse)

1981

Manchen gilt er als bester britischer Film der 80er Jahre: THE LONG GOOD FRIDAY von John Meckenzie, der ursprünglich 1979 für das Fernsehen gedreht wurde. Der Londoner Gang-Boß Bob Hoskins will an den Veränderungen in England partizipieren. Die Thatcher-Regierung hat durch ihr *roll-back* sozialer Errungenschaften das Land für das marodierende Kapital geöffnet. Bob will mit der US-Mafia an der Entwicklung der Docklands teilhaben (in der Realität war das dann Angelegenheit der chinesischen Triaden), kommt aber der IRA in die Quere und wird fertiggemacht. Die alten Gangster haben keine Chance mehr gegen die legalen Gangster aus der City. Und im Kampf können sie sich gegen Organisationen wie die IRA auch nicht behaupten. Denn sie kämpfen nur für ihre

»The Long Good Friday« *(Rififi am Karfreitag)*

Gier, während die IRA für ein Ideal Krieg führt. Der Gangster, der dem Kapital immer nahe steht, hat es mit einer Art von Gewalt und Motiven zu tun, die er nicht versteht. Der britische Noir-Film ist in der Gegenwart angekommen.

1982
HARD CASE (CASE, Ullstein 1044, 1986) von Donald Carter (d.i. Wilbur Wright) ist wohl einer der bösartigsten und zynischsten Ich-Erzähler des britischen Noir-Romans ...

1983
TAGGART (1983–94), der Mann mit dem Granitgesicht, ist heute schon eine schottische Legende. Der harte, zynische Bulle aus Glasgow war bis zum Tode des Hauptdarstellers das meistgesehene Programm in Schottland. Taggarts Frau Jean muß seit der Geburt der gemeinsamen Tochter im Rollstuhl sitzen und erwartet längst nicht mehr, daß ihr schweigsamer Mann zu einer normalen Uhrzeit heimkommt. Jean liebt die schönen Künste, besonders Musik. Ihr Mann dagegen hält Gilbert und Sullivan für die Verteidiger, mit denen die Glasgow Rangers 1948 den Cup holten. Seine brutalen Fälle führen Taggart durch den Kosmos der schottischen Gesellschaft (ein Fall führte ihn gar bis München). Die Struktur der Fälle folgt dem klassischen Whodunnit-Muster aus der Perspektive der Polizei. Der schwarze Humor der Serie ist ebenfalls legendär. Erfunden wurde die Serie, deren Geschichten in Dreiteilern und 90-Minuten-TV-Movies erzählt werden, von Glenn Chandler. Produziert wurde sie von Robert Love. Die Titelmusik von Mike Moran wurde von Maggie Bell gesungen. Die Serie ist in 30 Ländern erfolgreich, besonders in Frankreich. Bei uns zeigte man bisher lei-

der nur sehr wenige Folgen, zusammenhanglos in einigen 3. Programmen der ARD ausgestrahlt. Kenner zählen sie zu den besten Krimi-Serien der Welt.

1984

Wie eine Kanonenkugel schlägt Derek Raymonds (1931–1994) erster Factory-Roman HE DIED WITH HIS EYES OPEN (ER STARB MIT OFFENEN AUGEN; Bastei 1974, 1989) in die Fassade des britischen Crime-Establishment ein. Raymond, der zu dieser Zeit in Frankreich lebte und dort kultisch verehrt wird, veröffentlicht weitere Factory-Romane und wird zur entscheidenden Figur der britischen Noir-Renaissance. Er nimmt jede Gelegenheit wahr, um den traditionellen Detektivroman intellektuell zu zerfetzen, und ermutigt eine ganze Generation junger Autoren zum Schreiben von Noir-Romanen. In seiner Autobiographie, die gleichzeitig eine Theorie des Noir-Romans ist, THE HIDDEN FILES (DIE VERDECKTEN DATEIEN; DuMont Noir 1, 1999) hinterläßt er sein Vermächtnis als scharfsinnigster Analytiker des Genres.

1985

Ein Meilenstein der TV-Geschichte und des Noir-Fernsehens war der Sechsteiler EDGE OF DARKNESS, geschrieben von Troy Kennedy Martin. Als der Yorkshirer Police Detective Craven (Bob Peck) seine Tochter von der Universität abholen will, wird sie vor seinen Augen erschossen. Craven ermittelt auf eigene Faust und findet in Emmas Zimmer eine Pistole, einen Geigerzähler und Unterlagen von einer Öko-Gruppe. Craven kommt einem politischen Komplott um Plutonium auf die Schliche.

Produziert wurde der Mehrteiler von Michael Wearing für die

BBC. Regie führte der spätere Bond-Regisseur Martin Campbell, und die Musik stammte von Eric Clapton und Michael Kamen.

»Autor und Regisseur, getragen von einem Team hochkarätiger Schauspieler, perfektionieren eine Form lustvoller Anspannung, einen Suspense, der nichts mit den üblichen deutschsprachigen Krimis zu tun hat, in denen immer alle und alles mit plumpen Verdachtsblicken, -einstellungen, -akkorden bedacht werden ... Mit seinen ätzend zynischen Kommentaren erinnert Jedburgh an die desillusionierten Figuren der Eric-Ambler- und Graham-Greene-Romane ... Es ist aus vielerlei Gründen einer der aufregendsten Filme seit langem, unter anderem, weil er plastisch, mit atmosphärischer Eleganz, vor Augen führt, daß Politik längst nicht mehr das zentrale Steuerungsorgan der Gesellschaft ist, in dem der Sinn des Systems zusammenfließt«, schrieb Wolfram Knorr in der Züricher Weltwoche vom 7.1.1988. BULMAN (1985–87), gespielt von Don Henderson, dürfte neben TASK FORCE-Mann Barlow der einzige Seriendetektiv sein, der in drei verschiedenen TV-Serien auftrat: Ursprünglich war er eine Figur in Kenneth Royce' XYY-Man-Romanen, die 1976 zu einer TV-Serie verarbeitet wurden. Hier war er noch Police Sergeant und spielte eine Nebenrolle. Charakterlich verändert erhielt er 1978 mit STRANGERS seine eigene Serie als Inspector. In BULMAN ist er aus dem Dienst ausgeschieden und betreibt einen kleinen Antiquitätenladen, dessen Spezialität die Reparatur kostbarer Uhren ist. Als die Kriminologin Lucy, die Tochter eines Ex-Kollegen auftaucht, wird der Shakespeare zitierende Bulman wieder in Detektivarbeit verwickelt. Außerdem werden sie durch seine Verbindungen mit Dugdale vom britischen Geheimdienst auch in internationale Spionagefälle verwickelt. Hauptdarsteller Henderson war selbst Kriminalbeamter beim CID in Essex, bevor er Schauspieler wurde: »Ich hörte damit auf, weil mir einige der Gauner leid taten, die ich eingebuchtet habe.« Chefautor war Murray Smith; produziert wurde die Serie von Richard Everitt für Granada TV. Die Musik ist von Dick Walter. Einige XYY-Man-Romane um Spider Scott sind Mitte der 70er Jahre auf Deutsch in der Reihe der gelben Ullstein-Krimis erschienen.

1986

Im BRITISH FILM CATALOGUE 1895–1985 (London: David & Charles, 1986) zählt der Kritiker Dennis Gifford für die Zeit von 1930 bis 1983 1336 Kriminalfilme (»crime films«), das sind 26% der gesamten britischen Film-Produktion.

1987

Beeinflußt von Mickey Spillane, schrieb der Ex-Roadie der Who Mark Timlin mit A GOOD YEAR FOR THE ROSES seinen ersten Roman über Privatdetektiv Nick Sharman. Brutalität, Sex, Drogen, schwere Waffen – im neo-liberalen London ist alles möglich, was schon in Spillanes New York der 50er Jahre den Alltag eines knallharten Privatdetektivs ausmachte.

1989

... debütierte Russell James mit UNDERGROUND (DuMont Noir 4; 1999). »Nachdem mein drittes Buch erschienen war und ich am vierten arbeitete, merkte ich, was kein Kritiker bisher bemerkt hatte: Niemand außer mir schrieb in Großbritannien crime stories. Man schrieb Detektivromane, Privatdetektivgeschichten, Polizeiromane. Alle schrieben *anti-crime-stories* – Gesetzeshütergeschichten. Warum? Finden sie Polizisten tatsächlich interessant?« James scheint sich der Aussage des Philosophen Peter Sloterdijk nahe zu fühlen, der bemerkte, daß in einer nihilistischen Gesellschaft der Gangster der einzige ist, der weiß, was er will. Inzwischen sind die Gangsterromane – soweit dieser etwas angestaubte Terminus wirklich zutrifft – von Russell James auch in England kein Geheimtip mehr, obwohl das *GQ-Magazine* vor ein paar Jahren noch behauptete: »Er ist das große unbekannte Talent der britischen Kriminalliteratur«, die *Times* von ihm als »einem Kult« sprach und John Williams, der Reich-Ranicki der britischen Kriminalliteraturkritik, ihn in *The Face* als »unheilige Allianz aus Len Deighton und David Goodis« bezeichnete. Mit etwa einem halben Dutzend Romanen hat sich James als führender Stilist der British Fresh Blood-School etabliert. James konzentriert sich auf die Gangster und ihre Opfer. Die Polizei kommt nur am Rande vor und hat kaum Zugang zu dieser geschlossenen Unterwelt. Es sind die eindrucksvollen Charaktere und die stimmungsvollen, wenn auch düsteren Schauplätze, die den Reiz seiner Romane ausmachen. Was man über Chandler sagte, gilt auch für James: Man würde seine Bücher weiterlesen, auch wenn das letzte Kapitel fehlte. »Ich mochte die meisten zeitgenössischen britischen Thriller nicht, als ich mit meinen Noir-Romanen begann. Die meisten neuen Autoren änderten lediglich Details: Statt eines Mannes nahm man eine Frau als Helden und ähnliches. Ich dachte, man müsse auch konzeptionell mehr wagen. Der durchschnittliche Protagonist ist rechts, ein Verteidiger von Ordnung und Autorität. Nicht bei mir. Mein Held in UNDERGROUND ist anders. Er ist links, antiautoritär und gegen die Gesellschaft eingestellt. Er ist gegen alles, an das durchschnittliche Leser und Helden glauben.«

James ist unter den neuen britischen Autoren der schärfste Beobachter der gesellschaftlichen Verhältnisse. Er beschreibt genau den sozialen Niedergang Englands und die Hörigkeit der politischen Klasse gegenüber dem Großkapital. UNDERGROUND, entstanden noch in der Ära John Major, führt den Alptraum vor, den die Schwachen und sozial an den Rand Gestellten durchleben. Der Horrortrip durch die weiten Maschen des sozialen Netzes scheint dem Ich-Erzähler mehr zuzusetzen als die lebensgefährlichen Auseinandersetzungen mit seinen professionellen Gegnern. »Ich gehe nicht soweit zu sagen, daß Kriminalität verschwindet, wenn man das Big Business säubert. Aber durch Wirtschaftskriminalität werden mehr Werte zerstört als durch alle anderen Verbrechen zusammen«, sagt der Autor, der den Gangstermythos wiederbelebt hat, und weiter: »Gangster sind soziale Anarchisten. Sie teilen nicht unser kleinbürgerliches Wertesystem. Sie haben nicht denselben Gesellschaftsvertrag unterschrieben, der für uns brave Bürger bindend erscheint. Sie glauben an andere Regeln. Und es gibt diese Regeln. Die wichtigste lautet: Betrüge nie einen anderen professionellen Gangster. In der vermeintlich nicht-kriminellen Welt unserer Gesellschaft gibt es jeden Tag Beweise für gnadenlose Brutalität und Betrug: Familien verlieren ihre Wohnungen, kleine Geschäfte müssen schließen, weil sie von großen Konzernen fertiggemacht werden, den Menschen werden ihre Jobs gestohlen usw. Gleichzeitig werden riesige Summen verteilt, freiwillig oder als Bestechungsgelder, nur um die sogenannte legale Macht zu festigen oder zu erobern.« Russell James glorifiziert dasselbe Wertesystem einer mythischen Unterwelt, das auch schon der genialste Noir-Filmer, Jean-Pierre Melville, in seinen Kultstreifen von BOB LE FLAMBEUR (DREI UHR NACHTS) bis UN FLIC (DER CHEF) ausgebreitet hat. Zweifellos wären Russell James' Romane ganz weit oben auf Melvilles Adaptionsliste, wenn er noch leben würde. Bevor James mit seinem dritten Roman PAYBACK wieder nach Deptford zurückkehrte, schrieb er DAYLIGHT. In diesem Buch zeigte er scharfsinnig die unterschiedlichen Unterweltskonzepte von russischen und westlichen Kriminellen. »Die Art Bücher, die ich schreibe, sind das Äquivalent zu den Warner-Brothers-Filmen der 30er Jahre. Schwarzweißfilme, die das ganze Gegenteil der Hollywood-Musicals waren. Noir-Themen sind so erfrischend wie ein gutgesungener Blues.«

1990

Fast 300 000 Pfund erhielten Reg, Ron und Charlie Kray für ihre Persönlichkeitsrechte (und problemlose Dreharbeiten) an Peter Medaks Film THE KRAYS, der weder den Twins noch den harten Fans gefiel, aber einer der erfolgreichsten Filme auf der Insel wurde.

1991

Seit 1991 gab es fast jährlich in den 90er Jahren einen TV-Zweiteiler unter dem Titel PRIME SUSPECT (HEISSER VERDACHT) über Hauptkommissarin Jane Tennison (Helen Mirren) und ihr Team. Erfunden wurde die Serie, die regelmäßig die Edgar-Allan-Poe-Preise für die besten TV-Krimis einheimst, von Lynda LaPlante. Andere Spitzenautoren, wie Allan Cubitt oder Paul Billing, setzen sie fort. Regisseure der ersten vier Fälle waren: Chris Menaul, John Strickland, David Drury und John Madden. Jane Tennison ist keine glatte Krimiheldin. Sie ist eine echte Frau in mittleren Jahren und muß sich gegen chauvinistische Untergebene genauso durchsetzen wie bei opportunistischen Vorgesetzten. Die Serie gilt als eine der realistischsten *police procedurals*, in der die Polizeiarbeit detailliert gezeigt wird. Nichts wird ausgespart: weder die Fehler der Beamten noch die falschen Spuren, denen sie oft nachgehen müssen. Hart an der Realität spiegeln die Zweiteiler den Zustand Englands in den 90er Jahren wider und sind als Thriller ebenso spannend wie als soziologisches Dokument gesellschaftlicher Randzonen. Nach dem ersten Teil schrieb der *Daily Telegraph*: »Die Nation ist sich einig und gespalten. Sie ist gekränkt, betäubt und fasziniert.« *The Times*: »Was diesen Film von vielen Polizeikrimis unterscheidet, ist sein Realismus.«

1992

Eine neue Cop-Serie, die die große Noir-Tradition des englischen Fernsehens nutzte, war BETWEEN THE LINES (UNDERCOVER ZWISCHEN DEN FRONTEN): Knallharte Dramen über die dunkle Seite der Londoner Polizei. Detective Tony Clark (Neil Pearson) gehört zu den besten Leuten der Mulberry Street Polizei-Station. Mit Druck von oben wird er zur Dienstaufsichtsbehörde geschoben, um seine Kollegen zu bespitzeln. Auch privat gibt es Probleme: die Affäre mit seiner Kollegin Jenny sorgt für Turbulenzen in der Ehe des verheirateten Tony. Aber damit fängt eine große Serie erst an, deren Fortsetzungsgeschichten immer mehr Dynamik gewinnen und die Korruption kleiner Beamter und großer Fische beschreibt. Dazwischen gibt es gefährliche Mordfälle, Geschichten um organisierte Kriminalität und politische Verbrechen. Die tabubrechende Serie wartete mit einem knalligen Ende (das sich über mehrere Folgen hinzog) auf. Wieder mal sorgte die BBC für einen modernen Klassiker des TV-Noir. Erfunden wurde die Serie von J. C. Wilsher, produziert von Tony Garnett und Peter Norris. Garnett wurde berühmt durch die Produktion von G. F. Newmans kontroverser Serie LAW AND ORDER.

1993

Die wahrscheinlich beste Noir-TV-Serie der 90er Jahre war CRACKER (FÜR ALLE FÄLLE FITZ), die die Jahrzehntthemen *profiling* und Serienkiller in 19 Folgen bis 1996 auf höchstem Niveau behandelten (nicht nur nach TV-Maßstäben).

Der Psychologe Fitzgerald mit seinen chaotischen Familienverhältnissen steht im Mittelpunkt dieser Serie, die einen guten Teil ihrer Spannung und Faszination aus dem *profiling*, dem Erstellen von Täterprofilen, zieht. Seine Fahndungsmethoden sind ungewöhnlich, und die Kriminalbeamten vom Kommissariat in Manchester vertrauen ihnen nicht immer. Doch Fitz dringt gnadenlos in die Psyche der Täter ein. Seine Verhöre offenbaren die abgründige oder höchst gewöhnliche Seele der Mörder. Die Frage nach der Identität des Täters steht in der Serie nicht im Vordergrund. Meist kennt der Zuschauer den Mörder von Anfang an. Nie aber kennt er die Motive, die Fitz langsam entschlüsselt. Auch die Opfer der Verbrechen werden in die Fälle miteinbezogen. Fitz weiß um die menschlichen Schwächen und die Ungeheuer, die in jeder menschlichen Seele hausen. Er selbst hat genügend Schwächen, ist geradezu arrogant von sich überzeugt, trinkt exzessiv, ist zu fett, raucht wie ein Schlot und stürzt sein Familienleben durch seine zwanghafte Spielsucht von einer Krise in die nächste. Trotz aller tiefsinnigen Brisanz werden die Geschichten mit virtuoser Leichtigkeit erzählt und machen die Serie zur besten Noir-Serie des Jahrzehnts. Der Erfolg war groß: Bei der Erstausstrahlung in Großbritannien hatte sie eine Sehbeteiligung von 58%; innerhalb der ersten Jahre wurde sie in 46 Länder verkauft und erhielt über 20 Auszeichnungen, darunter den Edgar-Allan-Poe-Preis des amerikanischen Kriminalschriftstellerverbandes. In den USA wurde die Serie mit amerikanischen

Schauspielern (Robert Pastorelli als Fitz) neu für amerikanische TV-Verhältnisse aufbereitet. Natürlich wurde sie nur ein müder Abklatsch.

In der deutschen Erstausstrahlung durch das ZDF wurden die ersten Folgen um sage und schreibe eine Stunde gekürzt. Dort hat man aus den miesen Erfahrungen der 60er und 70er Jahre nichts gelernt und sieht sich weiterhin als oberster Zensor der Fernsehnation. Damit stehen sie der Arroganz ihrer öffentlich-rechtlichen Vettern von der ARD, die zehn Jahre zuvor versuchten, MIAMI VICE zu zerstückeln, in nichts nach.

Erfunden wurde die Serie von dem Liverpooler Autor Jimmy McGovern, den der ITV-Produzent Gub Neal beauftragte, eine Serie über einen forensischen Psychologen zu entwickeln. »Die ganze Psychologie kommt von meiner katholischen Erziehung, das war alles, was ich brauchte. Ich bin kein Experte von Freud oder anderen. Das Wissen um die menschliche Seele, das man haben muß, um so eine Serie zu schreiben, kommt vom Katholizismus«, sagte McGovern und weiter: »Die besten Geschichten sind die, in denen der Mörder wirklich gute Gründe zum Morden hat. Selbst wenn der Zuschauer ihm nicht zustimmt, kann er ihn zumindest verstehen und sich für den Mörder interessieren. Deshalb liebte ich die TV-Serie NO HIDING PLACE, da wünschte ich mir oft, der Täter würde davonkommen. Bei CRACKER habe ich dasselbe versucht.« Gub Neal: »Wir waren zu Tode gelangweilt von den Fernsehstereotypen. In den meisten Cop-Shows gibt es die guten und die bösen Polizisten. Aber in der Realität sind sie eine Mischung aus beidem. Jimmys Drehbücher machten das deutlich und inspirierten uns alle.«

1997

Der große Coup ist als Mythos auch im Film nicht kaputtzukriegen: Die heutige Londoner Unterwelt gibt einmal mehr den Hintergrund ab für Antonia Birds kontroversen Noir-Thriller FACE nach einem Drehbuch von Ronan Bennett, der selbstverständlich bei uns nicht mal in die Kinos kam. Eine Studie über Loyalität, Paranoia und Gier, brutal in Szene gesetzt. Erstmals im britischen Crime-Kino ist der oberste Gangboß ein hochgestellter Kriminalbeamter. Melville auf Speed. Vielleicht zusammen mit Michael Manns HEAT der beste Gangsterfilm der 90er Jahre. Pack RESERVOIR DOGS ein und geh' nach Hause, Tarentino! Das gelungene Filmdebut von Blurs Damon Albarn, dessen Propaganda für GET CARTER entscheidend mitgewirkt hat, diesen Film wieder verfügbar zu machen und endlich zu würdigen.

Einige der erfolgreichsten Noir-Romane der letzten Jahre kommen direkt aus der neuen Jugendkultur, ethnischen Milieus oder dem Drogen-Underground. Victor Hadley kreierte mit YARDIE (Rowohlt Thriller) ein eigenes Subgenre, das man Ethno-Gangsterroman nennen könnte. Sicherlich war er beeinflußt von Autoren wie Donald Goines oder Iceberg Slim. Nicolas Blincoe zeigt die transsexuelle Clubwelt von Manchester, vollgestopft mit Drogen. Irvine Walsh thematisiert sein eigenes Drogenschicksal und zeigt den Heroin-Untergrund. Paul Duncan beklagt in seinem grundlegenden Aufsatz über British Noir die sensationellen Aspekte als modische Attitüde der jüngeren Autoren. Er vermisst den Tiefgang der Klassiker in diesen Designer-Noir-Romanen, die ihm selten wirklich unter die Haut gehen.

Bibliographie:

Day, Martin & Keith Topping: Shut It! A Fan's Guide To 70s Cops On The Box. London: Virgin, 1999.

Duncan, Paul: It's Raining Violence – A Short History of British Noir. In: Crime Time No. 2.3., 1998.

Flanagan, Maurice: British Gangster & Exploitation Paperbacks of the Postwar Years. Westbury: Zeon Books, 1997.

Holland, Steve: The Mushroom Jungle. Estbury: Zeon Books, 1993.

Kenwood, Mike & George Williams: Flags, Slags, Blags & Jags: The Sweeney. London: Aldgate, 1998.

Newman, Kim: The British Gangster Movie. In: Million No.1, 1991.

Die Distanz zwischen Gott und den Menschen: Graham Greene
von Olaf Möller

Für die meisten Menschen hierzulande ist es heut' kaum vorstellbar, daß ein seriöser Autor, ab und an, sein Geld mit Genreliteratur verdient: würde Günther Grass einen Krimi schreiben? – niemals, vor allem, weil er's nicht könnte.

Graham Greene (1904–91) hingegen konnte.

Und wie.

»Murder didn't mean much to Raven. It was just a new job. You had to be careful. You had to use your brains. It was not a question of tatred.« (A GUN FOR SALE/THIS GUN FOR HIRE);

oder

»Hale knew, before he had been in Brighton three hours, that they meant to murder him.« (BRIGHTON ROCK)

Am Anfang seiner Karriere hatte Greene eine Reihe von Romanen geschrieben, die er als Entertainments (dis)qualifizierte: er wollte so zwischen seinen relevanten Werken – von denen es damals noch nicht allzu viele gab – und seinen kleineren Arbeiten unterscheiden: dies ist wichtig, das andere ... nun ja, die Miete für ein Jahr, verdient man auf durchaus ehrbare Art. Aber man weiß ja, daß das nie so recht funktioniert, wenn Autoren versuchen, die Rezeption ihres Werkes zu steuern ...

Die Entertainments, erschienen zwischen 1932 und 1943, bilden, rein zeitlich, beinahe einen eigenen ›Block‹ innerhalb von Greenes Oeuvre: STAMOUL TRAIN, A GUN FOR SALE/THIS GUN FOR HIRE, BRIGHTON ROCK, THE CONFIDENTIAL AGENT und MINISTRY OF FEAR; das einzige ›Großwerk‹, das in jener Pause entstand – neben den ›kleineren‹ Büchern THE MAN WITHIN, IT'S A BATTLEFIELD und ENGLAND MADE ME –, war THE POWER AND THE GLORY. Man kann diese Phase als Greenes Frühwerk bezeichnen und die Existenz der Entertainments als ihr zentrales Charakteristikum. Seine Hauptschaffensphase beginnt dann, vielleicht, mit THE HEART OF THE MATTER, und geht bis ... – egal, das ist innerhalb dieses Kontexts nicht weiter wichtig.

(Ebenfalls zu den Entertainments, als eine Art Nachklapp, zu rechnen wäre noch die Novelle THE THIRD MAN – nur war dieser Text, so Greene in seinem Vorwort, eigentlich nicht zur Veröffentlichung, sondern bloß als besseres Treatment für den gleichnamigen Film gedacht.)

Greenes Oeuvre läßt sich nun längst nicht so leicht teilen, wie der Meister sich das (zu Anfang) gedacht, wohl eigentlich geplant hatte.

Das fängt schon mal mit einem etwas bizarren Detail an: die Titel einiger seiner (sozusagen) Nicht-Entertainments sind ›härter‹ als die der Entertainments: ENGLAND MADE ME, LOSER TAKES ALL!, IT'S A BATTLEFIELD! – Titel wie'n Tritt in die Eier, und alles seriöse Literatur; A GUN FOR SALE hat daneben etwas fast Einschläferndes.

Die Entertainments sind von ihrer Konstitution her verschieden: während etwa A GUN FOR SALE und BRIGHTON ROCK brillante Hard-boiled-Romane sind, die von ihrem Tonfall her mehr mit der unterschwellig-kitschigen Wut von ENGLAND MADE ME zu tun haben, ist THE CONFIDENTIAL AGENT eher ein naher Verwandter von THE POWER AND THE GLORY, während der fast jugendlich-ernste Spionage-Entwicklungsroman THE MINISTRY

OF FEAR wie eine Art Skizze für das reife Spätwerk THE HUMAN FACTOR wirkt.

Was die Entertainments wiederum verbindet, ist die Geschwindigkeit – die arbeitszeitliche wie die literarische –, in der sie geschrieben wurden; nebenher, parallel zu einem Haufen journalistischer Arbeiten. Es lohnt sich beispielsweise, neben den Entertainments Greenes gesammelte Filmkritiken zu lesen: nicht nur, weil man daraus erfährt, woher er so manche Inspiration nahm – STAMOUL TRAIN etwa verdankt einiges den Filmen SHANGHAI EXPRESS und ROME EXPRESS –, sondern auch um zu sehen, woher der in einigen Passagen fast stakkatoartige Stil von A GUN FOR SALE und BRIGHTON ROCK kommt.

Es dürfte kein Zufall sein, daß die Romanklassifizierung Entertainment nach dem Zweiten Weltkrieg aus Greenes Werkverständnis verschwand – er verwendete den Ausdruck zwar immer noch in Kommentaren und Essays, bezeichnete jedoch keines seiner Bücher mehr so (er nennt etwa THE THIRD MAN – den Film!, sein Text sei in diesem Fall unwesentlich, weil nicht das Endprodukt – im Vorwort zur Veröffentlichung der Treatment-Novelle ein Entertainment, ohne jedoch das Buch selbst so zu kategorisieren).

Die Idee der Entertainment-Kategorie hat wohl ihren Ursprung in der desolaten Lage Englands während der 30er Jahre – die Bücher sollen eine relativ rohe Reflektion der wie auch Reaktion auf die Lage des Landes sein –, aber auch in Greenes eigener, finanziell wohl ständig prekären Situation. In jenen Jahren konnte er es sich noch nicht leisten, hauptberuflich allein ›seine‹ Romane zu schreiben – bei allem Kritikerlob blieben die Verkaufszahlen niedrig; die Entertainments waren sein Versuch, stärker mit dem Markt, den (Käufer)Massen in Berührung zu kommen; was auch gelang, war doch STAMBOUL TRAIN, sein erstes Entertainment, auch gleichzeitig sein erster finanzieller Erfolg.

Außerdem, scheint's, fühlte sich Greene bei den Entertainments damals politisch freier als bei seinen anderen Werken: sie sind aggressiver in ihrer gesamten Erzählhaltung, expliziter in ihrer Gesellschaftskritik – im Fall von THE CONFIDENTIAL AGENT, erschienen 1939, ließ sich Greene etwa zu einer äußerst finster-kafkaesken Version von einem faschistischen England hinreißen. Auch das gab sich später: In ihrer politischen Analyse schärfere und klarere Werke als seine Hauptwerke THE QUIET AMERICAN, THE COMEDIANS und THE HONORARY CONSUL lassen sich kaum vorstellen.

Der ganze Klassifizierungs-Klimbim löste sich in dem Augenblick auf, wo Greenes Werke generell Erfolg hatten. Ähnlich wie im übrigen schon THE POWER AND THE GLORY, lassen sich seine späteren Meisterwerke THE QUIET AMERICAN, OUR MAN IN HAVANNA, THE COMEDIENS, THE HONORARY CONSUL und THE HUMAN FACTOR alle im weiteren Sinne als Kriminalliteratur – Unterkategorie Spionage- bzw. Politthriller – bezeichnen – nicht zu vergessen Romane wie etwa THE HART OF THE MATTER, die so was wie potentielle Krimis oder Metakrimis sind …

Wesentlich ist doch am Ende nur eins: bei Greene geht's eigentlich immer um das gleiche: die Beleidigung, die unser Leben ist: der Verrat als conditio humana, und das Verbrechen als Maß für den Abstand zwischen Gott und den Menschen.

Die konvertierten Katholiken sind doch immer noch die besten … Ähnlich seinem Bruder im Glauben Julien Green betrachtete Graham Greene das Leben als Verbrechen – mit einem

Unterschied: Greene ist expliziter gesellschaftskritisch, weil -analytisch, als Green. In beider individuellen Schaffen nimmt die Klassengesellschaft eine zentrale Bedeutung ein; bei beiden ist auch klar, daß sich die Klassenschranken nicht heben lassen: eine Erkenntnis, zu der die Kriminalliteratur in den verschiedensten Formen immer wieder findet, wie Fliegen zu einer saftig durchgelegenen Leiche im Sonnenlicht. Julien Green verdammt in seinen Romanen diese Gesellschaft, beläßt sie jedoch so, wie sie ist: sie wird zur Spiegelung alles Niederen im Menschen, seiner Nachtseite. Bei Graham Greene hingegen wackelt die Klassengesellschaft, doch sie fällt nicht: die Spannung vieler seiner Romane liegt im Kampf der konservativen Kräfte gegen ihren Untergang, während das Proletariat immer heftiger daran sägt und zerrt. Julien Green beschreibt den Untergang einzelner, meist Einsamer – Graham Greene entwirft Panoramen vom Untergang einer ganzen Gesellschaft, einer Welt.

Nehmen wir BRIGHTON ROCK, eines jener Werke, die man getrost als Hard-boiled-Roman par excellence bezeichnen kann. Die britische Klassengesellschaft spiegelt sich hier in einem ihrer Teile: die Unterschicht, das Proletariat, jene Menschen, die nach Brighton fahren, um sich zu vergnügen, sind hier die Gesellschaft in toto, die sich also wieder in Klassen, Schichten aufteilt: da ist das Proletariat, vertreten durch Pinkie und seine Bande, da ist die Gehobene-Mittelschicht-Untere-Oberschicht, sprich die Neureichen, vertreten durch Colleoni und seine Organisation, und da sind die Leute dazwischen, die guten Bürger, die Brighton-Seligen, die untere Mittelschicht, vertreten durch Ida Arnold – und die Oberschicht? Abwesend, vertreten durch ihre Macht, das Gesetz, die Polizei, was wiederum das Zwiespältige der Oberschicht per se verdeutlicht:

Menschen, die man mit Dingen, die größer sind als der Mensch, ausstattet, identifiziert.

Pinkie und Ida geben sich in ihrer psychopathischen Disposition nicht viel – zumindest bemüht sich Greene nicht groß, seine Verachtung für Ida zu verhehlen, während er in Pinkie zwar klar erkennt, was er ist, jedoch anscheinend glaubt, daß das durchaus verzeihlicher sei als … Ida. Es sind eher dumpfe Triebe – Gefühle kann man das kaum nennen –, die Ida dazu bringen, sich mit dem Mord an Hale auseinanderzusetzen. Ihre Stumpfheit zeigt sich in dem Augenblick, wo Greene von einer ›halbinneren‹ Beschreibung ihrer Lebenslust langsam zu einem Punkt kommt, wo's für sie, rein instinktiv, schon richtig ist, daß der Staat Menschen aufhängt. Diese Dinge sind für sie etwas Gegebenes – eigentlich ist für sie alles gegeben, ihre Devise ist: man muß das Beste daraus machen. Ihre deterministische Lebensphilosophie gab dem Roman auch seinen Titel: an einer Stelle sagt sie, daß sich im Leben nichts verändert und daß die Welt wie Brighton Rock sei (das Besondere an dieser Art Zuckerwatte ist, daß an einer Stelle immer der Name Brighton steht, unabänderlich). Pinkie ist nun genau das Gegenteil: für ihn ist nichts gegeben: das Leben ist ein einziges Loch, jeder Plan bloß ein Provisorium, um den Fall zu stoppen. Während Ida zu dumm ist, um Angst zu haben, wird Pinkie allein von Angst getrieben. Und während Ida die pralle Ida nur zum Teil aus professionellen Erwägungen heraus ständig nach einem Ständer für die Nacht oder den Nachmittag oder wann auch immer schielt, ist das dürre Hemd Pinkie in Sachen Sex von Panik und Ekel erfüllt – Pinkie hat ein fast obsessives Verhältnis zur Fortpflanzung sowie eine tiefgreifende Abscheu vor deren Institutionalisierung – die Familie ist für ihn der Schrecken schlechthin, Einsamkeit die einzige Möglichkeit, ihm zu entkommen –, während die Fortpflanzung ideell gesehen für Ida keine Rolle zu spielen scheint, obwohl sie sich die meiste Zeit über dem Akt der Fortpflanzung hingibt, sozusagen.

Dieser Weltekel frißt sich durch den gesamten Roman: Brighton wird zu einer Spiegelung der Gefühle von Greenes Charakteren. Ähnlich finstere und versiffte Orte findet man ansonsten nur bei Derek Raymond (der mit Greene im übrigen mehr gemein hat, als man im ersten Augenblick glaubt: der Sergeant der Factory-Romane ist jene Art von Pilger, der Pinkie, Ida und den Anderen ihren Frieden geben könnte; der Sergeant könnte, zu verschiedenen Zeiten, auch die Hauptfigur von THE CONFIDENTIAL AGENT und THE MINISTRY OF FEAR sein …).

Sowohl Pinkie als auch Ida sind in vieler Hinsicht unschuldig: der Hauptgrund für alles Übel in ihnen. Unschuld ist in unserer Welt für Greene ein perverser Zustand: so kann man nicht leben. Der furchtbarste Unschuldige innerhalb seines Werkes ist wohl Pyle, THE QUIET AMERICAN, das vollkommene Symbol für all das, was die Amerikaner nach Vietnam brachte, abzüglich des Kriegsindustrie-Spekulantentums (und selbst das steckt irgendwie in ihm drin …).

BRIGHTON ROCK nun war Greenes erstes Werk, das er bewußt als Katholik geschrieben hatte – das Buch strotzt auch nur so vor Gesprächen über Gott, die Hölle und den Menschen –: es ist sein Essay über das Wesen der Erbsünde – und ist nicht die Erbsünde der Kern aller Kriminalliteratur, egal ob sie nun die Gesellschaft als deren Widerspiegelung präsentiert oder den Menschen an sich als vom Fall besessen? Auf einer spirituellen Ebene vermißte die Kriminalliteratur den Abstand zwischen Gott und den Menschen, mit der Erbsünde als Maß und den Folgen als individuellen Markern. Wenige wußten das so genau wie Graham Greene.

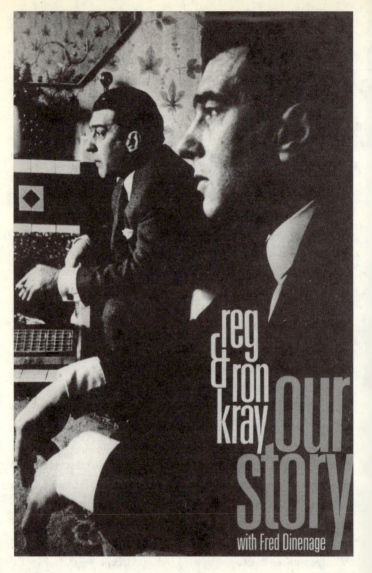

Eastend Ballade: Die Krays
von Martin Compart

1995: Das gesamte Londoner Eastend war auf den Beinen, als Ende März Ronnie Kray zur letzten Ruhe getragen wurde. Dem Gangsterkönig wurde eine letzte Ehre zuteil, wie sie sonst nur Könige, Staatsmänner oder Pop-Stars erfahren. Die größte Beerdigung auf der Insel seit der Grabtragung von Winston Churchill. Tatsächlich waren und sind die Kray-Zwillinge so etwas wie Pop-Stars. Über Reggie Kray etwa dichtete Morrissey den Pop-Song »Last of the Famous Playboys«; die Bücher über die Könige der Londoner Unterwelt sind nicht mehr zu zählen, und 1990 spielten Spandau Ballets Martin und Gary Kemp in dem Kinofilm DIE KRAYS die Zwillinge. Die Krays sind ein moderner Mythos, die

Martin, God Bless You Friend, Reg Kray

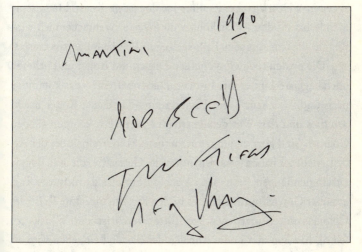

20th Century Robin Hoods, der nach wie vor die Engländer beschäftigt. Besonders die Londoner, die im Ostteil, dem legendären Eastend, wohnen.

Eine gläserne viktorianische Kutsche mit sechs Rappen vorgespannt donnert die Straße hinunter, die von Tausenden von Eastendern gesäumt ist. Dahinter 46 schwarze Limousinen; von St. Matthew's Church in Bethnal Green zum Friedhof von Chingford. Die letzte Fahrt des Colonels. Über 50000 Leute am Wegesrand, erfahre ich später. Ich höre, wie zwei ziemlich harte Burschen neben mir über Joe Pyle reden. Ich wende mich ihnen schüchtern zu und frage nach Joe. Mißtrauen. Knapp rechtfertige ich mich mit meiner deutschen Herkunft und daß ich Joe bei Reggie kennengelernt habe. Das Mißtrauen verwandelt sich in Herzlichkeit. Erst mal werde ich zu einer der zahlreichen Leichenfeiern eingeladen, die sich heute und morgen wie eine Brandrodung von Whitechapel bis Stoke Newington fressen. Die größte Feier seit dem Ende des Zweiten Weltkriegs. Leider ohne Joe. Joe ist im Knast. Hatte seine Hände bis zu den Achselhöhlen im Schnee. Wahrscheinlich wird Reggie vor ihm raus sein. Falls sie Reggie überhaupt jemals rauslassen. Die beiden tough guys heißen Ducky und Roger und nehmen mich begeistert unter ihre Fittiche. Ducky betreibt – das kommt so nach und nach raus – ein Underground-Kaufhaus; Roger macht »so dies und das. Was gerade anfällt«. Natürlich kannten sie den Colonel. Sind aber zu jung, um ihn bewußt in Freiheit bei der Arbeit erlebt zu haben. Und irgendwelche Geschäfte, die mit Reggie zusammenhängen, betreiben sie auch. Aber dies ist nicht der Tag, um über Geschäfte zu reden. Es ist der Tag, um die letzte Reise des Colonels mit Sturzbächen von Bitter und irischem Whisky zu feiern. Ein Tag, der in die Annalen des Eastend eingehen wird als der Tag, an dem mehr Alkohol umgesetzt wurde als 1966 nach dem World Cup.

1990: Hinter der City beginnt Eastend. Dort wird das bekannte Klischeelondon zu einer anderen Welt. Wie Flüsse durch den Dschungel ziehen sich die breiten Straßen, die Commercial Road, die Whitechapel Road oder Mile End Road. Auf ihnen kann der Westender in seiner Limousine hastig das Gebiet feindlicher Stämme durchqueren. Hinter den breiten Straßen, an denen man Pubs und Kramläden findet, die eigentlich unter Denkmalschutz stehen müßten, öffnet sich ein Labyrinth schmaler Gassen voller unbequemer Wohnhäuser, Eckläden, kleiner Märkte, Eisenbahnbrücken, Abbruchhäusern. An manchen Ecken sieht es so aus, als würde die Nachkriegszeit nie enden. Man braucht schon einen Spezialstadtplan (oder LONDON AZ in der dicken Ausgabe), um Bethnal Green, Whitechapel, Stepney oder Poplar verzeichnet zu finden. Die Arroganz der Westender läßt London fast auf jeder Karte hinter Liverpool Street Station enden. Ein buntes Rassengemisch schiebt sich durch die nicht nur trostlosen Gassen. Das war schon immer so: Das Eastend gehört den armen Einwanderern seit Jahrhunderten. Dickens und Marx trieben sich in diesen Straßen herum und fanden genug Stoff, um an einer gottgewollten Ordnung zu zweifeln. Es ist ein mythischer Ort: In den dunklen Gassen von Whitechapel hatte Jack the Ripper seine Opfer gesucht. Und wenn man nach Limehouse geht, hält man unwillkürlich nach chinesischen Opiumhöhlen Ausschau und würde sich nicht wundern, wenn zwischen den maroden Lagerhäusern plötzlich Dr. Fu-Manchu mit seinen Halsabschneidern auftauchte. Hier trieb sich 1902 auch Jack London herum. Der nietzscheanische Sozialist lebte in bester Walraff-

Manier mit den Ärmsten der Armen, um seine aufrüttelnde Sozialreportage PEOPLE OF THE ABYSS (MENSCHEN AM ABGRUND) zu schreiben. Das Eastend ist eine Welt für sich, eine Welt, die viele Londoner aus dem Westend ihr Leben lang nicht betreten. Inmitten von Straßenzügen alter Arbeiterhäuser erhebt sich manchmal völlig unmotiviert ein 70er-Jahre-Hochhaus, und man weiß nicht, was übler ist: die kleinen abgewrackten Klinkerhäuser, in denen es der Hausschwamm zur Ehrenmitgliedschaft in der Apothekerkammer gebracht hat, oder die dünnwandigen Menschensilos, die zu Kopfsprüngen aus dem zehnten Stockwerk einladen. Bei Sonnenwetter kann man es hier gerade noch aushalten. Aber wenn sich im November schwere, schwarze Gewitterwolken tiefhängend von der Themse langsam nordwärts schieben und Mile End Road in ein fast strahlend violettes Licht getaucht ist, gibt es wenig faszinierendere Flekken auf diesem Planeten. Falls man nicht Golf-GTi-Fahrer oder Tennisspieler ist und Boss-Anzüge für den Sinn der Zivilisation hält.

Im Eastend hielt und hält man nicht viel von staatlicher Autorität. Mit dem Staat hat man nichts am Hut. Denn keinem Eastender hat er je was Gutes getan. Hier herrschen eigene Gesetze, wie in einem kleinen, unbesetzten Dorf in Gallien. Wenn es Ärger gibt – und den gab und gibt es oft –, ruft man nicht nach dem Copper. Das regelt man unter sich. Tatsächlich sehen die Polizeistationen, etwa Bow Police Station, wie verbarrikadierte Steinforts aus. Allerdings sucht man vergeblich an diesen klirrend stillen Trutzburgen nach der Zugbrücke. Bobbys sieht man so gut wie nie die Straße entlangschlendern. Sie wären eine Provokation. Und rauszukriegen ist für die Bullen sowieso nichts; da können sie soviel Fahndungsplakate an ihre eisernen Revierzäune hängen, wie sie wollen. Es gibt ihn noch immer, den *Wall of Silence*. Während des Zweiten Weltkriegs war hier ein Hort der Fahnenflüchtigen und Deserteure. Zur Armee ging nur derjenige, der als Boxchamp schneller vorankommen wollte. Nachbarschaftshilfe hieß das soziale Netz, und Flüchtigen Unterschlupf zu gewähren war Ehrensache. Mile End und das Elternhaus der Krays hatten denselben Spitznamen: Deserters end. Es gab mehr Deserteure als Toiletten mit Wasserspülung. Nirgendwo in England war und ist die Arbeitslosigkeit höher, die Löhne niedriger und die Verachtung für die Regierung, jeder Regierung, stärker. Die Männer, wenn sie nicht gerade einem unwürdigen Job nachlaufen, sich prügeln, Kinder machen oder krummen Geschäften und kleinsten Versicherungsgaunereien nachgehen, hängen in den Pubs, Wettbuden oder den Social Clubs rum. Es sind die starken Frauen, die seit Äonen im Eastend das Überleben organisieren, die Brut voller Liebe hochziehen und gelegentlich ein blaues Auge kassieren, wenn der Alte besoffen heimkommt und aus der Zuckerdose das restliche Haushaltsgeld rausholt. Hier lebt man mit dem Rücken an der Wand, und ein Wettgewinn wird nie mehr sein als ein paar Tage Freidrinks für die Kumpel im Pub.

Wenn man den Sensationsjournalisten und den bigotten Moralverwaltern des britischen Bürgertums Glauben schenken will, dann tat sich am 24. Oktober 1933 der Schlund der Hölle auf und spuckte eine Teufelsbrut aus. Reggie und Ronnie Kray waren im Diesseits angekommen, um jeden anständigen *Sun*-Leser mit wohligen Schauern zu versorgen. Ihre Kindheit verbrachten sie in der Vallance Road 178, direkt neben den Bahngleisen. Wirtschaftlich ging es der Familie miserabel. Während des Zweiten Weltkriegs begann für ihren Vater, einen kleinen Geschäftemacher, eine zwölfjährige Odyssee als Deserteur. Aber man hielt ja zusammen. Und nicht nur Tante Rose, die ein Haus weiter lebte, sorgte dafür, daß man Charles Kray nicht erwischte.»Mein alter Herr war der Meinung, daß er lieber seine Familie durchfüttern wollte, als für die Regierung Krieg zu spielen«, verteidigt ihn Reg heute. Immer wieder durchstöberte die Polizei Haus und Viertel auf der Suche nach Deserteuren. Die Zwillinge entwickelten früh Haß auf die Staatsgewalt und eine ungewöhnlich starke Mutterbindung. Mit dem ständig abwesenden Vater und dem älteren Bruder Charlie, dem sie sich aufgrund ihrer eigenen telepathischen Kommunikationsfähigkeit schon früh überlegen fühlten, erlebten sie eine von starken Frauen dominierte Kindheit. Sie liebten ihre Mutter abgöttisch. Bei Tante Rose war Klein-Ronnie dem Bruder eine Sympathielänge voraus. Eines Tages sagte sie ihm unter Tränen:»Weißt du, was deine zusammengewachsenen Augenbrauen bedeuten? Daß du hängen wirst.« Bruder Charlie brachte sie zum Boxen. Beide hatten Talent, und Reggie sagte man eine große Zukunft voraus. Er war dann auch kurze Zeit Berufsboxer und verließ den Ring unbesiegt, um künftig lohnendere Aufgaben in Angriff zu nehmen. Sie wuchsen in den Straßengangs des Eastend heran, machten sich als harte Burschen schnell einen Namen. Es gehört zu jeder guten Slumsozialisation, daß sich Straßenbanden gegenseitig die Schädel einschlagen. Was sie von den anderen Rabauken unterschied, war ihr blindes Verständnis füreinander und ihre völlige Skrupellosigkeit bei den Bandenkriegen. Sie führten die Jugendgangs an, man hatte Angst vor ihnen. Sie kämpften brutaler als alle anderen. Wenn einer am Boden lag, dann traten sie noch mal rein, und Furcht kannten sie nicht. Weder vor anderen Gangs noch vor der Polizei. Geprägt vom Eastend, lehnten sie den Militärdienst natürlich ab und flüchteten mehrmals aus dem Militärgefängnis, bevor sie nach einer

Reg hält sich fit

Haftstrafe aus der Armee geschmissen wurden. Eine Weile trieben sie sich im Westend herum. Im 2. Stock eines großen Hotels hinter Piccadilly Circus schlugen sie sich die Nächte um die Ohren, still und lächelnd in einer Ecke sitzend. Hier verkehrten die Berufsverbrecher des Westend. Keine naiven Straßenschläger, sondern professionelle Diebe, Zuhälter, Ein- und Knochenbrecher. Die Zwillinge hörten zu und lernten. Wißbegierige junge Leute auf der Abendschule der Unterwelt. Sie warteten auf ihre Chance, und ihre Chance kam natürlich. 1954 entdeckten sie eine Billardhalle an der Ecke Eric Street, Mile End Road, das *Regal*. Ein ehemaliges Kino, das in den 30er Jahren während eines Snooker-Booms zu einer Halle mit 14 Tischen umgebaut worden war. Das *Regal* war ganz klar auf dem Weg nach unten (heute ist es ein mit starken Gittern gesichertes Fernsehgeschäft, bei dem man den Verdacht nicht loswird, daß einem der grinsende Pakistani hinterm Tresen auch noch andere Handfeuerwaffen als Fernbedienungen besorgen kann). Kleinere Banden trafen sich hier, prügelten sich über die mit Zigarettenlöchern übersäten Tische und erpressten Schutzgeld vom Manager, der bei den Versicherungen längst nur noch Spott und Hohn ausgezahlt bekam. Die Krays boten dem Schwergeprüften fünf Pfund wöchentlich, wenn er ihnen den Laden überließ. Der Ärger hörte schlagartig auf. Ronnie: »Man hat behauptet, wir hätten den Ärger selbst inszeniert, um das *Regal* übernehmen zu können. Quatsch. Da war schon der Teufel los, als wir noch keinen Blick darauf geworfen hatten.« Zu ihrem großen Vergnügen versuchten Malteser Rakketeers Schutzgeld von ihnen zu erpressen. Ronnie holte ein gewaltiges Entermesser hinterm Tresen hervor und ging auf die Malteser los, die fluchtartig zu ihrem Auto hetzten. Bevor sie im Wagen entkommen konnten, hatte Ronnie ihnen ein Ohr abgeschnitten und Scheinwerfer, Kotflügel und Heckscheiben zerhackt. Er war immer bereit, etwas für seinen Ruf zu tun. Spätestens jetzt ging ihnen auf, daß man nicht nur Bier, sondern auch Schutz verkaufen konnte. Das *Regal* wurde schnell zum Treff der wilden Adoleszenzstämme und von Kleinkriminellen, die sich der Autorität der Krays unterwarfen. Ronnie, der seine Homosexualität offen zeigte, mochte es, im Kreise junger Männer zu sitzen und zu trinken. Die Atmosphäre der in schummriges Licht getauchten Billardhalle erinnerte ihn an seine geliebten Gangsterfilme. Manchmal verteilte er Zigaretten und forderte: »Los, raucht. Es ist nicht genug Qualm im Saal.« Das *Regal* wurde zu einem wohlerzogenen Ort, an dem kleine Gauner Geschäfte ausmachen konnten oder die Sore den Zwillingen zum Verkauf anboten. Ärger gab es kaum. Wer wollte sich schon mit den kommenden Leuten anlegen? Sehr zum Verdruß von Ronnie, der sich zu langweilen begann und von großen Schlachten träumte. Wenn es ihm gar zu öde wurde, was mindestens einmal pro Woche der Fall war, sammelte er die jugendlichen Schläger um sich, und dann zogen sie in einen Pub. Natürlich nur in Pubs, wo sie garantiert mit anderen Banden aus Heckney oder Poplar aneinandergeraten konnten. Noch heute erinnert sich Reg verklärt: »Es war eine wundervolle und wilde Zeit. Aber wir waren keine Gangster, wir waren nicht schlimmer als Teddy Boys.« Ronnie verehrte Leute wie Lawrence von Arabien, Churchill oder Gordon of Khartoum. Er entwickelte militärischen Ehrgeiz und plante mit Talent strategisch ausgefuchste Straßenschlachten. Hinterhalte auszuhecken wurde zur Leidenschaft, und er führte seine Gang wie ein General. Als einer seiner Leute zu ihm sagte, du benimmst dich wie ein verdammter Colonel, gefiel ihm das so gut, daß der Spitzname bis heute an ihm hängengeblieben ist.

Bereits mit 16 hatten die Zwillinge sich ihre erste Handfeuerwaffe besorgt. Jetzt war es für Ronnie zur Manie geworden, Schußwaffen zu kaufen. Castros Männer auf Kuba wären ungefähr zur selben Zeit froh gewesen, wenn sie über eine ähnliche Feuerkraft verfügt hätten. Aber es gab auch Wermutstropfen: Immer mehr Soldaten aus der Armee des Colonels desertierten. Sie wurden älter und begannen sich plötzlich mehr für Mädchen als für Schlägereien zu interessieren. Der ewige Kreislauf: Mädchen kennenlernen, heiraten, einen festen Job suchen, Wohnung und Kinder. Das Eastend erlebte in den 50er Jahren einen bescheidenen Aufschwung: neue Mietskasernen wurden gebaut, Supermärkte machten an den Ekken auf, Jobs waren zu kriegen, Autos wurden erschwinglicher, und abends konnte man sich zum Beifall der Ehefrau vor dem Fernseher amüsieren, statt mit den tollwütigen Krays einen Pub auseinanderzunehmen. Aber das war selbstverständlich keine Alternative für die Zwillinge. »Frauen sind unsere schlimmsten Feinde. Sie können sich nicht damit begnügen, ihr Heim in Ordnung zu halten. Sie wollen keine echten Männer mehr. Was sie wollen, sind Waschlappen.« Die Zeiten der Jugendkrawalle waren endgültig vorbei. Aus der Krays-Bande sollte die »Firma« werden. Sie suchten andere Mitstreiter, um ihre Träume zu realisieren. Ihr Vorbild Capone hatte Chicago schließlich auch nicht mit Fightern aus der A-Jugend erobert. Ihr freundschaftlicher Kontakt zu einigen Knastbrüdern sorgte für einen guten Ruf bei den Berufsverbrechern. Denn wer aus dem Eastend ins Gefängnis wanderte, konnte darauf bauen, daß sich die Zwillinge um ihn kümmerten und für die Familie sorgten. Wer gerade rauskam, konnte im *Regal* vorbeischauen. Die Krays hatten immer ein paar Pfund übrig oder sorgten für einen Schlafplatz und ein Ding, in das man einsteigen konnte. Sie waren keine Gangleader mehr, sondern Bosse, die sich um ihre Leute kümmerten. Reg: »Wenn einer, der auf unserer Liste stand, ins Gefängnis mußte, sorgten wir für Frau und Kinder. Und wir machten klar, daß n i e m a n d etwas mit der Frau anfing. Ich ließ den Frauen immer von zwei Männern das Geld bringen. So kontrollierten sie sich gegenseitig, und keiner kam in die Versuchung, etwas mit ihr anzufangen.«

Ronnie begann seine Pläne zu entwickeln, seine »Politics of Crime«. 1956 hatte sich ihr Einflußgebiet weit ausgedehnt. Sie hatten mit konkurrierenden Banden gründlich aufgeräumt und fuhren nun die Ernte ein. Sie kontrollierten das Eastend bis Hackney, Mile End und Walthamstow. Jeder Dieb, jede Spielhölle, die meisten Pubs und viele Geschäfte zahlten Abgaben an die Zwillinge. Die »Profession of Violence« lief auf Hochtouren. Unvorstellbare Summen Geld flossen durch ihre Hände. Eastend-Sentimentalität und Solidarität mit den Schwächeren sorgten dafür, daß sie es mit vollen Händen rauswarfen. »Wir waren nur eine Durchgangsstation für das Geld. Es kam, erschreckte sich in unseren Taschen, und war auch schon verschwunden«, meint Reggie heute. Sie hatten Autos, die beste Kleidung, Schmuck und konnten sich alles leisten. Wenn sie in einem Pub tranken, dann durfte niemand für sich selbst zahlen. Wenn jemand aus der Gegend in finanzielle Schwierigkeiten kam, erfuhren es die Zwillinge und halfen aus. Keine Wohltätigkeitsveranstaltung, ohne daß die Krays eine größere Summe spendeten. Kein Wunder, daß mir ein alter Eastender sagte: »Es war sicherer bei uns, als die Krays noch die Straßen beherrschten. Frauen, Kinder und alte Leute standen unter ihrem Schutz. Sie behandelten jeden mit Respekt. Und sie hatten immer ein offenes Ohr und eine gebende Hand, wenn man Probleme hatte. Gangster? Sie haben nicht halb soviel Blut an ihren Händen wie die Regierung. Warum soll ich schlecht über sie reden? Zu mir waren sie immer gut.« Ihre wilden Feldzüge verschafften ihnen den Ruf als gefährlichster Mob Londons. Sogar die beiden Kingpins Jack Spot und Billy Hill, die die Unterwelt des Westend seit den 40er Jahren beherrscht hatten und sich gerade zerstritten, buhlten um ihre Gunst. Eine gute Gelegenheit, um von den führenden Halunken die Feinheiten des Geschäfts zu lernen. Reg erinnert sich: »Eines Nachts wollte ich mit zwei Freunden ins *21 Rooms* im Westend gehen. Damals einer der exklusivsten Clubs, benannt nach den 21 Schlafzimmern des Ladens. Die beiden Türsteher wollten uns nicht reinlassen. Ich schlug den einen nieder und meine Kumpels den anderen. Dann dachte ich: Du bist hier nicht im Eastend. Das könnte eine Anklage wegen Körperverletzung geben. Einer der Türsteher hatte mich sicherlich erkannt. Ich wußte, daß Billy Hill den Club beschützte, und fuhr zu ihm. Ich erklärte ihm die Sache. Statt sauer zu sein, grinste er und rief Harry Meadows an. Harry und sein Bruder Bert waren die Besitzer vom *21*. Hill sagte: ›Hier ist Bill. Ich habe gehört, ihr hattet Schwierigkeiten. Keine Sorge, ich kümmere mich darum. Es wird keinen weiteren Ärger geben. Ich erledige das sofort.‹ Dann warf er mir 300 Pfund zu und sagte:›Nimm das Kleingeld, Junge. Es wäre teurer für mich, wenn ich jemanden hingeschickt hätte, um ihnen zu zeigen, daß sie mich brauchen.‹ Am nächsten Tag ging er zu den Meadows und holte sich fünf Riesen. Er machte den Brüdern klar, daß ihr Laden besonders schutzbedürftig war. Für mich war Bill immer der professionelle Gangster schlechthin. Ich glaube, in manchen Sachen bin ich ihm nahe gekommen. Aber auf anderen Gebieten steht er allein, ein Monument. Es wird nie wieder einen geben wie ihn.«

Die Twins mischten sich nicht zu sehr in den Krieg der beiden ehemaligen Freunde. Sie ahnten, daß das Ende des Krieges ein Machtvakuum erzeugen würde, in das sie selbst eindringen könnten. Nur war das Westend etwas ganz anderes. Wie Peru vor Pizarro schien es vor ihnen zu liegen und darauf zu warten, tüchtig abgemolken zu werden. Noch hatten sie nicht begriffen, wie im Westend das Spiel gespielt wird. Und daß sie es nie wirklich begreifen wollten und als Eastender vielleicht auch nicht konnten, brach ihnen am Ende das Genick. Spot und Hill herrschten über die noch illegalen Spielhöllen und Klubs durch Diskretion. Keine Schießereien um Marktanteile störten die verbotenen Vergnügungen. Ihre Macht lag in den Schlachten, die sie vermieden. Alle ehrgeizigen Bemühungen Ronnies, eine Allianz mit einer Westend-Gang herzustellen, scheiterten. Der brutale Ruf der Krays sorgte dafür, daß sich das Westend geschlossen gegen sie stellte. Die Stärke des Westmobs war es, Gewalt zu vermeiden. Nur das garantierte ein florierendes Geschäft und Ruhe vor der Polizei. Die besseren Leute aus dem Westend wollten ruhig und diskret ihren Lastern nachgehen können und nicht in Gangsterkriege mit ungehobelten Eastendern verwickelt werden. Spot und Hill mit ihren gepflegten Umgangsformen wußten, daß Gewalttätigkeiten nicht in die Klubszene des Adels und der reichen Möchtegerne gehörten. Das machte sie respektabel und sorgte für ein gutes Verhältnis zur Polizei. Denn jede Polizei weiß, daß die Kriminalität unausrottbar ist. Solange aber der einfache Bürger nicht offen mit ihr konfrontiert wird und clevere Bosse für Ruhe und Ordnung sorgen, ist friedliche Koexistenz möglich. Für die Krays und ihren pathologischen Bullenhass war eine friedliche Allianz mit der Polizei unvorstellbar. Eintritt verboten, vorläufig. Während Ronnie fröhlich pfeifend seine Kugeln zu Dum-Dum-Geschossen ritzte, lernte Reggie, wie ein echter Geschäftsmann zu denken. Das wiederum scherte Ronnie einen Dreck. Er wollte Action: General Gordon vernichtet die Taiping. Damals zeichnete sich ab, was der englische Schriftsteller Robin Cook alias Derek Raymond, der einige Zeit selbst indirekt für die Krays gearbeitet hat, lakonisch auf den Punkt bringt: »Das Problem war, daß Reggie mit Ronnie nicht fertig wurde.« Nachdem Ronnie jemanden, der sich »liberties« – ein Schlüsselwort für die Krays – erlaubt hatte, ins Bein schoss, ohne daß das irgendwelche Folgen mit sich brachte, galten die Krays im Eastend als für die Polizei unberührbar. Aber schließlich erwischten sie ihn doch. Wegen schwerer Körperverletzung wurde er Ende 56 zu drei Jahren verurteilt. Ronnie hatte damit keine Probleme. Er war der König des Knastes. Sein Bruder versorgte ihn ordentlich mit Tabak und Kaffee, die internationale Knastwährung. Währenddessen legte Geschäftsmann Reggie weitere Grundsteine fürs Krays-Imperium. Er eröffnete nacheinander zwei erfolgreiche Klubs, den *Double R-Club* in der Bow Road und das *Kentucky* auf der Mile End Road. Der *Double-R-Club* war der einzige Saloon im Eastend, in den Männer auch ihre Frauen mitbringen konnten, ohne daß sie angepöbelt wurden. Reggie sorgte schon dafür, daß es in seinem Laden gesittet zuging. Als Ronnie während seines letzten Knastjahrs nach Camp Hill auf die Isle of Wight verlegt wurde, brach seine Krankheit durch. Nie wieder würde er wie vorher sein. Paranoide Schizophrenie. Er begann Wahnvorstellungen zu bekommen und hielt seinen Bruder für einen russischen Spion, der sich als Reggie Kray ausgab. Rita, eine Cousine der Zwillinge, meint, schuld waren die Elektroschocks, die man ihm verpasste. Reggie holte ihn raus. Sie tauschten im Besucherzimmer ihre Mäntel, und Ronnie spazierte einfach in die Freiheit. Als die Wärter merkten, was los war, sagte Reggie lakonisch: »Es ist eure Sache, auf ihn aufzupassen, nicht meine.« In den nächsten Jahren hatten sie immer mal wieder Ärger mit dem Gesetz, sackten aber nur kurze Haftstrafen oder Freisprüche ein. Ronnie mutierte auch äußerlich, wurde immer breiter, und die Ähnlichkeit der Zwillinge schwand. Sein Geisteszustand wurde bedenklicher. Nur Stematol und Alkohol hielten ihn einigermaßen im Gleichgewicht. Aber er rastete auch oft genug aus, und dann floß Blut. Inzwischen kontrollierten sie auch Klubs im Westend. Sie hatten einen Nachteil zum Vorteil umgemünzt: Der schreckliche, aber auch großzügige Ronnie begann die bessere Gesellschaft zu faszinieren. Showstars, wie George Raft, Lita Roza, Diana Dors oder Judy Garland ließen sich gern mit ihnen fotografieren. Manchmal mußte Ronnie untertauchen. Dann saß er in einem völlig verdunkelten

Apartment. Während er zwischen den Vorhängen aus dem Fenster nach der Polizei spähte, hatte er eine Pistole in der Faust und hörte unentwegt seine Lieblingsschallplatten: die Durchhaltereden von Churchill. Wenn gar nichts mehr half, bestellte er seinen Psychiater zum Trafalger Square. Er ließ sich mit einer Sonnenbrille auf der Nase in einer dunklen Limousine hinfahren. Der Arzt stieg zu, hörte sich Ronnies Phantasien an und schrieb Rezepte aus.

Das Westend erwies sich als Goldgrube. Die Legalisierung des Glücksspiels Anfang der 60er Jahre kam ihnen zugute: Sie beherrschten die Orte, die seit Jahren Reputation bei den Spielern genossen. Ronnie war das alles zu langweilig. Immer wieder zettelte er Schlachten an oder warf das eingenommene Geld mit vollen Händen raus. Irgendwann fuhren sie gar nach Nigeria, um sich an einem abenteuerlichen Projekt zu beteiligen: Mitten im Dschungel sollte eine moderne Stadt aus dem Boden gestampft werden. Ronnie interessierte sich mehr für die Geheimgesellschaft der Leopardenmenschen, und als der Minister fragte, was er Ronnie in Nigeria sonst noch zeigen sollte, wollte dieser den Knast sehen. Der war gar nicht nach seinem Geschmack. Das Afrika-Abenteuer wurde zu einem finanziellen Fiasko. Trotzdem träumte Ronnie immer mal wieder davon, in Afrika auf Schatzsuche zu gehen oder mit einem Söldnerheer einen mittleren Staat zu erobern.

Reggie hatte inzwischen geheiratet. Der Ehe war kein Glück beschieden. Die elf Jahre jüngere Frances Shea war eine mental instabile wohlbehütete Tochter. Reggie machte sie zur Eastend-Prinzessin. Reibereien mit ihren Eltern sorgten schließlich dafür, daß Frances nicht mehr mit Reggie zusammenlebte. Er besuchte sie täglich und versuchte sie zurückzugewinnen. Ein Eastender meinte, Frances sei verrückt gewesen. 1967 brachte sie sich nach zwei erfolglosen Versuchen mit Schlaftabletten um. In Reggie zerbrach etwas. Er begann hart zu trinken und hatte nicht mehr die Kraft, Ronnie etwas entgegenzusetzen. Kein Interesse mehr, ein angesehener Geschäftsmann zu werden. Ronnie wollte das sowieso nie. Sein erklärtes Berufsziel war schon immer Gangster gewesen. Jetzt wurde er noch dominanter und intensivierte die Kontakte mit der amerikanischen Mafia. Gegnerische Gangs waren ausgeschaltet, und alles schien bestens zu laufen. Aber in Südlondon tauchte eine neue Bedrohung auf: die Richardson-Gang, benannt nach zwei Brüdern, die ihre Zentrale auf einem Schrottplatz hatten. Zu ihnen gesellte sich auch der Eastender Myers, der sich jetzt George Cornell nannte. »Abschaum«, wie Ronnie bemerkte, »ihm machte es Freude, Menschen zu quälen.« Gegen die Richardson-Gang wirkten die Krays wie Waisenknaben. »Wenn wir jemanden einschüchtern wollten oder eine Rechnung zu begleichen hatten, schlugen wir ihn zusammen oder schossen ihm ins Bein. Die Richardsons folterten. Ihr verdammter Schrottplatz war eine Folterkammer und Cornell ihr oberster Folterknecht.« Erst versuchte man sich gütlich zu einigen: Keine der beiden Gangs sollte die Themse zur anderen Seite überschreiten. Die Krays konnten keinen Ärger gebrauchen. Sie kamen gerade mit der amerikanischen Mafia richtig ins Geschäft, und die würde einen Gangsterkrieg gar nicht zu schätzen wissen. Aber die Richardsons gaben keine Ruhe. Cornell, der von Ronnie mal einen Korb bekommen hatte, als er ins Pornogeschäft einstieg, stachelte sie immer wieder auf. Die Zwillinge hatten ihre Spione überall, auch in Südlondon. Sie bereiteten sich auf einen unvermeidbaren Krieg vor. Ronnie putzte seine neuen Maschinenpistolen und war bester Laune. »Sie hatten sich von unten hochgearbeitet. Und wer einmal oben sitzt, der läßt sich die Zügel nicht mehr aus der Hand reißen. Man überrollt den Feind, man zermalmt ihn unter den Rädern«, wie es bei William Kennedy heißt. Nach einigen kleineren Plänkeleien schickten die Richardsons ein Rollkommando: Am 8. März 1966 stürmte die Gang *Mr. Smith's Club* an der London-Eastbourne Road in Catford. Sie waren der Fehlinformation aufgesessen, daß die Krays und ihre Firma dort wären. Aber nur lokale Gangster und ein einziges Firmenmitglied, Richard Hart, labten sich an Getränken oder zockten bei Mr. Smith. Zur Überraschung der Richardsons ballerten die einheimischen Gangster respektlos zurück. Eine echte Filmschießerei, in der sich die Kombattanten hinter Black-Jack-Tischen verbarrikadierten. Als die Polizei eintraf, waren Eddie Richardson und sein Hitman Frankie Fraser schwer verwundet. Die Polizei steckte die ganze Gang in den Knast, bis auf George Cornell, der rechtzeitig entwischen konnte. »Die Natter kroch unbemerkt durchs Gras von dannen«, wie es Ronnie sah. Ein Toter blieb zurück: Richard Hart, Firmenangehöriger. Jetzt hätten die Krays es wirklich in der Hand gehabt: Ihre schlimmsten Rivalen hatten sich selbst schachmatt gesetzt, und sie hätten lässig ihr Königreich bis Brixton ausdehnen können. Statt dessen tobte Ronnie vor Wut: Einer seiner Leute war umgelegt worden. Das konnte er nicht hinnehmen. Außerdem hatte Cornell ihn öffentlich eine »fette Tunte« genannt. Dumm wie Cornell wohl war, setzte er sich am nächsten Tag mitten im Herzen von Krays-County in den *Blind Beggar*. Ronnie hörte es, ließ sich hinfahren, ging durch den ganzen Pub auf Cornell zu und schoß ihm mit seiner 9-mm-Mauser zu den Juke-Box-Klängen von THE SUN AIN'T GONNA SHINE ANY MORE der Walker Brothers in den Kopf. Aber auch die Sonne der Krays begann unmerklich unterzugehen, und dieser Mord sollte ihnen zwei Jahre später zum Verhängnis werden.

Ihr Mafia-Freund Angelo Bruno hatte es ihnen gesagt: »Seht zu, daß ihr keinen Schmutz an die Hände kriegt. Laßt die Drecksarbeit andere machen. Ihr seid verrückt, euch selber die Hände schmutzig zu machen.« Aber das Eastend ist nicht Philadelphia und die Krays keine Mafiabosse. Ein Jahr später ermordete Reggie den Gangster Jack the Hat McVitie in der Evering Road 167 in Stoke Newington. Scotland Yard hatte inzwischen eine Sonderabteilung »Krays« gegründet. Sie arbeitete unter strengster Geheimhaltung auf der Südseite der Themse im Tintagel-House am Embankment. Ihr Leiter, Inspector Read, ebenfalls ein Ex-Boxer, wußte, daß er die Krays nur kriegen könnte, wenn er den *Wall of Silence* knackte. Tatsächlich hatten nach den Morden und der zunehmenden Brutalität der Zwillinge einige Leute aus der Firma die Hosen gestrichen voll. Die Krays waren zwar gut darin, ein Imperium aufzubauen, aber wie so viele Eroberer wenig begabt, ihr Königreich zu erhalten und zu verwalten.

Die Zwillinge benahmen sich wie auf einem Selbstmordtrip, und einige fragten sich, wie lange das noch gutgehen konnte. Gegen die Zusicherung von Straffreiheit und einer neuen Identität zwitscherten sie Read schließlich soviel vor, daß ihm die Ohren anschwollen. Und dann schlug Read zu und brachte die Zwillinge vor Gericht. Der Prozeß begann Neujahr 1969 und wurde mit 39 Verhandlungstagen der längste und teuerste Prozeß in der englischen Justizgeschichte. Viele Leute aus dem Klerus, der Politik oder der Finanzwelt, die sich mehr oder weniger mit den Krays eingelassen hatten, zitterten. Würden die Krays sie mit hineinziehen? Aber sie sagten nicht aus. »Die brauchten keine Angst zu haben. Wir sind keine Verräter und singen nicht. Ich bin nicht der Meinung, daß man ein Unrecht durch ein anderes Unrecht wieder gutmachen kann«, sagt Reggie. Judy Garland, die oft in den Klubs der Krays zu Gast gewesen war und ein Auge auf Reggie geworfen hatte, sandte ein Aufmunterungstelegramm. Die Platzkarten für die Verhandlungen gingen auf dem Schwarzmarkt für fünf Pfund weg. Prominente, wie Charlton Heston, konnten sich das leisten und verfolgten den Prozeß. Die Zwillinge und ihre Verteidiger sahen sich hilflos einem Angriff ausgesetzt, den sie nicht zurückschlagen konnten: Denunziation. Die Mauer des Schweigens war zusammengebrochen. Ehemalige Freunde und sogar Familienmitglieder sagten gegen sie aus, um ihre eigene Haut zu retten. Am 8. März verkündete Richter Melford Jones das Urteil: Die Zwillinge bekamen lebenslänglich mit der Auflage, daß sie mindestens dreißig Jahre verbüßen mußten. Ihr Bruder Charlie kam mit zehn Jahren davon und wurde nach sieben entlassen. In seinem Buch ME AND MY BROTHERS jault er am meisten über sein ungerechtes Urteil. Er betreibt heute einen Klub außerhalb Londons. Er war auch in Peter Medaks katastrophalen Film involviert, als eine Art Berater für die *locations*. »Er versucht so eine Art Playboy zu spielen. Aber er ist ein alter Mann. Wenn man ihn und Reg sieht, kann man nicht glauben, daß sie nur sieben Jahre auseinander sind«, sagt Rita. Wirklich verziehen hat Charlie, der als armes Justizopfer so ein richtig schönes Rechtfertigungsbuch geschrieben hat, seinen Brüdern die sieben Jahre Knast wohl nie. Das kann Rita nun gar nicht verstehen: »Er war immer dabei. Er machte den großen Macker in den Klubs. Er mußte wissen, was abläuft. Wenn er es nicht gewollt hätte, hätte er jederzeit aussteigen können. Ihm gefiel das Geld auch.« Die Zwillinge nahmen das Urteil stoisch an. »Nachdem der erste Schock vorbei war, sahen wir nur noch nach vorne. Es macht dich fertig mit dem Schicksal zu hadern.« Harte Jahre folgten, in denen sich immer wieder verblödete Mitgefange mit Reggie Kray anlegten, um ihre

Härte zu beweisen. Wie man auf der Main Street von Dodge City den schnellsten Schützen herausforderte.

1984 erschienen sie beim Begräbnis ihrer Mutter zum letzten Mal (gemeinsam) in der Öffentlichkeit. Hunderte Journalisten und Polizisten machten die Beerdigung zum Alptraum. Als ihr Vater starb, gingen sie nicht zur Beisetzung. »Dad hätte diesen Rummel nicht gewollt.« Ronnie lebte in der Psychiatrie von Broadmoor in der Grafschaft Berkshire. Jeden Tag bekam er eine hohe Dosis Stematol und Disipal. Alle zwei Tage eine Injektion Modikat gegen Schizophrenie. Er war relativ stabil, hörte viel Musik und konnte ein relativ freies Leben in Broadmoor führen. Dazu gehörten an die hundert Zigaretten täglich und zuwenig Bewegung. Was zur offiziellen Todesursache durch Herzinfarkt geführt haben soll. Bruder Reggie hatte und hat es schwerer. Bis 1988 hatte er die höchste Sicherheitsstufe. Kein anderer Gefangener war länger als er in der Sicherheitsstufe A. Er hat die übelsten Gefängnisse Englands durchlaufen. Ihre lange Haftstrafe ließ ihre Legende wachsen. Der erfolgreichste Film des Jahres 1990 in England war THE KRAYS mit Gary und Martin Kemp in der Rolle der Zwillinge. Der Staat scheint nicht zu verstehen, daß er gegen einen Mythos kämpft, der mit jedem Hafttag Reggies größer wird.

Die Zimmer im New Barbican Hotel sind etwas kleiner als Mick Jaggers Schuhschrank. Was ein relativ modernes Hotel mitten in Finsbury zu suchen hat, versteht keiner. Bis auf einige Bürogebäude, verdreckte und düstere Straßen ist hier, nahe der Grenze zu Shoreditch, nichts. Der Nordosten Londons hinter Old Street ist weder richtig Eastend noch Westend. Statt dessen von beidem das Langweiligste. Ein paar hundert Meter weiter, in der festungsartigen Anlage Braithwaite House, wurden die Zwillinge um 6.00 Uhr früh am 9. Mai 1968 von Inspector »Nipper« Read endgültig hochgenommen. Seitdem atmen sie gesiebt. Zwei Pubs, ein Fish & Ships-Laden und kaum Straßenbeleuchtung machen das Nachtleben zum Erlebnis. Es ist das östlichste Hotel, das einem ein deutsches Reisebüro buchen kann. Das Beste am ganzen Laden ist das exzellente Frühstück. Vielleicht denkt man das auch nur, weil man nach dem halbstündigen Platzanstehen so ausgehungert ist. Ich bin gerade dran, als ich zur Rezeption gerufen werde. Rita, Reggie Krays Kusine, ist am Telefon. »Ich hole dich in einer Stunde ab. Wir fahren zu Reg.« Zeit genug, um noch mal anzustehen.

Rita ist eine gutaussehende Blondine, ein bißchen wie Billie Whitelaw in früheren Jahren. Sie kennt Reggie, solange sie denken kann, und ist inzwischen seine Vertraute. Eine zentrale Figur im Krays-Clan, zu dem neben vielen Freunden auch ein inoffiziell adoptierter Sohn gehört. Die hübsche Frau hat die Härte, aber auch den Charme des Eastend. Mindestens alle 14 Tage besucht sie Reg oder Ronnie und kümmert sich um vieles, was nur von außerhalb des Gefängnisses zu regeln ist. Ihre einzige Bedingung: die Krays müssen sie aus jeder Pressegeschichte raushalten. Sie organisierte meinen Besuch. Ich hatte lediglich Vornamen und eine Telefonnummer. Ich konnte einen Tag im Hotelzimmer rumsitzen – was in London einer verschärften Haftstrafe nahekommt – und auf den Rückruf warten. Alles hatte etwas von einem konspirativen Treff. Kein Zweifel, die Krays haben ihr Gefühl für Dramatik bewahrt. Bevor unser Zug nach Brighton geht, trinken wir einen Kaffee in Victoria Station. Es ist eine wirkliche Schande, wie sie die alten Traditionsbahnhöfe zu einer Mischung aus Hallenbad und MacDonalds-Filialen restauriert haben. Sonntags braucht der Zug länger. Wir unterhalten uns über Reggies eventuelle Begnadigung. »Als sie ihn vor zwei Jahren nach Lewes verlegt haben, war das ein gutes Zeichen. Lewes ist eines der angenehmeren Gefängnisse in England. Sie haben Reggie gesagt, er solle keine Wellen machen und sich ruhig verhalten. Aber Reggie läßt sich ja nichts sagen. Erst kam der Film, dann sein neues Buch, und jetzt auch noch die Schallplatte, auf der Reggie feixend Geschichten aus der wilden Zeit erzählt. Die Krays sind wieder in aller Munde. Nichts, was sich für eine vorzeitige Freilassung auszahlt.« Rita traut mir noch nicht richtig über den Weg. »Reggie ist so leicht von Leuten auszunutzen.« *Klar, das beweist seine ganze Biographie. Zwei arme, kleine Eastend-Zwillinge, die im Schneesturm ihr letztes Hemd an Onkel Dagobert verschenken.* Umsteigen in Brighton. Noch mal eine ätzende halbe Stunde. Der Bahnhof von Lewes liegt am Fuße eines Hügels, um den das Zentrum des Ortes gruppiert ist. Eines dieser netten, kleinen Provinzstädtchen mit einem Charme, wie ihn nur englische Provinzstädtchen haben. Und wie alles in England an einem Sonntag: tot. Die Krone des Hügels ist eine alte Festung, der Hauptwohnsitz von Reginald Kray. »Die schlimmste Zeit waren die 16 Jahre in Gartree und auf der Isle of Wight. Sie haben versucht, ihn zu brechen. Das war das Dümmste, was sie tun konnten. Sie gaben ihm etwas, gegen das er kämpfen konnte. Dabei hätten sie ihn leicht fertigmachen können: mit Freundlichkeit«, sagt Rita. *Ein gutes Wort, und schon schmelzen sie dahin, die schlimmen Zwillinge.* Die Seitentür im schweren Holztor ist noch geschlossen. Einige junge Frauen warten darauf, ihre Burschen zu besuchen. Besuchszeit ist von 13.00 Uhr bis 15.15 Uhr. Jetzt ist es gleich zehn nach eins. Endlose Minuten, wie sie nur Gefangene und Flüchtlinge kennen. Zu Reggies prominenteren Besuchern, die gelegentlich vorbeischauen, gehören Patty Kensit, Roger Daltrey, Diana Dors, Rick Wakeman, Cliff Richard und Debbie Harry. Morgen ist Daltreys Manager angesagt. Daltrey will schon einige Zeit einen Kray-Film drehen, und besonders erfreulich war Peter Medaks Machwerk wirklich nicht. Reggie hat ihn sich nicht mal angesehen. Alter Mist von gestern interessiert ihn nicht. »Ein Wahnsinn. Manche sitzen nur fünf Monate hier. Reggie sagt ihnen, daß sie sich gar nicht erst hinzusetzen brauchen.« Joe kommt. Joe war bei der BBC, hat Kinderfilme gemacht und arbeitet jetzt für die Pinewood Studios. Kein deutscher Fernsehsender würde es zulassen, daß Joe seine sensiblen Hallen betritt. Joe ist wie aus dem Ei gepellt, und golden glitzert es von Ringen und Kettchen. Er ist um die fünfzig und wirkt wie ein gepflegter Rausschmeisser. Unter seinem Maßanzug spielen harte Muskeln. Kein Knabe, dem man ungestraft das Bier verschüttet. Der richtige Mann für Kinderfilme. Der macht den lieben Kleinen schon klar, wie es im Leben läuft. Joe macht Konversation mit mir. Er kennt Hamburg und München, fragt mich nach seinen deutschen Kumpels. Ausnahmslos Puff- und Bumsbesitzer von der Reeperbahn und Spielhöllenchefs aus München. Als ich Joe mitteile, daß ich bedauerlicherweise keinen seiner Halbweltfreunde kenne, scheint er nicht sicher, ob ich wirklich aus Deutschland komme. (Inzwischen sitzt Joe auch im Knast. Nachdem Scotland Yard seine Filmproduktion unter die Lupe genommen hat, mußte man feststellen, daß Joe den Hauptumsatz nicht mit Käptn Blaubär macht, sondern mit weißem Pulver. Eine Zeitlang war Joe der Käptn Koks der Londoner Szene.) Die magische Tür öffnet sich, und wir gehen durch die laxen Sicherheitskontrollen. Schließlich eine Treppe hoch zum Aufenthaltsraum. Ein paar grobe Tische, Stühle und ein Getränke- und Snacktresen. Ich erkenne Reggie sofort. Er sieht viel jünger aus als auf den letzten Fotos von der Beerdigung seiner Mutter 1984. Kaum Grau in den dunklen Haaren. Die Falten in dem jungenhaften Gesicht drücken mehr über seine Umgebung in den letzten 21 Jahren aus als über sein Alter. Tiefe Lachfalten um Augen und Mund. Hält er das alles inzwischen für einen Betriebsausflug? Sicher nicht. Er ist wahrlich durch die Hölle gegangen und – trotz eines Selbstmordversuchs Anfang der 80er – irgendwie unbeschädigt geblieben. Ich brauch mir nichts vorzumachen: Das ist der härteste Knochen, der mir je gegenüberstand. Er lacht, winkt und umarmt Rita und Joe. Der Charme, dem sich auch sein kritischer Biograph John Pearson nicht entziehen konnte, funktioniert noch. Der fitteste Mann, den ich je gesehen habe. Seit 1969 trimmt er sich jeden Tag mehrere Stunden. Hat bis vor ein paar Jahren regelmäßig Knastmeisterschaften im Gewichtheben und anderes gewonnen. Außerdem gab er das Rauchen auf. Einer, der an die Zukunft denkt. Seine Bewegungen sind blitzschnell und völlig beherrscht. Der Junge würde Joe umhauen, bevor der überhaupt weiß, was los ist. Und Joe weiß das. In einem seiner Bücher hat Rey geschrieben, daß er sich an elf Kiefer erinnert, die er gebrochen hat. Seine Spezialität war der »Cigarette punch«. Mit der Schnelligkeit und Präzision des Berufsboxers schlug er auf die Kinnlade seines Gegenüber, wenn der sich gerade die angebotene Zigarette in den geöffneten Mund steckte. Englands größte lebende Legende neben den Rolling Stones. Die sind allerdings inzwischen so gefährlich wie Perry Como. Bei Reggie bin ich mir da nicht so sicher. Er umarmt mich wie einen alten Freund. Unser wöchentlicher Briefwechsel hat uns irgendwie zu Vertrauten gemacht. Wir setzen uns, und Reggie öffnet seine Aktenmappe. Let's talk business. Vorschläge für Fernsehdokumentationen, Vertriebsprobleme mit der Schallplatte, sein neues Buch mit dem schönen Titel FAMOUS VILLAINS WE HAVE KNOWN ist fast fertig. Joe muß ein paar Sachen erklären, Rita nimmt Anweisungen entgegen, holt Kaffee und Snacks, die liegen bleiben werden. Wir Kerle hier sind einfach zu hart, um in einen Schokoladenriegel zu beißen. Das hätte sie wissen müssen! Er verteilt Zettel, auf denen er für jeden in seiner unmöglichen Handschrift genau fixiert hat, was sie in nächster Zeit zu erledigen haben. Als ich seinen ersten Brief erhielt, wußte ich nicht mal, wie rum ich ihn halten sollte. Rita holt wieder Kaffee. Am Nebentisch steht eine junge Frau auf und flüstert etwas in Reggies Ohr. Er nickt und grinst. Sie bringt ihm einen Pappbecher. Fuselgestank steigt auf. Wenn eine Braut ihrem Freund Alkohol in den Knast schmuggelt, trinkt Mr. Kray selbstverständlich mit. Er ist der Guru, der ihnen klarmacht, daß sie ihre kleinkriminelle Laufbahn schleunigst aufgeben und lieber mit dem Computer umgehen lernen sollen. Er ist nicht mehr an Verbrechen interessiert. Er hat im Knast seinen Horizont erweitert und mit Büchern, Filmen, T-Shirts und dem ganzen Kray-Merchandising viel Geld verdient. »Selbst wenn ich wollte, ich hätte heute draußen keine Chance mehr, ein Racketeering aufzuziehen. Heute ist alles viel härter, und ich bin 57 Jahre alt. Die Welt ist anders als 1969.« Den Straßenschläger möchte ich erst noch sehen, der Reggie Kray von den Füßen holt. Nein, Reggie steht jetzt auf andere Sachen. »Wenn ich rauskomme, mache ich erst mal einen langen Urlaub, um wieder richtig fit zu werden.« Vielleicht will er einen Kontinent umgraben. »Und dann mache ich ein Keep-fit-Video für über Sechzigjährige.« Ich sehe meinen völlig verfetteten Onkel im Trainingsanzug vor der Sportschau sitzen. »Zusammen mit Jane Fonda.« Großes Gelächter. Zärtlich nimmt er Rita am Arm. »Come closer, dear. Feel comfortable.« Reggie hat es gern, wenn sich die Leute wohl fühlen. Das hat ihm schon in den Klubs Freude gemacht. Mit einem Glas in der Hand herumzuwandern und zu sehen, daß alle ihren Spaß haben. Und wer stört, bekommt was auf die Birne. »Du kannst es dir nicht vorstellen. Du hattest damals nur drei Wahlmöglichkeiten im Eastend: Berufsboxen, Berufsverbrechen oder in die Fabrik gehen. Kein intelligenter Junge träumt davon, in die Fabrik zu gehen, oder? Eher hätten wir uns die Kugel gegeben.« Joe hat seine Anweisungen bekommen, Reggie entläßt ihn. Immer noch der Boß, und Joe steht auf und verabschiedet sich artig. Reggie kriegt Unmengen Post, meist von Unbekannten, darunter schlimmste Psychos. Reggie reicht mir einen Brief, den er gerade erhalten hat. Er ist von zwei britischen Soldaten vom Golf. Sie wünschen ihm alles Gute und loben sein Buch BORN FIGHTER. Er hätte recht mit seiner Aussage, daß nichts auf der Welt rechtfertigt, daß zwei Länder ihre jungen Männer in einen Krieg zum gegenseitigen Abschlachten aufeinanderhetzen. Reggie diktiert Rita, zehn Bücher an die Soldaten im Golf zu schicken. »Frag alles, was du fragen willst.« *In den Büchern wurde immer deutlich, daß Ronnie der düstere Antreiber von Reggie war. So wie Günter Mittag als böser Geist von Erich Honnecker galt. Etwas, gegen das sich Reggie immer wandte.* »Ronnie war geradeaus. Er ging die Sachen direkt an, egal was. Auch seinen Mord. Der Unterschied zwischen ihm und mir ist: ich liebe die Intrige. Jede Sekunde, von der Planung bis zur Ausführung.« *Kann er sich noch an den Moment erinnern, als er Jack the Hat das Messer ins Gesicht stach?* »Es steht ganz klar vor mir. Als wäre es gerade geschehen.« *Ich verkneife mir das voyeuristische Klischee à la Was-fühlt-man-dabei.* »In den Büchern wurde Jack the Hat immer runtergespielt. Man stellte ihn hin, als wäre er ein harmloser Drogentrottel gewesen. Er hat seine Freundin aus dem fahrenden Auto geworfen, und sie blieb gelähmt. Er war mit einer Schrotflinte hinter mir her. Das Miststück war verdammt gefährlich, völlig unberechenbar. Es ging um ihn oder mich. Hätte ich ihn nicht kalt gemacht, hätte er mich erwischt.« Rita bestätigt ihn: das Eastend zitterte vor dem durchgedrehten Glatzkopf. Rita meint, im Film wäre der Schauspieler von Jack als einziger der realen Figur nahegekommen. Bis heute ist seine Leiche nicht gefunden. *Wann war der entscheidende Punkt, an dem alles aus dem Ruder lief?* »Ich glaube, so um 1964. Da hätten wir innehalten sollen und alles überdenken. Statt sorglos einfach immer weiter zu machen, hätten wir einen Schritt zurückgehen müssen. Wir haben den Wald vor lauter Bäumen nicht gesehen. Damals hätten wir noch legale Geschäftsleute werden können.« *Der Tod seiner Frau Frances, 1967? Danach schien er mehr zu saufen und Ronnies wilden Aktionen blind zu folgen. Er selber wurde unberechenbar.* »Nach Frances' Tod interessierten mich die Dinge nicht mehr so sehr. Alles war nicht mehr so wichtig. Aber immerhin habe ich noch dafür gesorgt, daß wir zurück ins Eastend gingen und uns nicht mehr auf das Westend konzentrierten.« *Was denkt er über die Verräter heute? Alles Leute, die es sich in der »Firma« der Krays jahrelang gut gehen ließen.* »Ich denke nicht oft an Scotch Jack Dickson, Ronnie Hart oder Les Payne. Die denken wohl öfter an mich. Die haben mich für immer. Sie sitzen auch im Gefängnis. Ihr Kopf ist ihr Gefängnis. Natürlich tat es weh, daß gerade unser Cousin Ronnie Hart den Kronzeugen machte. Nach einem Selbstmordversuch lebt er jetzt mit neuer Identität in Australien. Aber er hat immer noch dasselbe Gehirn, denselben Kopf. Typisch für ihn, daß sein Selbstmord nicht geklappt hat. Er kann so weit weglaufen, wie er will. Sein Verrat wird ihn immer begleiten.« *Und Nipper Read, der Mann, der sie in den Knast brachte?* »Ich hab keinen Kontakt zu ihm. Warum auch? Dieser Teil meines Lebens ist vorbei. Der Mann machte seinen Job. Und er machte ihn gut. Ich glaube, er ist inzwischen pensioniert. Weiß nicht mal, ob er noch lebt.« *Warum ging es schließlich schief? Sorglosigkeit, Überheblichkeit, Größenwahn, zu große Brutalität?* »Von allem etwas. Es war meine Schuld. Ich war wie der Kapitän auf der Brücke. Ich trage die Verantwortung. Ich beklage mich nicht über mein Urteil. Das habe ich nie getan. Ich war der Kapitän, und das Schiff ist abgesoffen. Die anderen sind als Zeugen gegen uns – nicht alle – in die Rettungsboote gegangen. Ich hasse sie nicht dafür.« Ich habe keine Lust mehr, ein Interview abzuziehen. Wir unterhalten uns über das Eastend und seine besondere Schönheit, seine unvergleichliche Atmosphäre. Reggie hat ein Buch über den Eastend-Slang geschrieben. Als er Ronnie erzählte, habe ein Exemplar an Ronald Reagan geschickt, fragte Ronnie: »Und wie hat's ihm gefallen?« »Ronnie kann sehr komisch sein und merkt es nicht mal.« Ab drei sieht Reggie immer wieder auf seine goldene Armbanduhr. Schließlich zieht er eine gestreifte Jacke über. »Sie wollen, daß wir das hier tragen. Aber meine Besucher fühlen sich unwohl, wenn ich die Streifenjacke anhabe.« Wir umarmen uns zum Abschied. »Du kommst wieder.« Keine Frage. Ich gehe hinter Rita zum Ausgang. Ich drehe mich noch mal um. Reggie steht da, lacht und winkt. Plötzlich fühle ich mich beschissen. Mir geht auf, daß er seit 1969 im Gefängnis ist. Länger als jeder Mörder oder Kinderschänder – von korrupten EU-Kommissaren ganz zu schweigen. Ich grinse schief zurück. Warum können wir nicht woanders hingehen und ein paar Biere schlucken? Ich fühle mich wohl in seiner Gesellschaft und möchte mit ihm durch die Eastend-Pubs ziehen. Ich bin durch die Tür. Etwas benommen. Auch 'ne Art Jet-lag.

Die Commercial Street macht ihrem Namen alle Ehre.

Sie führt mitten ins Gewühl von Whitechapel und ist eine der großen Lebensadern des Eastend. Ein altes Manufakturgebäude hinter dem anderen. Hier schlägt das Herz der englischen Bekleidungsindustrie, heute fest in der Hand von Indern, Pakistani und einigen schwerreichen britischen Mogulen. An einer Bushaltestelle balanciert eine Farbige eine Waschmitteltrommel freihändig auf dem Kopf. Die alten vier- bis sechsgeschossigen Häuser mit ihren ungepflegten Fassaden beherbergen Hunderte von Textilfirmen. Dazwischen mal ein ungehöriger Neubau, auch verlassene Fabrikgebäude mit eingeschlagenen Fenstern. An den mit Paketen und Papp-Containern vollgestopften Bürgersteigen werden riesige LKWs be- und entladen. Die Straße ist ein einziges Textillager. Hunderte Ausgänge führen auf unübersichtliche Hinterhöfe und in kleine dunkle Gassen. Die Gegend ist nicht kontrollierbar. Ein Alptraum für jede deutsche Behörde, deren Beamte man hier ihre Strafzeit nehmen lassen sollte. Für Krimiautoren der harten Schule so etwas wie Disneyland. Ein düsteres Labyrinth, in dem der häßliche Kapitalist der Minotauros ist. Rechts war die schmale, wenig einladende Duval Street, die leider einem Gebäudekomplex weichen mußte. Früher hieß sie Dorset Street, und Detektivsergeant Leeson schrieb 1934 in seinen Memoiren LOST LONDON: »Es bleibt offen, ob die Dorset Street oder der Ratcliffe Highway die Ehre für sich in Anspruch nehmen konnte, die schlimmste Verbrecherstraße Londons zu sein. So mancher Konstabler, der einen fliehenden Verbrecher verfolgte, gab die Jagd auf, wenn sich der Missetäter in den Schutz der Dorset Street begab.« In der schmalen Passage Miller's Court, kurz bevor die Duval Street in die Crispin Street mündete, metzelte Jack the Ripper Mary Jane Kelly nieder. Die alte Kneipe

Ten Bells steht noch an der Commercial Street. Hier nahm die arme Mary Kelly ihren letzten Gin, bevor sie dem Ripper begnete. Die Gegend von Commercial Road bis Brick Lane im Osten und Whitechapel Road im Süden heißt Spitalfields. Noch bis zur Jahrhundertwende der schlimmste Slum der Welt, Ort furchtbarster Armut und schrecklichster Verbrechen. Als Charles Booth 1889 seine berühmte Armutskarte von London entwarf, zeichnete er Spitalfields schwarz, um es als »sehr arm, unterste Schicht, lasterhaft, halbverbrecherisch« zu bezeichnen. Wenn man heute die Gegend nachts durchwandert, scheint man immer noch, kaum überdeckt, den Geruch von Armut und üblen Lastern zu riechen. Als wäre Spitalfields wirklich ein verfluchter Ort. Tagsüber ist das etwas anderes. Eher als würde man in der Kulisse eines Gangsterfilms herumwandern. Das eifrige Treiben der Textilfirmen beim Beladen der Laster hat irgendwas Illegales. Wie das Schnapsverschieben während der Prohibition.

Hergestellt werden sowohl teure Modefähnchen für die Boutiquen Europas wie billigste No-Name-Produkte, zusammengeschustert von Tausenden von Asiaten in schmutzigen Löchern. *Der Einstieg ins Krays-County.*

Die Winthop Street liegt hinter der Whitechapel Road. Unvorstellbar. Hier lebt niemand. Die einzige Bewegung geht von einem Bagger aus, der einen Schrottplatz umpflügt. Selbst Hausbesetzer machen einen großen Bogen um diese Ecke. Hier gibt es genug Abrißarbeiten für die nächste Generation. Früher hieß diese Gasse Buck's Row und war eine der gemeinsten Hinterstraßen von Whitechapel. In ihr lag das berüchtigte Barbers Pferdeschlachthaus, und am 31. August 1888 fand man hier die Leiche von Mary Ann Nichols, Jack the Rippers erstem Opfer.

Zwischen Bethnal Green Road und Whitechapel Road breitet sich das ganze Spektrum des östlichen London aus: heruntergekommene Straßen neben gerade frisch renovierten. Und gegenüber von düsteren, in die Bahndämme gegrabenen Autowerkstätten hat ein völlig durchgeknallter Architekt eine Zeile mit modernen Einfamilienhäusern hingesetzt, die in deutschen Vororten normalerweise unweit von Einkaufszentren zu finden sind. In der nicht ganz so düsteren Cheshire Street, über die noch Pferdewagen jagen, entsteht ein riesiger, moderner Bürobau. Nichts paßt hier zusammen, und alles zusammen ist ein harmonisches Ganzes. In einem der Häuser hat George Cornell 1962 angeblich den Gangster Ginger Marks erschossen. Jedenfalls hat er das mal Ronnie erzält, und Ginger Marks wurde auch nie wieder gesehen. Man steht davor und kann nicht einmal das Dezennium erkennen, in dem diese Straßen entstanden. Kein Problem, hier einen Film über Jahrhundertwende oder einen Gangsterfilm aus den 30er oder 50er Jahren zu drehen.

Kurz vor der Ecke zur Tapp Street hat man den Randstreifen mit Parkuhren bestückt. Vielleicht wurden sie vom Jugendamt als Trainingsgerät für die Streetfighter aufgestellt. Bevor es ans Renovieren geht, hat man jedenfalls schon mal die künftigen Parkplätze geregelt. Wie sagte mir Gavin Lyall? »Überall nur Stückwerk. Da wird ein bißchen was gebaut und dort ein bißchen was renoviert. Aber es gibt keinen umfassenden Sanierungsplan.« Gut so, mir gefällt's. Wenn jemals deutsche Stadtplaner aufs Eastend losgelassen werden, sollten die Londoner gleich hinter Moorgate Palisaden errichten. Endlich bin ich in der Tapp Street. Der legendäre *Lion-Pub* steht noch. Unverändert, direkt vor einer Bahnunterführung. Das war einer der großen Treffpunkte der Firma. In ihm verkehrten die Zwillinge seit frühester Jugend. Am 9. März 1966 fuhr Ronnie in Begleitung der beiden Schotten Ian Barrie und John Dickson kurz nach acht von hier aus zum *Blind Beggar*, erschoss George Cornell und kam zurück, um zum gemütlichen Teil des Abends überzugehen. Reggie hatte mit ein paar anderen Firmenmitgliedern gesoffen, ohne zu ahnen, was Brüderchen eben erledigen ging. Der *Lion* ist noch immer ein typischer Pub für die Anwohner. Ein kleiner Laden, der sich in den letzten Jahrzehnten nicht sehr verändert haben dürfte. An den Wänden Tapeten mit schwarzen Palmenblättern auf gelbem Hintergrund. Ein altersschwacher Schäferhund sieht voller Milde und Weisheit den Stammgästen zu. Der Tresen scheint neu, irgendein Hartplastik, das an Marmor erinnern soll. Ungewöhnlich, aber nicht störend. Genau die richtige Höhe. Was für Profis – nicht irgendwelcher neumodischer Firlefanz. Der alte Wirt gibt mir mein Ruddles Best Bitter und kümmert sich um die beiden Stammgäste an der rechten Seite des hufeisenförmigen Schanktisches. An der linken Seite streitet sich ein Inder mit seiner englischen Freundin und gießt Gin Tonic in sich rein. Reggies Lieblingsgetränk. Typischer 6oer-Drink. Darf man heute eigentlich nur noch auf Borneo trinken, an einem wirklich schwülen Sommerabend. Oder wenn man als Inder Krach mit seiner englischen Freundin hat. Furchtbares Gesöff, sollte aus ästhetischen Gründen längst verboten sein. Dazu jault Johnny Cash ununterbrochen frühe Songs über Bahnarbeiter, Landstreicher und wie es immer die Besten als erste erwischt. Das Ruddles kommt gut. Ich kann mich unschwer zwanzig Jahre zurückversetzen. Arbeiter am Tresen, die sich hier von Job und Familie erholen. Lachen, Billardspielen, und der Zigarettenqualm hängt, so tief, daß man kaum noch die Pints erkennen kann. Dann kommen Reg & Ron mit ihren

Jungs durch die Schwingtüren. Großes Hallo. Zwei aus der Nachbarschaft, die es zu etwas gebracht haben. Die weder Familie noch ihre alten Freunde verleugnen und den arroganten Westendern die Kohle aus der Tasche ziehen. *Gangster? Bei mir ist nichts zu holen.* Harte Jungs, aber okay. Lokalrunden, und für ein paar zugeschüttete Stunden existiert nichts anderes im Universum. Jack London nannte die Kneipen die Klubs des kleinen Mannes. Wo sollte das mehr Berechtigung haben als in London, wo die vornehmen Westendklubs Jahresbeiträge kassieren, die für die Gäste des Lion einem Jahresverdienst gleichkommen.

Neben der Vallance Road verläuft eine gigantische Wiese bis zur Bahnunterführung, neben der einst »Fort Vallance«, wie das Haus der Krays im Volksmund hieß, stand. Genügend Platz für scheißende Hunde und Nachwuchskicker. Vielleicht ein Mahnmal für den Nachwuchs: Schlagt nicht den Weg der Krays ein, sondern tretet gegen den Ball, dann könnt auch ihr Gazzas werden. Das Chancenspektrum hat sich auch im Eastend erweitert: Neben Fronarbeit, Berufsboxen und Gangster kann man jetzt auch noch sein Glück als Fußballprofi, Schauspieler (Michael Caine, Terrence Stamp, Twiggy) oder Pop-Star versuchen. Neben dem Bahndamm verläuft die Cheshire Street. An einer Ecke steht ein schmales, dreistöckiges Haus und beherbergt noch immer das *Carpenters Arms*. Dieser rotplüschige Pub war zeitweilig im Besitz der Krays. Hier ist noch nichts los; aus den Lautsprechern erklingt DAVY CROCKETT, KING OF THE WILD FRONTIER, 1954 ein echter Hit. Michael Jackson hat es nie bis ins Eastend geschafft. Auf dem roten Teppichboden suche ich nach alten oder neuen Blutflecken. Am letzten Samstag im Oktober 1967 begann für Reggie Kray hier der Abend, an dessen Ende die Ermordung von Jack the Hat stand.

Die Cheshire Street endet an der Brick Lane, die südlich auf die Whitechapel Road stößt. Hier ist alles fest in asiatischer Hand. Imbißbuden, Curry-Restaurants und immer wieder Textilgeschäfte. Ecke Woodseer Street präsentiert sich die Firma Titash stolz als führender Spezialist für Hochzeitssarees. Und immer wieder halbverfallene Häuser, aus denen Ratten nach zwei Nächten entnervt ausziehen. Würde nicht die blutrote Eastend-Sonne am grauen Herbsthimmel versinken, könnte man sich angesichts des bunten Treibens wie in Kalkutta fühlen. Majestätisch stehen rechts als Monument höchster Qualität die Neu- und Altbauten der Black-Eagle-Brauerei. Jedes Bad Godesberger Ministerium könnte stolz auf so eine gepflegte Sandsteinfassade sein. Als ich endlich auf der breiten Whitechapel bin, dröhnt plötzlich der undisziplinierte Autoverkehr einer Millionenstadt um mich herum. Rechts erheben sich fünf Meter hohe Mauern. Sie umrahmen Englands größte Moschee. Und wie auf Kommando beginnt der Muezzin lautstark über Whitechapel zu tönen. Da hat selbst der Autoverkehr keine Chance. Am Boothhaus springt plötzlich eine leicht zerlumpte Gestalt auf mich zu. Er will ein bißchen Geld, für Tee. Klar. Mit ungeheurer Geschwindigkeit redet er auf mich ein. Ich stelle mich blöd, sage ihm auf Preußisch, daß ich kein Wort verstehe. Unbeeindruckt bringt er sein Anliegen in fließendem, akzentfreiem Deutsch vor. Völlig verdattert gebe ich ihm etwas Kleingeld. Bevor ich ihn mir schnappen kann, um ihn in den nächsten Pub zu zerren, ist er angeekelt zurückgesprungen und blitzschnell verschwunden. Egal was man anzieht, im Eastend stinkt man als Tourist meilenweit gegen den Wind.

Ein paar hundert Meter hinter der U-Bahn-Station ist der *Blind Beggar*, echte Folklore und der vielleicht berühmteste Pub des Eastend. Auf dem breiten Bürgersteig bei der U-Bahn-Station haben ein paar Dutzend Straßenhändler ihre Stände aufgebaut. Taschen und Textilien. Was ich vermisse, sind die nachgemachten Bobbyhelme aus Gummi, die man im Westend an jeder Touristenecke kaufen kann und mit denen ich bei meinen Freunden so großen Erfolg als Souvenir hatte. Die Polizei ist wirklich nicht populär im Eastend. Nachdem der *Beggar* unfreiwillig durch Ronnie Kray eine ganz bestimmte Sorte von Publicity bekommen hatte, wurde er innen völlig renoviert. Am Eingang klebt verheißungsvoll *Ruddles Best Bitter Lives Here*. Ein guter Grund einzutreten. Rotes Licht, ein anheimelnder Kamin und nur ein paar Tische an den Wänden. Vor der großen Tecke ist genug Platz für die sauber gekleideten Geschäftsleute, die nach der Arbeit auf ein Gläschen einkehren. Das Publikum ist gemischt: Subkulturtypen, die immer weiter ins Eastend vordringen, ein paar alte Oldtimer, die ich mir schon als Opfer ausgespäht habe, Verkäuferinnen, junge Verliebte. Seinen Namen hat der Pub nach einem Gedicht aus dem 17. Jahrhundert: THE BLIND BEGGAR OF BETNAL GREEN. Ein armer Bettler hatte eine wunderschöne Tochter. Doch wenn die Jungs, die hinter ihr her waren, erfuhren, daß sie die Tochter eines Bettlers war, nahmen sie Reißaus. Aber eines Tages kam dann der obligatorische hübsche Bursche. Ihm waren die wirtschaftlichen und familiären Verhältnisse egal, und er heiratete sie. Umgehend stellte sich heraus, daß der Bettler kein armes Schwein, sondern ein Verwandter des reichen und mächtigen Simon de Montfort war. Der Bettler schwamm im Geld und hatte nur nicht gewollt, daß seine Tochter wegen des schnöden Mammons geheiratet würde. Die richtige Story für diesen Ort zerbrochener Träume.

Für ein paar Pfund und reichlich Drinks erzählen mir die Wind-und-Wetter-gegerbten-Oldtimer, wie so die Trinksitten der Krays waren. Sie waren damals junge Hafenarbeiter und wurden gelegentlich von ihnen freigehalten, wenn sie wie Cowboys nach einem langen Viehtrieb in den Saloon einfielen: »Sie steckten einen Haufen Pfundnoten in ein Bierglas gleich hier vorne am Ausschank auf dem Tresen. Wer eingeladen war, konnte bestellen, was und soviel er wollte. Jedesmal wenn der Keeper wieder ein Getränk rausrückte, nahm er sich das Geld dafür aus dem Glas. Wenn das Glas leer war, gingen sie hin und stopften neue Pfundnoten rein.« *Mochten Sie die Krays, oder fürchteten Sie sie?* »Beides. Ronnie war unberechenbar. Mal großzügig und mal düster und beängstigend. Die kleinen Leute hatten keinen Grund, die Krays zu fürchten. Frauen und alten Leuten gegenüber waren sie immer respektvoll und freundlich. Ihre Mutter hatte sie gut erzogen. Sie hatten Manieren.« Die Legende lebt. Eine freundlichere Eastend-Legende als Jack the Ripper. Aber wie so vieles in diesem Schmelztiegel voller Gewalt und Brutalität. Draußen ist es tiefe Nacht geworden. Der Betrieb auf der Whitechapel Road läßt langsam nach. Die Straßenhändler haben ihre Stände abgebaut. Auch der Second-Hand-Plattenladen, in dem ich für ein läppisches Pfund die Original-Single OUT OF TIME von Chris Farlowe und eine EP der Pretty Things erwischt hatte, ist geschlossen. Im Eastend ist die Nacht besonders dunkel. Ich nehme ein Taxi zum Hotel.

Bibliographie:

Campbell, Duncan: The Underworld. London: BBC Books, 1994.
Dickson, John: Murder Without Conviction. London: Sidgwick & Jackson, 1986.
Donoghue, Albert (und Martin Short): The Krays' Lieutnant. London: Smith Gryphon, 1995.

Fraser, Frankie (mit James Morton): Mad Frank. London: Little Brown, 1994.

Fry, Colin: The Kray Files. London: Mainstream Publ., 1998.

Kelland, G.: Crime in London. London: Century, 1986.

Kray, Charlie (mit Robin McGibbon): Me and My Brothers. London: Grafton, 1988.

Kray Charlie (und Colin Fry): Doing the Business. London: Smith Gryphon, 1993.

Kray, Kate: Ronnie Kray: Sorted. London: Blake, 1998.

Kray, Reg: Born Fighter. London: Century, 1990.

Kray, Reg: Villains We Have Known. Leeds: N. K. Publ. 1993.

Kray, Reg & Ron (mit Fred Dinenage): Our Story. London: Sidgwick & Jackson, 1988.

Kray, Ron (mit Fred Dinenage): My Story. London: Sidgwick & Jackson, 1993.

Lambrianou, Chris (mit Robin McGibbon): Escape From the Kray Madness. London: Sidgwick & Jackson, 1995.

Lambrianou, Tony: Inside the Firm. London: Smith Gryphon, 1991.

Pearson, John: The Profession of Violence. London: Weidenfeld and Nicolson, 1972; Grafton 1989/6.

Morton, James: Gangland. London's Underworld. London: Little Brown, 1992.

Morton, James: Gangland 2. The Underworld in Britain and Ireland. London: Little Brown, 1994.

Read, Leonard (und James Morton): Nipper. London: Macdonald & Co., 1991.

Richardson, Charlie: My Manor. London: Sidgwick & Jackson, 1991.

Meine zehn Noirs bêtes
von Russell James

»He, ich habe echt was mitgemacht!«:
Sogenannte harte Schreiber, die eine schwere Kindheit erfinden, um ihre schlechte Prosa zu rechtfertigen. Sie wurden »mißbraucht, sind ehemalige Drogensüchtige, Ex-Gangster usw«. Sie denken, wenn es James Ellroy geschafft hat, schafft es jeder.

Derb und schmutzig:
Autoren, die Farbe, Geruch und Dampf jedes Furzes oder jeder Körperflüssigkeit beschreiben. Sie sollten besser zum Arzt gehen (Derek Raymond könnte ihnen eine Menge sagen).

Zeitlupengewalt:
Autoren, die jede Bewegung, jede Einzelheit, jeden Schritt ihrer armen Opfer (und ihrer noch ärmeren Helden) beschreiben. Eigentlich gehört das in ein homo-erotisches Subgenre. Aber würden diese Autoren das wollen?

Wunderschreiber aus der Retorte:
Neue Autoren mit ihrem ersten Buch – ohne Erfahrung, aber mit einem tollen Foto auf der Rückseite und einem gigantischen Werbeetat. Ihr erstes Buch verkauft mehr als alles, was ich je geschrieben habe. Natürlich hasse ich sie.

Bereits eine Berühmtheit:
Sie wurden bekannt als Sportler, Model, Rennfahrer oder sonstwas. Und nun (wo ihre beste Zeit vorbei ist) denken sie, sie könnten

Romane schreiben. Sie können es natürlich nicht, aber ihre Verkaufszahlen bestätigen ihnen das Gegenteil. Die hasse ich auch.

Unliterarisches:
Autoren, die glauben, knallharte Noir-Romane sollten am besten in ein Diktiergerät gestammelt werden, wie es gerade kommt. Sie vergessen, daß gutes Schreiben Kommunikation ist. Und um gut zu kommunizieren, muß man einen unmißverständlichen Code entwickeln.

Arme Kerle:
Diese ermüdenden Opfer aus Schriftsteller-Kursen oder Schreibseminaren. Sie glauben, jedes Adjektiv ist eine Sünde und jede Beschreibung ein Rokoko-Exzeß.

Wiederholer:
Sie hören einfach nicht damit auf, Klischees aus den 30er Jahren auf heutige Zeiten zu übertragen: die Whiskyflasche in der Schreibtischschublade, das staubige Büro, der ehrliche Mann, der einsam durch düstere und gefährliche Straßen geht.

Genreopfer:
Sie strapazieren die Glaubwürdigkeit unerträglich, indem sie ihren Helden schlimme Handicaps geben: der blinde Fotograf, der einarmige Kämpfer, Nikolaus mit Höhenangst.

Schmutzige Buben:
Es gibt sie in jedem Alter. Sie schreiben sorglos ihre schmutzigen Phantasien auf, die man ansonsten nur von einem unglücklichen Vierzehnjährigen erwartet.

Meine zehn liebsten Noir-Romane
von James Sallis

1. KILLING THE SECOND DOG (*Die zweite Ermordung des Hundes*) von Marek Hlasko
2. DARK PASSAGE (*Dark Passage*; Bastei 19126, 1989) von David Goodis
3. SAVAGE NIGHT von Jim Thompson
4. KISS TOMORROW GOODBYE (*Schatten der Vergangenheit*; Ullstein 10608, 1989) von Horace McCoy
5. SUCH MEN ARE DANGEROUS von Paul Kavanagh (Lawrence Block)
6. DOWN BY THE RIVER WHERE THE DEAD MEN GO von George P. Pelecanos
7. BLOOD MERIDIAN (*Die Abendröte im Westen*; Rowohlt 22287, 1998) von Cormac McCarthy
8. WOE TO LIVE ON von Daniel Woodrell
9. SANCTUARY (*Die Freistatt*; Diogenes 20151, 1974) von William Faulkner
10. And finally, not a novel, but maybe the best, purest noir narrative ever: HIGHWAY 29 from THE GHOST OF TOM JOAD, Bruce Springsteen

Die zehn besten Noir-Autoren
sowie ein maßgeblicher Roman jedes einzelnen
in der Reihenfolge meines Geschmacks
von Max Allan Collins

1. Dashiell Hammett. Über ihn braucht man nicht viel zu sagen. Der Ex-Pinkerton-»Op« hat das Genre und die meisten seiner Subgenres in fünf Romanen definiert: die Spillane-Vigilanten-Masche baut auf RED HARVEST (BLUTERNTE) auf; Chandlers bzw. Ross MacDonalds »Kellerleichen«-Masche basiert auf THE DAIN CURSE (DER FLUCH DES HAUSES DAIN); die Gangster-als-Detektiv-Masche wurde in THE GLASS KEY (DER GLÄSERNE SCHLÜSSEL) vervollkommnet. Hammetts maßgebliches Werk bleibt THE

Barbara und Max Allan Collins

MALTESE FALCON (DER MALTESER FALKE), in dem er den Privatdetektivroman charakterisiert und übertroffen hat. FALCON wurde nie übertroffen – er ist noch immer der beste je geschriebene Privatdetektivroman und der beste und einflußreichste serienungebundene amerikanische Krimi.

2. James M. Cain. So wie sich alle Erzählungen über »hartgesottenene« Detektive aus Hammett ergeben, ergeben sich alle Crime Storys aus Cain. Obwohl sein Können in späteren Jahren nachließ (wenn auch nicht so, wie manche Kritiker behaupten), ist es ihm gelungen, dem puritanischen Amerika Romane über Verbrecher-Protagonisten in lüsternen Romanzen unterzujubeln, in denen Gier die Triebkraft ist. In SERENADE (SERENADE IN MEXIKO) ist Cain am ehrgeizigsten (und opernhaftesten). THE POSTMAN ALWAYS RINGS TWICE ist sein maßgebliches Werk. Sein schwacher, selbstmitleidiger Held paßt auf eine Weise zu seiner spröden, kompromißlosen Prosa, die niemand (nicht mal Jim Thompson) in den Schatten gestellt hat.

3. Mickey Spillane. Literaturkritiker werden Wirkung und Wichtigkeit des Autors nie verstehen, der der Nachkriegszeit den Roman über den »hartgesottenen« Privatdetektiv bescherte. Das Gewalt-, Sex- und Psychosen-Ausmaß der ersten sechs Mike-Hammer-Romane haben das Äußere des populären (nicht nur des Kriminal-) Romans für immer verändert. Mit seinen surrealen Alptraumlandschaften und einmaliger Ichform-Poesie bleibt Spillane seit Hammett die einzige bedeutende neue Stimme im Privatdetektivroman. (Ross MacDonald ist, trotz des Ruhms, mit dem man ihn überschüttet hat, bloß ein interessanter, leicht gestelzt klingen-

der Chandler-Imitator, dessen linksgerichtete Philosophien für die gleichen kritischen Empfindlichkeiten beschwichtigend waren, die Spillane alarmierend fand). Maßgebliches Werk: der Fiebertraum ONE LONELY NIGHT (MENSCHENJAGD IN MANHATTAN), in dem Spillane und Hammer mit Tollwut auf ihre Kritiker reagieren.

4. Horace McCoy. McCoy, Cains einziger zeitgenössischer Rivale, ergründet in einem lebhaften Prosastil gefährliche emotionale Tiefen, die in den besten unverhohlen literarischen »hardboiled«-Romanen resultierten, die je geschrieben wurden. KISS TOMORROW GOODBYE (SCHATTEN DER VERGANGENHEIT) ist der beste ambitionierte Kriminalroman, der je von einem Gründervater des Noir-Romans in Angriff genommen wurde. Er erschafft die Schablone für Jim Thompsons verstörte Protagonisten.

5. Raymond Chandler. Auch über diesen Stilisten, der dem von Hammett erschaffenen Genre eine ironisch-maskuline Poesie hinzufügte, braucht man nicht viel zu sagen. Die Marlowe-Romane sind verschlüsselte melancholische Memoiren, deren Wirkung unbestreitbar ist. Trotzdem muß angemerkt werden, daß Chandler (wie Spillane) immer wieder den gleichen Roman geschrieben hat und daß seine Plots wie rostige Tore im Wind quietschen. Maßgebliches Werk: FAREWELL MY LOVELY (BETROGEN UND GESÜHNT/LEBWOHL, MEIN LIEBLING) rangiert als oft kopierter, fast perfekter Privatdetektivroman gleich neben THE MALTESE FALCON.

6. Chester Himes. Hammett war Privatdetektiv. Himes war ein echter Gauner. Die Gerissenheit beider Autoren trug dazu bei, daß

sie sich von begabten Möchtegerns wie Chandler und W. R. Burnett absetzten. Das Harlem in Himes' unsentimentalen und urkomischen »Gravedigger Jones und Coffin Ed«-Romanen basiert auf jenem Cleveland, in dem Himes als Dieb aktiv war und schließlich im Knast einsitzen mußte. Seine lebhafte Prosa fängt den Gossenjargon der Schwarzen ein, und er ist der einzige wichtige Noir-Autor, der keinem anderen aus dieser Liste etwas schuldet. Das maßgebliche Himes-Werk auszuwählen ist nicht einfach, aber ich stimme für THE REAL COOL KILLERS (HEISSE NACHT FÜR KÜHLE KILLER).

7. Jim Thompson. Thompson entdeckte ich auf der Junior High School. Mir fällt ein, daß ich POP. 1280 (1280 SCHWARZE SEELEN) im Klassenzimmer las und mir die Haare buchstäblich zu Berge standen. Einige Leute hatten Thompson zwar schon entdeckt (Anthony Boucher in seiner Rezensionskolumne in der New York Times; R. V. Cassill in einem Essay), aber das momentane Wiederaufleben des Interesses an diesem Autor begann mit der Monographie, die Ed Gorman und ich 1984 schrieben und in der THIS WORLD, THEN THE FIREWORKS erstmals veröffentlicht wurde. Deswegen habe ich mir wohl auch das Recht verdient, zu sagen, daß Thompsons Vergötterung möglicherweise zu weit gegangen ist. Von den Autoren dieser Liste war er der schlampigste Handwerker und der einzige Plotter, neben dem Chandler gut dasteht. Kein Autor dieser Liste hat je ein Buch veröffentlicht, das so unnachgiebig mies ist wie THE ALCOHOLICS. Gleichzeitig hatte Thompson ein natürliches literarisches und erzählerisches Talent und eine eigenartig verdrehte, typisch amerikanische Sichtweise, die kein Autor dieser Liste erreicht. Nur Thompson konnte so verdrehte

Geschichten wie SAVAGE NIGHTS oder A HELL OF A WOMAN über Amerika schreiben. Meine Wahl für sein maßgebliches Beispiel wäre POP. 1280, die schamlose Neuverwertung und erstaunliche Verbesserung seines Durchbruch-Romans THE KILLER INSIDE ME (LIEBLING, WARUM BIST DU SO KALT?/DER MÖRDER IN MIR). Thompson steht symbolhaft für die eigenartig kalten und abenteuerlichen Dinge, die in den Taschenbuch-Originalausgaben der 50er Jahre passierten, wenn gerade niemand hinschaute.

8. Erle Stanley Gardner. Eine unmögliche Wahl? Eigentlich nicht. Gardner, ein Black-Mask-Autor wie Hammett und Chandler, wird unter den harten Knochen deswegen am meisten unterschätzt, weil seine Noir-Qualitäten weniger mit Stimmung als mit Themenauswahl zu tun haben. Sein sparsamer Stil und seine knisternden Dialoge machen ihn (auch wenn es offenbar niemandem auffällt) zu einem der besten Hammett-Schüler. Die Themen seiner Mason-Romane könnten geradewegs von James M. Cain sein: Gier, insbesondere die Machenschaften von Großunternehmen, sowie Sex in Gestalt mörderischer Ehefrauen, ihrer Liebhaber und gehörnter Ehemänner.

9. Donald E. Westlake. Westlake, der vielseitigste Autor dieser Liste (sowie der meisten anderen), ist in der Kriminalliteratur des 20. Jahrhunderts der beste Handwerker. Seinen Einfluß sieht man in Dutzenden von Autoren, angefangen bei seinem angesehenen Zeitgenossen Lawrence Block. Westlakes komische Spinnergeschichten erscheinen zwar uneins mit seinen ätzend lakonischen Richard-Stark-Büchern, doch der Ableger seiner Parker-Serie (die Handvoll Romane über Parkers gelegentlichen Komplizen, den Schauspieler Grofield), deutet an, daß der Autor nicht nur einen Stil beherrscht,

und nehmen die mit THE HOT ROCK (FINGER WEG VON HEISSEM EIS) beginnende Dortmunder-Serie vorweg. Dortmunder ist ein durch Westlakes Komiksieb gefilterter Parker, doch so populär er auch ist, seine Abenteuer sind im Vergleich mit den Stark-Romanen und zahlreichen serienungebundenen Titeln eher Fingerübungen. Westlakes sachlicher Professionalismus (der Parker in ihm) erklärt seine Fähigkeit, sowohl in Jim Thompsons Territorium wildern (361 [HÖLLENFAHRT] und PITY HIM AFTERWARD [EIN IRRER MACHT URLAUB]), als auch neue Damon-Runyon-Geschichten à la THE FUGITIVE PIGEON (WEM DIE SEKUNDE SCHLÄGT) und DANCING AZTECS schreiben zu können. Den maßgeblichen Westlake zu bestimmen ist zwar schwierig, aber ich wähle einen Stark: den längsten Parker, BUTCHER'S MOON (BLUTIGER MOND).

10. John D. MacDonald. MacDonald, ein schöpferischer Autor von Taschenbuch-Originalausgaben, hat Dutzende von serienungebundenen Romanen geschrieben und sich schließlich auf die Travis-McGee-Serie, das bittersüße Porträt eines zähen alternden Burschen, konzentriert. Die meisten Kollegen würden wahrscheinlich einen seiner serienungebundenen Titel auswählen, aber ich halte einen Travis McGee, DARKER THAN AMBER (DUNKLER ALS BERNSTEIN), für den maßgeblichen MacDonald. Er kam für den Autor früh genug, um in Schwung zu kommen, aber nicht so spät, daß seine gesellschaftlichen Kommentare aus dem Ruder liefen.

Die beste Langzeit-Buchserie
»87. Polizeirevier« von Ed McBain

Einflußreichster vergessener Kopf
W. R. Burnett

Die zehn besten Privatdetektivfilme
1. VERTIGO
(AUS DEM REICH DER TOTEN, USA 1956, Alfred Hitchcock)
2. KISS ME DEADLY
(RATTENNEST, USA 1955, Robert Aldrich)
3. CHINATOWN
(CHINATOWN, USA 1974, Roman Polanski)
4. THE MALTESE FALCON
(DIE SPUR DES FALKEN, USA 1941, John Huston)
5. FAREWELL, MY LOVELY
(FAHR ZUR HÖLLE, LIEBLING, USA 1975, Dick Richards)
6. MURDER, MY SWEET
(MURDER, MY SWEET, USA 1945, Edward Dmytryk)
7. THE TWO JAKES
(DIE SPUR FÜHRT ZURÜCK, USA 1990, Jack Nicholson)
8. THE BIG SLEEP
(TOTE SCHLAFEN FEST, USA 1964, Howard Hawks)
9. GUNN
(GUNN, USA 1967, Blake Edwards)
10. I, THE JURY
(ICH, DER RICHTER, USA 1981, Richard T. Heffron)

Zehn große Noir-TV-Serien

1. DRAGNET (50er-Version)
2. PETER GUNN
3. CITY OF ANGELS
4. CRIME STORY
5. X-FILES (AKTE X)
6. STACCATO
7. NYPD BLUE
8. MICKEY SPILLANE'S MIKE HAMMER (50er-Version)
9. HILL STREET BLUES (POLIZEIREVIER HILL STREET)
10. TWIN PEAKS

Fünf Meister des Noir-Comic

1. Chester Gould (DICK TRACY)
2. Will Eisner (THE SPIRIT)
3. Johnny Craig (EC CRIME STORIES)
4. Milton Caniff (TERRY AND THE PIRATES)
5. Ed Robbins (FROM THE FILES OF MIKE HAMMER)

© 1999 by Max Allan Collins
Aus dem Amerikanischen von Ronald M. Hahn

Meine zehn liebsten Noir-Romane
von Jürgen Alberts

1. DIE MASKE DES DIMITRIOS
   von Eric Ambler
2. DER MALTESER FALKE
   von Dashiell Hammett
3. DER GROSSE SCHLAF
   von Raymond Chandler
4. DER TALENTIERTE MR. RIPLEY
   von Patricia Highsmith
5. DER POLIZISTENMÖRDER
   von Sjöwall/Wahlöö
6. TOD IM ZWIEBELFELD
   von Joseph Wambaugh
7. DAS SPIEL DER MACHT
   von Vásquez Montalbán
8. MIAMI BLUES
   von Charles Willeford
9. DIE MACHT UND IHR PREIS
   von Leonardo Sciascia
10. DER RICHTER UND SEIN HENKER
    von Friedrich Dürrenmatt

Bestseller

Alice Payne veröffentlicht 1967 das Buch 70 YEARS OF BEST-SELLERS. Sie listet auch die zehn bis dahin bestverkauften Krimis in den USA auf:
1. Spillane: I, THE JURY (5.390.105 Ex.)
2. Spillane: THE BIG KILL (5.089.472 Ex.)
3. Spillane: MY GUN IS QUICK (4.916.074 Ex.)
4. Spillane: ONE LONELY NIGHT (4.873.563 Ex.)
5. Spillane: THE LONG WAIT (4.835.966 Ex.)
6. Spillane: VENGEANCE IS MINE (4.637.734 Ex.)
7. Fleming: THUNDERBALL (4.186.935 Ex.)
8. Fleming: GOLDFINGER (3.642.411 Ex.)
9. Gardner: THE CASE OF THE LUCKY LEGS (3.499.948 Ex.)
10. Fleming: YOU ONLY LIVE TWICE (3.283.000 Ex.)

Sie führt weiter aus: Von 151 Krimis, die über eine Million Exemplare in den USA verkauft haben, waren 91 von Gardner, 16 von Richard S. Prather, 13 von Ellery Queen, 12 von Spillane, 11 von Fleming, 4 von Agatha Christie und jeweils zwei von Hammett und John D. MacDonald. Der erste Kriminalroman überhaupt, der über eine Million verkauft hat, war THE CIRCULAR STAIRCASE von Mary Roberts Rinehart, 1908.

Hackett und Burke veröffentlichen 1977 das Buch EIGHTY YEARS OF BESTSELLERS (Bowker) mit einer Liste der meistverkauften Bücher der USA. Hier die Krimis und Thriller aus der Liste:
Mario Puzo: THE GODFATHER (1969): 12,1 Mio.
Mickey Spillane: I, THE JURY (1947): 6,9 Mio.
Mickey Spillane: THE BIG KILL (1951): 5,6 Mio.

Mickey Spillane: MY GUN IS QUICK (1950): 5,3 Mio.
Mickey Spillane: ONE LONELY NIGHT (1951): 5,3 Mio.
Mickey Spillane: KISS ME, DEADLY (1952): 5,3 Mio.
Mickey Spillane: THE LONG WAIT (1951): 5,2 Mio.
Mickey Spillane: VENGEANCE IS MINE (1959): 5,2 Mio.
Lederer/Burdick: THE UGLY AMERICAN (1958): 4,8 Mio.
Truman Capote: IN COLD BLOOD (1966): 4,2 Mio.
Ian Fleming: THUNDERBALL (1965): 4,2 Mio.
Ian Fleming: GOLDFINGER (1959): 3,8 Mio.
E. S. Gardner: CASE OF THE SULKY GIRL (1933): 3,6 Mio.
E. S. Gardner: CASE OF THE LUCKY LEGS (1934): 3,5 Mio.
Ian Fleming: ON HER MAJESTY'S SECRET SERVICE (1963): 3,4 Mio.
Ian Fleming: FROM RUSSIA WITH LOVE (1957): 3,3 Mio.
Ian Fleming: YOU ONLY LIVE TWICE (1964): 3,2 Mio.
Ian Fleming: DR. NO (1958): 3,2 Mio.
E. S. Gardner: CASE OF THE HAUNTED HUSBAND (1941): 3,1 Mio.
Robert Traver: ANATOMY OF A MURDER (1958): 3,1 Mio.
E. S. Gardner: CASE OF THE CURIOUS BRIDE (1934): 3,1 Mio.
Ian Fleming: CASINO ROYALE (1953): 3 Mio.
E. S. Gardner: CASE OF THE VELVET CLAWS (1933): 2,9 Mio.
E. S. Gardner: CASE OF THE ROLLING BONES (1939): 2,9 Mio.
Ian Fleming: LIVE AND LET DIE (1954): 2,8 Mio.
Ian Fleming: MOONRAKER (1955): 2,8 Mio.
E. S Gardner: CASE OF THE SILENT PARTNER (1940): 2,8 Mio.
Ian Fleming: FOR YOUR EYES ONLY (1960): 2,8 Mio.
E. S. Gardner: CASE OF THE COUNTERFEIT EYE (1935): 2,8 Mio.

Ian Fleming: THE SPY WHO LOVED ME (1962): 2,7 Mio.

E. S. Gardner: CASE OF THE SUBSTITUTE FACE (1938): 2,7 Mio.

E. S. Gardner: CASE OF THE BAITED HOOK (1940): 2,7 Mio.

E. S. Gardner: CASE OF THE STUTTERING BISHOP (1936): 2,7 Mio.

Ian Fleming: DIAMONDS ARE FOREVER (1956): 2,6 Mio.

Frederick Forsyth: THE ODESSA FILE (1972): 2,6 Mio.

E. S. Gardner: CASE OF THE SLEEPWALKER'S NIECE (1936): 2,6 Mio.

E. S. Gardner: CASE OF THE HALF-WAKENED WIFE (1945): 2,6 Mio.

E. S. Gardner: CASE OF THE BLACK-EYED BLONDE (1944): 2,5 Mio.

Henri Charrière: PAPILLON (1970): 2,5 Mio.

E. S. Gardner: CASE OF THE DANGEROUS DOWAGER (1937): 2,4 Mio.

E. S. Gardner: CASE OF THE LAME CANARY (1937): 2,4 Mio.

Gay Talese: HONOR THY FATHER (1971): 2,4 Mio.

Joseph Wambaugh: NEW CENTURIONS (1970): 2,3 Mio.

Frederick Forsyth: DAY OF THE JACKAL (1971): 2,3 Mio.

Peter Maas: SERPICO (1973): 2,3 Mio.

John D. MacDonald: THE DAMNED (1974): 2,3 Mio.

E. S. Gardner: CASE OF THE EMPTY TIN (1941): 2,2 Mio.

E. S. Gardner: THIS IS MURDER (1935): 2,2 Mio.

E. S. Gardner: CASE OF THE CARELESS KITTEN (1942): 2,2 Mio.

E. S. Gardner: CASE OF THE CAUTIOUS COQUETTE (1949): 2,2 Mio.

E. S. Gardner: CASE OF THE FORGOTTEN MURDER (1935): 2,2 Mio.

James Dickey: DELIVERANCE (1970): 2,2 Mio.

J. Edgar Hoover: MASTERS OF DECEIT (1958): 2,1 Mio.

Mickey Spillane: THE DEEP (1961): 2,1 Mio.

E. S. Gardner: CASE OF THE GOLDDIGGER'S PURSE (1945): 2,1 Mio.

Leon Uris: TOPAZ (1967): 2,1 Mio.

Gerold Frank: THE BOSTON STRANGLER (1967): 2 Mio.

William Faulkner: SANCTUARY (1931): 2 Mio.

John Sutherland legt in seiner Studie BESTSELLERS (1981) eine Liste mit den erfolgreichsten Romanciers des 20. Jahrhunderts und ihren bisherigen Gesamtauflagen vor:

Harold Robbins: 200 Mio.

Alistair Maclean: 150 Mio.

Frederick Forsyth: 50 Mio.

Mickey Spillane: 150 Mio.

Barbara Cartland: 100 Mio.

Peter Benchley: über 10 Mio. allein in den USA

Am 9. Dezember 1981 findet in San Francisco die bisher größte Auktion von Kriminalromanen statt. Versteigert werden über 7000 Bände der Goldstone-Sammlung. Die Erstausgabe von A STUDY IN SCARLET erzielt $ 15.000, THE GLASS KEY $ 4.000, RED HARVEST $ 2.000. Eine vom Autor signierte Ausgabe von Chandlers erster Taschenbuch-Kurzgeschichtensammlung, FIVE SINISTER CHARACTERS, geht für $ 3.700 weg.

Im Juni 1981 wird bei Sotheby's ein seltener Band mit Gedichten von Edgar Allan Poe versteigert – für 198.000 Dollar, mehr als Poe auch nur annähernd in seinem Leben verdient hat.

Ein Riesenbestseller wird 1987 Scott Turows Justizthriller PRESUMED INNOCENT; im ersten Jahr verkauft allein die Hardcover-Ausgabe 700.000 Exemplare. Das Buch leitet die Renaissance des courtroom-drama ein.

Mit seinem zweiten Roman, THE FIRM, bricht John Grisham 1991 alle Rekorde: zusammen mit zwei weiteren Romanen verkauft er allein in den USA über 20 Millionen Exemplare. Kein anderer Autor der Weltgeschichte, auch nicht Spillane, Mario Puzo oder Stephen King, haben in so kurzer Zeit so viele Bücher verkauft.

Der anhaltende angelsächsische Krimi-Boom spiegelt sich 1995 auch in der Mitgliederzahl des US-Kriminalschriftstellerverbandes wider: ca. 900 Autoren sind Mitglieder der MWA.

Liste der indizierten Noir- und Kriminalromane
von Martin Compart

Diese Liste ist weit davon entfernt, vollständig zu sein. Ausgespart wurden Krimis deutscher Autoren, die als Groschenhefte oder Leihbücher veröffentlicht wurden und die heute nur noch den Spezialisten dieser Subkultur bekannt sind. Viel interessanter ist zu sehen, welche ausländische Spitzenautoren, die jedem Fan ein Begriff sein dürften, indiziert wurden.

E bezeichnet die Entscheidung der Bundesprüfstelle; *Nummer* und *Datum* geben an, wann die Entscheidung im Bundesanzeiger veröffentlicht und damit rechtswirksam wurde.

Adams, Clifton:
Gehetzt. Pantherbuch Nr. 24.
Lehning, Hannover.
E(ntscheidung) 131 Nr. 222 vom 17.11.55.

Avallone, Michael:
Im Hintergrund ein Testament.
Amsel Verlag, Berlin.
E 205 Nr. 136 vom 17. 7. 56.

Barry, Mike
(d. i. Barry Malzberg):
Wolfskiller: Rückfahrkarte aus Blei. Bestsellerkrimi Nr.12.
Wolfskiller: Gefangen und zum Tod verdammt. Neue Revue Krimi 43.
Wolfskiller: Stadt der Todesengel. Bestsellerkrimi 14.
Wolfskiller: Showdown in Harlem. Bestsellerkrimi 26;
alle Pabel Verlag.
E 2873 Nr. 76 vom 22.4.80.

Brewer, Gil:
Und dann kam die Nacht.
Pantherbuch 1.
E 41 Nr. 13 v. 20.1.55
Höllisches Finale.
Kranichbuch Nr. 12.
E 167 Nr. 52 vom 14.3.56.

Haus des Bösen. Kranich-
buch Nr. 15; alle Lehning
Verlag.
E 179 Nr. 75 vom 18.4.56.

Brown, Carter:
Donovan und das süße Leben.
Heyne Nr. 1824.
E 2956 Nr. 177 vom 23.9.80.

Carter, Nick:
Im Harem des Teufels.
Ullstein Nr. 1796.
E 2804 Nr. 175 vom 18.9.79.
Menschenopfer für die Todes-
göttin. Ullstein Nr. 1856.
E 2805 Nr. 175 vom 18.9.79.
Die Drachenlady von Hong-
kong. Ullstein Nr. 1880.
E 2806 Nr. 175 vom 18.9.79.
Massaker im Weißen Haus.
Ullstein Nr. 1893.
E 2802 Nr. 175 vom 18.9.79.
Der scharlachrote Geier.
Ullstein Nr. 1940.
E 2803 Nr. 175 vom 18.9.79.
Die Pest von Trinidad.
Ullstein Nr. 1832.
E 2853 Nr. 29 vom 12.2.80.

Das Todesdreieck.
Ullstein Nr. 10041.
E 2988 Nr. 216 vom 18.11.80.

Chase, James Hadley:
Keine Orchideen für Miss
Blandish. Amsel Verlag, Berlin.
E 101 Nr. 105 vom 3.6.55
Die Erbschaft der Carrol
Blandish. Amsel.
E 102 Nr. 105 vom 3.6.55
... dann knackte es und der
Strom summte. Amsel.
E 141 Nr. 246 vom 21.12.55.
Nach Mitternacht. Amsel.
E 182 Nr. 75 vom 18.4.56.
Der Sarg mit doppeltem
Boden. Amsel.
E 1077 Nr. 70 vom 10.4.62.
Die Anderen sind tot.
Ullstein Nr. 967.
E 1488 Nr. 187 vom 7.10.64.

Gores, Joe:
Interface. Ullstein Nr. 1651.
E 2572 Nr. 168 vom 11.9.75.

Hecht, Ben:
Die Leidenschaftlichen.

Stahlberg, Karlsruhe.
E 1287 Nr. 107 vom 12.6.63.
Die Sittlichen. Reichelt,
Wiesbaden.
E 1287 Nr. 107 vom 12.6.63.

Hunt, Howard:
Jagd in den Abgrund.
Pantherbuch Nr. 85.
Lehning Verlag.
E 378 Nr. 192 vom 5.10.57.

Hunter, Evan:
Schlaf des Vergessens.
Pantherbuch Nr. 43.
E 207 Nr. 136 vom 17.7.56.
Der Tod macht nie Urlaub.
Pantherbuch.
E 329 Nr. 116 vom 21.6.56.

Kavanagh, Dan:
Duffy. Ullstein Nr. 10131.

Keene, Day:
Tödliche Küsse.
Pantherbuch Nr. 15.
E 58 Nr. 52 vom 16.3.55.
Gestehen Sie, Herr
Staatsanwalt.
Mitternachtsbücher Nr. 3.
E 642 Nr. 133 vom 16.7.59.

Lacy, Ed:
Der tödliche Hass.
Siegel Verlag, Hamburg.
E 334 Nr. 116 vom 21.6.57.

Lewis, Matthew Gregory:
Der Mönch. Drei Türme
Buch Nr. 78; Eden, Berlin.
E 1382 Nr. 8 vom 14.1.64.

MacDonald, John D.:
Der Tod ist schneller.
Pantherbuch Nr. 6.
E 41 Nr. 13 vom 20.1.55.
Richte mich nicht.
Pantherbuch Nr. 14.
E 41 Nr. 13 vom 20.1.55.
Hemmungslos.
Pantherbuch Nr. 22.
E 87 Nr. 84 vom 3.5.55.

MacDonald, Ross:
Das wandelnde Ziel.
Amsel Verlag
E 1175 Nr. 192 vom 9.10.62.

Marlowe, Stephen:
In letzter Sekunde.
Pantherbuch Nr. 41.
E 192 Nr. 99 vom 25.5.56.

Miller, Wade:
Menschenjagd.
Pantherbuch Nr. 2.
E 41 Nr. 13 vom 201.55.
Die Frau des Tigers.
ATR-Reihe Nr. 9.
E 362 Nr. 192 vom 5.10.57.

Prather, Richard S.:
Teilhaber des Todes.
Pantherbuch Nr. 16.
E 41 Nr. 13 vom 20.1.55.
Karneval in Las Vegas.
Pantherbuch Nr. 13.
E 57 Nr. 52 vom 16.3.55.
Keiner war waffenlos.
Pantherbuch Nr. 5.
E 88 Nr. 84 vom 16.3.55.
Das Netz zerriß.
Pantherbuch Nr. 7.
E 89 Nr. 84 vom 16.3. 55.
Sicherheit war nirgendwo.
Pantherbuch Nr. 19.
E 86 Nr. 84 vom 3.5.55.

Mexico-Bar. Pantherbuch Nr. 8.
E 105 Nr. 12 vom 3.6.55.
Maskiert. Kranichbuch Nr. 8.
E 150 Nr. 12 vom 18.1.56.
Mexico-Bar. Tigerbuch.
E 105 Nr. 105 vom 3.6.55.
Gefährliche Schönheit.
Tigerbuch.
E 121 Nr. 142 vom 27.7.55.
Sein gefährlichster Auftrag.
Tigerbuch.
E 194 Nr. 99 vom 25.5.56.

**Quarry, Nick
(d. i. Marvin H. Albert):**
Angela in der Falle.
Ullstein Nr. 935.
E 1388 Nr. 33 vom 18.2.64.

Rabe, Peter:
Haltet diesen Mann.
Pantherbuch Nr. 84.
E 377 Nr. 192 vom 5.10.57.

**Ronns, Edward
(d. i. E. S. Aarons):**
Lockendes Dunkel.
Pantherbuch Nr. 4.
E 41 Nr. 13 vom 20.1.55.

Rubel, James L.:
Kein Geschäft für eine Dame.
Pantherbuch Nr. 17.
E 91 Nr. 84 vom 5.5.55.

Spillane, Mickey:
Die Rache ist mein.
Amsel Verlag, Berlin.
E 4 Nr. 132 vom 14.7.54.
Der große Schlag. Amsel.
E 18 Nr. 207 vom 27.10.54.
Ich, der Richter. Amsel.
E 19 Nr. 207 vom 27.10.54.
Ich – der Richter. Heyne 6017.
Das lange Warten. Amsel.
E 20 Nr. 207 vom 27.10.54.
Die verlorenen Schlüssel. Amsel.
E 35 Nr. 241 vom 15.12.54.
Mein Revolver sitzt locker.
Amsel.
E 35 Nr. 241 vom 15.12.54.
Todesschwadron. Ullstein 1602.

Villiers, Gerard de:
Malko Nr. 5: Tod am River
Kwai.
Malko Nr. 6: Der Goldschatz
des Negus.
Malko Nr. 7: Die Erben des
Terrors.
Malko Nr. 8: Die tödliche Spur
zu Carlos.
Malko Nr. 9: Der Ball der
Gräfin Adler.
Malko Nr. 11: Mord Gmbh
Las Vegas.
E 2711 Nr. 191 vom 10.10.78.
Malko Nr. 2: Abrechnung
in Rhodesien.
E 2784 Nr. 167 vom 6.9.79.
Malko Nr. 3: Terror in Belfast.
E 2874 Nr. 76 vom 22.4.80.
Alle Cora Verlag, Hamburg.

Urteile der Bundesprüfstelle für jugendgefährdende Schriften

Die nachfolgend abgedruckten Entscheidungsbegründungen sollen nicht dazu dienen, die Arbeit der Bundesprüfstelle für jugendgefährdende Schriften lächerlich zu machen oder gar in Frage zu stellen. Diese Bundesstelle bemüht sich gerade in den letzten Jahrzehnten besonders um die Eindämmung von Gewaltpornographie, rassistische, Nazi- und kriegsverherrlichende Inhalte in allen Medien. Natürlich entbehren die abgedruckten Urteile zu Spillane, Keene oder Prather nicht einer gewissen Komik. Aber es ist die Komik des damals herrschenden Zeitgeistes, der diese Bundesstelle so repressiv handeln ließ. Deshalb soll nochmals ausdrücklich betont werden, daß sich die heutige Arbeit der Behörde nach anderen Parametern ausrichtet und völlig andere Maßstäbe setzt.

Entscheidung Nr. 4

In der 1. Sitzung der Bundesprüfstelle für jugendgefährdende Schriften vom 9.7.1954 hat die Bundesprüfstelle auf den Antrag des Bundesministers des Innern vom 15.6.1954 die Druckschrift

MICKEY SPILLANE, DIE RACHE IST MEIN,

Amsel-Verlag, Berlin-Grunewald,

auf die Liste der jugendgefährdenden Schriften zu setzen, in der Besetzung von:

Staatsanwalt Schilling als Vorsitzender,

O.I. Issleib als Ländervertreter für die freie und Hansestadt Hamburg,

Min. Rat Meurer als Ländervertreter für das Land Nordrhein-Westfalen,

Min. Rat Dr. Stutzinger als Ländervertreter für das Land Rheinland-Pfalz,

Willi Schäferdiek,

Stefan Andres,

Carl Kayser,

H. A. Kluthe,

Oskar Neisinger,

Dr. Calmes,

Alfred Herr,

Pastor H. Reich, als Gruppenbeisitzer,

wie folgt entschieden:

Die Druckschrift: Die Rache ist mein, von Mickey Spillane, Amsel-Verlag, Berlin-Grunewald, wird auf die Liste der jugendgefährdenden Schriften gesetzt.

Gegen diese Entscheidung ist innerhalb einer Frist von 1 Monat nach ihrer Zustellung die Anfechtungsklage im verwaltungsgerichtlichen Verfahren bei dem Landesverwaltungsgericht in Köln zulässig. Die Anfechtungsklage muß schriftlich oder mündlich zu Protokoll des Urkundsbeamten der Geschäftsstelle des Landesverwaltungsgerichts erhoben werden. Auch durch schriftliche Einreichung der Klage bei der Bundesprüfstelle kann die Frist gewahrt werden.

Gründe:
I.

1. Der Antragsteller bezeichnete die o. a. Druckschrift als eine typisch verrohende Schrift, die in ihrer Gesamttendenz eine Verherrlichung des Verbrecherischen darstelle. Der Held des Buches, Mike Hammer, trete als sadistischer Rächer auf, dessen Handlungen sich zwar gegen »Schurken und Prostituierte« richten, dessen Verhalten aber roh und verbrecherisch sei. Eine besondere Gefährdung sei durch den sexuellen Sadismus begründet, der an vielen Stellen zutage trete und psychisch zersetzend wirken müsse. Da das Buch in einer billigen, zur Massenverbreitung bestimmten Ausgabe herausgebracht, außerdem von Kioskhändlern geführt und in Leihbüchereien verliehen werde, bestehe die Gefahr, daß es in die Hände vieler Jugendlicher kommt und sittlichen Schaden stiftet.

2. Der Verlag beantragte in erster Linie eine Vertagung der Verhandlung mit der Begründung, es sei versäumt worden, dem Autor des Romans oder wenigstens seinem in der Schweiz lebenden europäischen Interessenvertreter, ferner dem amerikanischen Lizenzgeber der Druckschrift Gelegenheit zur Äußerung zu geben. Der Termin sei auch so kurzfristig angesetzt worden, daß der Verlag

keine Gelegenheit gehabt habe, von sich aus Äußerungen dieser Interessenten herbeizuführen.

Zur Sache selbst brachte der Verlag vor, das Buch sei nicht ganz so schlimm, wie der Antragsteller das darstelle. Es schildere zwar sehr realistisch das Leben so, wie es sei. Aber es verherrliche nicht das Verbrechen, das im Gegenteil rücksichtslos verfolgt werde. Mike Hammer diene der Gerechtigkeit. Der Held des Buches komme einem gewissen Trostbedürfnis der gegenwärtigen Menschen entgegen, indem er als eine Idealfigur dargestellt sei, der alles besiegen kann und sich in der Welt durchsetzt. Durch einige, aus dem Zusammenhang gerissene Sätze werde man dem Buch nicht gerecht. Bedeutende Persönlichkeiten schätzten diese Bücher, und selbst diejenigen Kritiker, die negativ kritisiert haben, seien der Meinung, daß man solche Bücher nicht verbieten sollte. Selbst in überwiegend katholischen Ländern, wie Frankreich, Italien, Spanien und Portugal, in denen die Romane von Spillane massenverbreitet sind, habe man keinen Anstoß genommen oder Vertriebsbeschränkungen erwogen. Einer der Romane, nämlich »Der Richter bin ich«, sei verfilmt worden und habe in Deutschland die freiwillige Selbstkontrolle durchlaufen, ohne – bei geringfügigen Schnitten – beanstandet worden zu sein, trotzdem die Handlung im Film genau so realistisch dargestellt sei wie im Buch. Die Romane von Spillane gehörten zu einer inzwischen in der Weltliteratur anerkannten neuen Literaturgattung, der Schule der Hartgesottenen (Hard-boiled school), und *sei kennzeichnend für eine moderne Entwicklung*, die auch durch die Aufnahme einiger Bücher in die Liste der jugendgefährdenden Schriften nicht rückgängig gemacht werden könne. *Diese Zeiterscheinung sei auch auf anderen Gebieten der Kunst bemerkbar, z.B. in der Musik als sogenannte »hot music«* (heißer Jazz) *sowie im Sport, wo sich der*

»Catcher-Stil« neben anderen sanfteren Arten durchgesetzt habe. Immerhin sei das Catchen von einem Münchener Verwaltungsgericht als nicht jugendgefährdend bezeichnet worden. Auch verwies der Verlag auf andere anerkannte Werke der Weltliteratur, z. B. von Hemingway (Wem die Stunde schlägt), Malaparte (Die Haut), James Jones (Verdammt in alle Ewigkeit), Norman Mailer (Die Nackten und die Toten), Maurice Druon (Rendezvous in der Hölle) oder Gerhard Kramer (Wir werden weiter marschieren), aus denen er Stellen zitiert, die nach seiner Ansicht an Realistik und Drastik den aus Spillane zitierten Stellen nicht nachstehen.

Zur Frage der Jugendgefährdung erklärte der Verlag, zahlreiche der neuartigen »Comics« seien für Jugendliche weit gefährlicher. Selbstverständlich sei das Buch für Jugendliche nicht geeignet, aber auch nicht bestimmt. Es treffe nicht zu, daß es in Deutschland zur Massenverbreitung aufgelegt sei. Im Gegensatz zu anderen Ländern, wo die Romane von Spillane als Taschenbücher (pocket-books) zu billigen Preisen herausgebracht seien, *habe der Amsel-Verlag es als Buch verlegt, und zwar mit geringerer Auflage (etwa 1000) broschiert für 4,50 DM und mit größerer Auflage gebunden für 6,80 DM.* Der Verlag könne natürlich nicht verhindern, daß die Romane auch von Kiosken verkauft oder in Leihbüchereien eingestellt werden, aber er bestreite, daß sie dadurch in nennenswertem Umfang in die Hände Jugendlicher kommen. Deshalb beantrage er hilfsweise, den Antrag des Bundesministers des Inneren abzulehnen, notfalls von § 2 Abs. 1 des Gesetzes vom 9.6.1953 Gebrauch zu machen. Er verwies auf die Folgen einer Indizierung, durch welche nämlich ein Vertrieb des Buches nahezu unmöglich gemacht werde, weshalb die Indizierung einem Verbot und damit einer Bevormundung Erwachsener gleichkomme.

II.

Der Hauptantrag des Verlags, die Sache zu vertagen, ist schon vor der Verhandlung schriftlich gestellt und schriftlich abgelehnt worden (Bl. 10, 12 d. A.). Die BPrSt. hat auch in der Sitzung vom 9.7.1954 keinen Anlaß gesehen, dem Vertagungsantrag zu entsprechen. Den gesetzlichen formellen Bestimmungen ist genügt. Auf die schriftliche Begründung vom 28.6.1954 (Bl. 12 d. A.) kann verwiesen werden.

Die BPrSt. hätte trotzdem, auch ohne gesetzlich dazu verpflichtet zu sein, eine Vertagung erwogen, wenn ersichtlich gewesen wäre, welche zusätzliche Aufklärungen oder Argumente von seiten der ausländischen Verfasser, Lizenzträger, Interessenvertreter usw. noch zu erwarten wären. Sie ist aber davon überzeugt, daß der Amsel-Verlag alles vorgebracht hat – mindestens aber vorzubringen in der Lage gewesen wäre –, was zur Sache bemerkt werden kann.

III.

1. Der beanstandete Roman fällt weit aus dem Rahmen dessen heraus, was man bisher als Kriminalroman zu bezeichnen pflegte. Von dieser Literaturgattung unterscheidet er sich hauptsächlich durch die zynische Brutalität der Darstellung einer ununterbrochenen Kette von Verbrechen, die starke sexuelle Note, die das Buch durch zahlreiche, über das ganze Buch verstreute grob-sexuelle und zum Teil ausgesprochen sadistische Schilderungen erhält, sowie durch die barbarische, dem Jargon der Gossen entnommenen Sprache.

Es ist auch nicht so, daß nur einige wenige Stellen des Buches zu beanstanden seien. In dem schriftlichen Antrag des Antragstellers sind zwar nur einige wenige, typische Stellen zitiert. Diese sind aber nur Beispiele für eine um ein Vielfaches größere Anzahl weiterer gleichartiger Stellen, und tatsächlich enthält das Buch von der ersten bis zur letzten Seite eine ununterbrochene Folge von Schilderungen, die wegen der dargestellten Handlung oder wegen der Art ihrer Darstellung oder wegen beidem Anstoß erregen.

Darin unterscheidet sich der Roman auch von den vom Verlag benannten überrealistischen Werken der neueren Literatur (Mailer, Malaparte u. a.). Daß es andere Druckwerke gibt, in denen sich anstößige Stellen befinden, ist kein Grund, von einer Beurteilung des Charakters der zur Prüfung vorgelegten Druckschrift abzusehen, zumal es seinen Grund haben wird, daß wegen der anderen Druckschrift ein Antrag bei der BPrSt. nicht gestellt wird, z. B. der, daß diese anderen Werke als sozialkritische Werke der Kunst anerkannt werden. Auch sind die vom Verlag zitierten drastischen und betont realistischen, gewagten Darstellungen in diesen anderen Werken tatsächlich nur vereinzelt zu finden, und sie sind dort in einen Zusammenhang gestellt, der sie begründet. Vor allem dienen in diesen angeführten anderen Werken die krassen Schilderungen einem höheren Zweck, der das eigentliche Anliegen des Autors ist und der den eigentlichen Gegenstand seines Werkes darstellt, während bei Spillane die Darstellung der Brutalitäten und Anstößigkeiten Selbstzweck ist. Daher zieht der Vergleich mit diesen anderen Werken nicht.

2. a) Wie jeder Roman Spillanes beginnt auch dieser mit einem grausigen Verbrechen, und zwar in einer Weise, die sofort erkennen läßt, was den Leser im weiteren Verlauf der Handlung erwartet. »Mein Freund war tot. Er lag in seinem Pyjama auf dem Fußboden, sein Gehirn war über den ganzen Teppich verspritzt« (s. 1).

Wegen des Verdachts irgendeines Verschuldens an diesem Verbrechen wird der Erzähler, der Privatdetektiv Mike Hammer, festgenommen. Man entzieht ihm seine Detektivlizenz und seinen Waffenschein. Trotzdem die polizeiliche Untersuchung zu dem Ergebnis kommt, daß es sich um einen Selbstmord gehandelt habe, bleiben ihm – aus nicht ersichtlichen Gründen – Lizenz und Waffenschein entzogen und Mike Hammer, der von einem Verbrechen überzeugt ist, macht sich nun ohne Lizenz daran, das Verbrechen aufzuklären. Im Verlaufe dieser Aufklärung, in die er auch seine Angestellte Velda, eine Mischung von Assistentin und Geliebter, einschaltet, wird eine Bande von Gangstern ermittelt, die – ohne es auf ein paar Menschenleben ankommen zu lassen – in großem Stile Erpressungen veranstaltet haben, indem sie reiche Bürger durch einige attraktive Mannequins eines Modellstudios zu Intimitäten in dafür vorbereiteten Gasträumen verleiteten, sie dabei heimlich photographierten und anschließend erpreßten. Unbequeme Zeugen werden brutal ermordet. Auch der Freund von Hammer stellt sich als Opfer dieser Bande heraus. Im Verlaufe des Romans werden 7 Morde, 3 Mordversuche, mehrere Erschießungen bei Kampfhandlungen und zahlreiche blutrünstige Schlägereien dargestellt. Aber nicht die Zahl der mit zynischer Brutalität geschilderten Rohheiten und Verbrechen allein, sondern vor allem die Art der Schilderung charakterisiert die besondere Art von Spillanes Romanen.

b) »Ich lehnte mich gegen die Wand und trat nach oben mit einer hochgerissenen Fußspitze, die ihn fast zur Hälfte teilte. Er versuchte zu schreien. Alles, was ich hörte, was ein blubberndes Geräusch. – Diesmal zielte ich genau und trat dem Hund so kräftig ins Gesicht, daß mir seine Zähne auf den Schuh fielen« (S. 65). »Ich drehte die kurzläufige Kanone herum und hieb sie ihm über die Backe, daß die Haut platzte. Sein Mund hing offen und Blut und Speichel rannen ihm aus den Mundwinkeln das Kinn herunter. Ich saß lächelnd da, aber nichts war besonders komisch. – Er gab einige gurgelnde Laute von sich, lehnte sich über den Stuhl und übergab sich auf das Geld, das rings um seine Füße verstreut lag. – Es war nicht schwer, sie ihm aus der Hand zu reißen, während ich meine Knie zwischen seine Beine in seine Eingeweide stieß. Er fiel wie ein nasser Sack zu Boden und lag dort nach Atem ringend« (S. 127–129). »Sie feiger kleiner Hund. Ich werde Sie hoffentlich mal auf der Straße treffen und Ihr weichliches Teiggesicht in Streifen reißen. Machen Sie, daß Sie rauskommen, und kriechen Sie ein paar fetten Burschen in den Hintern –« (S. 162). »Anton war tot. Auf seinem Genick hing eine blutige Masse, die einmal Kopf gewesen war. Nur seine Augen waren übriggeblieben, aber sie waren nicht da, wo sie eigentlich sein sollten« (S. 217/218). »Ich werde dich niederschießen, Juno. Ich werde dich dorthin schießen, wo es verdammt weh tut und du auch nicht sofort tot sein wirst.« (S. 240). »Die Waffe zuckt in meiner Hand, als sie die kleinen häßlichen Kugeln spuckt, die die Mörderin gegen die Wand preßten und durchlöcherten, daß das Blut zu strömen begann. Juno lebte, bis ihr auch die letzte Kugel durch Fleisch und Eingeweide gefahren war und den Mörtel von der Wand platzen ließ, dann erst starb sie, die vollen roten Lippen qualvoll verzerrt im Wissen um das grausame Ende« (S. 245). Diese Beispiele lassen erkennen, daß es dem Autor nicht darauf ankommt, zu schildern, *was* sich ereignet und warum es sich ereignet, sondern ausschließlich darum, immer wieder Gelegenheit zu haben, die grauenhaften Einzelheiten und die unfaßlichen Roheiten in einer geradezu pathologischen Art breit auszumalen.

c) Es trifft auch nicht zu, daß Mike Hammer als Diener der Gerechtigkeit auftritt. Es ist reiner Zufall, daß er der Detektiv ist und die von ihm Gejagten die Verbrecher; er ist von genau demselben Schlag wie diese und arbeitet mit derselben zynischen Roheit und Brutalität, was schon die oben zitierten Beispiele zeigen. »Ich kann Sie noch ganz anders zusammenschlagen. Ich kann Ihnen eine Kugel dorthin jagen, wo es noch viel mehr weh tut, und mir bereitet das alles noch dazu eine gewisse Befriedigung« (S. 86). »Ich suchte nach Photos, nach dem Beweis. Nach Bildern, die mir eine Entschuldigung dafür geben würden, wenn ich ihm eine Kugel in den Leib jagte« (S. 212). »Ich war der Richter und ich das Gericht, und das Urteil war der Tod« (S. 102). »Ich erschoß nur Mörder. Mörder schoß ich sehr gern nieder. Ich konnte mir nichts Besseres vorstellen, als einen Mörder zu erschießen und zuzusehen, wie sein Blut eine klebrige Spur auf dem Boden verbreitete« (S. 214). »Es gibt nur einen Weg, wie ich es je vergessen kann, und das ist, Clydes Kehle zwischen meinen Händen zu fühlen oder ihn vor meinem Revolver zu haben, der auf ihn schießt und schießt, bis der Hahn nur noch auf eine leere Kammer trifft. Nur dann werde ich imstande sein, zu lächeln und zu vergessen« (S. 223/224). »Ich werde dich niederschießen, Juno. Ich werde dich dorthin schießen, wo es verflucht weh tut und du auch nicht sofort tot sein wirst« (S. 240). Reine Lust an Roheiten und Brutalität, reine Mordlust, sind demnach die Beweggründe für Hammers tollwütigen Amoklauf, und alles andere ist nur Vorwand und Fassade.

d) Durch das ganze Buch ziehen sich außerdem – dem Kriminalroman sonst fremd – sexuell betonte Szenen hin, z. T. sogar grob-sexuelle und solche sadistischer Art. »Sie warf sich in den

Ledersessel und zog die Beine hoch. Ich streckte die Fußspitzen aus und schnippte ihren Rock herunter« (S. 18). »Ich streckte wieder die Fußspitze aus und schnippte ihr Kleid hoch bis zum Ende ihrer dünnen Nylons – Ich blickte auf sie herunter, eine Sekretärin mit dynamit-geladenen Kurven, die mehr versprachen als alles, was ich bei Frauen je erlebt habe« (S. 19). »Er war damit beschäftigt, sehr viel von einem Mädchen, das mit fast nichts bekleidet war, so vor die Kamera zu bringen, daß die Kamera viel von dem Nichts einfangen würde und nichts von dem Vielen – Seine Hände gaben dabei ihrem netten, nackten Fleisch einen kalten beruflichen Dreh« (S. 41). »Tragen Sie eigentlich nie Kleider? Nicht wenn ich es vermeiden kann; manchmal zwingt man mich dazu« (S. 42). Auf Seite 43 folgt dann eine minutiöse Beschreibung der körperlichen Reize von Juno, eine der Hauptfiguren des Romans, die sich zum Schluß als das Haupt der Verbrecherbande herausstellt. »Ich tat, als ob ich ihr eins auf ihr Hinterteil geben wollte. Anstatt auszuweichen, streckte sie es mir jedoch entgegen, sodaß ich ihr eine landete, und sie aufjauchzte« (S. 51). »Ihre Hand griff an den Halsausschnitt ihrer Bluse und riß sie herunter. Knöpfe rollten mir vor die Füße. Das andere Zeug, das sie trug, zerriß mit einem harten schneidenden Geräusch, und dann stand sie aufrecht da, die Hände auf den Hüften. Ein Schauer der Erregung ließ die Muskeln unter der straffen Haut sich wellenförmig bewegen. Ich konnte sie so anschauen, solange ich wollte. – Ihre Zähne waren zusammengebissen. Ihre Augen waren wild. Tu's, sagte sie. Ich langte hoch und hieb ihr eins über den Mund, so hart ich nur konnte. Ihr Kopf flog zurück, aber sie stand immer noch da, und jetzt waren ihre Augen noch wilder. Tu's, sagte sie« (S. 53). Auf den Seiten 59–61 folgt die Beschreibung einer Entkleidungsschau, z. B. »Ein Scheinwerfer richtete sich auf ein nacktes Mädchen, das zur Abwechslung einen Entkleidungsakt in umgekehrter Reihenfolge machte. Es war uninteressant, als es nackt war, doch es war schon etwas, zuzusehen, wie es sich anzog.« »Die Wände waren völlig bedeckt, mit Fotografien, Modellen und Mannequins in jedem Stadium des Aus- und Angezogenseins.« »Sie tanzte so dicht an mir, daß sie schon fast hinter mir war.« Dann wieder Juno: »Ihre Taillenlinie war in schimmernde Seide gehüllt, die das Licht reflektierte und aufregend eng am Körper klebte. Ihre Brüste hoben sich voll und hoch unter dem Kleid, bewegten sich sanft mit ihrem Atmen.« (S. 69). »Das genügte, um den Wunsch entstehen zu lassen, sie mit den Augen zu entkleiden und die warme Haut einer Göttin zu fühlen« (S. 88). »Velda trug ein Kleid, das erst bei der Taille zu beginnen schien und alles darüber nackt wie die Sünde ließ. Das Kleid war nicht weit geschnitten. Es klebte. Es gab nicht das geringste Anzeichen für irgend etwas anderes, das sie darunter trug. Ist das alles, was du anhast? Ja!« (S. 106). »Ich zieh mich solange für dich aus« (S. 135). »Ihre Füße lagen auf dem Schreibtisch. Sie sagte: Gerade so, wie du immer dasitzt, Mike – bloß trage ich keine Kleider, bei denen man bis oben hin sehen kann« (S. 136). »Mike, ich brauche dir doch nicht zu sagen, daß du mich sehen kannst, wie du willst – wann du willst. – Ich hielt sie in meinen Armen und fühlte jede warme, vibrierende Linie ihres Körpers. – Ich fühlte, wie sie erschauderte, als sich meine Hand nicht von der weißen Glätte ihrer Haut trennen konnte. Meine Finger preßten sich in ihre Schultern und hinterließen leuchtend rote Stellen. Mit einer schnellen Bewegung legte sie ihre Hände über die meinen und führte sie rasch über ihre Haut und das Kleid, das an ihr klebte, und an ihrem Körper entlang« (S. 108/109). »Dann gab ich ihr mehr, und ihr Körper wand sich unter meinen

Händen« (S. 153). Auf Seite 156/158 führt das Fotomodell Connie ihrem Freund Mike französische Reizwäsche vor, zeigt sich ihm nackt und bietet sich ihm an. Dann wieder Juno: »Jetzt fragte sie mich. Forderte mich auf, daß ich zu ihr kommen und dieses verdammte Kleid von ihr reißen sollte, um zu sehen, aus welchem Stoff der Körper einer Göttin gemacht ist« (S. 180). Von Seite 193–198 wird über 5 Seiten lang das Beisammensein Mikes mit der nackten Connie geschildert. Auf Seite 228/229 folgt ein Notzuchtversuch an der Assistentin Velda in Gegenwart des gefesselten Mike Hammer. Und selbst noch die Schlußszene, in der Mike Hammer die als Verbrecherin entlarvte Juno »liquidiert«, geschieht das nicht ohne sexuellen Reiz, denn »sie wich zurück und es gab ein lautes, knirschendes Geräusch, als der Stoff ihres Kleides in meinen Händen zerriß. Juno stolperte durch das Zimmer, splitternackt außer den hochhackigen Schuhen und den hauchdünnen Strümpfen« (S. 242). Nachdem drei Seiten lang ausgemalt wird, wie Mike die nackte Juno quält und schließlich mit Kugeln durchlöchert, schließt das Buch: »Juno, die Göttin, war allerdings kein gewöhnliches Weib. Sie kennen die Sorte. Juno war ein Mann!« (S. 246). Die Blütenlese dürfte die Rezension der »Züricher Weltwoche« vom 8.5.1953 (abgedruckt im Anhang des Buches) als zutreffend begründen: »Schwer festzustellen, ob die Bücher die Grenze der Pornographie erreicht oder überschritten haben. Das Schema ist denkbar einfach: Sex plus Sadismus ergibt diesen succès fou.«

e) Zur Charakterisierung der Druckschrift gehört schließlich noch eine kleine Auslese von Ausdrücken, die die Sprache des Buches kennzeichnen. Ausdrücke wie: »dreckiger Fettkloß« (S. 10), »quasseln« (S. 11), »stinkbesoffen« (S. 11), »Halts Maul« (S. 227),

»In die Fresse schlagen« (S. 109), »Schnauze« (S. 13), »blöder Hammel« (S. 32), »Miststück« (S. 51, 120), »blödsinniger Trottel« (S. 162), »häßliches Biest« (S. 198), »du Hund« (S. 227), »du Schwein, du dreckiges Schwein, du verdammtes Schwein, Schweinehund« usw. (S. 16, 56, 76, 104, 105, 128, 163, 184, 215, 224, 245) und eine ganze Reihe anderer Flüche z. B. (S. 18, 28, 33, 70, 72, 168, 206) dürften dartun, daß die Druckschrift in rüdestem Verbrecher- und Hurenjargon geschrieben ist, und man wird dem Autor recht geben, wenn er von sich sagt: »Vielleicht habe ich mich zu sehr an meine eigene Art Gosse gewöhnt« (S. 99).

f) Zur Abrundung des Bildes gehört noch die Feststellung, daß in den Büchern von Spillane die zur amtlichen Verfolgung der Verbrechen berufenen Organe, insbesondere der Staatsanwalt bzw. Untersuchungsrichter (District Attorney: D. A.), als vollkommene, arrogante Dummköpfe geschildert werden, die statt den Verbrecher immer den Detektiv verfolgen, und die Polizisten werden als tolpatschige, mißhandelnde Rowdies dargestellt.

3. Nach Vorstehendem bedarf es keiner weiteren Begründung mehr, daß die beanstandete Druckschrift in der Hand von Jugendlichen geeignet ist, diese schwerstens sittlich zu gefährden. Die oben wiedergegebenen Buchstellen, Inhaltsangaben und Charakteristika belegen das augenscheinlich. Ernstlich wird das auch von dem Verlag nicht bestritten, der einräumt, daß das Buch nicht in die Hand von Jugendlichen gehört. Schon auf Erwachsene wirken derartige Schriften abstoßend, ekelerregend oder nervenaufpeitschend und schockartig. Bei Jugendlichen, aber auch überhaupt bei labilen Naturen, müssen sie geradezu verheerende Wirkungen zeitigen.

Die ständige Vorführung brutalster Gewalttaten, Roheiten und Verbrechen, z. T. mit sexuellem oder sadistischem Beigeschmack, charakterisieren die Schrift als eine unsittliche und als eine solche, die bei Gewöhnung an derartige Lektüre einen verrohenden, enthemmenden und gefühlsabstumpfenden Einfluß ausübt. Damit sind die Voraussetzungen des § 1 Abs. 1 des Gesetzes vom 9.6.1953 evident.

4. Es trifft auch keine der Ausnahmen des § 1 Abs. 2 a. a. O. zu. Insbesondere handelt es sich nicht um ein Werk, das der Kunst dient, noch nicht mal um Literatur. Es hat mit Literatur so wenig zu tun wie die »hot music« mit Musik oder wie das Catchen mit Sport. Selbst die Kriminalschriftsteller werden es ablehnen, Mickey Spillane zu den ihren zu zählen, weil er die Gesetze und Tabus des Kriminalromans, die diese Literaturgattung sich selbst gegeben hat,

z. B. Karl Anders, Der Kriminalroman, Nest-Verlag, Nürnberg 1953: »Der gute Kriminalroman hat seine Tabus und seine goldenen Regeln. Er schildert keine Sittlichkeitsverbrechen – Der Mord wird im Roman entweder nicht dargestellt oder in einer Form geschildert, die den Vorgang auf das moralisch und ästhetisch Tragbare reduziert.«

oder der Lektor des Verlages Albert Müller, Zürich-Rüschlikon in »Das Leihbuch« 1954, S. 114; »Der gute Kriminalroman ist vom schlechten leicht zu unterscheiden. Wo die Heroisierung des Verbrechens durchschimmert, kann man getrost von Schund – und Schmutz reden. – Vorzüge, wenn ein Kriminalroman als gut klassifiziert werden soll: einwandfreier Stil, geschickter Aufbau, lebhaft bewegte spannende Handlung, glänzende Psychologie, Geschmack und Geist –«.

bewußt und nur um des Sensationserfolges willen mißachtet. Ohne diese Grenzüberschreitungen bliebe von dem Druckwerke nichts mehr übrig, was Verkaufswert hätte. Derartige sog. Romane sind höchstens literar*historisch* interessant, nämlich als Beispiele für die Möglichkeiten publizistischer Verirrung, oder psychopathologisch als neuartiges Reizmittel.

5. Es bleibt daher nur noch die Frage zu erörtern, ob tatsächlich zu besorgen ist, daß diese Druckschrift in die Hand Jugendlicher gelangt. Vereinzelte derartige Möglichkeiten würden nach Meinung der BPrSt. nicht ausreichen, zu deren Vermeidung das Gesetz anzuwenden. Hinsichtlich der Romane von Spillane ist die Sachlage jedoch anders. Der Vertreter des Verlags hat eingeräumt, daß die Druckschrift auch durch Kioske verkauft wird und in Leihbüchereien einsteht, was mehrere der entscheidenden Mitglieder der BPrSt. aus eigenem Wissen bestätigen konnten. Unter diesen Umständen wäre es ohne Anwendung des Gesetzes nicht zu vermeiden, daß die Druckschrift auch in die Hände Jugendlicher kommt. Der Preis ist dabei kein Hindernis, auch nicht der Preis für die gebundene Ausgabe (6,80 DM): Denn zu dem Kreis der Jugendlichen, deren Schutz das Gesetz bezweckt, gehören auch die 16- und 17jährigen Lehrlinge und Hilfsarbeiter, und Berglehrlinge z.B. verdienen heute zwischen 140 und 280 DM, Hilfsarbeiter z.T. noch mehr, und es wird auch berücksichtigt werden müssen, daß der Reiz des Anrüchigen oder Sensationellen, der hinsichtlich der

Bücher von Spillane durch Veröffentlichung aller negativen Kritiken seitens des Verlags bewußt gefördert wird, zwecks Erwerbs eines solchen Buches auch zu außergewöhnlichen Geldausgaben verleitet. Zudem kann das Buch für weniger als 1 DM in zahlreichen Leihbüchereien entliehen werden, von welcher Möglichkeit erfahrungsgemäß auch Jugendliche Gebrauch machen, abgesehen davon, daß es – besonders bei den heutigen Wohnungs- und Familienverhältnissen – nicht zu vermeiden ist, daß auch bei Entleihen durch Erwachsene die zur Hausgemeinschaft gehörenden Minderjährigen und Jugendlichen davon Kenntnis nehmen können. Unter diesen Umständen muß die Jugendgefährdung durch das o.a. Buch bejaht werden.

6. Daß die Schwere der Gefährdung eine Anwendung des § 2 Abs. 1 des Gesetzes vom 9.6.1953 ausschloß, war wie geschehen zu erkennen. Der Vorschrift des § 13 des Gesetzes ist genügt.

Bonn, den 11. März 1955
Entscheidung Nr. 57

In ihrer 11. Sitzung hat die Bundesprüfstelle für jugendgefährdende Schriften in der Besetzung mit

Vorsitzender: StA Schilling,
Ländervertreter: RR. Dr. Harrer (Bayern),
                         Rudi Arndt (Hessen),
                         Dipl. Bibl. Wilkens (Schleswig-Holstein),
Gruppenvertreter: Prof. Delavika, Stefan Andres,
                         Carl Kayser, H. A. Kluthe,
                         Oskar Neisinger, Dr. Michael Calmes,
                         Bruno Münch, OKirchenrat v. Staa,

auf Antrag des Arbeits- und Sozialministers des Landes Nordrhein-Westfalen wie folgt entschieden:

Die Druckschrift »KARNEVAL IN LAS VEGAS« VON RICHARD S. PRATHER, Pantherbuch Nr. 13, Verlag Walter Lehning, Hannover, wird in die Liste der jugendgefährdenden Schriften aufgenommen.

Gründe:

I.

1. Der Antragsteller führt zur Begründung der Jugendgefährdung u. a. aus: Das Buch gehört zu der vom Lehning-Verlag herausgegebenen »Panther-Reihe«, die Übersetzungen amerikanischer Erfolgsromane in Taschenbuchformat enthält. Die Bücher dieser Reihe sind, wie der »Mittag« schreibt, »eine raffinierte Mi-

Sie war wild und wachsam
wie eine Dschungelkatze

KARNEVAL IN LAS VEGAS

RICHARD S. PRATHER

Deutsche Erstausgabe

schung aus Abenteuer, Kriminalität und Erotik. Die Sprache ist bisweilen sehr deutlich, fast brutal«.

Dieser Beschreibung entspricht das Titelbild des Buches »Karneval in Las Vegas«: halb bekleidete Frau mit Freund am Bartisch. *Die Brutalität und nicht zu überbietende Roheit und Grausamkeit, mit der beide Seiten gegeneinander Kämpfen, ist in Ausmaß und Detailliertheit der Schilderung der hemmungslosen Triebhaftigkeit, Geilheit und ausschweifenden Sinnlichkeit gleichzusetzen.* Was von Collen Shaw, der »ernsthaft« Geliebten gesagt wird, gilt auch von anderen Frauen: »Sie war Weib, einfach Sinnlichkeit auf Rädern, die in voller Fahrt einen Abhang hinunterrollen, ohne Bremsen« (Seite 34), »ein Körper, den Erregung gekocht und destilliert hatte, bis nur die Essenz übriggeblieben war« (Seite 34). *Wie die Phasen des sexuellen Begehrens, sich immer wiederholend, bis ins einzelne geschildert werden, wie keine Frau auftaucht, ohne daß Busen, Beine, Waden, Schenkel eine ausführliche Beschreibung erfahren, ist nicht nur anstößig, sondern in höchstem Grade gefährlich, indem sexuelle Reize in jugendlichen Lesern ausgelöst und ihre Phantasie verdorben wird.* Es ist unnötig, auf Einzelheiten hinzuweisen, da nahezu jede Seite mit Brutalitäten, Sexualismen gefüllt ist.

2. In seiner schriftlichen Stellungnahme – Bl. 28/29 d. A. – schließt der Verlag aus der Tatsache, *daß sämtliche Anträge gegen die »Pantherbücher« von einer Stelle ausgehen*, auf einen Versuch, eine einem bestimmten Kreis unerwünschte Literaturgattung ein für alle Mal »auszuschalten«. Die Begründung der Anträge zeige, daß der Antragsteller nicht die geringste Ahnung habe von der Gattung der Detektiv-Literatur. Es liege in dieser Gattung begründet, daß in diesen Romanen Verbrechen geschehen, deren Aufklärung Gegen-

stand der Handlung sei. Bezeichnenderweise seien es stets Diktaturen, die gegen derartige Literatur vorgehen, und zwar deshalb, weil in diesen Romanen stets ein einzelner, ohne Hilfe des Kollektivs, des Polizeiapparates oder anderer staatlicher Organisationen, das Verbrechen aufkläre. Anscheinend möchte auch der Antragsteller diese Literaturgattung, die den einzelnen als einzelnen in den Mittelpunkt stelle, abzuwürgen sich bemühen.

Es handele sich um Übersetzungen aus der in den USA seit Jahrzehnten in Millionenauflage erscheinenden Taschenbuchserie »The Gold Medal Book«, die vom amerikanischen Pastorenverein gebilligt werde und sich in allen Kreisen einer außerordentlichen Wertschätzung erfreue, weshalb das Vorgehen gegen die Pantherbücher in den USA große Beachtung finden werde.

Auch einzelne erotisch freie Stellen seien kein Grund, die Bücher schlankweg zu verbieten, zumal auch die Erotik wesentlich zur menschlichen Natur gehöre. Wenn alle Bücher, in denen erotische Dinge in etwas freierer Weise abgehandelt werden, aus dem Verkehr gezogen werden müßten, dann werde es um die Literatur in Deutschland bald sehr trostlos bestellt sein. Nach den zahlreichen empörenden Fehlurteilen, die sich einige wagemutige Stellen in letzter Zeit ausländischen Romanen gegenüber geleistet haben, seien neue Fehlurteile und die Knebelung des freien Wortes unter dem Deckmantel des Jugendschutzes nicht mehr zu verantworten.

Ergänzend führte der Verlag in der Verhandlung am 14. Jan. 1955 aus, es sei nicht zu erwarten, daß die Bücher in einem nennenswerten Umfang in die Hände Jugendlicher kommen. Während diese Taschenbücher in den USA mit einer Auflage von je 500 000 erscheinen, bringe der *deutsche Verlag sie nur in Höhe von je 3 000 heraus*, die nur gelegentlich an Kiosken, überwiegend aber von Buchhandlungen verkauft werden. Der Verleger verlas ferner eine Stelle aus einem Werk von Thomas Mann, um zu beweisen, daß einzelne freier dargestellte erotische Schilderungen ein Werk noch nicht als jugendgefährdend charakterisieren. Er verwies auch auf die positiven Rezensionen in der Tagespresse, die auf der hinteren Umschlagseite wiedergegeben sind, und er beantragte, die Indizierungsanträge als unbegründet abzulehnen.

3. Der Verlag hat die Entscheidung Nr. 41, die andere Bücher derselben Pantherreihe betrifft, mit Klage vor dem Verwaltungsgericht angefochten. Mit Rücksicht darauf hat er beantragt, die Verhandlung bis zur Erledigung des Anfechtungsverfahrens zu vertagen (Bl. 32 d. A.). Dieser Antrag wurde durch Verfügung des Vorsitzenden abgelehnt (Bl. 38 d. A.). Der Verlag hat den Vertagungsantrag wiederholt und zusätzlich damit begründet, daß am Verhandlungstage weder der Verleger noch dessen Anwalt zu einem Erscheinen in der Lage seien. Dieser Antrag wurde durch Beschluß der BPrSt abgelehnt, weil eine weitere Hinausschiebung der Entscheidung über den schon im November 1954 gestellten Antrag nicht mehr vertreten werden kann und weil der Verlag in der Verhandlung am 14. Januar 1955 (Bl. 21/22) schon Gelegenheit hatte, seine Meinung vorzutragen.

II.

1. Die Bundesprüfstelle hatte in der Verhandlung am 14. Jan. 1955 anläßlich der Entscheidung über 9 andere Pantherbücher Gelegenheit, die Meinungen des Antragstellers und des Verlages gegeneinander abzuwägen und zu würdigen. Das Ergebnis dieser

Abwägung, die Stellungnahme zu den Einwendungen des Verlags und die Begründung der Jugendgefährdung durch Bücher dieser Art, alles dieses ist in der den Beteiligten zugestellten Entscheidung Nr. 41 vom 14. Jan. 1955 (Pr. 164/54), insbesondere unter Ziff. 1 u. 4, eingehend dargelegt. Das jetzt zu prüfende Buch unterscheidet sich in nichts wesentlich von den durch die Entscheidung Nr. 41 indizierten Pantherbüchern, so daß in vollem Umfang auf die Begründung der Entscheidung Nr. 41 Bezug genommen werden kann.

2. Das Pantherbuch Nr. 13 ist eines der übelsten dieser Art. Es wird hingewiesen auf:

Darstellung von Verbrechen und Grausamkeiten auf den Seiten 14, 18 (brutale Niederschläge), 17 (Morddrohung), 42 (Mord), 46 ff., 53 ff. (wüste Schlägereien), 89 ff. (grausame Mißhandlungen), 96 (stößt ihm ein Messer bis zum Knauf in die Eingeweide und schlitzt den Bauch auf, schlägt einem anderen Knochenstücke ins Gehirn, 2 Tote), 137 (weitere Erschießung),

sexuell anstößige Schilderungen auf den Seiten: 6 ff. (Nackttänze mit lüsterner Körperbeschreibung), 34 ff. (Beschreibung von Colleen), 52 (Beschreibung der Wandgemälde in der Bar »Inferno« mit nackten Figuren in Ketten, die geschmort, gepeitscht, geschlagen oder sonstwie gefoltert werden), 61, 62, 66, 67, 68 (Entkleidung, Beischlaf), 79 (das hübscheste Hinterteil von ganz Las Vegas), 111 ff. (»rasender« Nackttanz solo mit dem Erzähler), 118 ff., 126 (sinnlich wie ein ganzer Harem), 127 (ihr Körper flog so fordernd wie die Zunge im Mund), 129 ff. (Nacktgymnastik, beobachtet um eine Narbe auf der Hinterbacke zu finden), 156 (Entkleidung, Beischlaf).

3. Diese für die Pantherbücher typische Mischung von Verbrechensdarstellungen und brutaler Sexualität ist geeignet, auf Jugendliche einen sittlich depravierenden Einfluß auszuüben, zumal die gekonnte Art der Erzeugung und Aufrechterhaltung einer übersteigerten Spannung zu einer immer häufigeren Lektüre derartiger »Thriller« reizt, was eine abstumpfende und verrohende Wirkung besorgen läßt. Es gehörte daher auch dieses Pantherbuch in die Liste der jugendgefährdenden Schriften.

Entscheidung Nr. 3242
(Pr. 70/82)

in dem Antragsverfahren betreffend die Indizierung des Ullstein Krimis Nr. 10131 *»Duffy« von Dan Kavanagh*

Antragsteller: Kreisjugendamt Hannover
Az.: 513 51 23 06/1

Verfahrensbeteiligter: Verlag Ullstein GmbH

Die Bundesprüfstelle hat auf Antrag vom 22. März 1982 in ihrer 290. Sitzung am 7. Oktober 1982
an der teilgenommen haben
von der Bundesprüfstelle:
stellvertretende Vorsitzende: Reg. Rätin Elke Monssen-Engberding

Vertreter der Gruppen:
Kunst niemand
Literatur Schriftstellerin Thea Graumann
Buchhandel niemand
Verleger Justitiar Josef Cürten
Jugendverbände Bundessekretär Günter Rütz
Jugendwohlfahrt Chefredakteur Günther Beaugrand
Lehrerschaft Rektor Erich Schindler
Kirchen niemand

Vertreter der Länder:
Bayern   Ministerialrat Fridolin Kreckl
Berlin   Sozialdirektor Heinz Pirch
Bremen   Sozialinspektor Wolfgang Lindemeyer

Protokollführerin: Angestellte Marianne Romers
für den Antragsteller: niemand
für den Verfahrensbeteiligten: RA W. Hoheisel, Berlin

entschieden:
Kavanagh, Dan
Duffy
Action-Thriller
Ullstein-Krimi Nr. 10131
Ullstein-Verlag, Berlin

wird in die Liste der jugendgefährdenden Schriften aufgenommen.

Sachverhalt

Das verfahrensgegenständliche Taschenbuch »Duffy« von Dan Kavanagh erscheint bei der Ullstein Verlag GmbH, Berlin.

Es hat einen Umfang von 156 Seiten und kostet 4,80 DM. Es ist 1981 in der Bundesrepublik Deutschland erschienen.

Der Antragsteller führt unter Bezugnahme auf eine ausführliche Inhaltsangabe zur Begründung seines Indizierungsantrages aus:

1. Der Roman erzählt die Geschichte des ehemaligen Polizisten Duffy, der aufgrund von Nachforschungen in einem Jahre zurückliegenden Fall unter dem fingierten Vorwurf des sexuellen Verkehrs

mit Minderjährigen aus dem Polizeidienst entlassen worden ist. Hintergrund für diesen Rausschmiß war ein weitverzweigtes Korruptionsnetz, das sich zwischen der Londoner Unterwelt und der in Soho arbeitenden Polizei spannte.

Duffy hat nach seiner Dienstentlassung die Firma »Duffy Security« gegründet und verdient sein Geld mit der Beratung von Privatleuten oder Firmen, die ihr Eigentum absichern lassen wollen. Eines Tages wird er von Brian McKechnie angerufen, der erpreßt wird und schon zwei Geldforderungen erfüllt hat, wobei er der Polizei den Übergabeort des Geldes bekanntgegeben hatte, diese aber nicht in der Lage war, den Boten bis zu seinem Auftraggeber zu verfolgen. Duffy übernimmt den Auftrag und ihm gelingt es, Big Eddy, einen hinlänglich bekannten Großgangster, als Auftraggeber ausfindig zu machen und in einem Gespräch zu erfahren, daß er das gesamte Geschäft McKechnies »übernehmen« will. Duffy ermittelt weiter, daß der von McKechnie vorgegebene Grund für die Erpressung nicht stimmt, sondern nur vorgeschoben ist, um einen illegalen Pornoschriftenhandel zu kaschieren. Da Duffy, trotz Big Eddys Warnung, sich nicht weiter für den Fall zu interessieren, weiterermittelt, wird er von Big Eddy gekidnappt, der dann pornographische Bilder von ihm zusammen mit einem Kind anfertigt, um ein ständiges Druckmittel in der Hand zu haben und ihn so zum Schweigen zu bringen. Duffy bricht bei Big Eddy ein und findet ähnliche kompromittierende Fotos von Sullivan, seinem ehemaligen Vorgesetzten, der für seine Dienstentlassung verantwortlich war, seine eigene Akte und die von McKechnie. Die anderen Papiere verbrennt er. Sullivans Akte übersendet er den entsprechenden Behörden und kann sich so an ihm rächen. Was er mit der Akte von McKechnie macht, bleibt unklar.

2. Der Grund für eine Indizierung des Romans leitet sich nicht so sehr aus der brutalen Schilderung von Gewaltszenen her, als vielmehr aus der subtilen Verknüpfung von Gewalt und Sexualität und deren fast ausschließliche Darstellung als Zweig der Vergnügungsindustrie. Sexualität wird in dieser Schrift als Erpressungsmittel eingesetzt. Dafür zwei Beispiele: »Was Duffy sah, versetzte ihm den Schock seines Lebens. Um die Peniswurzel und um die Hoden war ein dünner Kupferdraht geschlungen, überkreuz vor seinem Bauch. An beiden Enden des Drahtes befand sich ein hölzerner Handgriff, das schlanke Mädchen hielt die Griffe gepackt. Es war eine Garotte. ›Keine Bewegung, Bulle‹, sagte sie leise.« (S. 120) »... er zog vorsichtig an den Griffen, der dünne Kupferdraht schnitt leicht in Duffys Peniswurzel ein und spannte seinen Hodensack ... Der Draht, den man zum Käseschneiden benutzt, ist genau der gleiche, der im Moment Ihr männliches Anhängsel bedroht.« (S. 121)

Eine Gefährdung jugendlicher Rezipienten scheint mir gegeben, da eine Verknüpfung von Angst und Sexualität die Entwicklung einer partnerschaftlichen Sexualität bei jugendlichen Lesern behindern kann bzw. die eigenen, sozialsituations- und erziehungsmäßig bedingten Ängste vor Sexualität verstärken könnte. Der Roman bietet als Ausweg die breit geschilderte Vergnügungsindustrie an, in der auch die Hauptidentifikationsfigur des Romans sich hauptsächlich aufhält, um seine sexuellen Bedürfnisse zu stillen, da er seit seiner Dienstentlassung nicht mehr in der Lage ist, mit seiner Ehefrau sexuell zu verkehren. Dem Jugendlichen wird damit eine sehr fragwürdige Lösungsmöglichkeit vorgestellt, partnerschaftliche Konflikte zu bearbeiten, die, wenn er versucht, sie auf seine Realität zu übertragen, eher frustrierende als befriedigende Erfahrungen einbringen dürften. Neben der Tatsache, daß Frauen beinahe zwangsläufig in dem geschilderten Millieu zum Objekt degradiert geschildert werden (S. 92), noch ein Wort zu den sexuellen Darstellungen selbst. Sie stehen zum großen Teil abgetrennt von der eigentlichen Ermittlungsarbeit, unvermutet auftauchend im Gesamtkontext: »Sie rieb sich beim Tanzen Brüste und Schoß, wie das andere Mädchen auch. Aber sie bückte sich auch, streckte ihren Hintern in die Luft und zog die Backen auseinander, so daß man Möse und Rosette genau sehen konnte. Dann sprang sie zu einem Briefkastenschlitz, hob das Bein hoch in die Luft, den Fuß gegen die Wand gestützt, und befingerte ihre Möse. Nach ein paar Sekunden tanzte sie dann weiter, jeweils vor den geöffneten Schlitzen, und schien sich ein Augenpaar auszuwählen. Der Glückliche bekam dann, sofern seine fünfzig Pence langten, seine Fensterscheibe mit ihrer Möse gewischt. Nach ungefähr ein Pfund dreißig war Duffy der Glückliche. Er fand das Schauspiel zwar keineswegs abstoßend, aber ein bißchen komisch war es schon: so ähnlich wie in der Waschanlage, wenn sie dir die Windschutzscheibe shampoonieren.« (S. 57/58). Dieser Peep-Show-Besuch steht in keinem Zusammenhang mit dem eigentlichen Fall und geschieht rein zufällig. »Das war neu, vermerkte er. Ein Stück weiter die Straße entlang kam er an einigen Pornofilmclubs vorbei (die würde er sich für einen anderen Tag aufheben) und fand dann noch etwas Neues. PEEPSHOW, hieß es da, FLOTTE JUNGE DAMEN TANZEN TEXTILFREI VOR IHREN AUGEN. Beim Näherkommen schielte er mit gesenktem Kopf zu der Reklametafel hinüber: 50 Pence, stand darauf, und LAUFEND NEUE GIRLS. Er ging weiter, vollführte dann die klassische Freierdrehung, legte Tempo zu und schlug einen unvermittelten Haken durch die Tür.«

3. Dem jugendlichen Rezipienten wird hier eine Verbindung von Sexualität mit Geschäft bzw. Angst präsentiert, die in der Lage sein kann, sozialethisch desorientierend auf ihn zu wirken. Es wird daher beantragt, diesen Roman in die Liste der jugendgefährdenden Schriften aufzunehmen.

Der Verfahrensbeteiligte beantragt Ablehnung des Indizierungsantrages, hilfsweise gemäß § 2 GjS von der Indizierung abzusehen, da die gesamte Auflage des Taschenbuchs inzwischen verkauft sei.

Wegen der weiteren Einzelheiten des Sach- und Streitstandes wird auf den Inhalt der Prüfakte und des Taschenbuchs, die Gegenstand des Verfahrens waren, Bezug genommen.

Gründe:

Das verfahrensgegenständliche Taschenbuch war antragsgemäß zu indizieren.

Es ist geeignet, Kinder und Jugendliche sittlich zu gefährden.

Zur Begründung kann auf die sowohl in tatsächlicher als auch rechtlicher Hinsicht überzeugenden Ausführungen des Antragstellers verwiesen werden, denen sich das Gremium in vollem Umfang angeschlossen hat.

Ein Fall von geringer Bedeutung gemäß § 2 GjS aufgrund der Vertriebslage konnte nach Meinung des 12er Gremiums nicht angenommen werden.

Das Taschenbuch »Duffy« wird noch in dem Gesamtverzeichnis des Verlages Oktober 1981 bis März 1982 angeboten, so daß zumindest bis März 1982 jeder Buchhändler den Roman in beliebiger Anzahl bestellen und zum Verkauf auslegen konnte. Auch wird ausschließlich durch eine Indizierung das leihweise Überlassen an Kinder und Jugendliche verhindert.

Letztlich kann auch nur eine Indizierung bewirken, daß Neuauflagen eines indizierten Taschenbuchs vom Amts wegen aufgrund wesentlicher Inhaltsgleichheit in die Liste aufgenommen werden können und so auf schnellsten Wegen dem Zugriff von Kindern und Jugendlichen entzogen werden können.

Noir-Momente
Die schlechtesten Noir-Adaptionen:

Mike Hammer: Auf falscher Spur (Come die with me)

USA 1994. Regie: Armand Mastroianni. Mit: Rob Estes und Pamela Anderson.

Mike Hammer lebt jetzt in Miami und sieht schmal und doof aus. Privatdetektiv wurde der »gebürtige New Jerseyer«, weil er »Frank Sinatra als Tony Rome gesehen hat«. Die dumme Pamela hätte als Spillane-Babe eine ganz gute Figur gemacht, wenn sie nicht so schmalbrüstig gewesen wäre. The Mick hat sich jedenfalls totgelacht.

The Big Sleep

USA/GB 1978. Regie: Michael Winner. Mit Robert Mitchum, Sarah Miles, Richard Boone, Joan Collins, Edward Fox, James Stewart, Oliver Reed, Richard Todd u. a.

Statt in Kalifornien, spielt Chandlers Klassiker in England – und nichts funktioniert. Die gigantische Besetzung kann nichts retten (und Sarah Miles ist so attraktiv wie ein Puff beim morgendlichen Lüften). Unter den schlechten Chandler-Verfilmungen die schlechteste.

The Killer Inside Me

USA 1975. Regie: Burt Kennedy. Mit Stacy Keach, Susan Tyrell.

Mit dieser Filmversion hat man dem fast toten Jim Thompson den Rest gegeben. Die stümperhafte Umsetzung des Noir-Klassikers war so mies, daß die Verlage sogar darauf verzichteten, den Roman neu aufzulegen und als Movie-Tie-In zu vermarkten. Der Film wurde von Warner Brothers fast ausschließlich an Autokinos im

Südwesten verliehen. Thompson konnte kaum sprechen, nachdem er den Film gesehen hatte. Bis ans Ende seines Lebens bereute er, daß er für ein paar tausend Dollar sein berühmtestes Buch für diesen Schlocker verkauft hatte.

Getaway
USA 1993. Regie: Roger Donaldson. Mit Alec Baldwin, Kim Basinger, James Woods.

Das Beste an diesem Peckinpah-Remake sind die 1:1-Übernahmen der Einstellungen aus dem Original. Thompsons zweitschlimmste Verfilmung (vielleicht sogar noch schlimmer als der KILLER INSIDE ME) ist das eitelste und mieseste *rip-off*, zu dem ein überschätztes Knallchargen-Paar fähig war. Rest in peace, Jim.

Senator McCarthy verhört den zweifachen Weltkriegsveteranen Dashiell Hammett (und schickt ihn später ins Gefängnis).
McCarthy: »Würden Sie Ihre Bücher in staatlichen Bibliotheken zulassen, wenn Sie den Kommunismus bekämpften?«
Hammett: »Wenn ich den Kommunismus bekämpfte, würde ich überhaupt keine Bücher zulassen.«

Chicago, 7. Dezember 1996. Der Noir-Autor Eugene Izzi (einige seiner Bücher erschienen bei uns vor einigen Jahren im Bastei Verlag) wurde tot aufgefunden. Er hing am Fensterrahmen aus seinem Büro im 14. Stock eines Chicagoer Bürohauses. Er trug eine kugelsichere Weste und hatte in seinen Taschen einen Schlagring, Tränengas, Notizen über Drohanrufe von einer Militia-Gruppe und drei Disketten, die nach Aussage der Polizei mit »der Prosa eines Kriminalschriftstellers gefüllt« waren. Die Türen waren von innen abgeschlossen, und neben seinem Schreibtisch lag eine nicht abgefeuerte Pistole. Die Medien spekulierten darüber, ob es Mord oder Selbstmord war. Angeblich befand sich auf den Disketten die Story über einen von Milizionären aus Indiana ermordeten Kriminalschriftsteller.

1969 war Jim Thompson mal wieder auf dem Tiefpunkt seiner Karriere. Er bot dem Schauspieler und Produzenten Tony Bill die Filmrechte an all seinen Büchern für einen Betrag zwischen 500 und 1000 Dollar an. Thompson konnte froh darüber sein, daß Bill dieses unmoralische Angebot ausschlug.

Bill Congdon, der Agent von Charles Williams, erinnert sich: »Eines Morgens saß ich in meinem Büro und bekam einen Brief von Charlie. In ihm stand, daß er sich umgebracht haben würde, wenn ich diesen Brief las. Genau das hatte er.« Williams fand in den USA nie die Anerkennung als Schriftsteller, die er verdient hätte. Nachdem seine Frau Anfang der 70er Jahre an Krebs gestorben war, ließ auch seine Energie nach.

1966 wies sich David Goodis selbst in eine psychiatrische Anstalt in Philadelphia ein. Am 7. Januar 1967 um 11.30 Uhr starb er dort, neunundvierzigjährig.

Der erste schwarze Privatdetektiv in THE CONJURE MAN DIES (1932) von Rudolph Fischer(1897–1934).

Realistisch und brutal ist der Daily Strip RED BARRY von Will Gould, der von 1935 bis 1938 läuft. Barry ist wahrscheinlich der einzige (zumindest der erste) Comic-Held, der am Ende der Serie umgebracht wird. Anfangs mußte Gould auf Anweisung des Vertriebssyndikats seine Szenarien von Hammett absegnen lassen, bis dieser sich für Gould stark machte.

Courtney Ryley Coopers Sachbuch THE THOUSAND POLICE ENEMIES (1935) ist das erste Buch über das FBI und J. Edgar Hoover und markiert den Beginn der Glorifizierung.

Mit seinem 14. Perry-Mason-Roman, THE CASE OF THE PERJURED PARROT (1939), veränderte Gardner seinen Helden. Die Bücher wurden weniger brutal und Mason ein liebenswerterer Charakter, und der Sozialdarwinismus der frühen Romane wird gemildert. Ursache für diese Metamorphosen war Gardners neuer Markt: er schrieb nicht mehr für die rauen Pulps, sondern für die besser zahlenden, mittelständische Moral hochhaltenden Edelmagazine, die sogenannten »Slicks«.

Orson Welles inszeniert 1939 Dashiell Hammetts THE GLASS KEY für den Rundfunk.

Der populärste holländische Comic-Detektiv startet 1940: DICK BOS von Alfred »MAZ« Mazure. Während der deutschen Bestzung machen die Nazis Mazure das Angebot, sehr reich zu werden, falls er aus seinem Detektiv einen Nazi-Spion machen würde. Vertrieben werden sollte der Comic dann in Millionenauflage vom Ullstein Verlag. Aber Mazure, der heimlich ein aktives Mitglied im Widerstand war, lehnte ab und erhielt bis zur Befreiung Publikationsverbot.

Das faschistische Regime Italiens verbietet 1941 die Veröffentlichung von Kriminalromanen; bis 1946 erscheinen keine neuen Krimis in Italien.

Zur Premiere des Films THE BLUE DAHLIA nach einem Originaldrehbuch von Chandler lud Paramount zu einer Sondervorführung die Krimiautoren Craig Rice, Erle Stanley Gardner, Leslie Chateris, Frank Gruber, Philip MacDonald, Geoffrey Homes und Captain Thad Brown von der Mordkommission ein. Nach der Vorführung und während des Dinners lag der Küchenchef vermeintlich tot auf dem Tisch. Die Anwesenden sollten den Mord aufklären. Wahrscheinlich war dies eines der ersten *Murdergames*.

1952: Der erste Kriminalroman, der sowohl in der Bestsellerliste der »New York Times« wie auch der »New York Herald Tribune« auftaucht, ist KISS ME, DEADLY von Mickey Spillane.

Ausdruck antikommunistischer Propaganda und kollektiver Paranoia ist MY SON JOHN (1952) von Leo McCarey, in dem sich die Eltern gegen ihren Sohn wenden, nachdem sie ihn als Kommunisten überführt haben. Ein übles Machwerk ist auch BIG JIM MCLAIN von Edward Ludwig mit John Wayne (auch Co-Produzent): Wayne ist ein Untersuchungsbeauftragter des McCarthy-Senatsausschusses für unamerikanische Umtriebe, der auf Hawaii einen kommunistischen Spionagering durch illegales Abhören aushebt.

Auf dem internationalen Kongreß der Kriminalpolizei 1953 in Oslo wird festgestellt, daß obszöne Bücher, insbesondere »aufreizende Krimis«, ein wichtiger Grund für die Zunahme von Sexualdelikten seit dem Ende des Krieges seien.

Mit der Juli-Ausgabe 1957 von Columbias »Crack Detective and Mystery Stories« verschwindet das letzte Pulp-Magazin vom Markt.

Die *fumetti neri* (schwarze Comics) entstehen 1962 mit DIABOLIK von Angela und Lucianna Giussani. Beeinflußt von amoralischen Helden wie FANTOMAS und JUDEX wendet sich dieser Comic mit Riesenerfolg an eine erwachsene Leserschaft. Schnell entstehen weitere Serien, wie GOLDRAKE, die aber stärker auf Brutalität und Pornographie setzen.

Wissenschaftler des staatlichen britischen Rechenzentrums in Chilton unterwerfen 1967 die Bond-Romane ON HER MAJESTY'S SECRET SERVICE und YOU ONLY LIVE TWICE einer Textanalyse. Diese Analyse basiert auf der Annahme, daß jeder Autor über unbewußte, spezifische Schreibgewohnheiten verfügt, die ihn mathematisch identifizierbar machen. Die Chilton-Analyse ergibt erhebliche Differenzen zwischen den ersten und den letzten Bond-Romanen. Die Literaturdetektive fühlen sich im Verdacht bestärkt, daß Fleming in seinen letzten Lebensjahren Bond-müde war und mehrere Ghostwriter beschäftigte.

Die erste nackte Frau auf einem amerikanischen Hardcover-Umschlag ist Sherri Spillane auf dem Cover von THE ERECTION SET (1972) von Mickey Spillane. Im selben Jahr wird die erste Krimi-Buchhandlung, MURDER INK, in New York eröffnet.

1982 wird Graham Greenes Buch über die Verfilzung von Unterwelt und Staatsorganen in Nizza von der Regierung Mitterrand und Mauroy verboten.

Ein höchst seltener Fall von Urheberrechtsverletzung: Nach der Veröffentlichung des Romans NEVSKY'S DEMON (1983) von Dimitri Gat beschuldigte der Journalist Bob Sherman den Autor, eine Kopie von John D. MacDonalds THE DREADFUL LEMON SKY verbrochen zu haben. Er führte 32 Beweise für seine Anschuldigung an, und Autor Gat entschuldigte sich brieflich bei MacDonald. Sein Verlag Avon Books nahm die 60.000 Exemplare des Buches vom Markt.

Reisen zum Ende der Nacht:
Die Unterwelten des Jean-Pierre Melville
von Martin Compart

Man kennt das: bestimmte Regisseure oder Schriftsteller können im eigenen Leben eine ganz zentrale Rolle spielen. Entdeckt man sie früh genug, begleiten sie einen das ganze Leben und sind auf angenehme, unaufdringliche Art immer gegenwärtig. Manche waren vielleicht sogar ein echter Sozialisationsfaktor. Gelegentlich kehrt man zu ihnen zurück, sieht sich wieder einen oft gesehenen Film an und entdeckt Neues, Aufregendes, bisher Unbemerktes. Diese Autoren und Regisseure scheinen mitzuwachsen. Für mich ist Jean-Pierre Melville ein solcher lebenslanger Begleiter, ein mythischer Freund, der mir die intensivsten Kinoerlebnisse schenkte.

Mit Melville im Capitol

Wenn ein 15jähriger Ende der 60er Jahre von heute auf morgen zum Friseur ging, um sich das wallende lange Haar abzuschneiden, die Parka-Jacke gegen einen Trenchcoat eintauschte und plötzlich im dunklen Anzug mit Krawatte auftrat, mußte viel passiert sein. Daß der Junge endlich vernünftig geworden war, wie es die Eltern vielleicht auf den ersten Blick erhofften, schien eher unwahrscheinlich. Auch Mick Jagger war unschuldig daran, wenn der Knabe nachts mit Sonnenbrille herumlief. Die Drogenkumpels hatten den Verdacht, man habe einen schlechten Trip erwischt und kam nicht mehr runter. Natürlich war das alles Quatsch! Schuld an der Maskerade war das Capitol-Kino in Witten, in dem ein Gangsterfilm von Jean-Pierre Melville gespielt wurde. Melvilles Außenseiter ergänzten den Rock'n' Roll aufs vortrefflichste, denn der war in dieser unschuldigen Zeit ebenfalls noch mit dem Mythos der Rebellion geadelt. Melvilles stilisierte Gangsterepen wirkten auf Halbstarke und Erwachsene genauso tief wie Märchen auf Kinder. Nach einem Melville-Film bekam eine nächtliche Autofahrt eine völlig andere Dimension, und selbst einem Dreckloch wie Witten konnte man plötzlich metropole Mystik abgewinnen – immer den Soundtrack von François de Roubaix, Eric de Marsan oder Michel Colombier im Ohr. Die nächtliche Stadt war dank Melville nicht länger ein profaner Ort, in dem man mit Mädchen in Hauseingängen knutschte oder auf einem Hinterhof einen Joint durchzog. Die Stadt wurde ein Ort voller melancholischer Poesie. Einsam und frei wie ein mythischer Held konnte man durch die düsteren Straßenschluchten gehen. Erleuchtete Fenster glommen wie Katzenaugen, hinter denen Geheimnisse verborgen lagen. Und die herüberhallenden Zuggeräusche vom Bahnhof waren genauso Verkündung geheimnisvoller Vorgänge wie das geräuschvolle Atmen des Gußstahlwerkes. Der eigene Opel Rekord war nicht länger nur ein simples Auto, sondern eine Gangsterlimousine, in der man als Spion der Nacht von einem Traum zum anderen gleiten konnte.

Melville war nicht gerade der Hit für Wittener Kino-Besitzer. Das hatte auch was Gutes. So konnte man die beiden Nachmittagsvorstellungen alleine ansehen. Ohne kichernde Liebespaare, die sich zitternd vor Geilheit befummelten und den Soundtrack von François de Roubaix zu übertönen drohten. Und auch ohne die nicht auszurottenden Arschlöcher, die von Beginn bis Ende des Films ununterbrochen mit ihren Spastikerfingern Süßigkeiten aus knisterndem Papier pellen. Eben die Typen, die sich RAMBO 2 dreimal ansehen müssen, weil sie die Handlung nicht sofort verstehen. Alleine im großen Saal des Capitols mit angewinkelten Beinen zu

sitzen und in die mythische Welt der Gangsterfilme Melvilles einzutauchen, das hatte was. Auch wenn der Besitzer einen zweifelnd ansah, wenn man aus der Fünfzehnuhrvorstellung direkt in die Achtzehnuhrvorstellung marschierte.

Während meiner Zeit in Berlin als Krimilektor des Ullstein Verlags war ich eng mit dem 1987 verstorbenen Schriftsteller Jörg Fauser befreundet. Fauser, einer unserer wenigen Schriftsteller von internationalem Format und mit enzyklopädischen Kenntnissen populärer Kulturformen, war ein Mythomane und harter Melville-Fan. Hardcore-Melville-Fans sind vergleichsweise selten und gelten zu Recht als anstrengend, nervtötend und asozial. Finden sich zwei, wie geschehen bei Fauser und mir, dann leiden oft die sozialen Kontakte darunter. Das stundenlange Gequatsche über die verbindende Philosophie der Delon-Trilogie sorgte schnell dafür, daß sich andere Bekannte, Kopfschmerzen vorschützend, verabschiedeten und um uns herum am Tresen in der vollsten Kneipe genügend Platz blieb. Einzeln gern gesehen, wurden wir zusammen gemieden, wenn Melville mal wieder auf der Tagesordnung stand. Und da stand er oft. Stundenlang gossen wir Alkohol in uns rein und analysierten die wenigen hinterlassenen Aussagen des Meisters, die wir in unseren zerlesenen Ausgaben des unendlich wertvollen Interview-Bandes von Rui Nogueira immer wieder und immer wieder studierten. Kein Bibelausleger war je eifriger. Wo hatte Melville gelogen? Und warum? Eines der großen Mysterien war ein credit im Hanser-Buch: als literarische Vorlage für den SAMOURAI war dort THE RONIN von Joan McLoad angegeben. Ein Buch, das nicht existiert – oder doch? Vielleicht ein kleiner Scherz von Walter Scho-

Jean-Pierre Melville

bert, der die Daten zusammengetragen hatte und sich mit diesem Gag als wahrer Melvillologe erwies. Mit hochmütigem Zynismus kommentierten wir die filmischen Versuche der Epigonen (etwa Corneaus CHOISEAUX DES ARMES) und bedauerten einen Blumenberg, dessen Melville-Wahnsinn ihn von einem erstklassigen Kritiker zu einem – drücken wir es freundlich aus – nicht adäquaten Regisseur degenerieren ließ. Selbstverständlich waren wir uns völlig im klaren darüber, daß wir die einzigen waren, die den Meister wirklich halbwegs begriffen hatten. Obwohl es da immer auch ein paar irritierende Aussagen gab, die uns laufenden Gesprächsstoff lieferten. Unbewußt war uns vielleicht sogar klar, was wir da taten: Melvilles Kunst berührte uns so stark, daß wir unsere eigenen Lebensprinzipien, unsere Wünsche, Hoffnungen und Ängste an ihnen festmachten oder abklopften. Diese Melville-Abende entwickelten sich selbst zu einem Ritual. Sie endeten immer in strenger Form: Leicht schwankend zahlte man die Martinis und torkelte in pathetischer Schweigsamkeit zu Fausers Domizil im 13. Stockwerk (wir nannten es: das 13. Arrondissement!) eines windumtosten Hochhauses. Ein wenig melancholisch wurden die letzten Drinks gemixt, ein paar Joints gebaut, und dann setzte man sich bis zum Morgen vor den Videorecorder, um zum x-ten Mal UN FLIC anzusehen. Eine Lieblingsszene von Jörg war die vor der Leichenhalle, wenn Delon klar macht, daß Verachtung und Mißtrauen die Gefühle sind, die Bürger in einem Polizisten hervorrufen. Delons Assistent nimmt das ziemlich baff zur Kenntnis. An dieser Stelle gluckste Jörg immer vor Vergnügen und gab dann was zum besten. Einmal hatte er sich den ganzen Abend darüber aufgeregt, daß Achim Reichel, für den er exzellente Texte schrieb, seine lyrics manchmal zu düster fand. »Es soll immer am Ende des Tunnels ein

Lichtlein brennen«, hatte Achim gefordert. FLIC hatte ihm schlagartig wieder klargemacht, daß kein Lichtlein mehr am Ende des Tunnels brannte. Höchstens das Licht des entgegenkommenden D-Zugs. Die Lichtlein »Opfer aus Liebe« oder »Freundschaft«, die Melville noch im SAMOURAI und CERCLE ROUGE angezündet hatte, waren auf der metallenen Fläche des FLIC verkohlt.

Ergriffen nach einer solch mythischen Nacht, schleppte ich mich dann nach Hause oder ins Büro. Springers einsamster Mann, der über die wahre Literatur des 20. Jahrhunderts wachte. Fauser und ich duldeten außer dem im fernen München weilenden Ulf Miehe, dessen für Lino Ventura geschriebener Roman PUMA ein legitimes Melville-Pastiche ist, keinen anderen in dieser Ordensrunde. Wagte ein vorlauter Bekannter ein paar Sätze zu Melville, waren sie immer falsch und gaben uns Gelegenheit zum gnadenlosen Niedermachen. Wer Fauser kannte, wenn er seine Killermaschine angeworfen hatte, kann sich vorstellen, wie er Vorlaute an den Rand eines Tränenausbruchs trieb. Wer über Melville mitreden wollte, mußte ihn genauso bedingungslos lieben wie wir oder ihm gegenüber so loyal sein wie Delon gegenüber Montand und Volonte im CERCLE ROUGE. Aber wenn man sich nicht mindestens sein Leben lang intensiv mit Melville beschäftigt hatte, nutzte das alles nichts, dann gehörte man einfach nicht zum Roten Kreis der Eingeweihten und sollte besser das Maul halten.

Als Fauser Berlin verließ und seine Wohnung aufgelöst hatte, verbrachte er die letzten Tage bei mir. Ich selbst war ebenfalls auf dem Absprung nach Bergisch-Gladbach. Als Andenken an unsere gemeinsame Zeit schenkte er mir sein Originaltape von UN FLIC. Ich war mehr als gerührt. Ein Freundschaftsakt, der eines Melville würdig war! Jörg brach seinen persönlichen Rekord und soff drei

Tage und drei Nächte durch – bevor er trunken der Frontstadt entflog. Ich warf am zweiten Tag das Handtuch und stieg aus. Schmollend setzte sich Jörg vor den Recorder, um FLIC zu sehen. Mitten in der Nacht stand er plötzlich im Schlafzimmer und herrschte mich an: »CERCLE ROUGE ist nicht da. Du hast gesagt, CERCLE ROUGE wäre bei den Cassetten.« Ich hatte das Band verliehen; in Jörgs Augen eine kaum wieder gut zu machende Blasphemie.

Später war ich mal mit Fauser in Witten und zeigte ihm den Ort, an dem ich Novize des Roten Kreis geworden war. Das Capitol gab es schon nicht mehr. Ein Supermarkt befleckte die Räume der besten Kinoerlebnisse meiner Kindheit. Trotzdem war Jörg aus Freundschaft ergriffen genug, um mit mir schweigend eine Zigarette an dem Platz zu rauchen, wo ich einst den Gral zum ersten Mal gesehen hatte. Heute ist aus dem Capitol eine Tanzschule geworden. Wenn ich bei gelegentlichen Besuchen in Witten daran vorbeikomme, ist mir der Tag versaut. Wo man früher mit den Spitzenleistungen westeuropäischer Filmkultur versorgt wurde, stolpern heute junge und alte Gecken über ihre Beine auf der Jagd nach der goldenen Tanznadel. Aber vielleicht ganz folgerichtig: Die Bars in Melvilles 13. Arrondissement mußten schließlich auch dreckigen Restaurants mit Kakerlaken und Hundefleisch auf der Speisekarte weichen.

Unbekannt

Wer sich für Jean-Pierre Melville interessiert oder gar begeistert, hat es schwer. Konträr zu seiner filmhistorischen Bedeutung gibt es kaum Material über diesen perfekten Filmemacher. Hier und da verstreut ein paar Interviews in französischen Zeitschriften, ein französisches Buch, das schon zu seinen Lebzeiten erschien und kaum noch greifbar ist, oder Robin Buss' unbefriedigendes FRENCH FILM NOIR. Der Melville-Fan kann sich im Grunde nur auf zwei Bücher stützen, die aber dafür Stunden des reinen Vergnügens sichern. Zum einen der Band 27 der Reihe Film bei Hanser. Die Aufsätze und Beiträge bieten zum Teil beste Filmanalyse; unverzichtbar für den Melville-Afficionado ist der Aufsatz DIE MORAL DER NACHT von Peter Buchka. Eine heute noch gültige, hochintelligente Werkanalyse. Wertvoll ist auch die ebenfalls im Hanser-Band veröffentlichte Kommentierte Filmografie von Hans Gerhold, der mit dem Buch KINO DER BLICKE bei Fischer eine unverzichtbare Geschichte des französischen Kriminalfilms vorgelegt hat. Und dann gibt es natürlich noch das Buch über Melville schlechthin: Rui Nogueiras grandioser Interviewband, der leider nicht den Umfang von Truffauts Hitchcock-Gelaber hat. Das Buch ist die Bibel des Melville-Fans – aber vieles bleibt im dunkeln. Über Melvilles Leben erfahren wir zuwenig, und falls sich nicht endlich jemand aufmacht, um die große Melville-Biographie zu recherchieren, wird Wichtiges aus dem aufregendem Leben dieses eigenwilligen Mannes und begnadeten Filmregisseurs für immer verloren sein. So wird denn mein bescheidener Artikel wohl mehr Fragen aufwerfen als beantworten.

Jugend

Jean-Pierre Melville wurde am 20. November 1917 als Jean-Pierre Grumbach, Sohn eines Großhändlers, in Paris geboren. Seine Vorfahren stammten aus dem Elsaß, und laut Schlöndorf, der Anfang der 60er Jahre Regieassistent bei Melville war, beruhte darauf Melvilles Vorliebe für Kuchen und sein Interesse an Deutschland.

Er besuchte verschiedene Pariser Gymnasien, darunter auch das Lycée Condorcet, das Cocteau in LES ENFANTS TERRIBLES verewigte und dessen Verfilmung Melville selbst auf Wunsch des Autors übernahm.

Der junge Melville war ein leidenschaftlicher Leser und nannte Edgar Allan Poe, Jack London und – natürlich – Herman Melville als seine wichtigsten literarischen Einflüsse. Von Poe lernte er viel über Atmosphäre und Isolation, was ihn später das nächtliche Paris so wohlig düster abfilmen ließ. Seine übermenschlichen, fatalistischen Gangster wurzeln sicherlich auch in den Gestalten von Jack London, den er später an persönlicher Bedeutsamkeit mit Melville gleichsetzte. Der Roman PIERRE: OR THE AMBIGUITIES von Melville hatte es ihm besonders angetan. Der Literaturwissenschaftler Hans Rüdiger Schwab beschrieb das Buch so: »PIERRE ist die desillusionierende und schließlich katastrophal endende Entwicklungsgeschichte eines rebellischen jungen Wahrheitssuchers.« Melvilles dualistisches Weltbild soll hier zum Teil seine Ursache haben. Peter Buchka schreibt in seinem grandiosen Aufsatz DIE MORAL DER NACHT: »Eben darauf kommt es Melville an: auf diese Ambiguität, diese Doppelsinnigkeit und Zweideutigkeit, die durch unklare oder falsch gebrauchte Begriffe entsteht. Es geht wohlgemerkt – und das ist ein feiner, aber entscheidender Unterschied – stets um Ambiguität, nicht um Ambivalenz (Doppelwertigkeit). Doppelsinnigkeit ist abgründiger, ästhetisch raffinierter, aber auch moralisch hoffnungsloser, weil sich darin – für Melville jedenfalls – ein Verlust offenbart: der Verlust von moralischer Eindeutigkeit, von charakterlicher Geradlinigkeit, von Offenheit der Menschenwürde.«

Er wurde bürgerlich erzogen und hing zeit seines Lebens einem elitären, vielleicht auch antiquiertem Künstlerbegriff an. Als 7jähriger bekam er von seinen Eltern eine Pathé-Baby-Filmausrüstung und drehte seine ersten Filmchen. Viel mehr nutzte er allerdings den Projektor, um sich Filme von Chaplin, Keaton oder Harold Lloyd anzusehen. Er entwickelte sich zu einem fanatischen Kinogänger und berichtete später noch stolz, daß er sich alle Credits einprägte und sich eine umfassende Kenntnis der Filmhistorie erwarb. Noch in seinen letzten Lebensjahren bezeichnete er sich kokett als einen Filmzuschauer, der keinen Film auslässt. Durch sein Experimentieren mit der Pathé-Baby hatte sich von klein auf sein Blick für die Technik des Filmemachens geschärft. So eignete sich der junge Jean-Pierre nicht nur die Geschichten und Stars des damaligen Kinos an, sondern nahm alle technischen Details, von der Kameraführung bis zur Ausstattung, wahr. Das erklärt die große Souveränität, mit der er später seine Filmkarriere startete. Er hatte als Kind und Jugendlicher schon soviel über das Filmemachen gelernt, daß er unterbewußt und ohne langes Probieren stilsicher seine Szenen einrichten konnte und dabei alle technischen Aspekte berücksichtigte. Als 15jähriger sieht er den Film CAVALCADE (1933) von Frank Lloyd. Er war so beeindruckt, daß sich sein Entschluß festigte, Filmemacher zu werden.

Gangster

Der Zeit zwischen Schule und seinem Start als Filmemacher haftet etwas Geheimnisvolles an, und über die Jahre vor seinem Militärdienst gibt es kaum Zeugnisse, die Klarheit bringen. Melville selbst erzählte von den Halbstarken-Gangs, die sich um die Gare Saint-Lazare versammelten und sich fast ausnahmslos aus seinem Lycée Condorcet speisten. Melville gehörte zu einer Gang, boxte und berichtete über diese Phase: »Wir waren eine echte Bande von Hooligans, keine Kinder mehr und ziemlich skrupellos. Wir waren harte Jungs.« Es liegt auf der Hand, daß seine Kenntnisse der Pariser Unterwelt, des Milieus, aus dieser Zeit stammten. Später verwies er immer wieder und äußerst informiert auf die Unterschiede des Milieus in der Zeit vor und nach dem Krieg. Er selbst hatte dafür eine einleuchtende Theorie: »Die deutsche Besatzung änderte alles. Vorher war das Milieu die eine Seite und die Polizei die andere. Nach der Invasion gab es plötzlich eine deutsche Gestapo und eine französische Gestapo. Letztere bestand zur Hälfte aus französischen Polizisten und zur anderen Hälfte aus Gangstern. Sogar Abel Davos, der Abel Davos aus CLASSE TOUS RIQUES (DER PANTHER WIRD GEHETZT), gehörte zur Gestapo in der Rue Lauriston. Das Milieu hat sich davon nicht mehr erholt; während die Polizei nach dem Krieg einfach wieder zur Polizei wurde. Die Gestapo spielte eine merkwürdige Rolle in Paris. Eine Menge Gangster und Schriftsteller, die ich vor dem Krieg kannte, schlossen sich ihr bedingungslos an. Nicht von ungefähr sagt Paul Riccie im ZWEITEN ATEM zu Fardiano: »Du Schwein. Du hast dein Geschäft bei der Gestapo gelernt.«

Immer wieder verwehrte sich Melville dagegen, daß seine Filme etwas direkt mit seinem Leben zu tun haben. Sie seien reine Fiktion, bestenfalls gab er zu, daß sie eine Abstraktion von Erfahrungen oder Extrapolationen von Verhaltensmöglichkeiten seien. Seine genaue Kenntnis des Gangstermilieus ließ ihn jede Verbindung seiner Schwarzen Filme zum Milieu bestreiten. Er sagte: »Wirkliche Gangster interessieren mich nicht. Das tatsächliche Milieu ist genauso verrottet wie die Bourgeoisie.« Oder noch schärfer: »Es gibt nichts Abscheulicheres als die Welt der Gauner. Ich habe oft dort verkehrt. Das ist fürchterlich. Das sind Leute ohne Interessen. Es ist völlig ausgeschlossen, daß ich richtige Gauner auf der Leinwand zeige. Ich zeige vollkommen fiktive Gauner. Ich habe aus ihnen Übermenschen gemacht, Menschen, für die die Ehre zählt. Ich habe nie realistische Gangsterfilme gemacht. Denn es gibt nichts Langweiligeres und Idiotischeres als das Gangsterleben. Gangster sind Dummköpfe. Deshalb habe ich den Gangster neu erfunden und idealisiert. Ich habe eine Gangster-Rasse erfunden, die nirgends auf der Welt existiert. Mein Gangster-Typ entspringt nur meiner Phantasie. Er erlaubt mir, eine Geschichte zu erzählen. Niemals bin ich dabei auf Realismus aus.«

Krieg

Ende 1937 wurde Melville zum Militär eingezogen und machte leidvolle Erfahrungen während der Grundausbildung in Fontainebleau. Wie jeder intelligente, sensible Mensch hatte er Schwierigkeiten mit den hirnrissigen hierarchischen Strukturen des Militärs. Nach eigener Auskunft war Melville in seiner Jugend Kommunist; diese Überzeugung brach mit dem Hitler-Stalin-Pakt zusammen. Es ging ihm da nicht anders als vielen seiner Generation. Später wurde Melville gerne in die rechte Ecke gedrängt und/oder als Gaullist bezeichnet. Melville, der die etablierte französische Linke nicht mochte, bestand darauf, weder links noch rechts zu sein, sondern bezeichnete sich – Zitat – »als einen Anarcho-Feudalisten, falls es so etwas gibt«. Dieser »Feudal-Anarchismus« drückt sich bestens in seinen Gangsterfilmen aus: In deren düsterer, trostloser Welt erscheint individuelle Ehre als einziger Maßstab für Integrität. Der kleinbürgerliche oder vorbürgerliche Charakter dieser anarchistischen Revolte gegen die kapitalhörige bürgerliche Gesellschaft ist offenkundig. Er gab aber zu, wie – Zitat – »ein Mann der Rechten zu leben«, kritisierte an der Rechten aber gleichzeitig, daß sie sich nicht um die Menschen kümmere, die Ungerechtigkeiten des Systems zu erleiden haben. Und er sagte treffend: »Wenn ich wirklich ein Rechter wäre, hätte ich wohl kaum die Filme gedreht, die ich gedreht habe.« Das kann man wohl sagen! Sein tiefgehender Determinismus entzieht sich jeder rechten oder konservativen Einvernahme.

Melvilles Helden geht es um die Verwirklichung ihres Lebensstils als Außenseiter, nicht um den Gewinn aus einem Coup. Sie sind antibürgerlich mit ihrem chevalesken Ehrenkodex und ihrer Verachtung für den plumpen Materialismus des Bürgertums. Sie streben nicht nach Reichtum, um ein bürgerliches Leben zu führen, sondern verwirklichen sich in der Gefahr, und der Gewinn aus einem Coup dient zu einem Leben außerhalb der bürgerlichen Gesellschaft.

Die vielen Enttäuschungen seines Lebens hatten ihn immer mehr zum »homme solitaire« gemacht, dessen einzige Ideologie sei: »Meine erste Regel lautet: Störe den Nachbarn nicht. Ich will niemanden stören und von niemandem gestört werden.«

Nach dem Überfall der Deutschen kämpft Melville in der französischen Armee, die er nach der Schlacht um Dünkirchen verläßt, um nach England zu gehen. Dort wird er bald Mitglied der Forces Françaises Libres, der Résistance. In seiner freien Zeit geht er natürlich ins Kino. Daran erinnert eine kurze Szene in ARMEE IM SCHATTEN, die vor einem Kino spielt, das gerade GONE WITH THE WIND zeigt. »Ich sah in London in meiner dienstfreien Zeit 27 Filme und erkannte, daß sich das Kino seit Kriegsbeginn gründlich verändert hatte. Das veränderte für mich alles.«

Er kämpft in der Provence und in Afrika und nimmt im Mai 1944 beim Sturm auf Monte Cassino teil. In dieser Zeit, aus der ebenfalls so gut wie nichts überliefert ist, bildet sich wohl auch sein Ehrencode heraus, den er später als nicht lebbar bezeichnen soll und der zur Grundlage der Handlungen seiner Gangster werden wird. Man kann also wohl mit einiger Berechtigung davon sprechen, daß Melvilles Erfahrungen im Milieu der Pariser Vorkriegszeit und seine Erfahrungen in der Résistance die wichtigsten Einflüsse für seine Gangsterfilme waren.

Melville Productions

Der Name Melville: Eine Quelle verlautet, daß er ihn in der Résistance annahm; einer anderen zufolge soll er sich bereits vor dem Krieg aus Verehrung für den amerikanischen Schriftsteller so genannt haben. Es ist gut denkbar, daß Melville in seiner Zeit im Gangstermilieu des Vorkriegs-Paris den Vorteil eines falschen Namens zu schätzen wußte.

Unklar ist, wann er seine Frau Florence kennengelernt hat. Seine überlieferte Äußerung »Als ich Flo kennenlernte, sprach ich nur Argot. Ich war eben sehr lange in schlechter Gesellschaft« deutet darauf hin, daß er sie noch vor dem Krieg, während seiner wilden Jahre im Milieu kennenlernte.

Im Oktober 1945 wurde Melville demobilisiert, und am 5. November gründete er seine eigene Produktionsfirma, Melville Productions. Der Grund dafür war, daß ihm die Gewerkschaft eine Mitgliedschaft verweigerte. Das alte Lied: Sie können Mitglied werden, wenn Sie nachgewiesen haben, daß Sie an einem Film mitgearbeitet haben, aber Sie dürfen an keinem Film mitarbeiten, wenn Sie nicht in der Gewerkschaft sind. Melvilles eigene Produktionsfirma löste nicht alle Probleme, denn da er nicht Gewerkschaftsmitglied war, konnte er offiziell kein Filmmaterial kaufen. Zusammen mit dem Fotolaboranten Henri Decae, Melvilles Entdeckung und später einer der begehrtesten Kameramänner des internationalen Films, durchstöberte Melville den Schwarzmarkt und die obskursten Quellen, um Filmmaterial aufzutreiben. Mit dem Engagement des Fanatikers gelang es ihm, einen Kurzfilm zu drehen und dann seinen ersten abendfüllenden Spielfilm: LA SILENCE DE LA MER nach der Novelle von Vercors, die neben Joseph Kessels Roman ARMEE IM SCHATTEN als wichtigstes Stück Résistance-Literatur gilt. Vercors, der Name der französischen Provinz, in der sich die erbittertsten Schlachten zwischen Résistance und SS abspielten, war das Pseudonym des Pariser Elektronikingenieurs und Illustrators Jean Bruller. Der Film wurde teilweise und notgedrungen unter Bedingungen gedreht, wie sie die Nouvelle Vague später kultivierte. Aus Geldmangel und weil Schauspieler in deutschen Uniformen zwei Jahre nach Kriegsende um ihre Gesundheit fürchten mußten, drehte Melville geradezu in Überfallaktionen *on location*. Es waren die geringen Mittel, die Melville am Anfang seiner Karriere dazu zwangen, als einer der ersten europäischen Filmemacher auf der Straße zu drehen. Der Grund, weshalb die Nouvelle Vague, die anfänglich dieselben finanziellen Probleme hatte und die Improvisation zum Stilmittel erhob, ihn als Vaterfigur adaptierte. Eine Adoptivvaterschaft, die Melville später zurückwies, nachdem er sich mit Godard überworfen hatte. Für Melville waren die schnellen und improvisierten Drehs seiner frühen Jahre nie etwas Erstrebenswertes, sondern ein notwendiges Übel. In dem Moment, wo er nicht mehr unter Geldmangel zu leiden hatte, drehte er soweit möglich unter Studiobedingungen mit genauester Vorausplanung. Howard Vernon, Hauptdarsteller in SILENCE, erinnerte sich ausführlich in CICIM 26 an die Dreharbeiten: »Melville mietete die Kamera immer nur für 24 Stunden, ebenso wie alles übrige Material. Eines Tages, als wir mit dem Drehen beginnen wollten, bemerkten wir, daß die Batterie nicht geladen war und die Kamera nur mit etwa 18 Bildern lief. Wir versuchten es mit der Autobatterie, aber das ging auch nicht. Da kam Melville auf die Idee, daß wir einfach ein Viertel langsamer spielen sollten! Natürlich protestierte ich; man kann doch nicht ein Viertel langsamer laufen! Und ob man kann … Ich bewegte mich wie ein Taucher unter Wasser und artikulierte etwas langsamer. Es ist die Szene, wenn ich durch die Küche gehe, wo der alte Mann und seine Nichte sitzen.«

13. Arrondissement

1949 baute er sich fast alleine sein eigenes Studio in der Rue Jenner, einer Querstraße des Boulevard de l'Hôpital, in einer alten Fabrikhalle. Als Melville geeignete Räumlichkeiten für sein eigenes Studio suchte, war es für Pariser Verhältnisse sicherlich ungewöhnlich, sich ausgerechnet im verrufenen 13. Arrondissement niederzulassen. Geld hat sicherlich eine Rolle bei dieser Wahl gespielt. Aber ein vielleicht ebenso wichtiger Aspekt war, daß er sich hier in eine der Hochburgen der Pariser Unterwelt begab. Vor dem Krieg war dieses Arrondissement bekannt und gefürchtet wegen der Cité Jeanne d'Arc im heutigen China Town.

Melville verglich die Cité mit der Kasbah von Algier; ein Refugium für Ganoven, in das sich kein Polizist alleine wagte. Auch hier machte der Einmarsch der Deutschen dem Treiben ein Ende, und die Besatzer zerstörten endgültig einen der wohl faszinierendsten

Flecken der Stadt. Damals waren die Gassen so eng, daß nicht einmal Autos in der Cité fahren konnten. Heute sind diese Straßenzüge abgerissen, und nichts deutet mehr auf diese Pariser Wall City hin. Der französische Kriminalschriftsteller Leo Malet verewigte die Cité im 2. Band seiner Schwarzen Trilogie, DIE SONNE SCHEINT NICHT FÜR UNS: »... einer so schmutzigen Insel, wie ich sie mir nie hätte vorstellen können. Sie war ein Labyrinth von schlecht oder überhaupt nicht gepflasterten Schläuchen, in deren Mitte sich ein kleiner, gotterbärmlich stinkender Fluß schlängelte. Es gab keine Gehsteige. Überall lagen alte Brennstoffässer herum, nie abgeholte, von Dreck überquellende Müllsäcke, die von Katzen, Hunden und Ratten belagert wurden, brüderlich vereint in der Suche nach Futter. Die Häuser, manche von großen geteerten Pfählen gestützt, waren wie eine zähe, nach Verbrechen stinkende Lepra. Wenn man hochschaute, konnte man sehen, daß die meisten Fenster keine Läden mehr hatten und daß viele Scheiben zerschlagen und durch Kartonstücke oder in der Umgebung abgerissene Plakatfetzen ersetzt worden waren. Man sah die Ofenrohre, die bei kaltem Wetter die Mauern mit Ruß und Rauch geschwärzt hatten. An Geländern war flüchtig gewaschene Wäsche aufgehängt, die nun versuchte, weit weg von der Sonne zu trocknen. Sie war fast genauso schmutzig wie vorher und saugte allen Staub auf. Und dann höher, noch höher, konnte man vielleicht einen grauen Deckel, den Himmel ausmachen ... Vielleicht. Zuerst, bevor ich mich daran gewöhnt hatte, verstand ich nicht, wie man an einem so dreckigen Ort leben konnte. Fredo zählte mir dann die vielen Vorteile auf: die Bewohner seien hier wirklich unter sich, dieser Ort sei unantastbar, eine Art geheime und verbotene Stadt. Wenn man auf den Boulevards ein Ding gedreht hatte, sei es sehr praktisch, hierher flüchten

Serge Reggiani in »Le Doulos«

zu können. Die Bullen würden sich nicht einmal am hellichten Tag an diesen finsteren Ort wagen, wo nur das Gesetz der Einwohner gelte.«

In der Nähe der Rue Jenner findet man viele Drehorte, die Melvilles Gangsterfilmen ihre ganz besondere Atmosphäre geben. Die halbzerstörten Häuser, die als Gangstertreffs in DOULOS oder dem ZWEITER ATEM dienten, mußten inzwischen gräßlichen Hochhäusern weichen. Aber es gibt immer noch die fast unterirdisch verlaufende Rue Watt und die Bahngleise, die nach wie vor den düsteren, aber auch romantischen Rand der Stadt markieren. Die erste Einstellung in DOULOS spielt hier. Serge Reggiani läuft im Vorspann über die legendäre Rue Watt, der Boris Vian ein Gedicht gewidmet hat:

> Eine einsame Straße
> farblose Katzen
> streunen
> und huschen vorbei
> sie bleiben nie stehn
> weil es dort niemals regnet.
> Der Tag
> ist weniger schön.

In dieser Umgebung fühlte sich Melville wohl, und man kann nachvollziehen, welchen Reiz seine nächtlichen Streifzüge durch die gefährlicheren Straßen der Stadt der Lichter auf ihn ausübte. Das 13. Arrondissement ist vielleicht so etwas wie das Gegenstück zum Londoner Eastend. Wie Dickens vom Londoner Osten angeregt wurde, so schrieben französische Literaten über dieses Gangsterviertel, das immer das Viertel der Armen und Gangster war:

Jean Valjean aus Victor Hugos LES MISÉRABLES verbarg sich hier am Boulevard de l'Hôpital Nr. 50–52. Nr. 88 beherbergt die Druckerei Oudeville, in der sich während der deutschen Besatzung der im Februar 1942 gegründete illegale Verlag »Editions de Minuit« befand. Der Anlaß zur Gründung war die Veröffentlichung der Novelle LE SILENCE DE LA MER.

Das Studio bestand aus zwei Aufnahmehallen, einem kleinen Fundus, zwei Schneideräumen und einem Vorführungsraum. Wenn er Geld brauchte, vermietete er ans Fernsehen. Über den Büroräumen hatte er seine Wohnung, die laut Schlöndorf, der Melville 1959 kennenlernte und bei LEON MORIN und LE DOULOS sein Assistent war, ein wenig wie in einem amerikanischen Gangsterfilm eingerichtet war. Dort lebte er mit seiner Frau und drei Angorakatzen. Schlöndorf nennt auch Melvilles Mutter als Mitbewohnerin. Wenn er nicht filmte, lag Melville tagsüber auf dem Bett und las die Presse, sah fern. Bei Dunkelheit verließ er sein Reich, um ins Kino zu gehen und/oder sich mit einem Produzenten zu treffen und schließlich mit seinem Ford Galaxy in langsamem Tempo durch die nächtlichen Straßen von Paris zu fahren, auf der Suche nach neuen Geschichten und neuen Drehorten. Schlöndorf führt weiter aus, daß die meisten seiner Projekte Anfang der 60er Jahre nicht verwirklicht wurden, denn weder Produzenten noch Verleiher mochten ihn, und die Gewerkschaft der Filmtechniker boykottierte ihn.

1967 brannten die Studios aus ungeklärten Gründen ab, und Melville verlor nicht nur Studio und Wohnräume, sondern auch Drehbücher und Projektplanungen. Merkwürdigerweise gibt es gar keine Spekulationen über die Brandursache. Ein weiterer Schleier des Geheimnisses, der sich über Melville legt. Der Brand war ein harter Schlag für ihn. Da man ihm nicht gestattete, die Studios wieder aufzubauen, dachte Melville daran, nach der Fertigstellung von CERCLE ROUGE das Filmemachen aufzugeben und in die USA umzusiedeln, um künftig als Schriftsteller zu arbeiten.

Rituale

Die Rituale seiner Protagonisten hatten ihre Entsprechung in seinem Ritus bei den Dreharbeiten. Schlöndorf berichtete: »Morgens kam ich ins Atelier, wir bereiteten alles für den Dreh vor, bis Jean-Pierre gegen Mittag erschien. Oft rief er mich in sein Schlafzimmer, erklärte anhand von Skizzen die Einstellungen und vorgesehenen Kamerafahrten sowie die Bewegungen der Schauspieler. Das probten wir dann unten im Atelier, und erst wenn die Szene drehfertig war, kam Jean-Pierre, immer in Mantel und Hut, nahm in seinem Regiestuhl neben der Kamera Platz und rührte sich bis zum Abend nicht mehr von der Stelle. Alle Anweisungen für die Schauspieler gab er aus dieser Zuschauerposition, blickte auch nie durch den Sucher, sondern gab im Sitzen haargenau die Bildgrenze an sowie die Brennweite des Objektivs, mit dem sie zu erreichen war. Alles nach festen, unumstößlichen Regeln, oft schien es mir fast ein Ritual wie die Messe. Die Anweisungen an die Schauspieler waren nie psychologisch, immer behavioristisch: Gesten, Tempi, Blickrichtungen.«

Hard-boiled Novel

Nach LA SILENCE DE LA MER folgten 1949 LES ENFANTS TERRIBLES, 1953 der von ihm selbst als Auftragsarbeit bezeichnete QUAND TU LIRAS CETTE LETTRE. Er hatte diese französisch-italienische Co-Produktion lediglich gemacht, um zu beweisen, daß er auch im Rahmen der etablierten Industrie ein Konfektionsstück anfertigen konnte.

1955 war es soweit. Sein erster Unterweltfilm entstand: BOB LE FLAMBEUR. Für Unterweltsgeschichten hatte sich Melville bereits lange begeistert. Mit 12 oder 13 Jahren las er Dashiell Hammetts Roman THE GLASS KEY, der ihn stark beeindruckte. Ein Thema des Romans ist die Loyalität zwischen Unterweltfiguren, ein Sujet, das er später immer wieder in seinen Filmen behandelte, was vielleicht mit auf diese frühe Leseerfahrung zurückzuführen ist. Er selbst sagte einmal über diese literarische Gattung: »Ich war schon damals, als es die SÉRIE NOIRE von Gallimard noch nicht gab und man nur vereinzelt die neuen amerikanischen Kriminalromane in Frankreich kaufen konnte, von der Hard-boiled novel begeistert. Das hatte großen Einfluß auf meine Vorliebe für den Schwarzen Film. Ja, ich wurde mehr durch die schwarzen Romane geprägt als durch den amerikanischen Film noir.« André Malraux, ein Melville verwandter Geist, der mehr als nur die Résistance mit ihm gemeinsam hatte, nannte Hammetts Romane »moderne griechische Tragödien«. Genau das Konzept, das Melville in seinen Gangsterfilmen verwirklichte.

Den amerikanischen Gangsterfilm entdeckte er Mitte der 30er Jahre in den Nachtprogrammen der Pariser Kinos. Er bezeichnete diese exzessiven nächtlichen Kinobesuche, bei denen er als Double Feature die Klassiker des Genres kennenlernte, als großes Glück.

Bob le Flambeur

ist Melvilles erster Gangsterfilm, obwohl Melville sagte, »BOB ist kein reiner Kriminal- oder Gangsterfilm, sondern auch eine Gesellschaftskomödie«, ein Sittenbild der Halbwelt im Montmartre der 50er Jahre. Es war das erste Originaldrehbuch, das er verfilmte. Geschrieben hatte er diese Liebeserklärung an das romantischste Viertel von Paris bereits 1950. Wahrscheinlich unter dem Einfluß von John Hustons ASPHALT JUNGLE, den er schlichtweg für einen der besten Filme aller Zeiten hielt und den er des öfteren als besten Gangsterfilm bezeichnete. In keinem anderen Film hat er so exzessiv und betörend das Treiben um Pigalle gezeigt. Der Film ist eine einzige Hymne auf das großstädtische Nachtleben. Zu Melvilles romantischstem Film passen auch die Geschichten über seine Hauptdarsteller. Isabelle Corey, von der Melville meinte, sie hätte ein Star vom Format einer Brigitte Bardot werden können, wurde als 16jährige von ihm auf der Straße bei einer seiner nächtlichen Fahrten entdeckt. Ganz ähnlich wie er im Film die erste Begegnung von ihr mit Bob darstellt. Sein männlicher Hauptdarsteller, Roger Duchesne, war vor dem Krieg ein großer Star des französischen Kinos. Er ließ sich zu eng mit der Pariser Unterwelt ein und wurde gezwungen, Paris zu verlassen, da er bei den Gangstern »in der Kreide stand«. Als Melville ihn für den Film verpflichten wollte, mußte er erst das Milieu um Erlaubnis für Duchesnes Rückkehr nach Paris bitten.

Verschiedene Elemente, die immer wieder in seinen Gangsterfilmen auftauchen sollten, sind hier bereits vorhanden: Der desillusionierte Held, dem etwas Zombiehaftes zu eigen ist und der sich in Ritualen – bei Bob ist es das Spiel – auslebt. Die Freundschaft, die keine Bedingungen stellt, die Wesensverwandtschaft zwischen Gangstern und Polizisten, die nach marktwirtschaftlichen Prinzipien organisierte Unterwelt, in der man auch zur Vorbereitung eines Coups einen Kapitalinvestor braucht. Eben ein dualistisches System.

Gedreht wurde von Mai bis September 1955 *on location* in Paris und Deauville und im Studio in der Rue Jenner.

Melville hatte schon vorher versucht, einen Gangsterfilm zu drehen. Er war es, der den späteren Produzenten auf Auguste LeBretons Roman DU RIFIFI CHEZ LES HOMMES aufmerksam machte und ihn dazu bewegte, den Stoff zu kaufen. Ursprünglich sollte Melville selbst den Film realisieren. »Aber dann ging er mir aus dem Wege und ließ das Buch von Jules Dassin verfilmen.« Wahrscheinlich hatte der Produzent angesichts von Melvilles unsicherem Status in der Filmindustrie kalte Füße bekommen.

1958 drehte Melville mit sich selbst in der Hauptrolle DEUX HOMMES DANS MANHATTAN und 1961 LÉON MORIN, PRÊTRE. Für letzteren erhielt er 1961 auf dem Filmfest von Venedig den Großen Preis. Bezeichnenderweise der einzige Preis, den Melville jemals erhielt. Da ging es ihm ähnlich wie dem von ihm so hoch geschätzten Dashiell Hammett, der nie einen Literaturpreis verliehen bekam. Schlimm genug, daß er den Preis der Viennale zugesprochen bekam und somit in einer Statistik mit Typen wie Wim Wenders auftaucht. In LÉON MORIN arbeitete er erstmals mit Belmondo, dem Superstar der Nouvelle Vague, zusammen. Im Jahr zuvor hatte Melville seinen berühmten Gastauftritt bei A BOUT DE SOUFFLE. Belmondo und Melville verstanden sich gut, und der Schauspieler machte deutlich, daß er weitere Filme mit Melville machen wolle. Damit war der Bann gebrochen und es veränderte Melvilles Status endgültig: Die Produzenten hatten plötzlich keine Berührungsängste mehr mit dem eigenwilligen, kompromißlosen Regisseur.

Le Doulos

Produzent Georges de Beauregard, mit dem Melville bereits einig war über die Simenon-Verfilmung L'AINÉ DE FERCHAUX mit Belmondo, flehte ihn an, sich aus Gallimards Schwarzer Serie ein

Buch zur Verfilmung auszusuchen. Melville gefielen die Bücher von Pierre Lesou, und er ärgerte sich lange darüber, daß der Regisseur Michel Deville ihm die Rechte an Lesous bestem Roman, MAIN PLAINE, weggeschnappt hatte, um daraus ein ätzendes Eddie-Constantine-Vehikel zu machen. Jedenfalls einigte man sich auf LE DOULOS von Lesou und die Besetzung mit Belmondo und Serge Reggiani. Gedreht wurde von April bis Juni 1962 *on location* im 13. Arrondissemant und dem Studio Jenner. Was BOB LE FLAMBEUR für Montmartre war, wurde LE DOULOS für Melvilles geliebtes Gangsterviertel am Place d'Italie. Melville drehte diesen Klassiker nicht mehr episodenhaft, wie bei BOB, sondern mit epischer Gelassenheit und erstmals mit der kalkulierten Präzision, die seine weiteren Gangsterfilme auszeichnen. Der von Belmondo gespielte »Doulos« Silien (Argot für Spitzel, bedeutet auch Hut) ist Melvilles erster metaphysischer Gangster, der sich bedingungslos seinem Kodex verpflichtet weiß und zielsicher auf sein tragisches Ende zusteuert. Er lebt seine übermenschlichen Prinzipien kompromißloser als die anderen Gangster, auch als der von Reggiani gespielte Maurice. Für alle anderen sind diese Prinzipien, die später im CERCLE ROUGE das Dreigestirn Delon, Volonte und Montand zusammenschweißen, fast unverständlich. Sie halten Silien sogar für einen Verräter, bis dieser gezwungen ist, ihnen seine Handlungen haarklein zu erzählen.

Filmsprachlich unerreicht ist die Verhörszene im Büro des Kommissars, die berühmte 9:38-Sekunden-Szene, die ohne einen Schnitt gedreht wurde. Melville: »Hier liefen wir die ganze Zeit Gefahr, unsere Spiegelbilder im Kamerablickfeld durch die Glaswände zu haben. Deshalb mußte sich in bestimmten Augenblicken die ganze technische Mannschaft hinter der Kamera verstecken.

Jean-Paul Belmondo in »Le Doulos«

Mit Ausnahme meines Tonmannes. Er war unsichtbar, weil er von Kopf bis Fuß in Schwarz gekleidet war. Er trug sogar eine schwarze Kapuze und spiegelte sich nicht in den Scheiben. Nachmittags um vier hatten wir schon eine völlig gelungene Aufnahme im Kasten: die sechste. Aus Sicherheitsgründen wollte ich sie wiederholen, aber ich erhielt nur falsche Einsätze und Pfusch, bis zur 14. Aufnahme, die bis auf den schnellen Übergang von Belmondo auf Cuvellier perfekt war. Ich habe noch eine 15. zur Ergänzung der vorhergehenden gedreht. Sie begann bei dem Übergang und ging bis zum Schluß. Die 14./15. war also eine zusammengesetzte Aufnahme, die durch den Übergang verbunden war. Obwohl sie ebenso gut war wie die sechste und niemand die Verknüpfung bemerkt hätte, weil sie aus den drei verschwommenen Bildern des Übergangs bestand, habe ich die 6. in die endgültige Fassung montiert. Aus Gründen des Prinzips. Daß diese Aufnahme gelang, war übrigens ein Glücksfall. Ich erinnere mich, daß in dem Augenblick, als Clain, Silien und die beiden Polizisten die Bürotür durchschritten und aus der Einstellung hinausgingen, mein Kameraassistent uns mitteilte, es sei kein Film mehr in der Kamera. Die Filmspule war zu Ende. Wir hatten hintereinander 9 Minuten und 38 Sekunden gedreht. Von all den vielen Szenen, die ich in meinem Leben gedreht habe, bin ich nur auf zwei wirklich stolz: die 9:38 Sekunden-Szene und die Eröffnungsszene in L'ARMÉE DES OMBRES, in der die deutschen Soldaten über die Champs Élysées marschieren.« Um letzteres richtig einordnen zu können, muß man sich mal vorstellen, was es für die Pariser und ihre Behörden bedeutet hat, die Champs zu sperren, um darauf wieder Soldaten in deutschen Uniformen marschieren zu lassen!

Im selben Jahr drehte Melville noch das erwähnte Road-Movie

DIE MILLIONEN EINES GEHETZTEN, um sich dann wieder dem Gangsterfilm zuzuwenden: dem ZWEITEN ATEM.

Giovanni

Die beiden zentralen Gestalten des französischen Gangsterfilms sind bis heute Melville und José Giovanni. Melville, der geniale und totale Filmemacher und unerreichte Mythomane, und Giovanni, der Abenteurer, sind dabei so gegensätzliche Charaktere, wie man sie sich nur vorstellen kann. Der eine, ein intellektueller Misanthrop, dem Stil über alles ging, der andere, ein primitiver (in des Wortes ursprünglichem Sinne) Mann der Tat. Melville liebte die Nacht in der Großstadt und fing die Romantik regennasser, dunkler Steinwüsten wie kein anderer Regisseur ein. Giovanni ist ein Naturbursche, der die Berge über alles liebt und in Fontainebleau absteigt, wenn er beruflich dazu gezwungen ist, die verhaßte Metropole Paris aufzusuchen. Melville stilisierte sich mit Stetson und Sonnenbrille zu einer Ikone des Kinos, fanatisch geliebt und verehrt von Noir-Fans. Giovanni, immer im bequemen und funktionalen Outfit, brachte es mit seinen Regiearbeiten gerade mal zum Provokateur (Anklage der Todesstrafe in DEUX HOMMES DANS LA VILLE) oder guten Handwerker (DERNIER DOMICILE CONNU). Melville schuf unsterbliche Meisterwerke, Giovanni gutes Gebrauchskino.

Aber die beiden Männer hatten auch Gemeinsamkeiten: Beide waren aktiv in der Résistance, beide stilisierten den Kodex von echten Männerfreundschaften, fernab jeder Homoerotik, die ihnen von einer pathologischen Kritik immer mal wieder unterstellt wird. Beide waren mit ihren Lieblingsschauspielern eng befreundet: Melville mit Delon, für den er eine Vaterfigur darstellte und in dessen

Filmen er den reinsten Ausdruck seines eigenen Lebensgefühls fand. Melville und Delon sind Großstadtmenschen, die in dunklen Gassen den Zauber des Geheimnisses aufspüren. Giovanni teilte mit Ventura die Liebe zur Natur, zur Familie, zu einem guten Essen, einem Spielchen und gutem Rotwein. Echte südländische Patriarchen. Beide Männer hatten als Regisseure ein ähnlich gespanntes Verhältnis zur Filmindustrie.

Ein einziges Mal trafen der intellektuelle Großstädter und der aktionistische Naturbursche zusammen, und daraus entstand ein Film, den ernstzunehmende Kritiker schlichtweg für den besten Gangsterfilm, der je gedreht wurde, halten. Ein Superlativ, der so ziemlich mit jedem von Melvilles Gangsterfilmen in Verbindung gebracht wurde.

Die deutsche Fassung des ZWEITER ATEM wurde von einem Zelluloidrabauken um stolze 33 Minuten gekürzt! Der Roman war im April 1958 unter dem Titel UN REGLEMENT DES COMPTES erschienen, und es dauerte acht Jahre, bis er auf der Leinwand erschien. Melville: »Ursprünglich war Denys de la Patellière als Regisseur vorgesehen. Er wollte Ventura als Kommissar und Gabin in der Rolle des Gu.« Auch Melville wollte zuerst eine andere Besetzung: Serge Reggiani, mit dem er den Klassiker LE DOULOS nach dem Roman des noch zu entdeckenden Autors Pierre Lesou gemacht hatte, als Gu, Simone Signoret als Manouche und ebenfalls Ventura als Blot. Die Verschiebung der Dreharbeiten von 1964 auf das Frühjahr 1966 ließ diese Planung nicht mehr zu: »Alle Verträge waren zwar unterschrieben, aber dann kollabierte die ganze Angelegenheit, und ich verklagte jeden. Eine komplizierte Geschichte.« Über die sich Melville leider nicht weiter ausließ. Melvilles Äußerungen über die Entstehungsgeschichte, die er nach dem Start des Films in vielen Interviews so oder so ähnlich erzälte, sorgte für den Bruch zwischen Giovanni und ihm: »Der Roman wurde seit seinem Erscheinen von Produzent zu Produzent gereicht. Da er aus zwei Geschichten bestand, die nichts miteinander zu tun hatten, war er praktisch nicht zu adaptieren. Keiner wollte die Rechte kaufen. Der Autor rannte zwei Jahre hinter mir her, damit ich einen Film aus dem Roman mache. Ich sagte ihm ganz klar, daß ich zuerst eine Idee finden müßte, wie man die Sache angeht. ›Die Idee? Was für eine Idee? fragte er mich einmal, und ich sagte ihm: Die Idee, die es ermöglicht, die beiden Geschichten zusammenzubringen. Eines Tages fand ich die Lösung: Ich führte Orloff gleich zu Anfang ein (im Roman taucht er erst auf Seite 104 auf). So brachte ich die Marseille-Geschichte und die Paris-Geschichte zusammen ... Die Unterschiede zwischen dem Roman und dem Film würden ein Buch füllen. Hätte ich den Roman einfach abgefilmt, wäre ein weiterer UN NOMME LA ROCCA dabei rausgekommen. Im Buch ist eine Menge Leerlauf, Füllmaterial. Der Autor hat kein Werk der Imagination geschaffen; er hat lediglich Geschichten aufgeschrieben, die man ihm im Gefängnis erzählt hat ... Auf dieser Ebene ist der Roman ein höchst interessantes Buch, ein absolut authentisches Dokument über das Marseiller Millieu, aus dem immerhin auch die Gestapo der Rue Villejust hervorging. Aber das ist nun mal nicht mein Anliegen als Filmemacher. Ich mache keinen sogenannten Realismus. Also suchte ich mir alles mellevilleske raus und warf den Rest weg. Wenn ein guter Regisseur morgen ein Remake machen würde, ohne sich an meinem Film zu orientieren, käme ein typisch französischer Film dabei raus. Im Buch etwa verbringt Poupon, Blots Assistent, seine Zeit damit, hinter Mädchen herzurennen. Das Buch endet – Gu ist gerade tot – mit Orloff, der Manouche küßt. Verstehen Sie, was für eine Art Film dabei rauskäme? Ich bin stolz darauf, daß ich ein vollständig neues Werk geschaffen habe.« Giovanni sah das völlig anders:» Die wichtigste Dimension des Romans, das Alter des Helden, hat Melville nicht realisiert. In meinem Buch ist Gu Manda ein müder Mann um die Sechzig, der seinen letzten Ausbruch riskiert, kein Typ wie der jüngere Ventura.« Gu hatte es wirklich gegeben, ohne daß er einen letzten Ausbruch unternommen hatte. Im Gefängnis hatte er Giovannis Roman gelesen, »und als er starb, hat er wirklich geglaubt, er sei so gewesen wie meine Romanfigur«. Kein Wunder, daß Giovanni wütend auf Melville war und sich mit ihm entzweite. Erstmals arbeitete Melville mit Lino Ventura zusammen, der seinen Regisseur sofort erkannte: »Jean-Pierre, das ist etwas ganz anderes, ich würde ihn beinahe abseits von anderen Regisseuren sehen, mit seinem eigenen Universum, jener unbändigen Liebe, die er zu seinem Film und übrigens auch zum Kino allgemein hat. Wenn man mit ihm arbeitet, betritt man ein ganz eigenartiges Universum. Jean-Pierre war ein Vogel der Nacht. Er vereinnahmte dich sofort mit Haut und Haaren.«

Delon-Trilogie

1966 klappte es endlich mit Melvilles Zusammenarbeit mit Alain Delon. Delon hatte schon früher Angebote erhalten, diese aber immer wieder zurückgewiesen, »weil er sich auf eine amerikanische Karriere vorbereiten wolle«. Jedenfalls wird Delon noch heute dem Himmel dafür danken, die Rolle des schizophrenen Killers Jeff Costello im SAMOURAI angenommen zu haben. Die Dreharbeiten fanden von Juni bis August 1967 statt, und es war der letzte Film, der im Studio Jenner gedreht wurde. Mit LE SAMOURAI beginnt Melville seine Farbästhetik zu entwickeln. Die Farben werden – anders als etwa in LAINE DE FERCHAUX – von nun an immer kälter. Der SAMOURAI wirkt trotz seiner eiskalten Inszenierung noch vergleichsweise warm, wenn man ihn mit CERCLE ROUGE oder dem stählernen FLIC vergleicht. Es ist soviel über diesen Film geschrieben worde, daß ich an dieser Stelle nur ein weiteres Mal Hans Gerhold zitieren möchte: »LE SAMOURAI ist die ästhetische Vollendung des französischen Unterweltfilms, ein Werk, das in seiner rigorosen Stilisierung fast etwas Abstraktes hat: Kino in Reinkultur, das seine Vorbilder überwand und in der Perfektion seiner Inszenierung nur noch auf sich selbst verweist. Dieses elegische Requiem für einen Killer überzeugt nicht nur als Studie über Einsamkeit und Entfremdung; es ist zugleich, durch rauschhafte Schönheit und Transponierung musikalischer Bilder und Töne in erlesenen Einstellungen, Inkarnation dieser Isolation. In der Unvermeidbarkeit aller Situationen einer antiken Tragödie verwandt, bildet dieses Experiment mit Kunstfiguren den gelungenen Versuch, fortschrittlichste ästhetische Formen am Beispiel einer Gangstergeschichte in populäre Kino- und Erzählmuster umzusetzen.«

Melvilles Determinismus führt Costellos Ausbruchsversuch aus sich und seiner Welt durch die Emotion der Liebe direkt in den Tod.

Nach dem SAMOURAI folgte das Résistance-Epos L'ARMÉE DES OMBRES, abermals mit Ventura, mit dem er sich gleich zu Beginn der Dreharbeiten so zerstritten hatte, daß die beiden Männer drei Monate nicht miteinander redeten. Von Januar bis April 1970 drehte er LE CERCLE ROUGE, der die Schraube der Hoffnungslosigkeit noch weiter anzieht. Im SAMOURAI war für Delon als Killer Jeff objektiv die Liebe möglich – ohne daß er dazu in der

Lage war, sie anzunehmen. Im CERCLE ROUGE gibt es keine Liebe mehr, statt dessen aber Freundschaft unter den Außenseitern, die der rote Kreis zusammenführt. Auch hinter der Kamera dieses Freundschafts-Epos hielt Melville an seinem Ethos fest. Howard Vernon: »Bei CERCLE ROUGE wollte er mich wieder als Sprach-Coach für eine englische Fassung des Films haben (wie zuvor in L'ARMÉE DES OMBRES). Meine Rolle bestand darin, den Schauspielern zu sagen: Mach da im Englischen eine Pause, mach diese oder jene Mundbewegung ... Natürlich ist diese englische Fassung nie herausgekommen. Ich war damals in einer finanziell schwierigen Lage. Ich sagte zu Melville: Du weißt genau, daß man diese Fassung nie verwenden wird, du willst mir nur etwas Geld zukom-

Alain Delon in »Le Samourai«

Yves Montand, Gian-Maria Volonte und Alain Delon in »Le Cercle Rouge«

men lassen. Er stritt das natürlich ab, aber genauso verhielt es sich: er hatte ein Riesenbudget und wollte mir helfen. Ich hatte in seinem erfolgreichen Erstlingsfilm mitgewirkt; er fühlte sich mir immer verpflichtet.«

Wie Delon auch aus unerfüllter Liebe im SAMOURAI den Tod wählt, so sterben er, Volonte und Montand im CERCLE ROUGE auch aus Freundschaft zueinander. Dieser Film ist noch pessimistischer, und im Gegensatz zu Jeff Costello, der von der Liebe zur Sängerin überrascht wird, scheint die Zeit für die Gangster im Roten Kreis von Anfang an abgelaufen zu sein. Melvilles Determinismus drückt sich in den Worten des Polizeipräsidenten aus: »Es gibt keine Unschuldigen. Die Menschen sind Verbrecher. Sie kommen

Alain Delon in »Le Cercle Rouge«

unschuldig auf die Welt, aber sie bleiben es nicht.« Ein Satz, der aus der hoffnungslosen Literatur Célines stammen könnte. Melville beklagte sich nach den Dreharbeiten über das stupide Verhalten von Volonte und die Unfähigkeit seiner technischen Crew, die dazu führte, daß er an diesem Film länger als erwartet arbeiten mußte. Er wurde müde, aber zwei Jahre später nahm er doch wieder alles auf sich, um sein ästhetisches Konzept noch weiter zu treiben und mit UN FLIC seinen pessimistischsten Film zu drehen. Noch einmal trafen sich die Gangster in einem heruntergekommenen Haus, hinter dem aber bereits die neuen, häßlichen Betonsilos hochgezogen wurden. Melville war auch ein Chronist des Niedergangs von Paris. UN FLIC entstand, als am Montparnasse die Baugrube für Europas größten Wolkenkratzer ausgehoben wurde. Das Ende einer Epoche. Auch das Ende für Melvilles Gangster, diesmal von Richard Crenna gespielt. Nicht von ungefähr spielte Delon in diesem Film einen roboterhaften Polizisten, der durch Folter und Technologie dem Gangster Crenna überlegen ist. Nicht von ungefähr beraubt Crenna in einem der genialsten Coups der Filmgeschichte einen Angehörigen des organisierten Verbrechens, das sich in der bürgerlichen Gesellschaft integriert hat.

»Melvilles letzter Film – er starb im Anfangsstadium eines Drehbuchs mit dem Titel CONTRE-ENQUÈTE in einem japanischen Restaurant in Paris am 3. August 1973 im Alter von 56 Jahren – ist ein würdiger Abschluß im Werk eines seines Metiers und seiner Liebe zum Kino sicheren Ultra-Professionellen, der die düstersten und unheimlichsten Filme schuf, die in Frankreich je gedreht worden sind. Er hinterläßt keine Epigonen, weil Vollkommenheit und Einmaligkeit unersetzbar sind. In der letzten Einstellung des letzten Films ist Alain Delon zu sehen, der hinter dem Lenkrad seines Wagens die Champs-Elysées hinunterfährt und wie versteinert, aber auch von unendlicher Traurigkeit erfüllt, in die Kamera blickt.« (Hans Gerhold)

Melville muß einiges an Notizen und halbfertigen Treatments hinterlassen haben. Darunter auch die ersten Seiten eines Drehbuchs, das er mit Yves Montand realisieren wollte. Daraus hat dann Philippe Labro wohl LE HASARD ET LA VIOLENCE gestoppt. Montand: »Ich wollte diesen Film nicht machen. Ich habe einzig und allein deshalb mitgespielt, weil ich mit dem Produzenten Jacques Eric Strauss einen Vertrag für einen weiteren Film von Melville hatte – dieser hat bei seinem Tod dreißig Seiten eines bewundernswerten Drehbuchs hinterlassen. Absolut phantastisch, ohne ein einziges Wort Dialog.«

Im Herzen der Lüge:
Der amerikanische Film-noir in den 90er Jahren
von Hans Gerhold

Es fängt mit einer Lüge an und endet mit einer. Denn wer heute einen Film-noir sucht, muß sich selbst betrügen. Weil es nur zwei Stilepochen und einen genialen Regisseur in der Filmgeschichte gibt, die Voraussetzungen, Themenstellungen und Konsequenzen dieser filmischen Philosophie formuliert und durchdacht haben: den von der französischen Kritik festgeschriebenen »Film-noir« der USA zwischen 1940 (DER MALTESER FALKE) und 1958 (IM ZEICHEN DES BÖSEN), die französische existentialistische Tendenz der Nachkriegszeit (SCHENKE ZUM VOLLMOND) und die Filme des unerreichten Meisters der Gattung: Jean-Pierre Melville (1917–1973), der mit Meisterwerken wie DER EISKALTE ENGEL, VIER IM ROTEN KREIS oder DER ZWEITE ATEM die inhaltlichen und ästhetischen Prinzipien komprimiert und auf einen einsamen Höhepunkt der Verdichtung und Vollendung geführt hatte.

Wenn im folgenden doch vom Film-noir die Rede ist, dann in dem Sinne, daß es über epigonales Erbe und Imitationshascherei hinaus einige wenige Produktionen gibt, die jener Dialektik von äußerem Druck und innerer Verdüsterung, jenen »Auslagen der Verzweiflung« (Derek Raymond, DIE VERDECKTEN DATEIEN) gehorchen, die als Akte des Widerstandes gegen die gewünschte Weltordnung die Realität zersetzen. Was heute nicht mehr im Sinne poetisch verklärter Nachtschattenromantik funktioniert, sondern mit der Härte der Lüge, dem Herzen des Abgrunds und dem Hammerschlag monströser Demaskierungen. Film-noir heute: das können fatalistische Schicksalsdämmerungen in obskuren Schattenwelten sein, in der Mehrzahl sind es aber absurde Todesspiele über charakterlichen und sozialen Deformierungen, die unweigerlich zur (Selbst-)Zerstörung führen, ob gewollt oder nicht. Von Philosophie wie bei Melville ist nicht mehr die Rede, vielmehr regiert der Nihilismus des autonomen Individuums, das der gesellschaftlich akzeptierten Lüge der konstruierten Scheinharmonien einen Akt der Subversion entgegensetzt. Films noirs sind Untergrundarbeiten an der Wirklichkeit, labyrinthische Recherchen im Sozialgefüge und deprimierende Selbstentblößungen der Psyche.

Nach der Yuppie-Dekade der 80er Jahre, die mit WALL STREET und anderen Broker-Dramen und Geldkomödien die Struktur des Neon-Jahrzehnts festgeschrieben hatte, konnten die 90er nur mit einem Befreiungsschlag beginnen. Den lieferte der nordirische Regisseur Kenneth Branagh mit DEAD AGAIN (SCHATTEN DER VERGANGENHEIT, 1991). Als Privatdetektiv Mike Church soll Branagh in Los Angeles die Identität der jungen Grace (Emma Thompson) herausfinden, die an Amnesie leidet (der gängige Topos der US-Noirs). Durch einen Hypnotiseur wird Grace in das Jahr 1948 zurückversetzt, weil Mike auf Indizien gestoßen ist, die eine Verbindung zu dem berühmten Mordfall Strauss nahelegen. Der Musiker Strauss (Branagh) wurde damals hingerichtet, weil er seine Frau (Thompson) umgebracht haben sollte. Die Schatten dieser in den jeweiligen Rückblenden in Schwarzweiß aufgenommenen Vergangenheit erweisen sich als so stark, daß Grace sich mit dem Mordopfer identifiziert, die Zusammenhänge erkennt und selbst in Gefahr gerät. Mike kann in letzter Minute eine Wiederholung des Mordes verhindern.

DEAD AGAIN ist von der Kritik in Verkennung seiner Qualitäten als Hommage an Hitchcock und die kriminellen Melodramen der 40er mißdeutet worden. Was Branagh mit dem äußerst komplexen Drehbuch von Scott Frank im Sinne hatte, wird weniger durch das raffinierte Ränkespiel und die Plot-Verwirrungen transparent, die die Erzählmuster geringfügig variieren, als durch die formale Unterminierung des Genres. Branagh arrangiert seine Psycho-Mord-Reise in greller Überzeichnung der Konventionen: Er läßt den Schnüffler einen feuerroten Ferrari fahren, sich eines offensichtlichen Scharlatans als Hypnotiseur bedienen und den Mörder im Showdown in der größten aller Scheren der Filmgeschichte umkommen. Detektiv Mike hat vor allem eins im Sinn: Grace ins Bett zu bekommen, wozu ihm der parapsychologische Nonsens gerade recht ist. Gerechtigkeit ist ein Nebeneffekt, den er gar nicht ansteuert. Die Partituren von Patrick Doyle bedienen sich der bombastischen spätromantischen Orchesterwucht à la Erich Wolfgang Korngold oder Mikos Rozsa und sind als musikalische Fallen ein ebensolches Vergnügen wie die augenzwinkernden Hauptdarsteller. Branaghs auf der Handlungsebene funktionierender Psychothriller läßt sich als virtuoses Lügengespinst mindestens genauso ergiebig lesen.

DEAD AGAIN schuf mit seinen Lügenarien die Voraussetzungen für die folgenden Noir-Filme, die glaubten, ins Herz der Finsternis vorzustoßen. Interessanterweise scheiterten die meisten daran, dies wie der italienische oder französische Politthriller (DIE MACHT UND IHR PREIS; I ... WIE IKARUS) in der akribischen Recherche von Institutionen und deren Systemabschottung zu versuchen. Die Fülle der Filme nach Vorlagen des schreibenden Juristen John Grisham – DIE FIRMA, DIE KAMMER, DER KLIENT, DIE AKTE, DIE JURY, DER REGENMACHER – ist ein schlagendes Beispiel. Hat man einen Roman von Grisham gelesen, kennt man sie alle. Hat man einen der Filme nach seinen Vorlagen gesehen, durchschaut man sie alle.

Sie funktionieren nach ein und demselben stereotypen erzählerischen Muster. Ein aufstrebender junger Anwalt (oder eine schöne Rechtsgelehrte) mit idealistischen Berufsvorstellungen und arbeitswütigem Einsatz gerät in der Realität an korrupte Kanzleien, die nicht der Wahrheit und dem Recht dienen, sondern für den Profit Justitias blinde Augen nutzen. Er/Sie kämpft als David gegen den Goliath aus Konzernen, Richtern, Anwälten – und schafft es. Das Muster garantierte durch die attraktiv besetzten Filme einen Aufmerksamkeitswert, der durch die Stoffe in keiner Weise gerechtfertigt war. Binsenweisheiten, konstruierte Einzelfälle und die in die Irre laufende Vorstellung, das Individuum könne tatsächlich gegen das System gewinnen, locken unter Vorspiegelung falscher Tatsachen in die große Illusionsmaschine aus den immer beliebten zwölf Geschworenen und Standardsätzen (»Einspruch, Euer Ehren!«). In dieser Hinsicht ist Grisham ein Gaukler der Gesetzeshüterbrigaden, die er pseudokritisch angeht, ohne die Mechanismen des (amerikanischen) Justizsystems durchschaubar zu machen. Die Filme fielen entsprechend stromlinienförmig aus: mit oberflächlichem Glanz, der Fälle in routinierte Kiminalhandlungen packte, die sich als Ablenkungsmanöver erwiesen und kommerziell einträgliche Grisham-Greifvogel-Gerichte einfuhren.

Ein einziger Film fällt aus dem Schema: GINGERBREAD MAN (1997) entstand nach einem Originalskript Grishams, das Regiegigant Robert Altman (DER LANGE ABSCHIED, 1972, nach Raymond Chandler) kaufte und so lange umschrieb, bis die Vorlage nichts mehr mit Grishams Klischeeformeln zu tun hatte. Im Gegensatz zu seinen kreuzbraven Vorgängern hat Altman Grisham auseinandergenommen: Mit dem Anwalt Rick Magruder (Kenneth Branagh), der der schönen Klientin Mallory (Embeth Davidtz) verfällt, ein »Fool for Love« wird und durch Mallorys Doppelspiele alles verliert, hat Altman einen Rechts-Ausleger geschaffen, der kein siegreicher Held ist, sondern eine brüchige Figur, die selbst das Problem ist, das in Grisham-Filmen sonst nie vorkommt.

Magruder, erfolgreich, eitel bis zur Selbstgefälligkeit und Schürzenjäger ersten Grades, läuft offenen Auges in eine absehbare Verschwörung, an der Mallorys verrückter Vater und ihr Ex-Ehemann beteiligt sind und in der es um wertvolles Land geht. Erstaunlich, daß Magruder ins offene Messer läuft, obwohl er es aus Erfahrung besser wissen müßte. Magruder wird beinahe seine Kinder, auf jeden Fall aber die Anwaltslizenz, die berufliche Stellung und die gesellschaftliche Reputation verlieren: hart für einen ehemaligen »Regenmacher«(=Dollar-Scheffler). Wie Branagh diesen Sturz vom Ferrari-Ritter zum Sozialarbeiter spielt, ist eine spektakuläre Schauspielerleistung, die voll einhergeht mit Altmans souveräner und in der Kritik sträflich unterschätzter Inszenierung: Altman stellt den Anwalt ins Zentrum eines allgegenwärtigen Regens und eines heraufziehenden Hurrikans, der die Gegend um Savannah, Georgia, zerstören wird. Die Sümpfe, Weiden und labyrinthischen Flußwälder sind Seelenlandschaften: ein Morast, aus dem Magruder nicht entkommt.

Der Arrivierte am Abgrund ist das seltene Gegenbild eines Motivs, das zu den Archetypen des Film-noir seit seinen Anfängen gehört: der Loser in der Hölle. Die zunehmende Arbeitslosigkeit in den USA als Folge der Reaganomics der 8oer Jahre führte zu einer Wiederaufnahme dieses Standards. Die beiden besten Filme, die um den Verlierer mit allen Möglichkeiten und munteren Manipulationen von Murphy's Law kreisen, sind Oliver Stones Aasgeier über Arizona in U-TURN – KEIN WEG ZURÜCK (1995) und John Dahls Teufelin auf hohen Hacken in seinem Meisterwerk THE LAST SEDUCTION/DIE LETZTE VERFÜHRUNG (1993).

Stone, der nach diversen Paranoia-Thrillern (JFK; NIXON; NATURAL BORN KILLERS), die sich auf die offizielle US-Historie und die Medienwelt als Medusa beziehen, auf den Roman »STRAY DOGS« von John Ridley stützt, bringt geschickt die Hitze von Arizona als handlungsauslösenden Faktor von U-TURN ins Spiel. Cooper (Sean Penn), ein schmieriger Kleingauner auf der Flucht vor Geldleihern, ist eine Ratte, die jede Chance wahrnimmt, sie aber garantiert verpatzt und alles verbockt. Zu Beginn bringt Arizonas Hitze die Schläuche seines Ford Mustang 1964 zum Platzen und macht ihn durch den dadurch bedingten Zwangsaufenthalt in dem Wüstenkaff Superior auch zunehmend nervöser. Er gerät an eine Reihe debiler bis ausgeflippter Charaktere, die teils das Lokalkolorit eher als für »nur zum Durchfahren geeignet« bereichern, teils dem armen Bobby ans Leder wollen.

Da ist der Tankwart (Billy Bob Thornton), dessen Geldforderungen für verlangte Reparaturen von Mal zu Mal steigen, da ist der alte Indianer mit dem toten Hund (Jon Voight), ein Vietnamveteran, der Getränke einfordert und dafür gratis Lebensweisheiten liefert, da ist der Sheriff (Powers Boothe), der den Ort beherrscht, da ist das Pärchen (Claire Danes und Joaquin Phoenix), das naivaggressiv Bobby anmacht und anschließend Schläge austeilt, da ist die resolute Ladenbesitzerin, die Diebe mit der Schrotflinte löchert. Vor allem aber ist da Grace, die rassige mexikanische Wahrsagerin (Jennifer Lopez als erotische Bienenkönigin mit der Schlagkraft sexueller Sollforderungen), der Cooper erst eine kalte Dusche, dann ein Eisgetränk und schließlich die Faust ihres Gatten in seinem Gesicht verdankt, denn der, Immobilienmakler Jake (Nick Nolte als alter Bär mit Reibeisengrundierung), ist eifersüchtig bis zum Wahnsinn. Grace und Jake locken Cooper mit einem lukrativen Vorschlag: harte Dollars, sollte er ihn bzw. sie ins Jenseits befördern. Doch Bobby Cooper ist nicht nur eine schmierige Ratte, er handelt auch wie eine zögerliche Hyäne und läßt zuviel Zeit verstreichen, bis er sich entscheidet. Erst als er ohne jeden Cent ist, schlägt er zu, bringt Jake mit der Axt um und macht sich mit Grace auf: endlich raus aus dem Kaff.

Die Story vom Fremden, der in einer überhitzten Wüstenei in ein Wespennest aus kochendem Hass, unterdrückten Leidenschaften und menschlicher Gier in allen Formen gerät, führt in der Mehrzahl aller Fälle in wirklich konsequenten Films-noirs in die tödliche Sackgasse. Das ist bei Stones Antihelden-Blues nicht anders. Grace und Bobby werden ihres Reichtums nicht froh, enden tot und mit Bauchschuss verendend auf den Felsen, über denen schon zu oft die Geier von Arizona gekreist sind. Stone schafft mit hektischer Montage, Reißschwenks, Spiegelungen und Gegenlichtaufnahmen das gewünschte nervöse, später hysterische Klima in Superior, strapaziert aber die Story in unnötigen Wiederholungen. Einer, der es mit Stil und Stolz schafft, ist John Dahl.

Die Täuscher-Balladen des John Dahl

John Dahl hat sich mit vier Filmen innerhalb von sieben Jahren als ein Autor-Regisseur erwiesen, der der Tradition des Film-noir der 40er und 50er Jahre weitgehend verpflichtet blieb und sie in modernem Ambiente weiterentwickelte. Den Anfang machte 1989 KILL ME AGAIN, in dem Val Kilmer den erfolglosen Privatdetektiv

Jack Andrews spielt, in dessen Büro eines Tages eine Frau (Joanne Whalley-Kilmer) auftaucht, die ihn bittet, ermordet zu werden – zumindest scheinbar. Sie hat der Mafia Geld gestohlen und ihren Komplizen Alan (Michael Madsen) um seinen Anteil an der Beute gebracht. Andrews arrangiert den Fake-Mord, muß aber mit der Frau fliehen, als Mafiosi, die Polizei und der geprellte Komplize gemeinsam Jagd auf ihn machen, weil die Finte auffliegt. »Bring mich noch einmal um«, bittet Fay Forrester ihren Privatdetektiv, der seiner Klientin zu vertrauen beginnt. Inzwischen hat er zwar gelernt, aber seine Gutmütigkeit wird ihn am Ende fast den Hals kosten, denn Fay und Alan wollen ihn austricksen.

Jack Andrews wird noch einmal davonkommen, ebenso wie Michael Williams (Nicolas Cage) in RED ROCK WEST (1992), nach Dahls eigenem Drehbuch entstanden. Red Rock West ist keine neue Zigarettenmarke mit Abenteuerflair, sondern ein Städtchen in Wyoming mit 1500 Einwohnern, in das der Loser Michael auf der Suche nach einem Job gerät. In der Bar wird er wegen seines Oldtimers – ein schöner Cadillac – mit Nummernschild aus Texas für einen bezahlten Killer gehalten und von Besitzer Wayne mit 5000 Dollar bedacht: Waynes Frau Suzanne soll sterben. Michael lernt sie kennen, kassiert weitere 5000 Dollar für den Mord an Wayne, schreibt einen Brief an die Polizei und macht sich im nächtlichen Regen davon. Doch diese Nacht wird endlos dauern. Denn aus Red Rock führen zwar viele Wege hinaus, aber für Michael anscheinend auch alle wieder hinein.

Er überfährt einen Mann, bringt ihn in die Klinik und wird prompt von Sheriff Wayne verhaftet. Das wird nicht die letzte Überraschung für Michael bleiben: Er kann dem Sheriff zwar entkommen, als der ihn erschießen will, aber er läuft ausgerechnet dem echten Killer Lyle (Dennis Hopper als der übliche Unhold-Psycho mit Ticks) vor den Wagen. Wieder entkommt er, nur um mit Suzanne (Lara Flynn Boyle mit den abschätzenden Misstrauensaugen der echten »femme fatale«) auf der endlosen Flucht vor Wayne und Lyle in noch aberwitzigere Situationen zu gelangen. Denn die attraktive Lady mit dem zynischen Mundzucken hat es auf die Barschaft abgesehen, die Wayne im Bürosafe versteckt, und sie hat ganz eigene Pläne, in die Lyle hineinfunkt, als sich die wahre Identität des Pärchens herausstellt.

Gauner gegen Gauner heißt fortan das Motto von John Dahls zweiter Hommage an die Schwarze Serie, die er offensichtlich gut studiert hat, denn es wimmelt von Anspielungen: Grüßen lassen unter anderem Edgar G. Ulmers UMWEG, Orson Welles' DIE SPUR DES FREMDEN, Billy Wilders FRAU OHNE GEWISSEN (in der umgekehrten Konstellation) und Robert Siodmaks DIE KILLER. Bis zum Showdown der vertrackten Vier auf einem Friedhof und einer Schlußszene wie in einem Film von John Huston und seinen glorreichen Scheiternden hat John Dahl das Genre ausreichend im Griff, um für Spannung, ironische Wendungen, lakonische Dialoge und die vertrauten Spiele von Gier, Leidenschaft und Resignation zu sorgen. Jeder verrät jeden, hält immer eine Bluffkarte in der Hinterhand und sorgt für permanentes Mißtrauen in einer Balance der Heimtücke. Michael ist Libanon-Veteran und sollte lebenserfahren sein, doch gegen die drei Monster aus der Provinz ist er geradezu naiv. Insofern ist er die einzige Schwachstelle des Drehbuchs, das ihm (ohne Dollars) doch noch einen Weg aus Red Rock weist, dessen Halbschatten, Farbkontraste und Perspektiven in der Kameraarbeit die schwarze Grundierung und Teufelsaustreibung in Wyoming unterstützen.

Dahls Meisterwerk wurde THE LAST SEDUCTION (1993). Es gibt keinen Kriminalfilm der 90er, auch Tarantinos JACKIE BROWN nicht, der so bedingungslos, konsequent und mit großartiger Genugtuung im Gelingen eine starke Frauenfigur in den Mittelpunkt gestellt hat wie Dahls schneller, forscher und lässiger zeitgenössischer Film noir. Was in den ersten beiden Täuscher-Balladen angelegt war, findet hier seinen Höhepunkt. Bridget Gregory (Linda Fiorentino) macht sich mit der Million Dollar, die ihr Arztgatte Clay aus einem Drogendeal herausgeholt hat, aus New York davon und landet auf der Flucht in einem Provinzkaff, dessen Langweiligkeit nur von der lokalen Sauberkeit und Höflichkeit übertroffen wird. Gegen Bridget sind die Männer am Billardtisch und auf den Barhockern Milchbubis.

Während Clay sie suchen läßt, verwickelt Bridget den naiven Versicherungsvertreter Mike in eine hitzig-turbulente Affäre, die das Greenhorn weder versteht noch übersieht. Die supercoole, clevere und toughe Großstadtpflanze hat eigene Pläne. Sie schafft den auf sie angesetzten Detektiv, überredet Mike, Clay zu töten, und läßt zwei Männer zurück: einen als Leiche und einen hinter Gittern. Wie in Jim Thompsons GRIFTERS (1989 von Stephen Frears verfilmt) hat sie Geld und Freiheit, aber ohne wie Anjelica Huston eine familiäre Katastrophe auf dem dollarleichten Gewissen zu haben.

Bridget ist eine »real femme fatale«, schön, smart, lasziv und als sexueller Tornado den Männern weit überlegen. Sie verspricht nichts, hält alles und fordert es mehrfach zurück. Linda Fiorentinos erotische Attraktivität, in Martin Scorseses DIE ZEIT NACH MITTERNACHT (1985) und Alan Rudolphs THE MODERNS (1989) eines der Asse, läßt sie hier in einer One-Woman-Show auftrumpfen:

als Synthese aus Barbara Stanwycks FRAU OHNE GEWISSEN und Rita Hayworths LADY VON SHANGHAI mit einem Hauch von GILDA. Fiorentino hat die langen Beine und tiefen dunklen Augen, die ihre Rätselhaftigkeit nie preisgeben. Das paßt bis zum Lidschatten treffsicher in die Intrigenspiele der Schattenweltler, die Dahl mit spitzfindigem Witz und in farcenhafter Thrillerkonstruktion auf die Spitze treibt.

Die flotten Dialoge des Drehbuchs von Steve Barancik und der ausgezeichnete Jazz-Soundtrack zwischen Herbie Mann, Bebop und leichtem Cool Jazz machen den Film zum Genuss: wie rauchiger Whiskey auf der U-Bahn-Fahrt ins Herz von New York.

Dahls bislang letzter Noir-Trip UNFORGETTABLE führte 1995 in das Grenzgebiet der Forensik. Dr. David Krane (Ray Liotta), ein brillanter Gerichtsmediziner, ist vor Jahren mangels Indizien wegen des Mordes an seiner Frau Mary, der ihm in die Schuhe geschoben wurde, freigesprochen worden. Verbissen forscht er nach Erinnerungsmöglichkeiten, als ihm die Neurobiologin Dr. Martha Briggs (Linda Fiorentino) begegnet, die ein Präparat an Tieren testet, mittels dessen aus der Rückenmarkflüssigkeit Rückschlüsse auf die Erinnerungen in den letzten Lebensminuten eines Toten gewonnen werden könnten. Krane stiehlt das Präparat, probiert es an sich selbst aus, bringt Martha in Lebensgefahr und kann tatsächlich vor seinem Tode den wahren Mörder, seinen eigenen Polizeichef (Peter Coyote), entlarven. Die Forensik mitsamt den daraus resultierenden Spezialeffekten drängt sich in dem sehr spannenden Gewissensdrama leider etwas in den Vordergrund. Krane jedoch ist eine Person, deren Verzweiflung zu jener manischen Besessenheit führt, die den Film noir charakterisiert.

Der Tarantino-Bluff

Ein Autor wie John Dahl hatte begriffen, daß zum echten Noir-Universum vor allem Stil, Stolz und Sturheit gehören, daß die von Meistern wie Melville erfundenen und erfindungsreich variierten Vorgaben in der Lakonie der prägnanten Dialoge bestehen, der kurzen glücklichen verbalen Rückhand-Pässe und der gebotenen Eleganz ihrer grandios scheiternden tragischen Helden ohne falschen Glorienschein. Die tatkräftigen Profis, titanischen Gangster und taktlosen Frauen dieses Noir-Kosmos sind eigenwillige autonome Individuen, im Innersten befreit von der Gleichmacherei und der Scheinharmonie sozialer Zwänge.

In Jean-Pierre Melvilles LE SAMOURAI/DER EISKALTE ENGEL (1967) sagt Alain Delon als Jeff Costello einmal: »Ich verliere niemals. Niemals wirklich.« Was bei Melville philosophische Maxime eines über- und metazeitlichen Profikillers ist, verkommt in den modernistischen Gangster-Variationen seiner US-Epigonen zur McDonalds-Farce bluffender Schwätzer, denen jede Ambiguität fehlt und die als Abziehbilder von US-Mythen selbst keine neuen mythischen Figuren schaffen. Die ritualisierten Verhaltensweisen der großen Voränger werden zu leeren Gesten der postmodernen Beliebigkeiten mit aufdringlichem Zitatcharakter. Nicht das Spielen mit der Gewalt ist das Problem – das gab es seit SCARFACE (1930) stets im Gangsterfilm, sondern die populäre Pose vor einem Spiegel, der nichts mehr reflektiert als die Schatten vergangener Zeiten.

Die gleichmacherisch-epigonale Tendenz manifestiert sich am prägnantesten in den Filmen von Quentin Tarantino, dessen Debütfilm RESERVOIR DOGS (1991) die Phase der Zitat-Gangster einleitete. Nach einem mißglückten Überfall auf einen Juwelier treffen die überlebenden Mitglieder einer Gangsterbande nach und nach in einem Lagerhaus ein, wo sie sich gegenseitig zerfleischen: Einer der »Reservoir Dogs« muß ein Polizeispitzel sein. Als die Polizei auftaucht, haben sich die Gangster, die alle Tarnnamen nach Farben tragen (Mr. Brown, Mr. Pink usw.), fast alle niedergeschossen.

Tarantino beschreibt den Zerstörungsprozess der Gruppe mit krasser Gewalt und großer Brutalität, beispielhaft in jener Szene, als Mr. Blonde (Michael Madsen, aus KILL ME AGAIN) im Foltervorgang seinem Opfer zur Rock-Musik von »Stuck in the Middle with you« seinem Opfer ein Ohr abschneidet. Tarantino versucht die Sequenz als Plansequenz (ungeschnittene Einstellung) zu inszenieren, was allerdings ebenso scheitert wie das Bemühen, Mr. Blondes langen Gang durch die Halle zum Wagen mit dem Benzinkanister und zurück als funktionale Einheit plausibel zu machen. Denn die Szene gibt nicht mehr her als eben eine lustvoll zelebrierte Foltermethode. Um das zu begreifen, muß man zum Vergleich echte Plansequenzen heranziehen, etwa den Anfang von Orson Welles' TOUCH OF EVIL/IM ZEICHEN DES BÖSEN (1957/58), in der die Choreographie verschiedener Personen und eines mit einer Autobombe bestückten Wagens zur mexikanischen Grenze als Wechselspiel von Plot, Suspense und Inszenierung Sinn machte, oder das Verhör Jean-Paul Belmondos in Jean-Pierre Melvilles LE DOULOS/ DER TEUFEL MIT DER WEISSEN WESTE (1962), als der angebliche Spitzel Silien im Büro des Kommissars cooler als seine Nachfahren den Kriminalen ins Leere laufen läßt.

Was RESERVOIR DOGS über den formalen Bluff hinaus dennoch in Maßen akzeptabel macht, sind die Rededuelle und Rollenspiele, in denen die Auseinandersetzungen der Gangster vor gezogenen Revolvern kulminieren. Dort wird das Thema Verrat in den eigenen Reihen, Vertrauen und Mißtrauen auf absurde Weise ein Spielmaterial, das den Figuren entspricht: Denn die Gangster erscheinen stets im Zwiespalt zwischen lächerlichen Kino-Vorbild-Posen und dem eigentlichen Drama um Loyalität von Personen, die an sich außerhalb von Wertesystemen stehen und sich insofern auch keine Basis schaffen können, auf der der groteske Tanz um die Aufdeckung des Verrats zu einer echten Tragödie oder mindestens zur Katharsis führen würde.

In Tarantinos zweitem Spielfilm PULP FICTION (1994) wird die geschwätzige Blasiertheit der Killer noch deutlicher. Tarantino entwickelte aus mehreren Treatments, die er in den 80er Jahren verfaßt hatte, ein episodenhaftes Arrangement um Typen und Standards des Film noir. Die Killer Jules und Vincent unter sich: Sie reden endlos über Fußmassagen, die Frau vom Boß, TV-Serien, Hamburger und haben sichtlich gute Laune beim Antritt ihrer »Dienstfahrt«. Später legen sie ein paar Kleingauner um, nachdem sie denen Bibelzitate aus zweiter Hand um die Ohren gedonnert haben, und stellen einen Koffer sicher. Killer Vincent hatte am Abend vorher die Frau seines Chefs zum Tanzen ausgeführt und sie mit einer Spritze ins Herz vor dem Drogentod bewahrt. Ein ausgebrannter Boxer, am Ende der Absteiger-Kette, soll einen Kampf türken und k. o. gehen. Der Mann kämpft, schlägt den Gegner tot und will sich mit Geliebter und Bestechungsgeld davonmachen. Die Frau hat des Boxers Maskottchen, eine goldene Uhr, vergessen. Zurück in seiner Wohnung, trifft er einen der Killer, die inzwischen einen »dreckigen Job« mit Blutentfernungsmitteln hinter sich haben, weil sie aus Versehen in ihrem Wagen einen jungen Schwarzen erschossen haben, und tötet ihn bei der Lektüre auf der Toilette. Die Killer wiederum haben unmittelbar vorher in einem Diner für Ruhe gesorgt, als ein Paar Möchtegern-Gauner für Stunk sorgten. Der Boxer befreit den Mann, der ihn töten lassen will, aus einer mißlichen Vergewaltigungssituation und kommt davon. Dieser Mann war der Boß der coolen Killer.

Stories wie diese sind Lebenssaft für das Kino klassischer Prägung, speziell des Film noir. Tarantino hat sie für die 90er recycelt, so daß man auf den ersten Blick meint, etwas Neues gesehen zu haben. Getäuscht: PULP FICTION ist kein Meisterwerk, sondern ein brillanter cleverer Stunt, der längst erzählte Geschichten mit einem kleinen Trick trendmäßig konsumierbar macht, ihnen das Noir austreibt und auf der Grenze von schwarzem Humor und blutiger Gewaltparade pendelt, ohne eine Einheit herzustellen: Die Episoden bleiben disparat. Der Trick besteht in der Anordnung der Episoden, die nicht linear und chronologisch oder mit erkennbaren kurzen Rückblenden erzählt werden, sondern als Abfolge von Szenen, deren herstellbare Chronologie (siehe oben) durcheinandergewirbelt wurde bis an den Rand der Beliebigkeit, so daß z.B. der tote Killer aus Teil 5 in Teil 6 wieder quicklebendig ist. Das hat es in der Schwarzen Serie schon gegeben. Insofern nichts Neues, von multiperspektivischen und alternativepisodischen Filmen von Meistern wie Orson Welles oder Jean-Luc Godard mal ganz abgesehen.

Gravierender ist der Mangel an pessimistischer Grundierung, die das Noir-Muster ausmachen sollte. Die Kritik pries den schwarzen Humor des Films, was man gut nachvollziehen kann, auch die witzigen Dialoge sind Kinofutter, neu ist das Verfahren aber auch hier nicht. Schon in THE KILLERS (1946, von Robert Siodmak) reden die Todbringer aus Ernest Hemingways Kurzgeschichte so wie Jules und Vincent, nur lakonischer, prägnanter, pointierter, kürzer und nicht so endlos laberhaft. Nur ist Siodmak damals kein dicker

Drehbuchfehler unterlaufen, wie ihn sich Tarantino leistet, der Vincent von Dingen erzählen lässt, die er gar nicht gesehen haben dürfte. Da ist die Reihenfolge der Stories und der mündlichen Erzählungen innerhalb der Handlung mächtig durcheinandergeraten. Man muß eben den Überblick behalten.

Tarantinos zweite Schwäche ist die mangelnde Ökonomie der Erzählung, was sich an seinem dritten Film JACKIE BROWN (1997) zeigt, der zähe 150 Minuten für eine Story braucht, für die Meister wie Howard Hawks oder John Huston höchstens 80 Minuten benötigt hätten, weil sie einfach flüssiger und schnörkelloser inszenieren konnten. Die Überlänge der linearen Ballade um die titelgebende Stewardess legt die Schwächen der Erzählstruktur gnadenlos bloß: JACKIE BROWN ist ein ästhetisches Wrack, das seine schmalbrüstigen Einfälle mit einem Soundtrack aus Soul und Hip-Hop aufpeppt, allein auf das Schauspielerensemble setzt und scheitert.

Jackie Brown ist eine schwarze Stewardess, attraktiv, mit 48 Jahren in der beruflichen Sackgasse und Gelegenheitsschmugglerin für den Waffenhändler Ordell. Als sie in die Hände des FBI gerät, läßt sie sich auf einen gefährlichen Deal ein: Ordell zu linken. Mit Hilfe des in sie verliebten Kautionsmaklers Max trickst die Flugbegleiterin unseres Kinovertrauens alle aus und setzt sich mit dem Löwenanteil von Ordells Geld ab.

Die Spannung der mit zu vielen unfunktionalen Nebenfiguren gespickten Story hält sich in Grenzen, die Typengalerie ist schnell erschöpft. Nur eine Sequenz – die Geldübergabe in der Mall, einem Einkaufs-, Ess- und Entertainment-Zentrum – ist multiperspektivisch elegant aufgelöst, hat aber ein nachweisbar originelleres Vorbild: Stanley Kubricks THE KILLING (1956), in dem der Raub auf der Rennbahn in dieser Weise durchgeführt wurde. Pam Grier, die wunderbare Heldin des schwarzen Actionkinos der 70er Jahre, beherrscht mit ihrer imposanten erotischen Erscheinung den Film, daß man glaubt, Tarantino hätte vor ihr gekniet, statt Regie zu führen. Ästhetischer Fehlschluss Tarantinos: die bleichen Farben der US-TV-Serien als Stilmittel des nach einem Roman von Elmore Leonard entstandenen Films einzusetzen. Sie unterminieren die angestrebte schwarze Variante des Gauner-und-Ganoven-Gruppenbildes bis zur Unkenntlichkeit.

Die Üblichen

Was an John Dahls Täuscher-Balladen fasziniert und was an Tarantinos Killer-Hymnen stört, die traditionsaufgreifende Variation einerseits und die populistisch modernistische Beliebigkeitsspielerei andererseits, hat in den 90er Jahren einige Zwischenstufen gefunden, z. B. in den Filmen um Serienkiller und in den Werken, in denen die Familie als Urzelle der Gemeinschaft in ihrem Kern bedroht ist: in den Thrillern um American Psychos und die Dämonen, die das Sozialgefüge von innen auseinanderzubrechen drohen.

Die Filme um die Serienkiller genannten Massenmörder mit all ihren Spezialitäten vom schnellen kurzen Töten bis zum Häuten der Opfer oder der ritualisierten Form, sie gemäß ihrer Vergehen und Verbrechen im Leben zu bestrafen, führen in die dunkle Seite der Seele und sind die Domäne des Psychothrillers. Es gilt, das Böse im eigenen Ich zu entdecken. Was bei Alfred Hitchcock noch schlummerte und in Filmen wie VERTIGO verschlüsselt wurde, in dem die Obsessionen eines an Höhenangst leidenden ehemaligen Polizisten zur Nekrophilie führen – er zerstört systematisch die Identität einer Frau, um mit dem Wunschbild einer anderen zu schlafen, und führt dadurch ihren Tod herbei –, hatte Hitchcock 1960 in PSYCHO, der der Gattung den Namen geben sollte, drastischer ausformuliert. Der Duschmord, die mumifizierte Mutter und die Schizophrenie des Norman Bates waren die Vorboten einer Psychopathie, die in den 80er Jahren mit Romanen wie AMERICAN PSYCHO von Robert Easton Ellis oder den Romanen von Thomas Harris um den genialischen Psychiater und kannibalistischen Serienmörder Dr. Hannibal Lector kulminierten.

Die Verfilmung THE SILENCE OF THE LAMBS/DAS SCHWEIGEN DER LÄMMER (1990) von Harris' gleichnamigem Roman setzte die Standards für die 90er Jahre. Die in der Ausbildung befindliche FBI-Agentin Clarice Starling (Jodie Foster) wird vom Chef der psychologischen Abteilung des FBI zu sich geholt. Crawford ist auf den Serienmörder mit dem Spitznamen »Buffalo Bill« angesetzt, der junge Frauen häutet und ihre Leichen in den Fluss wirft. Um weiterzukommen, bringt er Clarice mit dem einsitzenden Serienmörder Dr. Hannibal Lector, »Hannibal the Cannibal« genannt, in Verbindung, der bisher alle Mitarbeit verweigert hatte. In einem gefährlich-grausigen Gedankenaustausch verlangt Lector (Anthony Hopkins in einer Maßstäbe setzenden Mischung aus äußerlicher Behäbigkeit und Zuvorkommenheit und innerlichen Sprungfedermechanismen eines wilden Wolfsrudels) von Clarice Details aus ihrer Kindheit und Jugend, während er sie mit der Psyche »Buffalo Bills« vertraut macht. Die Gefahr für Clarice liegt in dem Ausliefern ihrer Psyche an Lector, der sie jedoch von ihrem Trauma, dem Schreien eines zur Schlachtbank geführten Lammes, befreit und sie in die Lage versetzt, den Mörder zu finden.

Lector spielt gleichzeitig ein doppeltes Spiel, denn vorher hatte er falsche Spuren gelegt. Lectors Anstaltsleiter hatte sich auf ein

Geschäft mit einer Senatorin, deren Tochter entführt wurde, eingelassen und bei dieser Gelegenheit Lector verlegt, der fliehen kann. Clarice findet »Buffalo Bill« tatsächlich und kann die junge Frau befreien. Am Tag ihrer FBI-Inauguration erhält sie einen Anruf von Lector, der mit dem inzwischen berühmt gewordenen Satz »I Have a Friend for Dinner tonight« auf sein nächstes Opfer – den Anstaltsleiter – verweist.

Die Beziehung Clarice–Lector ist durch die Inszenierung von Blicken durch die Gitterstäbe des Hochsicherheitstraktes als Liebesgeschichte angelegt und als Psycho-Duell, aus dem Lector zwar als Sieger hervorgehen wird, aber in einer seltsamen Anwandlung von Gnade auch Clarice ihren Erfolg gönnt: schließlich war es ein Geschäft auf Gegenseitigkeit. Vor allem die dämonische Hauptfigur von THE SILENCE OF THE LAMBS mit ihren ausgekochten Psychofallen verrückte die Weltbilder des Normalen hin zu einer Psychopathologie des Verbrechens, die viele Nachahmer fand und sich im Video- und TV-Movie-Bereich in dritt- und viertklassigen Abziehbildern schnell erschöpfte.

Einer der gelungenen Filme dieses Zyklus der Psycho-Dämonie ist SEVEN/SIEBEN (1995, von David Fincher). Hier geht das Serienmördermotiv eine frappante Verbindung mit dem Cop-Thriller, dem Polizeifilm ein. Der abgeklärte schwarze Polizist Somerset (Morgan Freeman), der kurz vor der Pensionierung steht, muß seinen jungen weißen Kollegen Mills (Brad Pitt), einen agilen Heißsporn, einarbeiten. Die Cops werden mit einem Killer konfrontiert, der bizzare Morde begeht: Denn jede seiner Taten steht unter dem Motto einer der sieben Todsünden und trägt einen sorgfältigen Inszenierungscharakter. Gleichzeitig hinterlässt er den Kriminalen ausgeklügelte Hinweise, ist ihnen aber immer um wesentliche Schritte voraus. Als es zur Konfrontation mit dem Serienmörder (Kevin Spacey in einer ähnlich erschreckenden Rollenleistung wie Anthony Hopkins) kommt, reizt der den jungen Mills bis aufs Blut. Mills erschießt ihn und ist damit selbst der letzten Todsünde erlegen.

Über die Story der an der Nase herumgeführten Cops hinaus entsteht in SEVEN ein ständiges Klima der Angst, Kälte und finsterer urbaner Landschaften, über die ein Dauerregen niedergeht. Die spürbar lebensfeindliche Stadt, eine Szenerie des Grauens und der Vorhölle, bietet ideale Tatorte, auf denen die gräßlich zugerichteten Leichen zurückbleiben. Wo das Ambiente von Gewalt bestimmt ist, können ihr die Personen nicht entkommen. Die Schlußszenen spielen zwar in sonnenüberfluteten Feldern, aber auch dort holt die Gewalt die Menschen ein.

Ebenfalls von der überall lauernden Gewalt wird die Psychologin Helen Hudson (Sigourney Weaver) zu Beginn von COPYKILL (1995, von Jon Amiel) eingeholt. Nach einem Vortrag wird sie in der Toilette der University of Californa angefallen und von einem Sadisten gedemütigt, der sie zudem zwingt, mitanzusehen, wie er den zu ihrem Schutz bestellten Polizisten tötet. Bevor er dann Helen töten kann, wird er überwältigt. Von nun an sieht sich Helen außerstande, ihre Wohnung in New York zu verlassen. Sie kommuniziert mit der Außenwelt nur durch ihren Assistenten und ihren Computer.

Als ein Jahr später ein Serienkiller New York unsicher macht, versucht die mit dem Fall betraute Polizeibeamtin M.J. Monahan (Holly Hunter), Helen zur Mitarbeit zu bewegen, doch deren Ängste sind zu groß. Erst als Helen überraschend eine Botschaft des Mörders auf ihrem Computer findet, ist sie bereit, mitzuermitteln. Sie findet heraus, daß der Killer die Morde berühmter amerikanischer Serientäter imitiert. Es gelingt den beiden Frauen, seine Identität herauszufinden, doch er kann entkommen, überfällt Helen in ihrer Wohnung auf genau die Art wie ein Jahr zuvor und wird von Helen und M. J. Monahan gemeinsam zur Strecke gebracht. Helen hat ihre Angst verloren.

COPYKILL besitzt nicht mehr die erzählerische und vor allem formale Stringenz von SILENCE oder SEVEN, läßt den Frauen und dem Assistenten zuviel Raum für erotisch-burschikoses Geplänkel und vermag Helens Angst, immerhin das entscheidende Motiv der Handlung, nicht plausibel umzusetzen. Was an der Gestaltung des zwar chicen, aber äußerst unübersichtlich gestalteten Apartments liegt, in dem zu wohnen für eine Frau mit einem Angsttrauma ziemlich unwahrscheinlich ist.

Wie tragfähig das Serienmörderthema sein kann, zeigt seine Verbindung zum Road Movie, in dem das Motiv der ziellos zielgerichteten Reise in innere und äußere Welten handlungstragend ist. In KALIFORNIA (1993, von Dominic Sena) ist ein junges Pärchen (David Duchovny und Michelle Forbes) unterwegs, um für ein Sachbuch über Massenmörder zu recherchieren und die Orte zu fotografieren, an denen sie ihr Unwesen trieben. Um Geld zu sparen, suchen sie Mitreisende. Doch als sie Early und Adele (Brad Pitt und Juliette Lewis) in ihrem Wagen sitzen haben, wird die Reise zu einem Alptraum, denn Early ist ein gesuchter Killer.

Was in KALIFORNIA nicht gelingt, eine zwingende Einheit von Reise, Alptraum und Motiven zu schaffen, gelingt in dem kleinen B-Picture AMERICAN PERFECT (1997, von Paul Chart) aufs vortrefflichste. Das ungewöhnlich spannende, dichte und im Erzählfluß lakonische Road Movie, dessen Mystery-Thriller-Grundierung einem mit überraschenden Wendungen in Bann zieht, ist eine stilistisch geschlossene Independent-Produktion, die mitten im Film die Hauptdarstellerin wechselt und damit unerwartet einen erneuten Wendepunkt im Plot aufbaut.

Die hochneurotische und vereinsamte Angestellte Sandra (Amanda Plummer, die ihr Pech mit der ersten Szene, in der sie in ihren eingeklemmten Wagen steigt, heraufbeschwört) will ihre Schwester Alice treffen. Sie wird nach einer durchaus nicht zufälligen Autopanne mitten in der Wüste von Kalifornien von einem (scheinbaren) Arzt (Robert Forster, Kautionsmakler aus JACKIE BROWN und TV-Serien-Veteran) aufgelesen, mit dem sie den besten Orgasmus ihres Lebens hat und verschwindet. Ihre Schwester Alice (Fairuza Balk mit Cowboyhut als eine Art weiblicher Arlo Guthrie) stößt auf den Arzt und wird als schwangere Drifterin das Rätsel des Films lösen und und in einem aufregenden Finale in einer Scheune dem leibhaftigen Wüstensatan entkommen.

AMERICAN PERFECT besticht durch die erzählerische Konsequenz, mit der, den Filmen von John Dahl vergleichbar, die Rätselhaftigkeit der Wüstenpsychos nie ganz aufgegeben wird. Der Titel bezieht sich auf die kleine Münzen-Philosophie, die als schöner Drehbucheinfall den Film durchzieht und sich im Spiel Kopf oder Zahl niederschlägt, die jeweils entscheiden, wohin von nun an der Weg des Arztes, der sein Schicksal auf die Probe stellt, führen wird. Wie in den besten Noir-Filmen glänzen Schauspieler in Nebenrollen, so David Thewlis als Trickbetrüger, Paul Sorvino als Sheriff mit Wut im Bauch, Geoffrey Lewis als Motel-Besitzer und Joanna Gleason als Heroin-Junkie). AMERICAN PERFECT baut die düstere pessimistische Atmosphäre ohne die Blutgerichte der anderen Serienmörderfilme auf und gewinnt allein dadurch als feiner kleiner Film einen Vorsprung vor einer Welle, die sehr schnell ihren Höhepunkt überschritten hatte.

Ähnliches gilt für Filme wie THE HAND THAT ROCKS THE CRADLE/DIE HAND AN DER WIEGE (1991, von Curtis Hanson) oder UNLAWFUL ENTRY/FATALE BEGIERDE (1991, von Jonathan Kaplan), die den Horror ins Eigenheim transportierten und deren Noir-Elemente von den Erzählmustern des Gruselfilms überlagert wurden. Im ersten Film schleicht sich eine Blondine als Babysitterin in das Haus einer Vorortfamilie ein und erweist sich als tatkräftiger Racheengel, der der Frau des Hauses den Ehemann abspenstig macht und in letzter Sekunde unschädlich gemacht werden kann. Im zweiten Film wittert ein Streifenpolizist die Schwachstellen eines Vorortpaares – Vernachlässigung der Ehefrau wegen der Karriere – und steigert sich in einen Liebeswahn, der von dem Objekt seiner dienstzeitfreien Begierde nicht erwidert wird. Dennoch eskaliert er seine Annäherungsversuche an die schöne Madeleine Stowe und geht dabei über Leichen, bis das Paar ihn erledigt.

Wesentlich überzeugender geriet Barbet Schroeders SINGLE, WHITE, FEMALE/WEIBLICH, LEDIG, JUNG SUCHT ... (1991). Bridget Fonda nimmt Jennifer Jason Leigh als Untermieterin bei sich auf und erlebt von nun an in den eigenen vier Wänden den erst sanften, dann sich zum Mordwahn steigernden Terror der Frau, die sich langsam, aber sicher ihre Identität angeeignet hat, bis hin zum Austausch des Lovers. Schroeder läßt sich Zeit mit dem Ansammeln der Zeichen, die Unheil bedeuten werden, und versucht sich an einer Architektur weiblicher Psyche, was in Ansätzen – die Isolation der Frauen in dem Riesenappartement, die Fixierung auf Männer, die es nicht wert sind, die Sucht nach Anerkennung, der tobende Ausbruch der Rachewut und die bedingungslose Erledigung jeder Rivalin – gelingt.

Der schwarze Einbruch in weiße Seelen findet eine originelle

Variante in Curtis Hansons THE RIVER WILD/AM WILDEN FLUSS (1993), in dem Meryl Streep eine Wildwassertour mit Mann und Sohn unternimmt und die Familie unterwegs von zwei flüchtenden Verbrechern gezwungen wird, sie durch die Stromschnellen zu manövrieren. Von der äußeren Anlage her ein Abenteuerfilm wie Boormans Meisterwerk DELIVERANCE/BEIM STERBEN IST JEDER DER ERSTE (1972), kommt die schwarze Note durch die Ehefrau ins Spiel, die beinahe auf die Einflüsterungen und erotischen Avancen des von Kevin Bacon gespielten Kriminellen eingeht, um in letzter Minute dann doch die Familie zu retten, wobei sich der Ehemann (David Strathairn gewohnt zuverlässig), der bislang als Schwächling gezeigt wurde, als tatkräftig genug erweist, den Eindringling ins Familiengefüge zu erledigen.

Die klassische Version dieses Motivs hatte J. Lee Thompson 1962 mit seinem heute noch fesselnden Thriller CAPE FEAR/EIN KÖDER FÜR DIE BESTIE (1962, nach dem Roman THE EXECUTIONERS von John D. MacDonald) vorgelegt. Aus dem mit Robert Mitchum und Gregory Peck damals prominent besetzten Drama um die teuflische Rache eines entlassenen Sträflings an der Familie des Rechtsanwalts, der ihn ins Gefängnis gebracht hatte, ist in der Neufassung durch Martin Scorsese als KAP DER ANGST (1990) eine endlose Schreckensspirale geworden.

Robert De Niro als Max Cady vergiftet den Hund, die Gefühlswelt der 15jährigen Danielle (Juliette Lewis) und ihrer Mutter (Jessica Lange) und die Atmosphäre des Südstaatenkaffs in den Bayous von Florida: Mit den Mitteln des sich stetig steigernden Terrors nimmt Cady Rache an Anwalt Sam Bowden (Nick Nolte), der ihn, indem er Beweise unterschlug, wegen sexueller Mißhandlungen und Vergewaltigung hinter Gitter brachte. 14 Jahre »Reifezeit«

haben aus Cady einen psychischen Krüppel gemacht, der sich als Nietzscheanischer »Übermensch« bibelfest und ultrabrutal an der Umwelt vergeht.

Scorseses Remake ist ein überinszenierter Schocker, der seine Effekte ständig überreizt und die dem Stoff immanenten Fragen nach Schuld und Sühne, Erlösung und Fegefeuer – alles Scorseses persönliche Obsessionen – plakativ und sinnlos in den Dialog einbaut. Das Finale im Schlamm des Flusses, wenn der Teufel Cady endlich erschlagen wird, ist Höhepunkt einer Höllenfahrt, die als solche bereits in dem – es sei wiederholt – heute mindestens so spannenden Vorgänger angelegt war. Eine einzige Szene wird in die Annalen eingehen: Da zwingt De Niro Juliette Lewis allein durch Rhetorik und seinen Finger in ihrem Mund in ein Wechselbad aus Abscheu und Faszination, ein sexueller Mißbrauch ohne sichtbare Spuren. Von diesen produktiven Widersprüchen hätte der Film mehr benötigt.

Genau hier liegt der Grund, warum es in den 90er Jahren nur wenig wirkliche und das Label Film noir verdienende Filme gegeben hat. Denn die Noir-Werke leben von eben jenen unauslotbaren Tiefendimensionen der Psyche und der Gesellschaft, die im falschen Glanz der 90er Jahre untergegangen sind, weil die zynische Vernunft, die vor Jahren noch eine Qualität des pessimistischen Krimis war, längst Einzug ins allgemeine Bewußtsein der Öffentlichkeit und ihrer demgemäßen Verhaltensweisen gehalten hat. Die subversiven Akte des Widerstandes gegen die herrschende Sozialform können also nicht mehr auf dieser eher affirmativen Ebene liegen. Sie müssen sich neues Terrain erobern. Die Wolfsmentalität der Serienkiller und Familienterroristen ist nicht wirklich schwarz, sondern die Bestätigung herrschender Verhältnisse, die die Auswüchse des Unheils braucht, um von den per se sozialdarwinistischen und mittels Fernsteuerung der Medien durch das »Technopol« (Neil Postmans Begriff) kontrollierten Massen abzulenken. Schwarz ist heute nicht der Massenmörder und das teuflische Kindermädchen, schwarz sind die Konzerne, die Entertainmentprodukte mit längst gesellschaftsfähig gewordenen schwarzen Inhalten transportieren und im vernetzten Mediensystem allgegenwärtig verfügbar halten.

Eine neue Qualität würden Noir-Elemente erst dann gewinnen, wenn sie als Systemkritik des Medienzeitalters fungieren könnten. Da aber die Kontrollmechanismen des Technopols lückenlos geschlossen sind, ist ein Aufbrechen mittels unterminierender medialer Formen vorerst nur in den isolierten Kommunikationsstragien des Internet und der virtuellen Realitäten der Zukunft möglich. Im Bereich der Science Fiction ist man auf dem Weg dorthin (MATRIX), im Bereich der Sozialsatire und des Medienspiegels wagt man den Gegenentwurf zur Zeit in entweder idealistischen Ausbruchversuchen (THE TRUMAN SHOW) oder im resignativen Aufgeben gegenüber dem allgegenwärtigen Apparat (EDTV). Für den Film Noir stellt sich hier eine denkbar dankbare Aufgabe.

Lug und Trug, my Lovely

Zum Abschluß der nicht auf Vollständigkeit, sondern auf Tendenzen abzielenden Übersicht über den Film-noir der USA in den 90ern seien die drei besten Films-noirs des Jahrzehnts vorgestellt, die bündeln, was in den bisher behandelten Produktionen angelegt war und die hochgradig der Tradition des klassischen Film-noir verpflichtet sind: KISS OF DEATH (Barbet Schroeder, 1994), THE USUAL SUSPECTS/DIE ÜBLICHEN VERDÄCHTIGEN (1994, von

Bryan Singer) und L.A. CONFIDENTIAL (1997, von Curtis Hanson).

Auf der Basis des Film-noir-Klassikers KISS OF DEATH/DER TODESKUSS (1947, von Henry Hathaway) entwickelte Barbet Schroeder (SINGLE, WHITE, FEMALE) eine gelungene Modernisierung. Ein Familienmensch unter Gangstern hat's nicht leicht. Jimmy Kilmartin (David Caruso), von aller Welt gelinkt, ist so ein Pechvogel unter den Geiern und Hyänen auf beiden Seiten des Gesetzes. Hilfe bei einem Coup bringt ihm Knast ein. »Singen« kommt nicht in Frage. Als seine Frau bei einem Autounfall stirbt und ihm klar wird, daß Vetter Ronnie (Michael Rappaport) dahintersteckt, geht er seiner Tochter wegen einen Deal mit der Staatsanwaltschaft ein und läßt sich als V-Mann ins Milieu schleusen. Er gerät an den Gangsterboß Little Junior (Nicolas Cage), der als asthmageplagter Killer mörderisch mit Ronnie abrechnet und den coolen rothaarigen Jimmy bald als Vertrauten behandelt. Jimmy gerät zwischen alle Fronten, als er feststellt, daß auch FBI und Staatsanwaltschaft mit verdeckten Karten spielen.

Als Jimmy die Mechanismen durchschaut, tritt er in Aktion. Bis dahin haben ihn alle Parteien ausgenutzt und bis aufs Hemd ausgezogen. Er traut nur dem schwarzen Cop Calvin (Samuel L. Jackson), um Kind und neue Gattin in Sicherheit zu bringen. Calvin, schwer verletzt bei Jimmys damaliger Verhaftung, überwindet den Hass auf den Weißen und steht dem Iren gegen die Mächtigen bei Gericht erfolgreich bei. Schroeder kann sich auf seine Darsteller verlassen: David Caruso gibt den gebeutelten Loser als gramgebückten Gauner mit einem Gesicht ewiger Müdigkeit, Samuel L. Jackson ist Cop mit durch die Augenwunde unfreiwilligem Tränenfluß, Wut im Bauch und Verstand im Kopf. Nicolas Cage ist Mafioso mit Ausflipp-Mentalität, der in der Freizeit Frauen stemmt.

Ein riesiger Autofriedhof, Hafenanlagen, eine neonbeleuchtete Striptease-Bar und das Niemandsland aus verrotteten Industrieanlagen und Mauern vor Wildwuchs sind stimmiger Hintergrund für Gewalt, Mord und Erpressung und die Austauschbarkeit von Kriminellen und Kriminalen: Ehrenmänner, die die Finger beim Versprechen gekreuzt halten. Verrat ist an der Tagesordnung, Sieger der Raffinierteste unter den Konspirativen. Wie in THE USUAL SUSPECTS, der seinen Titel einer geläufigen Floskel entnimmt, die selbst im Melodram CASABLANCA zitiert wird (»Round up the usual Suspects«), ist eine intelligente labyrinthische Mischung aus THE ASPHALT JUNGLE (John Huston, 1950), CRISS CROSS (Robert Siodmak, 1949), KANSAS CITY CONFIDENTIAL (Phil Karlson, 1952) und ODDS AGAINST TOMORROW (Robert Wise, 1959), der die Motive dieser Filme aufgreift und in einem labyrinthischen Strudel aus Lug und Trug zu einer neuen Einheit fügt. Der Kunstgriff liegt in den verschachtelten und geschickt montierten Rückblenden des Films, der voll überraschender Wendungen mit einem schrägen Personenarsenal und humorvollen Abschweifungen von der Handlung sowie einer geschickten Assoziationsmontage sein verzwickt vernetztes Handlungsgefüge zu einem spannenden *Caper Movie* zusammensetzt, dessen Erzählstruktur als innovativ bezeichnet werden kann.

Der Plot an sich ist simpel, einsichtig und logisch – wenn man das Ende kennt. Fünf stadtbekannte Kriminelle, die titelgebenden »üblichen Verdächtigen« Verbal, Keaton, McManus, Hockney und Fenster, werden von den Cops in eine Zelle gesperrt, was ihnen Gelegenheit gibt, einen millionenschweren Coup auszuhecken. Sofort nach ihrer Freilassung wird das Unternehmen in die Tat umgesetzt. Was die fünf nicht bedacht haben: Sie kommen dem mysteriösen Gangsterboß Kayser Soze in die Quere, den niemand je zu Gesicht bekommen hat und der mit seinem Einfluß als mächtiger Unterweltler die eigentlichen Fäden in diesem Spiel hält. Vier der fünf »Verdächtigen« werden auf der Strecke bleiben – der fünfte hat sie alle ausgespielt und ausgetrickst. Es ist Kayser Soze selbst, der als Verbal mit in der Zelle saß und von Kevin Spacey in charismatischer Weise als kluger Organisator gespielt wird.

Der überragende Kevin Spacey, in SEVEN der Serienkiller der Todsünden, spielt auch eine der Hauptrollen in L.A. CONFIDENTIAL, der nach dem Roman von James Ellroy entstand. Im Los Angeles der 50er Jahre wird der ehrgeizige, eitle Cop Ed Exley (Guy Pearce), der bei den Kollegen des L.A. Police Department verhaßt ist, zum Lieutenant befördert. Exley hatte einen Kollegen angeschwärzt, um auf der Karriereleiter eine Stufe höher zu gelangen. Wenig später ist der Kollege tot, drei verdächtige Schwarze werden festgenommen und sterben, ehe der Fall aufgeklärt ist. Der Rechtsfanatiker Exley handelt illoyal, um den eigenen idealistischen Interessen nachgehen zu können. Mit unterschiedlichen Methoden handeln auch die Kollegen Bud White (der Australier Russell Crowe) und Jack Vincennes (Kevin Spacey): White mit dem Instinkt des Killers, Vincennes als cleverer Publicity Man.

Während White bei dem Callgirl de luxe Lynn Bracken (Kim Basinger, »Oscar« für die beste weibliche Nebenrolle) so etwas wie kurzzeitigen inneren Frieden findet, arbeitet Vincennes mit dem Society-Reporter Sid Hudgeons (Danny de Vito) zusammen. Die beiden bringen Prominente in verfängliche Situationen, drücken auf die Kamera und nehmen die VIPs hoch. Auf einer weiteren Ebene tobt der Machtkampf um die kriminelle Vorherrschaft, in die auch der Chef des Departments, Captain Dudley Smith (James Cromwell), verwickelt ist. Eine Weile scheint jeder gegen jeden zu agieren, bis überraschend Vincennes umgebracht wird. Der inzwischen abgebrühte Exley ahnt das wahre Ausmaß der Interessen und Blutspuren, die auch zu dem Produzenten Pierce Pratchett (David Strathairn) führen.

L.A. CONFIDENTIAL, eine einzigartige und atemberaubende Liebeserklärung an den klassischen Film noir, eskaliert, als die Rivalen White und Exley zusammenfinden und alte Fälle sich überraschend verknoten. Das Finale ist zwar enorm bleihaltig, aber notwendige Katharsis in einem virtuosen Spiel um die Grenzbereiche des Gesetzes, in denen alle Personen agieren. Der Film nimmt sich die Zeit, seine vielen Charaktere zu entwickeln und in dem Sumpf von Schuld, Verdacht, Mord, Unmoral und heimlicher Sehnsucht nach Erlösung eine Balance zu halten. L.A. CONFIDENTIAL ist der besten Romane nicht nur Ellroys würdig, sondern auch der seiner Vorgänger Ross MacDonald, Dashiell Hammett und Raymond Chandler. So muß ein Film noir aussehen, der wie einst Roman Polanskis CHINATOWN (1974) als Hommage funktioniert und die alten Muster mit neuem Leben füllt. Dazu gehören die Finten der Cops und der »internal affairs« ebenso, wie im Herzen der Lügen Wahrheiten erwachsen können, und sei es am Busen einer Edelnutte: Farewell, my Lovely!

Am Schluß der Übersicht stehen die beiden Noir-Werke, die als fatalistische und existentialistische Gangster-, Cop- und Agentenfilme die eigentlichen Höhepunkte der 90er darstellen, weil sie in Gestus, Stil und Philosophie die einzigen sind, die in die Meta-Dimensionen von Jean-Pierre Melville vorstoßen, dem sie hier am

Ende der Dekade, noch dazu im US-Film, würdevolle Hommagen erweisen. In beiden Filmen fühlt man sich in das Universum des Meisters versetzt, der mit seiner Todessehnsucht, der Austauschbarkeit von Kriminellen und Kriminalen und der Ästhetik ausgezirkelter Kamerabewegungen, die den Protagonisten keine Chance lassen, das Credo des Genres unverrückbar als von kontemplativer Qualität und dialektischer Konsequenz formuliert hatte.

Es handelt sich um HEAT (1996) und RONIN (1998). In HEAT (Regie und Buch: Michael Mann, der damit seine modische Verspieltheit der »Miami Vice«-TV-Serie überwunden hat) ist die titelgebende Hitze sinnbildlich gemeint, denn die fulminante Mischung aus Polizeifilm, Bankraub-Thriller und psychologisch-existentialistischer Studie ist eine unterkühlte Killer-Ballade von hochprofessionellen Totmachern auf beiden Seiten des Gesetzes. Attraktiv wird der L.A.-Shootout schon durch die Besetzung: Zwei Giganten des amerikanischen Gegenwartskinos treffen aufeinander. Robert de Niro und Al Pacino bislang zwar schon einmal zusammen, in DER PATE II, aber damals stets in getrennten Szenen, sitzen sich hier in einem Imbiss gegenüber, trinken Kaffee und spielen verwandte Seelen: einander konträr als Gangster und Cop, aber doch einander so ähnlich.

Pacino ist Police Detective Vincent Hanna mit dem so ziemlich verkorkstesten Eheleben, seit Jacqueline Bisset Steve McQueen in dem Klassiker BULLIT (1968) verließ. Drei Ehen, eine Stieftochter am Rande des Zusammenbruchs, ein Liebhaber seiner Frau, die sich über die Trümmer des Katastrophengebietes hinwegdemütigt: Das ergibt drei Stunden Psycho-Spannung. De Niro als Neil Macauly, Profi-Gangster und Meisterdieb, der große Gegenspieler, ist wie Vince kein Mensch mehr, lebt ständig auf der Flucht, organisiert nach den Sekunden der Uhr und ohne Zeit für eine feste Bindung. Inneres Nervenbeben beherrscht die Szenerie, die Action – eine Präzisionsouvertüre mit Überfall auf einen Geldtransport und ein Vor-Finale in einer Bank – spielt nicht die Hauptrolle. Das Duell lohnt, im Finale darf Pacino De Niro erschießen, der ihm im Sterben die Hand reicht. Durch die bösen Fäden des Verrats, die Mitglieder von De Niros Gang und die Frauen der Beteiligten gibt es schöne kleine Nebenlinien einer packenden Erzählung.

Wie stets bei Mann (BLUTMOND) sind die unterschwellig bedrohlich wabernde Synthesizer-Musik, die schnelle Montage und die perfekte Breitwandkamera (Dante Spinotti) exzellent aufeinander abgestimmt. Äußerst reizvoll die Kadrierung des Bildes, die in manchen Einstellungen die Gemälde von Edward Hopper (»NIGHTHAWKS«) in moderne Variationen umdeuten. Denn dies ist auch ein Film über das Ende des Jahrhunderts, über den Anspruch auf Perfektion, dem allein die Protagonisten noch gehorchen, über die kalkulierte Präzision und die Zwanghaftigkeit von Reaktionen, die im modernen Dschungel Angst und Triebfeder zugleich sind. In der Schlußsequenz, wenn Pacino De Niro am Rand des Airports erschießt, wird man an Alain Delon erinnert, der Richard Crenna unweit des Triumphbogens in Melvilles UN FLIC/DER CHEF (1972) tötete – und damit sein alter Ego.

John Frankenheimers RONIN entlehnt seinen Titel dem Japanischen (wie einst der von Melville erfundene Vorspruch zu LE SAMOURAI) und bezeichnet herrenlose ehemalige Samurai, die als Vagabunden, Söldner oder Banditen durchs Land streifen. Ihnen ähnlich ist die hochprofessionelle Gruppe von Geheimagenten, die zunehmend sinnloser einem ominösen Koffer nachjagen. Diese Spezialisten, die sich in Paris treffen, dort von der Irin Deirdre eingewiesen werden und in Nizza, Arles und wieder in Paris in den Besitz des Aluminiumkoffers gelangen wollen, bekommen es mit teuflischen Gegnern zu tun und müssen etliche Schießereien und drei haarsträubende Verfolgungsjagden überstehen, in deren Verlauf sie dezimiert werden.

Was an Frankenheimers schnörkellosem Film noir auffällt, ist die Tugend des atemberaubenden Erzählens ohne Spezialeffekte. Die Story hält mitsamt ihren überraschenden Wendungen und immer neuen Konstellationen ständig in Bann. Die Agenten Robert De Niro (ausgebrannter CIA-Mann), Jean Reno (Kumpel mit Vertrauensgarantie), Stellan Skaragard (Kommunikationsexperte und Verräter), Sean Bean (nervöser Aussteiger) und Natasha McElhone (coole Kontaktfrau) sind Helden des Vergessens, die nur für den Auftrag und die möglichst perfekte handwerkliche Durchführung ihres Jobs stehen. Ihnen auch bei wortlosen Kontakten, mitsamt den Spannungen, die sich durch Deirdre ergeben, zuzusehen, ist, als wäre man in einem Klassiker von Melville (LE CERCLE ROUGE/ VIER IM ROTEN KREIS) – mit amerikanischer Logistik.

Frankenheimer nutzt die Scope-Kamera wie in seinem besten Film GRAND PRIX (1966), in dem er die Formel-1-Rennen mit 20 Kameras aufnahm: hier mit einer Autojagd im Gegenverkehr durch Paris und einer durch die engen Gassen von Nizza. Bei einer Verfolgung im Amphitheater von Arles fängt sich De Niro eine Kugel ein, die er wie einst Alain Delon in LE SAMOURAI/DER EISKALTE ENGEL (1967, Melville) selbst herausoperiert. Frankenheimer läßt nur ihn und Jean Reno davonkommen, selbst eine prominente Nebenfigur (Katarina Witt als Eisläuferin im Cirque d'hiver in Paris) wird während ihrer Eislaufkür erschossen. Im Schlußbild steigt De Niro die Treppen von Montmartre, die er zu Beginn hinabgestiegen war, wieder hinauf: auch das ein Verweis auf Melville, auf die Zeit und das Milieu von BOB LE FLAMBEUR/DREI UHR NACHTS (1955). Das physische amerikanische Kino und Melvilles Fatalismus ergeben am Ende der 90er Jahre eine perfekte Synthese.

Die gebrochenen Augen eines Toten
Notizen zum deutschen Noir-Kino
von Olaf Möller

I.

Wenn den deutschen Noir etwas ganz entschieden vom amerikanischen, französischen oder britischen Noir trennt, dann ist das der Zwang zum guten Ende, dem sich nur die Renegaten, meist wiederkehrende Exilanten, widersetzen konnten. In den anderen drei Ländern stand man am Ende des Krieges als politischer Gewinner da, und vorher, während des Krieges hatte man auch keine richtige Diktatur gehabt (Frankreich ist da partiell ein Sonderfall). Man konnte auf die innere Zerstörung des eigenen Landes zu sprechen kommen: die Untersuchung der eigenen Eingeweide auf alle Arten von Krebs hin ist das Recht desjenigen, der als moralischer Sieger dasteht. Einen Krieg zu gewinnen macht niemanden zu einem Sieger, setzt niemanden ins Recht. Man nutzte dies und fand sich völlig zerfressen wieder. Der Sieger kann, muß sagen: ›auch ich bin sterblich‹, um Größe zu beweisen. Der Verlierer aber hat kein Recht auf solchen Krebs, kann ihn sich auch gar nicht leisten: sein Verfall ist schon von weitem sichtbar, wie der Trümmerfilm beweist. Er muß konstruktiv sein.

Kein schlechtes Ende für Deutschland, es mußte weitergehen. Während des Krieges gab es kein schlechtes Ende, weil es kein schlechtes Ende geben durfte, und nach dem Krieg mußte das Ende pädagogisch wertvoll sein, weil ja ein neuer Staat erbaut werden mußte. Der Zwang zum Guten hin ging so weit, daß die Zensur der sowjetisch besetzten Zone Staudte verbot, DIE MÖRDER SIND UNTER UNS (1946) mit der Ermordung des Ex-SS-Mann-Nun-

Fabrikanten enden zu lassen. Das würde ja in einer Selbstjustizflut enden; dann nähme das Morden ja gar kein Ende. Das Morden hatte aber nun einmal geendet, und Fabrikanten brauchte man jetzt.

II.

Bald nach der Machtergreifung begann Werner Hochbaum, sein Filmschaffen systematisch zwischen Deutschland und Österreich aufzuteilen – und als es da nichts mehr aufzuteilen gab, war Hochbaums Karriere beendet; zu einer Wiederaufnahme kam es nicht mehr. Hochbaum sympathisierte mit der Linken, war schwul oder auch nicht, zumindest anders, und so den Herrschenden mehr als suspekt. Er wurde mehrmals verhört, seine Filme zensiert. DIE EWIGE MASKE (1935) erzählt die Geschichte eines Arztes, der sich für schuldig hält am Tod eines Patienten. Er fühlt sich so schuldig, daß es ihn innerlich entzweireißt, er muß sich befreien von der Schuld, dem Bösen in sich, eine Schuld, die er sich selber einredet, eine Schuld, nach der er sich vielleicht sehnt. Er wird schizophren. Hochbaum inszeniert diese Krankheit als ästhetischen Brückenschlag zwischen Expressionismus und Noir. Der Expressionismus erinnert an den letzten großen Krieg und seine Folgen, das Noir ist jetzt, das Zeitgefühl, die Drohung. (Wolfgang Liebeneiners DRAUSSEN VOR DER TÜR-Verhunzung LIEBE '47 sollte eine vergleichbare Brückenposition einnehmen, Borcherts Post-Expressionismus mit dem Trümmerfilm verbinden; als Klebstoff verwendete Liebeneiner, comme d'habitude, jenes unangenehm riechende Kleinbürger-Kunstverständnis, mit dem man auch Euthanasie hübsch verpacken kann.)

Dazu passend folgte im Jahr darauf SCHATTEN DER VERGANGENHEIT (1936), eine Doppelgänger-/Verwechslungsgeschichte.

Eine junge Frau saß unschuldig im Gefängnis; just als man sie entläßt, stirbt ihre Zwillingsschwester bei einem Segelunfall. Auch die Frau fühlt sich schuldig, und auch sie nimmt ihre Gefühle auf sich, lustvoll, denn sie, das Mauerröslein, wollte heimlich immer so sein wie ihre lebenslustigere Schwester. Und man kann sie nicht mehr wirklich unterscheiden, selbst der Mann nicht, von dem man annehmen sollte, daß er es könnte. Liebe ist eine Fiktion, ähnlich der Identität, eine unwägbare Geschichte, und immer ein (Selbst-)Betrug. Schuldig ist die Hauptfigur in ihrem Herzen, nicht faktisch-juristisch: sie verliert sich, um ihre Identität wiederzufinden.

Werner Hochbaum konnte nur noch wenige Filme machen. Bald wurde er dem Reich zu suspekt, man stellte ihn per Berufsverbot kalt. Er starb relativ jung, kurz nach dem Krieg.

III.

ICH BIN SEBASTIAN OTT (1939; Willi Forst): klingt sehr selbstbewußt. Nun aber muß er sich an seine Identität klammern: man stiehlt sie ihm gerade. Es ist sein böser Zwillingsbruder, ein international gesuchte Kunstfälscher. An dessen Tür steht nur S. Ott, jeder der beiden könnte dort leben. In der Schwärze einer dunklen Wohnung – einer camera obscura, des entleerten Gewissens – treffen die beiden Brüder aufeinander, der Böse kann dem Guten endgültig, scheint's, die Identität nehmen. Das Böse kann sogar etwas, daß das Gute nicht kann: es kann gut wirken. Aber wenn man das Böse weit genug reizt, dann zwängt sich das Böse zwanghaft wieder ans Tageslicht, denn wenn man genau genug hinschaut, kann man das Böse immer erkennen, so wie man falsche Kunst auch immer von echter unterscheiden kann. Das konnte Forst einem noch zu Kriegsbeginn sagen.

Als auch Staudte mit DER MANN, DEM MAN DEN NAMEN STAHL 1944 eine Doppelgänger-Geschichte erzählte, wurde der Film ohne Aufführung direkt und aus prinzipiellen Erwägungen verboten und Staudte für den Kriegsdienst freigestellt. Niemand machte sich über die deutsche Bürokratie lustig – und es sollte auch niemand eine Geschichte über einen Heiratsschwindler erzählen, der andere Leute vom Heiraten abhält. (1947 drehte Staudte den Film dann noch einmal, diesmal für die DEFA, unter dem Titel DIE SELTSAMEN ABENTEUER DES HERRN FRIDOLIN B.. Es scheint, als hätte er dabei zum Teil auf Material aus der ersten Fassung zurückgegriffen.)

Etwas später, genaugenommen 1945, arbeitete Hans Schweikart mit DIE NACHT DER ZWÖLF ebenfalls an einem Film über einen Heiratsschwindler. In irgendeine Bürokraten-Bredouille kam er allerdings nicht, da sein Film bei Kriegsende noch in der Tonabmischung war: klassischer Fall eines Überläuferfilms, der dann auch erst 1949 in die Kinos kam. Ferdinand Marian braucht hier keinen Zwillingsbruder mehr, um neben sich zu stehen, er ist schon zerrissen genug. Wehleidig heult manchmal seine gute Seite über seine schlechte, verzaubert staunt die böse Hälfte manchmal darüber, wie einfach es ihr doch gelingt, die gute zu unterdrücken. Die beiden Hälften haben permanent Teil aneinander, sind so auch nicht moralisch eindeutig. Ein guter Heiratsschwindler darf auch nicht einfach nur gut sein: etwas Geil-Verruchtes sollte seinen guten Kern schon vernebeln, interessant muß er wirken. Heiratsschwindler ist ein guter Beruf für jemanden, der sich bei sich selbst nicht wohl fühlt.

IV.

Einige kamen wieder heim, und die, die kamen, schleppten meist die Toten mit sich, und deren Formen sind mannigfaltig. Sie kamen zurück, und es sah aus wie da, wo sie herkamen. Und sie jammerten und insistierten darauf, schuldlos zu sein, Betrogene der Geschichte. Und dann fangen sie und die anderen um sie herum an, die Geschichte zu rekonstruieren, restaurieren, schönfärben und schwärzen und weißeln: Wissen ist reine Macht und Nichtwissen eine Gnade. In dieser Rekonstruktion – nennen wir es hier vorsichtig so, wohlwissend, daß Rekonstruktionen zu Zeiten auch (Ver-) Fälschungen sein können – zersplittert die eigentliche Erzählung, wird ein mehr oder weniger facettenreich zerschlagener Spiegel: reine Fiktion.

Man muß dem Nachkriegskino, speziell den Trümmerfilmen, mißtrauen, denn sie sind stets Rechtfertigungen und Mahnungen: das Kino als falsche Rückblende. Der Noir, das ist der Schatten des Selbst-Mißtrauens, der sich über die Filme legt – oder so: Der Noir ist jene Röntgenaufnahme aus DIE MÖRDER SIND UNTER UNS. mit denen man notdürftig Fenster vernagelte, damit's nicht so arg zieht. Sie zeigen Wahrheitsschemen, genug für eine Diagnose, genug, um etwas sagen, operieren, retten zu können, wenn's noch Sinn macht.

Wenn der amerikanische Noir primär von Verbrechern handelt, dann stehen im Zentrum des deutschen Noir verstörend häufig verdammte Ärzte, deren Unfähigkeit zu heilen eine Impotenz zu lieben ist: sie treibt sie zur Verzweiflung, zu Taten von nie gedachten Ausmaßen.

Es ist ein Kino der Kontinuität: ästhetisch sowieso, aber auch ethisch, das geht wohl einher. Staudte, wie gesagt, durfte den Nazi nicht umlegen, es mußte ja weitergehen. Hermeneutische Zirkel, in sich geschlossene Systeme, sich selbst erfüllende Prophezeiungen: Staudte schneidet das Thema in DIE MÖRDER SIND UNTER UNS an – der blinde Hellseher –, im Hinterkopf bereits der schwer unterschätzte SCHICKSAL AUS ZWEITER HAND (1949), den er zwar erst später drehte, doch schon davor geschrieben hatte.

V.
Zu dieser Kontinuität zählt auch, daß alte Schatten wieder auftauchen: Warnungen, daß es bald alles wieder von neuem losgehen könnte. Peter Pewas plante einen Film über einen Kindermörder, Wölfchen: der ging durch die Trümmer und umarmte die Kinder, immer fester, da waren sie tot: OF MICE AND MAN, M in GERMANIA ANNO ZERO. Daraus entwickelte sich dann VIELE KAMEN VORBEI (1955/56), wo ein Mann an einer Autobahn ein junges Mädchen ermordet. Die Geschichte wird aus drei Perspektiven erzählt, die allerdings nicht, wie in Kurosawas RASHOMON (1950), zur einzigen Wahrheit, der Menschlichkeit führen, sondern zu der lapidaren Erkenntnis, daß jeder seine Gründe hat, selbst ein notgeiler Mörder. Paßt – doch das Resultat ist stets dasselbe: ein Mensch ist tot. Darum geht es Pewas, das ist seine einzige Wahrheit.

Jeder hat seine Gründe, doch die meisten weigern sich vor lauter Gründen anzuerkennen, daß es eine Tat und eine Folge gab und daß immer der Punkt kommen muß, wo man über die Tat und die Folgen sprechen muß; man kann alles verstehen, aber im Verstehen inbegriffen ist die Konsequenz, die kommen muß, das Verstehen allein entschuldigt nichts.

So sahen das auch Falk Harnack und Peter Lorre: bei ihnen werden Konsequenzen gezogen. In NACHT DER ENTSCHEIDUNG

(1956) kehrt ein seit zehn Jahren verschollener Industriekapitän nach Hause zurück und will sein Leben wiederhaben: Frau, Fabrik, etc. – alles längst nicht mehr ihm, es gehört seiner Frau und ihrem neuen Gemahl. Der Zurückgekehrte will mit allen abrechnen, die lange Nacht der Seele beginnt in einer finsteren Villa: einer nach dem anderen scheint vor dieser geballten Rachsucht kapitulieren zu müssen – bis auch der Industriekapitän für seine verbrecherischen Unterlassungen in der Vergangenheit Rechenschaft ablegen muß: niemand ist hier ohne Schuld. Bei Harnack erhält am Ende nicht der Heimkehrer recht, sondern der Lauf der Zeit, in den die Taten und ihre Konsequenzen integriert sind, sich im Lauf verlierend.

(Drei Jahre später erzählte Helmut Käutner in DER REST IST SCHWEIGEN eine ähnliche Geschichte; allerdings als Hamlet-Paraphrase; allerdings ohne die moralische Konsequenz Harnacks; allerdings hat er den besseren Film gemacht).

VI.

In DER VERLORENE (1951; Peter Lorre) geht nichts verloren im Lauf der Zeit: der Haß und das Verlangen nach einer Konsequenz bleiben. Der Wissenschaftler, der Mann der gleißenden Räume, verliert sich in der Dunkelheit bürgerlicher Behausungen, für die er nicht geschaffen wurde: das Töten treibt ihn, die Geilheit und die Sehnsucht nach einer Bestrafung, die Sehnsucht nach dem Tod – er kann nicht sterben, Freitod ist nicht drin, nicht jetzt!: dieser Wissenschaftler fühlt sich ausgestoßen, und er will für sein Tun von der Gesellschaft ausgestoßen werden – zuerst aber will er denjenigen bestraft sehen, der die Ursache seines Leidens ist. Er weiß, daß sich niemand für seine Sehnsucht nach Gerechtigkeit interessiert: die Vergangenheit und das Recht sind jetzt, nach dem Krieg, wo man retten, nicht richten muß, Geistesspielereien geworden, purer Eigennutz. So sagen sie, die richten müßten.

So will der Wissenschaftler jenen Mann töten, der ihm erlaubte zu morden – und dieses erlaubte Morden, das ist doch nur eine Verlängerung der Staatspolitik ins Private: selbst wenn er nur so für sich privat aus Lust mordet, dann ist das ein Staatsmord, 6.000.000 Juden aus Lust durch den Schornstein. Der Wissenschaftler, dem schwindelt vor Obszönität. Aber er ist noch ruhig genug, um ganz gelassen dem Mann, der ihn das Leben kostete, die Kugel zu geben, und er geht zu den Gleisen, ein Zug rollt über ihn: es war die Zeit, nun ist Ruhe.

Nur noch die Eigeninitiative kann zu einer Gerechtigkeit führen, die Gerechtigkeit, das ist die eigene Angelegenheit.

VII.

In der Günther Weisenborn-Verfilmung DER VERFOLGER, einer Produktion des ZDF von 1973, erledigt Falck Harnack endgültig jenen Mann, den Staudte in DIE MÖRDER SIND UNTER UNS noch leben lassen mußte. Harnack konnte seinen Mann, der scheinbar alle Niederlagen des Staudte-Gesamtwerks erlitten hatte, die alte Nazisau, endlich erschießen lassen. Heute, im Frieden?: in Weisenborn-Harnacks Verfolger war nie Frieden, seit der Krieg begann, und jetzt ist da immer noch kein Frieden, allein das Gefühl, einen Schlußstrich gezogen zu haben, wo ein Schlußstrich gezogen werden mußte, und wo ihn der deutsche Staat nie zog, weil er es vorzog, seine Schlußstriche da zu ziehen, wo sie nicht hätten gezogen werden dürfen.

VIII.

Stefan Zweig nahm sich 1942 im brasilianischen Exil das Leben. 1954 kam Roberto Rossellini ein zweites Mal nach Deutschland und drehte ANGST, nach einer Vorlage von Zweig.

Zweig schien eher die Ausländer und Remigranten zu interessieren als die einheimischen Regisseure, die wichtigsten Verfilmungen seiner Werke brachten einen jeweils einmaligen Ton in die deutsche Filmgeschichte, siehe etwa Gerd Oswalds SCHACHNOVELLE (1960).

ANGST ist eigentlich der perfekte deutsche Noir-Film: eine Paranoia-Studie darüber, daß man niemandem trauen kann und daß alle gegen einen sind. Er macht krank, wenn man ihn sich ansieht. Das Licht ist fast immer grell-weiß, wie wenn man auf dem OP-Tisch liegt und in die Lampe über einem sieht, die klar jene zu zerstückelnden Körperzonen beleuchtet. Man guckt fast 1 1/2 h in dieses Licht, man kann nicht weg, sieht zu, wie einem – was? – herausgenommen wird. Dieses Gleißen ist das eigentliche Licht des Noir.

IX.

Wenn man in die Noir-Literatur schaut, dann wird man sehen, daß immer vom Licht die Rede ist, ein Licht, das die Schwärze zerstört. Es gibt immer eine Bewegung zu diesem Licht hin, das die Wahrheit einbrennt in alles, was sich ihm nähert, so wie sich der Augenblick der Wahrheit immer deckt mit dem Augenblick des Todes. Das Schwarz, das man mit dem Noir assoziiert, ist das Zeichen der Hilflosigkeit, der Verzweiflung, der Unsicherheit. Das Schwarz bietet Lösungen, die logisch sind und wider die Erzähllogik funktionieren: besser eine funktionierende Logik unter Auslassung einzelner wichtiger Details als gar keine Lösung, besser den Schein von Sicherheit als die Wahrheit. Das Weiß ist die Erlösung, aber niemand kann sie ertragen: sie macht uns krank.

X.

Wenn man in ANGST im Freien ist, dann ist die Sonne so hell wie die OP-Lampe oder eine zu starke Neonröhre. Man könnte fast meinen, man träume, so OP-strahlend-gleißend weiß ist das Außenlicht. Ab und an wird's schwarz, dann hat man das Gefühl, man wäre in Ohnmacht gefallen. Schwarz ist auch die Farbe der Ohnmacht, des Verborgenen: es ist die Welt Renate Mannharts, der Erpresserin.

Nirgendwohin kann man entkommen, entweder man wird seziert oder man ist nicht mehr bei sich. Überall ist man verloren. In EUROPA 51 konnte Ingrid Bergmann noch in der Nervenheilanstalt zu sich finden, auch wenn das die Ausgrenzung vom Rest der Welt zur Folge hat. Hier gibt es keinen Rest der Welt mehr. Alles, was eine Erleichterung des Leidens verheißt, ist Schein.

XI.

Einige, viele kamen wieder zurück in das Land, aus dem sie fliehen mußten. Sie waren keine wirklichen Fremden, aber dazugehören taten sie auch nicht. Ihre Namen hatten sich leicht verändert: Hans Brahm kam mit dem Vornamen John zurück, aus Frank Wysbar war Frank Wisbar geworden. Allein ihre Sprache schon qualifizierte sie als Außenseiter, dieser ewige Akzent, der einen immer wieder an ihre Geschichte erinnerte. Sie hätten eigentlich gar keinen Grund gehabt zurückzukommen, und sie taten es doch – zumindest für eine kurze Zeit.

Warum?

Robert Siodmak war zu einem treibenden Cineasten geworden: nachdem er in Deutschland nicht mehr sein durfte, ging er zuerst nach Frankreich, dann in die USA, tauchte zwischendurch auch immer wieder in Großbritannien und Italien auf – und dann auch wieder in Deutschland, kursorisch. Er hinterließ überall die Spuren seiner Tritte in den Unterleib der Gesellschaft; er durchwühlte das Seelengekröse, ging auf in dem Denken, das aus dem Bauch, dem Fleisch und dem Blut lebt.

Es war Siodmak – und mit ihm Gerd Oswald und John Brahm (mit DIE GOLDENE PEST; 1954) –, der den deutschen Noir mit einem amerikanischen Hauch verfremdete, so wie Brahm und Siodmak dem amerikanischen Noir etwas Fremd-Deutsches, einen Sinn für das Grauen mit auf den Weg gaben. Ihre Filme sehen so aus wie nichts anderes im deutschen Kino jener Zeit; sie machen hier da weiter, wo sie woanders aufgehört haben.

XII.

Am stärksten fällt das bei Gerd Oswald auf, dessen Werk mehrere »Genre-Knotenpunkte« enthält. Bevor er nach Deutschland kam, machte er 1956 mit A KISS BEFORE DYING einen der brillantesten »Spät-noirs«: hier sind die Genrezeichen schon verhärtet, sie reiben sich nervös aneinander, verzweifelt, die Helden werden immer verzweifelter, lösen sich auf, können sich nur noch durch einen immer größer werdenden, zum Tick gerinnenden Kraftaufwand halbwegs zusammenhalten. Zwei Jahre später wurde die Frederic-Brown-Adaption »THE SCREAMING MIMI« zu einem der Grundsteine für eine andere, hysterisch-brutalere Art von Thriller, die nur noch neurotisch war und das menschliche Potential zu jeder

Grausamkeit durch nichts mehr erklärte: die Psychologie wurde wieder zu einem Zeichensatz. Dieses nervöse Fieber, das war Oswald: so sieht sein phantastischer Western THE BRASS LEGEND (1956) aus und auch SCHACHNOVELLE: Eine Studie in Paranoia, die das menschliche Potential zu einer Extase im Wahnsinn feiert, weil das die einzige Möglichkeit ist, geistig gesund, d. h. »zusammen« zu bleiben. Nur die vollkommene Konzentration, Fokussierung auf eine Sache verhindert, daß der Mensch, der Schachspieler, sich spaltet.

NACHTS, WENN DER TEUFEL KAM (1957) sieht aus wie die Noir-Filme, die Robert Siodmak in den USA machte (außerdem erinnert er an VIELE KAMEN VORBEI, was Pewas immer sehr ehrte; Siodmak stand auch glücklich dazu, aus diesem Film geklaut zu haben).

Auch ein Film des Übergangs, der von einem erzählt, der vielleicht schon zu Zeiten der Weimarer Republik mordete, und der sich dann auch immer weiter durch den folgenden Faschismus mordete, und der immer weiter morden konnte, weil einfach keiner einen Zusammenhang zwischen all den Toten seh. (Die ›Fortsetzung‹ davon war dann Anatole Litvaks 1961 entstandene Kirst-Adaption DIE NACHT DER GENERALE: da mordet sich einer aus dem Faschismus in die Nachkriegszeit.)

Bruno Lüdke hieß er, ein echter deutscher Weltmeister: so viel wie er hat nachgewiesenerweise noch keiner gemacht. Lüdke, das Töten, das war alles zeitunabhängig. Man hat ihn still beseitigt: zuerst dachte man noch darüber nach, diesen Fall im großen Stil publik zu machen und Lüdke für die Euthanasie-Propaganda zu verwenden – dann dachte man sich, daß der Fall vor allen Dingen die Schlampigkeit der NS-Polizei offenbart, und da sich ein faschistischer Staat keine Blöße bezüglich seiner Allmacht geben darf, mußte man Lüdke anderweitig entsorgen. Lüdke wurde im Rahmen rassenhygienischer Experimente zu Tode gefoltert. So wurde ein Serienmörder historischer Sondermüll.

XIII.

Hätte Siodmak nicht diesen Film, oder die beiden très noièresken Hauptmann-Adaptionen DIE RATTEN (1955) und DOROTHEA ANGERMANN (1958) machen können, hätte er wohl andere Filme anderswo gemacht. Siodmak kehrte nicht wirklich zurück, wie auch Oswald nicht und Brahm. Sie lebten in einer sehr eigenen Welt, die sich von solchen Fragen wie der Nationalität gelöst hatte und die sich scheinbar nur noch mit dem beschäftigte, was der Mensch an sich ist.

XIV.

ZWISCHENGLEIS, 1978, Wolfgang Staudte.

Ein letztes Mal noch. Ein letzter Film, ein letzter Blick zurück in die Anfänge der Republik, so wie man sie heute kennt – eine letzte Auflösung der Erzählung, nach Tagen, Wochen – ein allerletzter Sprung zurück in die letzten Kriegstage, als ein junges Mädchen auf einem Zug ein Kind verlor: da verliert sie sich selbst in ihrer Schuld. Und ihr Schuldgefühl ist so gigantisch, daß sie sich das Leben nimmt: von einer Brücke läßt sie sich in die Tiefe fallen. Sie läßt hinter sich den Colonel Stone zurück, der sie liebt und sich seiner selbst nicht gewiß ist, nicht sein kann oder will, ganz gleich: er hieß einmal Stein und war Deutscher: er konnte vor der Judenvernichtung fliehen, er kehrte als amerikanischer Soldat nach Deutschland zurück.

Die Sensiblen, die müssen alle gehen, die nehmen sich direkt das Leben, oder sie tun so, als ob sie sich anpassen könnten, leben weiter im inneren Exil, das sich ab und an auch in ein äußeres verwandelt: you can't go home again.

Aber die gefühllose Drecksau wird immer weiterleben, bis nichts mehr zum Wegleben da ist.

TV-Noir: Peter Gunn
von Martin Compart

Bevor Blake Edwards als Komödienregisseur (PINK PANTHER) und Ehemann von Julie Andrews berühmt wurde, war er Krimiexperte bei Funk und Fernsehen und einer der einflußreichsten TV-Produzenten der späten 50er Jahre. Für Dick Powell erfand er die Radio-Serie RICHARD DIAMOND, in deren TV-Adaption David Janssen von 1957 bis 1960 erstmals als Protagonist einer Serie auftauchte. Edwards Reputation war hervorragend, als er dem Produzenten Don Sharpe das Konzept der Privatdetektivserie PETER GUNN vorlegte. Es brach mit der Tradition, Serien aus anderen Medien wie Buch oder Radio zu übernehmen.

Peter Gunn, gespielt von Craig Stevens, war nicht mehr der Trenchcoat-Privatdetektiv à la Humphrey Bogart, der die Medien in den 40er und 50er Jahren beherrschte. Natürlich war er knallhart, aber er war auch elegant und hatte formvollendete Manieren. Er war eher ein Söldner, den man anheuern konnte, als ein klassischer Privatdetektiv. Meistens traf man ihn in der Jazzbar Mothers, wo seine Freundin Edie als Sängerin coole Melodien ins Mikrofon hauchte, Gunn ein herzliches Verhältnis mit der Inhaberin pflegte und der unvermeidbare Polizeifreund Lt. Jacoby nicht weit war. Der Bruch mit dem Schmuddelimage der früheren Privatdetektive war damals etwas Radikales. Es bereitete den Weg für Warner Brothers' Edelangestellte in 77 SUNSET STRIP, BOURBON STREET, HAWAIIAN EYE oder SURFSIDE SIX. Gunn stand nicht in der Tradition von Chandler oder Spillane, sondern orientierte sich an den Nachkriegsdetektiven aus den Romanen von Henry Kane, Robert Lee Martin, Richard S. Prather oder Bart Spicer. Für das Fernsehen, das anderen medialen Entwicklungen meistens hinterherhinkt, war er keine echte 50er-Jahre-Figur mehr. Die Beatnik-Noir-Stimmung und die Coolness der Hauptfigur weisen in die 60er Jahre voraus auf sophisticated Helden wie James Bond, John Steed und die UNCLE- und KOBRA-Agenten.

PETER GUNN war von der Anlage konsequent auf den Bildschirm zugeschnitten. Da Farbe zu teuer war, nutzte Edwards die Besonderheiten von Schwarzweiß, sprich eine Noir-Ästhetik. Da man kein Geld für teure Tagesdreharbeiten in der Stadt ausgeben konnte, filmte man nachts und meistens noch im Studiogelände, wo Kamerawinkel und ausgeklügelte Beleuchtung die altbekannten Kulissen in neue Perspektiven tauchten. Lange, unwirkliche Schatten, die nächtliche Atmosphäre unterlegt mit Jazz, machten Gunns Los Angeles zum mythischen Ort, zur ultimativen Noir-City des Fernsehens. Ähnlich wie dreißig Jahre später Michael Mann bei MIAMI VICE schuf Edwards einen neuen, originären Stil, der den Inhalten entsprach. Nichts überließ er dem Zufall. Selbst Hauptdarsteller Stevens wurde für die Edwardsche Vision maßgeschneidert: »Blake schleppte mich zum Friseur und erfand eine neue Frisur: den Bürstenhaarschnitt mit Scheitel, der als Peter-Gunn-Haircut berühmt wurde und noch während der ersten Season überall in den USA in Mode kam. Dann ging er mit mir zu seinem Schneider und ließ Anzüge für mich machen. Wegen der Action-Szenen brauchten wir eine Menge Anzüge; irgendwann hatte ich ungefähr 380 im Schrank hängen. Alles war Blakes Vision. Als Kontrast zu den vielen miesen Typen mußte Gunn immer smart gekleidet sein und einen klaren, scharfen look haben.«

Bizarre Charaktere und die alptraumhafte Ausleuchtung des Sets gaben der Serie etwas Irreales. Sie spielt in einer fast symbolistischen Welt, in der es immer dunkel ist. Um Kosten zu sparen, gab es keine Massenszenen und keine Verfolgungsjagden mit mehr als zwei Autos, die durch ausgestorbene Straßen rasten. Bei einem weniger stilsicheren Produzenten hätte das billig ausgesehen, was Blake Edwards zum Peter-Gunn-Touch stilisierte. Der TV-Historiker Ric Meyers: »Der Höhepunkt dieses speziellen Stils war die Episode THE HUNT von 1960, in der Gunn einen Kontraktkiller jagt. Nach der Exposition gibt es keine Dialoge mehr. Nur noch Schwarzweiß-Schemen, Stevens unnachahmliche Darstellung, Mancinis Musik und Edwards Kontrolle.« Alles sehr impressionistisch, sehr mitreißend und sehr kostengünstig.

Ebenso wie bei MIAMI VICE war die Musik ein stilprägendes Element. Henry Mancini, den Edwards von Universal her kannte, schrieb die bis heute populäre Titelmusik. Die beiden Langspielplatten mit dem Soundtrack der Serie hielten sich drei Jahre in den Charts (eine weitere Parallele zu VICE). Das Peter-Gunn-Thema wurde zum Klassiker, und Mancini reihte sich in die Unsterblichen der TV-Musik ein, auf demselben Level wie Lalo Schiffrin (MISSION IMPOSSIBLE), Ron Grainer (PRISONER, MAN IN A SUITCASE), LAURIE JOHNSON (AVENGERS) oder Earl Hagen (HARLEM NOCTURNE, I SPY). Bis heute gehört es zum Standard gitarrenlastiger Beatkapellen; die wildesten Interpretation, stammen aber nach wie vor von Remo Four und Mick Ronson, dem zu früh verstorbenen Gitarristen von David Bowie und Ian Hunter (Mott the Hoople).

Edwards Erfahrung mit Hörspielserien half ihm bei den Stories trotz der geringen Sendezeit. PETER GUNN-Episoden waren nur 25 Minuten lang, ein Format, das bis Mitte der 60er Jahre auch bei Krimis sehr beliebt war, aber selten komplexe Geschichten ermöglichte. Es wird heute nur noch für Comedys oder Soaps genutzt. Edwards, der die meisten Drehbücher der ersten Season schrieb und alle überwachte, beherrschte das Kurzformat meisterhaft und fand für jede noch so banale Story den Rhythmus, der daraus eine PETER GUNN-Episode mit ihrem besonderen Stil machte.

Don Sharpe finanzierte die Pilot-Folge THE KILL, bei der Edwards Regie führte. Als er sie den Sponsoren präsentierte, war die Serie am ersten Tag verkauft. Edwards und Sharpe gründeten die Produktionsfirma Spartan Productions und behielten alle Rechte an der Serie, da sie nicht mit einem Sender, sondern dem Sponsor Bristol-Myers direkt abgeschlossen hatten. Damals kauften Sponsoren eine ganze Stunde Sendezeit, die sie dann mit einem Programm ihrer Vorstellung füllten. Dieser größere Einfluß der Sponsoren auf das Programm eines Senders wirkte sich oft positiv aus, da sie Fachleute beschäftigten, die ihr Metier kannten und sich von den Programmchefs nicht ins Bockshorn jagen ließen. Die Sender beendeten damals diese Praxis, und PETER GUNN war die letzte unabhängige Serie für lange Zeit.

Regisseure waren u.a. Lamont Johnson, Jack Arnold, Boris Sagal und Robert Altman. Bis auf die letzte Season wurden alle Folgen durch NBC ausgestrahlt, dann durch ABC. Ein Unikum in der Seriengeschichte war das Ende. Steven erinnerte sich: »Ende 1961 kam Edwards zu mir und sagte, er wolle künftig nur noch Kino machen und könne die Show nicht weiter betreuen. Er habe aber auch keine Lust, die Kontrolle aufzugeben, um zu erleben, daß die Serie schlechter produziert würde. Natürlich war er der Meinung, außer ihm selbst könne niemand das Niveau garantieren. Also wolle er auf dem Höhepunkt aufhören, die Serie beenden. PETER GUNN wurde nie abgesetzt. Edwards machte einfach Schluß. Natürlich waren

Sponsoren, Sender und Zuschauer stinksauer. Wir waren so etwas wie die erste echte Kultserie. Zehn Jahre lang versuchte man eine Wiederaufnahme zu erreichen.« Was erreicht wurde, war 1967 ein Kinofilm, der aber eher ein buntes Pop-Spektakel wurde als ein Noir-Film mit dem Feeling der Fernsehserie. GUNN war einer der ersten Kinofilme nach einer erfolgreichen Fernsehserie und auch damit seiner Zeit voraus. Co-Autor William Peter Blatty, der später den Welterfolg EXORZIST schrieb, orientierte sich mehr an Mickey Spillane als an der Fernsehserie. 1989 wurde nochmals ein Wiederbelebungsversuch unternommen: in einem TV-Movie von Edwards, das 1964 spielte, übernahm Peter Strauss die Titelrolle in dem mittelmäßigen Film. Der Erfolg der Serie in ihrer Zeit hatte reichlich Nachahmer hervorgebracht: John Cassavetes spielte in JOHNNY STACCATO einen Jazzpianisten, der im Greenwich Village Club Waldos seine Fäller erhält. Blake Edwards selbst (wieder mit der Musik von Henry Mancini) produzierte mit Regisseur Jack Arnold noch 1959 MR. LUCKY mit John Vivyan als Zocker. Mike »Mannix« Connors gab sein Seriendebut in TIGHTROPE und Edmond O'Brian spielte JOHNNY MIDNIGHT, während Rod Taylor in HONG KONG die dortigen Nachtklubs unsicher machte. Schließlich konzipierte Edwards auch noch die Bar DANTE'S INFERNO, in der Howard Duff den Besitzer mimte, und Rick Jason spielte einen coolen, gutgekleideten Versicherungsdetektiv in THE CASE OF THE DANGEROUS ROBIN (ROBIN SCOTT). Es gab Dutzende von Serien, die Stil, Haltung oder Konzept von PETER GUNN kopierten. Sie haben alle auch heute noch ihre besenharten Fans, aber jeder von ihnen gibt zu, daß PETER GUNN das Original ist, das die coolen, schicken Detektive der 60er Jahre startete, die in einer Welt agierten, die manchmal so bizarr wie ein BATMAN-

Comic von Bob Kane war und in der Musik und Kamera die zweite Hauptrolle spielten.

Bibliographie:

Comics: Four Colour Comics No. 1087.
Roman: Henry Kane: Peter Gunn. Dell: 1960.

Abseits der Superhelden:
Amerikanische Crime-Noir-Comics in den 90ern
von Bernd Kronsbein

Die Situation ist von klassischer Klarheit. Ein Mann erwacht eines Morgens in seinem Bett und findet neben sich eine tote Frau. Er hat die Nacht mit ihr verbracht, und es war ganz gewiß die Nacht seines Lebens. Er war betrunken, aber nicht betrunken genug, um die Frau ermordet zu haben, und ehe er noch so richtig nachdenken kann, hört er draußen vor dem Fenster das Heulen von Polizeisirenen, die immer näher kommen. Die Flucht beginnt, und nur zwei Gedanken beherrschen ihn: Rehabilitation und Vergeltung.

Das ist der Auftakt einer Comic-Story des Amerikaners Frank Miller, die im Frühjahr 1991 erschien und ein kleines Beben auslöste, dessen Nachwirkungen bis heute spürbar sind. SIN CITY (dt. Carlsen) schuf und etablierte eine kleine Nische in der US-Comic-Landschaft, die jahrzehntelang beinahe inexistent war.

Seit Mitte der 50er Jahre die berüchtigten »EC«-Comics dank einer beispiellosen Zensurkampagne vom Markt gefegt worden waren, galten Krimi-Comics als nahezu ausgestorben. EC-Reihen wie »CRIME SUSPENSTORIES« und »SHOCK SUSPENSTORIES« hatten pointierte Kurzgeschichten serviert, in denen die Welt alles andere als in Ordnung war. Mord schien die Lösung aller Probleme zu sein, nur richtig glücklich wurden die Bösewichter nie. Denn immer schlug die Macht des Schicksals erbarmungslos zu und sorgte dafür, daß die Täter auf mindestens ebenso grausame Weise ins Gras bissen wie ihre Opfer. Eine (Comic-) Welt aber, in der Gier, Eifersucht oder gar Drogen regierten, wo Mord-und-Totschlag zwischen Freunden, Eheleuten oder Geschäftspartnern nicht die Ausnahme, sondern die Regel war und die als Lektüre für Kinder angeboten wurde, das erschien Pädagogen einer (noch) heilen Medienwelt unerträglich.

Amerikanische Comic-Verleger mußten fortan ihre »Schundhefte« einer Kommission vorlegen, die nach strengen (und bis heute nur geringfügig veränderten) moralischen Richtlinien eine Art Unbedenklichkeitssiegel verteilte. Die »*Comic Code Authority*« erstickte die US-Comic-Industrie und sorgte dafür, daß in den nachfolgenden Jahrzehnten nur noch harmloser Massenbrei die Kunden erreichte. Besonders ein Genre setzte sich durch, eines zudem, das interessanterweise außerhalb der USA beinahe bedeutungslos blieb: die Superhelden-Comics. Das Medium, das in den USA erfunden worden war und mehr oder weniger das ganze Spektrum des Erzählbaren (Funnies, Love, Krimi, Western, SF, Horror, Krieg, Historie, Unbeschreibliches – es gab wirklich alles) abgedeckt hatte, wird heute zu 95 % von Helden in bunten Kostümen beherrscht, die Fieslinge in genauso bunten Kostümen verprügeln. Zwar durchaus in den Rollen von Detektiv und Gangster, aber soweit entfernt von jeder Verankerung in der Realität wie denkbar.

Die Dominanz eines einzigen Genres führte allerdings auch dazu, daß es geradezu zwangsläufig (zumindest teilweise) »erwachsener« wurde. Denn in dem Maße, in dem die Industrie bemerkte, daß Teile der Kundschaft älter wurden (und man natürlich versuchte, die einmal angefixte Klientel – neben der neuen, jugendlichen, versteht sich – zu behalten), bemühte man sich auch, »erwachsenere« Elemente einzubauen. Und da die US-Superhelden-Comic-Industrie nicht cleverer ist als jede andere Entertainment-Industrie rund um den Globus, setzte man auf Dauer vor allem auf Sex und Gewalt.

Die Anfänge dieser Entwicklung waren zahm und konnten mit Mühe und Not vor dem »Comic Code« bestehen. Die »68er«-Revolte leistete Schützenhilfe. Die Helden Green Arrow und Green Lantern bekamen es 1969 mit Rassismus und Drogenproblemen zu tun, dezent und pathetisch, aber immerhin. Das Autoren-/Zeichner-Gespann dieser Stories, Denny O'Neil und Neal Adams, bemühte sich, das ins Absurde abgetriebene Genre wieder in Kontakt mit der realen Welt zu bringen.

Auch BATMAN, in den späten 30er Jahren noch ein ziemlich rücksichtsloser Geselle, der manchen Gangster auch mal über die Klinge springen ließ, war mittlerweile ein reiner »Gadget«-Detektiv geworden, mit einem netten Jungen als Partner und lächerlichen Feinden, die alberne Fallen stellten. O'Neil und Adams, durch ihre »GREEN LANTERN/GREEN ARROW«-Stories mit einiger Aufmerksamkeit bedacht, hatten etwas anderes im Sinn, als man ihnen die Reihe übertrug. Sie wollten dem geheimnisvollen Crimefighter die Nacht zurückgeben und schufen in den frühen 70ern eine Reihe von berühmten Geschichten, die in mancherlei Hinsicht Frank Millers SIN CITY den Boden bereiteten. Batman bekam es wieder mit echten Verbrechern zu tun, und die alten Erzfeinde à la Joker oder Two-Face verwandelten sich von Schießbudenfiguren in bedrohliche Psychopathen.

Diese Stories machten Neal Adams zum Leithammel seiner Zeichnergeneration, denn sein dynamischer und anatomisch ziemlich korrekter Strich in Verbindung mit schwindelerregenden Seiten-Layouts waren so aufregend wie neu. Und O'Neils Mischung aus betonter Düsternis und (Sozial-) Kitsch wurden zum gängigen Ton, der bis heute das Genre beherrscht.

»Green Lantern/Green Arrow #76« © DC Comics, Inc.

In den folgenden Jahren erreichten nur wenige andere Autoren und Zeichner dieses Niveau. Einzig die kurze BATMAN-Strecke von Steve Englehart und Marshal Rogers in den »DETECTIVE COMICS« der späten 70er Jahre konnte dem Adams/O'Neil-Run das Wasser reichen – und ihn in mancherlei Hinsicht sogar übertreffen. Rogers war zwar nicht so ein begnadeter Zeichner wie Adams, aber ein extrem begabter und phantasievoller Storyteller, der seine zeichnerischen Mängel mit viel Geschick zu umgehen und sogar zu nutzen verstand. Und Englehart reicherte die knallharten

Geschichten mit einer ungewöhnlich modernen Love-Story und klugen Dialogen an. Alles Dinge, die dem jungen Frank Miller ganz sicher gefallen haben.

Viel mehr Nennenswertes, das auf die Geburtsstunde von SIN CITY hingedeutet hätte, gab es nicht. Den Rest erledigte Miller ab 1979 selbst. Mal gerade Anfang Zwanzig, übernahm der begeisterte Mickey-Spillane-Fan und Zeichner für den Marvel-Verlag die marode DAREDEVIL-Serie, in der der blinde Anwalt Matt Murdock – dank einer radioaktiven Verstrahlung zu übermenschlichem Hör- und Tastsinn gekommen – als kostümierter Rächer »seinen« Stadtteil von New York City sauberhält. Auch diese Figur, die eh nur eine zweitrangige Rolle im Konzert der Superhelden gespielt hatte, war in die totale Lächerlichkeit abgerutscht. Miller schaffte dennoch binnen weniger Monate das Unvorstellbare.

Zunächst einmal sorgte sein rasanter und überlegter Inszenierungsstil für die nötige Aufmerksamkeit. Miller ging es augenfällig nicht nur darum, die Stories von Autor Roger Stern zu illustrieren, sondern die Leser regelrecht mitzureißen. Obwohl er deutliche Schwierigkeiten speziell mit der Anatomie hatte, wagte er alles. Keine Perspektive schien dem Youngster zu gewagt, um Atmosphäre und Spannung zu erzeugen, kein Seiten-Layout zu extravagant. Aber der Ehrgeiz trieb ihn weiter. Miller wollte nicht nur zeichnen, er wollte auch eigene Geschichten erzählen – im strikt durch Arbeitsteilung funktionierenden Massenbetrieb des US-Superhelden-Comics durchaus eine Seltenheit. Der beginnende Auftrieb der Serie half: Miller bekam carte blanche – und er nutzte das Blatt.

»Sin City« © 1991 Frank Miller

In den nächsten Jahren machte er aus der Reihe einen düsteren, urbanen Thriller, in dem alberne Superfeinde nur noch marginal eine Rolle spielten. Der »Kingpin« der New Yorker Mafia setzte Murdock zu, dessen Killer Nr. 1, Bullseye, und eine gänzlich neue Figur – Elektra, eine Jugendfreundin des Helden, die nach dem Tod ihres Vaters zur international operierenden Ninja-Attentäterin wurde. Hin- und hergerissen zwischen ihren Gefühlen für Murdock und ihrem Job, entspinnt sich eine tragische Love-Story, die zwangsläufig mit dem brutalen Tod Elektras endet.

Eine fehlgeleitete, skrupellose Mörderin wird gerichtet. Eigentlich eine ganz normale Sache, sollte man meinen. Aber die Leser schrieen auf! Sie gingen auf die Barrikaden für diese Frau, deren Geschichte sie mehr gefesselt hatte als alle anderen Comics seit vielen, vielen Jahren. Miller hatte gewonnen. Er hatte bewiesen, daß man in diesem Medium und speziell in diesem Genre Geschichten erzählen kann, die nicht infantil sind, nicht an den Intelligenzquotienten gemeiner Stubenfliegen gerichtet. Die »ELEKTRA-SAGA« (dt. Ehapa) besaß die emotionale Tiefe großer Literatur und großer Filme und war doch hundertprozentig Comic.

Der Daredevil-Run verschaffte Miller Respekt und Einfluß. Kreative Freiheit war bis zu diesem Zeitpunkt in der US-Comic-Industrie eher ein Fremdwort, aber Millers Erfolg zwang die Verantwortlichen in den Verlagen umzudenken. Miller war ein Star, und das hatte es seit Neal Adams nicht mehr gegeben. Marvels Konkurrenz lockte ihn mit Geld und dem Versprechen, ihm in jeder Hinsicht eine Sonderstellung einzuräumen. Miller wechselte zu DC und schuf RONIN (1984; dt. Carlsen), eine schwer vom französischen Comic-Giganten Moebius und japanischen Mangas inspirierte, hochkomplexe Science-Fiction-Story, die trotz enormer

Qualität nicht ganz das war, was die Fans wollten. Schließlich waren die Leute nur an Superhelden gewöhnt.

Also schaltete er einen Gang zurück und widmete sich erst einmal dem Abschluß der Revolution im Superhelden-Genre. BATMAN: THE DARK KNIGHT RETURNS (1986, dt. Carlsen), sein nächstes Projekt, wurde zum einflußreichsten Comic der 80er Jahre. Die vierteilige Story zeigte einen gealterten Helden, der ein letztes Mal das Kostüm überstreift, um seine Stadt vor dem ausbrechenden Chaos zu retten. Gotham City wird von einer Horde brutaler Gangs, Two-Face und dem Joker in den Grundfesten erschüttert, und Batman greift durch, wie er es in fast fünfzig Jahren nicht getan hatte. Er tötet seine Gegner, dringt mit der Maschinenpistole in ihre Reviere ein und entfesselt eine Debatte, was eigentlich schlimmer ist, die Krankheit oder die Therapie.

THE DARK KNIGHT RETURNS war ein genialischer Streich mit Ecken und Kanten, eine graphische und erzählerische tour de force, die weit jenseits der engen Comic-Szene Leser fand und Auslöser jener »Bat-Mania« wurde, die mit Tim Burtons Filmen ihren Höhepunkt erreichte. Wie schon in DAREDEVIL hatte Miller die Elemente des Superhelden-Comics zwar benutzt, aber konsequent auf die Spitze getrieben. Eine Welt, in der lauter Wahnsinnige rumlaufen und das Recht selbst in die Hand nehmen, ist eben keineswegs so nett, wie Superhelden-Comics gemeinhin suggerieren. Ganz im Gegenteil. In Millers Story nimmt diese Welt apokalyptische Formen an, die von satirischen Seitenhieben nur mühsam im Zaum gehalten werden. Zwar hat er durchaus einiges für seinen Helden übrig, aber er reflektiert sein Vorgehen doch permanent und bleibt auf Distanz.

Natürlich war es kein Wunder, daß der überwiegende Teil der

Leserschaft und auch die Redakteure der Comic-Verlage nichts von Millers Intention begriffen. Die einen fanden DARK KNIGHT cool, weil Batman endlich mal die Moralkeule stecken und die Sau rausließ, und die anderen konstatierten mit beeindruckender Schlichtheit, aber durchaus richtig, daß brutale Gewalt sich brillant verkauft. Die Folge war eine regelrechte Schwemme von Vigilanten-Comics, in denen die »Helden« (meist aller sozialen Anbindungen durch irgendwelches zu rächendes Unrecht beraubt) gnadenlos durchgriffen. Dem Comic-Code war es schnurz. Schon längst hatte die US-Gesellschaft mehr Angst vor durchsichtigen Blusen als vor durchlöcherten Hirnen.

Miller kratzte das alles nicht. In seinen nächsten Werken schimmerte erstmals für alle sichtbar durch, wohin er eigentlich wollte: DAREDEVIL: BORN AGAIN (1986/87) und BATMAN: YEAR ONE (1986/87) stellten zwar vermeintlich noch die beiden kostümierten Helden in den Mittelpunkt, die ihm zu Ruhm verhalfen, aber eigentlich waren es waschechte Krimis, in denen die Superhelden-Elemente bis auf ein Minimum in den Hintergrund gedrängt worden waren. Beide Stories schrieb Miller für den Newcomer David Mazzucchelli, der sie kongenial in bedrückend düstere Zeichnungen umsetzte.

In BORN AGAIN wird dem maskierten Helden durch den »Kingpin« die bürgerliche Existenz geraubt und dadurch auch die nächtliche als Crimefighter. Und in YEAR ONE beschrieb er den Werdegang des Batman – allerdings mit deutlich verschobenem Schwerpunkt. Hier wie dort räumte Miller den Nebenfiguren der Serien breiten Raum ein: in BORN AGAIN dem Journalisten Ben Urich und Matt Murdocks Freundin Karen, und in YEAR ONE dem jungen Police Comissioner Gordon. Durch diese Verschiebung fort von den mythisch überfrachteten Heldenfiguren hin zu normalen Menschen gelang es Miller erstmals mit Erfolg, das Superhelden-Genre beinahe völlig zu unterlaufen.

Dennoch war irgendwie klar, daß Miller und die Superhelden einander nur noch wenig zu sagen hatten. Er wollte endgültig weg von den kostümierten Pappfiguren. Fast vier Jahre ließ er sich Zeit, eher er 1991 nach einem schrecklichen Intermezzo in Hollywood (ROBOCOP II) mit SIN CITY aus der Versenkung auftauchte und ohne Rücksicht auf irgendwelche Fans oder Redakteure sein Ding durchzog. Aus diesem Grund hatte er auch einmal mehr den Verlag gewechselt und mit Dark Horse einen führenden Independent-Verlag als Heimstätte für SIN CITY ausgesucht.

Von der ersten Seite an zog Miller die Leser in den Sog der schwarzweißesten aller Krimi-Welten, in der die Elemente der Hard-boiled-Romane und deren Nachfolger zum komprimierten Klischee verdichtet worden waren. Kein Wort klang an, das man nicht schon einmal ähnlich gehört hatte, keine Wendung in der Geschichte, die man nicht ahnen würde. Alles spürbar bewußt, spürbar Stilisierung. Und ergänzt um den Touch der 90er: noch härter, noch unerbittlicher, noch desillusionierter, bis reine Künstlichkeit übrigbleibt. Nicht mehr New York oder Los Angeles, sondern Sin City, nicht mehr grau in allen Abstufungen, nicht mehr schillerndes, im Rauch dampfender Kanaldeckel gebrochenes Neon, sondern nur noch krasses, eiskaltes Schwarzweiß.

Über mehr als ein Jahr wurde SIN CITY in kleinen Episoden in der Anthologie-Reihe DARK HORSE PRESENTS veröffentlicht. Und Monat für Monat wurde die Jagd auf den Mörder der Nutte Goldie mit brutalerer Härte geführt. Ständig unter Drogen, die verhindern sollten, daß er völlig ausrastete, hetzte der unschuldig in Verdacht geratene Marv seine Widersacher und ließ einen Berg von Leichen rechts und links vom Weg liegen.

Miller stilisierte und abstrahierte die Gewalt zu einem wuchtigen Ballett, zu einer Choreographie stürzender Körper und fliegender Splitter. Über etliche Seiten verteilt fanden Auseinandersetzungen statt, ohne Worte, nur dumpfe Geräusche und ächzende Laute der Beteiligten, keine Spur der endlosen, krampfhaft komischen Dialoge, die ansonsten – und gerade im Superhelden-Genre – während solcher Passagen geführt werden. An den härtesten Stellen allerdings überläßt Miller dann doch lieber der Phantasie seiner Leser das Feld und vermittelt das blutige Geschehen nur durch lakonische Kommentare Marvs.

Alle im Laufe der Jahre von Miller entwickelten graphischen Erzähltechniken werden benutzt, um die Geschichte zu einem makellosen Fluß zu bringen, mit kurzen Dialogen und Off-Monolog-Passagen. Ausgeprägtes Licht- und Schattenspiel mit extremen Perspektiven – Standard in Schwarzweiß-Comics – reicht ihm nicht aus. Die dem filmischen Expressionismus entlehnten Stilmittel werden ergänzt: Miller gibt den Schatten eine Struktur, tauscht das Positiv gegen das Negativ mal ganz, mal teilweise aus und setzt am laufenden Meter Naturgesetze außer Kraft.

So schwarzweiß die Graphik, so schwarzweiß auch die Story. Alles ist von vorneherein klar. Wer die Opfer sind, wer die Täter, wer gut, wer böse. Auch wenn Marv ein Sadist und Mörder ist, so ist die von ihm ausgeübte Gewalt doch eindeutig gut konnotiert. Er ist der arme, schwer gebeutelte Typ, auf dem zeit seines Lebens nur herumgetreten wurde, den die Mutter erdrückte, den die Mitschüler fertigmachten, der nie geliebt wurde. Ein tumber Idiot, der klare Vorstellungen von Recht und Unrecht hat. Und als man ihm Goldie nahm, die einzige Frau, die sich je mit ihm eingelassen hat, da war dies klar Unrecht. Jeder Tritt, den er jetzt austeilt, ist ein Tritt gegen eine korrupte Welt, in der das Machtgefälle zwischen oben und unten Lichtjahre ausmißt. Die unten haben gelernt zu überleben, notfalls auch mit Gewalt, aber mit innerer Größe und Integrität. Böses kommt ausschließlich aus der Sphäre der Mächtigen; aus den Reihen der Politik, Polizei und Kirche.

In der absoluten Einfachheit der Welt Sin Citys findet das Konzept legitimer Gewalt für manch einen sicher erschreckende Erfüllung. Aber bei Miller geht keinerlei soziale Utopie damit einher. Miller ruft nicht zur Bewaffnung auf, weder gegen den Abschaum der Straße noch gegen korrupte Bosse. Von der ersten Seite an ist klar, daß hier, in dieser Stadt, niemand eine Chance hat, das System zu ändern. Die Dinge sind, wie sie sind. Das System kurz zu stören, ist der einzige Triumph, den Marv haben kann, bevor er mit Würde und Verachtung untergeht.

Diese Unmöglichkeit der Veränderung funktioniert nur in einer Geschichte, die von Anfang an nichts anderes sein will als eben genau dies, eine Geschichte. Eine kleine Geschichte von guten und schlechten Menschen, ein Großstadt-Märchen. Am Ende von SIN CITY bleibt weder Wut noch Befriedigung, sondern nur ein kurzes, trockenes Lachen in der Kehle, das Gefühl, einen düsteren Traum geträumt zu haben, aus dem man am Morgen leicht beunruhigt aufwacht und dann dem Tagesgeschehen nachgeht.

Miller blieb SIN CITY bis heute treu und macht keinerlei Anstalten, die Stadt zu verlassen. Zu lang war sein Weg aus dem Sumpf der Superhelden-Comics bis hierher, um jetzt die Früchte nicht zu genießen. Fünf große Comic-Romane aus Sin City folgten: A DAME TO KILL FOR (1993/94), THE BIG FAT KILL (1994/

95), THAT YELLOW BASTARD (1996; dt. alle Carlsen), FAMILY VALUES (1997; dt. Schreiber & Leser) und HELL AND BACK (1999), dazu verstreute Kurzgeschichten, die 1998 in dem Band BOOZE, BROADS & BULLETS (dt. Schreiber & Leser) gesammelt wurden. Keine dieser Stories erreichte mehr die Wucht der ersten, aber das wäre wohl auch zuviel erwartet. Zu groß und gewaltig war der Eindruck jener ersten Geschichte, als daß irgendein Nachfolger eine echte Chance gehabt hätte.

Während BATMAN: THE DARK KNIGHT RETURNS massive Veränderungen nach sich gezogen hatte, sowohl in als auch außerhalb der Comic-Szene, so hielten sich die Nachbeben im Falle von SIN CITY in spürbaren Grenzen. Natürlich hielten die Superhelden ihre Vormachtstellung bei, aber dank SIN CITY gelang es einigen wenigen anderen Autoren und Zeichnern, über die Jahre Fuß zu fassen und ebenso abseits des Superhelden-Mainstream Crime-Noir-Stories zu erzählen.

Angeregt vom Erfolg SIN CITYS, begann der Dark Horse Verlag bereits 1992, weitere Noir-Comics zu verlegen. Man war sich bewußt, daß es schwer sein würde, jenseits eines Fan-Lieblings wie Miller Comics ohne Superhelden zu veröffentlichen, und setzte daher vorsorglich auf den Ruhm eines Autors, dessen Romane seit 1985 für Schlagzeilen gesorgt hatten. Andrew Vachss (FLOOD, STREGA u. a.) war nur zu gern bereit, seine bis dato nicht gesammelt erschienenen Kurzgeschichten in Comic-Form verarbeiten zu lassen, denn sein Kreuzzug gegen jede Form von Kindesmißbrauch war schließlich darauf programmiert, keine Gelegenheit auszulassen, neues Publikum zu gewinnen.

Das Ergebnis der gemeinsamen Bemühungen hieß HARD LOOKS (dt. Auswahlband bei Jochen Enterprises) und konnte sich sehen lassen. In zehn Heften bis Ende 1993 zeigten fähige Comic-Zeichner wie Dave Gibbons (WATCHMEN), David Lloyd (V FOR VENDETTA), George Pratt (ENEMY ACE) oder James O'Barr (THE CROW) ihr Können. Natürlich schwarzweiß, natürlich düster, mal treffsicher, mal prätentiös, genau wie Vachss' Stories eben. Auffallend allemal, daß die Geschichten, die nichts mit seinem Kreuzzug zu tun hatten, in der Tendenz weit eindrucksvoller und spannender waren. Stories wie z. B. DEAD GAME über die letzten Minuten eines Kampfhundes, von John Bergin bestechend illustriert aus der Perspektive des Hundes selbst.

Dark Horse nutzte die Gunst der Stunde und brachte im selben Zeitraum drei weitere Vachss-Projekte auf den Weg: ANOTHER CHANCE TO GET IT RIGHT (ein Kinderbuch für Erwachsene; dt. Eichborn), UNDERGROUND (eine kurzlebige Anthologie-Reihe nach einem eher unoriginellen Nach-dem-großen-Knall-Konzept von Vachss) und PREDATOR: RACE WAR, ein von Vachss geplotteter Monster-Schinken infolge der beiden recht erfolgreichen Fox-Filme mit Schwarzenegger bzw. Danny Glover. Nichts davon muß man gelesen haben, nichts gewann die Aufmerksamkeit, die man sich von dem scheinbar zugkräftigen Namen versprochen hatte, und Dark Horse beendete den Ausflug in die Welt der Noir-Comics mehr oder weniger kleinlaut. Fortan beließ man es lieber bei SIN CITY.

Jenseits von Marvel, DC oder Dark Horse, im Pool der Kleinverlage und Selbstverleger, tat sich allerdings einiges. Paul Grist, David Lapham und Brian Michael Bendis betraten die Bühne, drei junge Autoren und Zeichner, die zwar schon ein paar Arbeiten vorzuweisen hatten, aber erst mit ihren Krimis einer breiteren Öffentlichkeit bekannt wurden.

Der Engländer Grist hatte zuvor für verschiedene britische

Verlage gearbeitet, allerdings mit eher mäßigem Erfolg. Nur ST. SWITHIN'S DAY konnte sich über Aufmerksamkeit nicht beklagen, was aber eher am Script des enfant terrible der Brit-Comics, Grant Morrison, lag. Morrison schickte einen jungen Briten auf die Reise nach London, der nur eines im Sinn zu haben schien, nämlich die Ermordung Maggie Thatchers. Daß das Attentat dann ganz anders abläuft, als man als Leser vermuten würde, verschaffte der dünnen Story eine feine Pointe, die die Schärfe aus der Sache herausnahm, aber den subversiven Touch bewahrte.

Nach diversen Pleiten mit verschiedenen Verlagen zog es Grist 1993 vor, seine jüngste Schöpfung KANE (dt. Carlsen) gleich selbst zu verlegen. (Was im Comic-Geschäft weniger als ehrenrührig gilt, sondern eher den künstlerischen Freiheitsdrang unterstreicht.) Auf den ersten Blick scheint KANE offensichtlich an SIN CITY angelehnt. Hier wie dort beherrscht entschlossenes Schwarzweiß die Graphik, wird viel reduziert und gerne auch weggelassen. Schauplatz ist die fiktive amerikanische Großstadt NEW EDEN, in der das Verbrechen zur Seuche geworden ist. Aber schon der zweite Blick unterstreicht eher die Unterschiede. Hauptperson ist ein aufrechter Police Detective namens Kane, der das letzte Bollwerk gegen die alles umfassende Korruption zu sein scheint. Ein wortkarger Typ, dessen Partner Gefahr laufen, im Kugelhagel zu sterben. Seinen letzten Partner hat er sogar selbst auf dem Gewissen. Diese Unsolidarität verschafft Kane nicht eben Rückhalt bei seinen Kollegen, die ihm daher als Willkommensgeschenk nach seiner zeitweiligen Suspendierung gleich zwei Kugeln mit seinem eingravierten Namen überreichen. Nur die junge Kate Felix steht ihm zur Seite, ein Rookie mit dem nötigen Mumm, auch gegen Widerstände für die gerechte Sache einzustehen.

Deutlich limitiert in seinem graphischen Können, schafft es Grist doch, das Optimale aus seinem Talent herauszuholen. Statt mit Pathos und Wucht überzeugt er mit Charme. Grist liebt Zwischentöne, feine Charakterisierungen und Ironie. Harte Gewaltdarstellung meidet er wie die Pest, alles Plakative und rein auf den Effekt bedachte findet keinen Zutritt in die Welt New Edens. Das macht KANE zwar nicht zur besten, aber zur entspanntesten und menschenfreundlichsten aller aktuellen Crime-Noir-Comics. (Paul Grist ist es übrigens auch, der 1996 von Marvel als Autor angeheuert wurde, für deren einzigen Versuch, an der kleinen Welle zu partizipieren: DAILY BUGLE, eine dreiteilige Mini-Serie um die Journalisten des gleichnamigen Blattes, darunter auch jener Ben Urich, den Frank Miller in DAREDEVIL: BORN AGAIN so groß herausgebracht hatte. DAILY BUGLE war ganz in Ordnung, paßte aber überhaupt nicht ins Konzept der netzschwingenden, kosmische Dimensionen durcheilenden Spinnen-Menschen und Silberstürmer – und ging daher schneller unter als die Andrea Gail.)

David Laphams STRAY BULLETS (dt. Ehapa bzw. Schwarzer Turm), 1995 ebenfalls im Eigenverlag gestartet, überzeugte auf Anhieb Fans und Kritik. Und das, obwohl eigentlich keines der vermeintlich gängigen Merkmale von Erfolgsserien auf diesen Titel zutraf. Nur die Qualität stimmte von Beginn an.

Lapham hatte bereits eine kurze und von Pech begleitete Karriere als Superhelden-Zeichner hinter sich, als mit der Pleite seines alten Verlages sein weiterer Lebensweg nahezu zwangsläufig eine Wendung nahm. Statt bei anderen Superhelden-Verlagen die Klinke zu putzen, entschied sich Lapham dafür, seine eigenen Ideen zu verwirklichen. Und er machte es sich nicht eben leicht. STRAY BULLETS ist ambitioniert und kompliziert, gelegentlich auch an-

»Stray Bullets« © 1995 David Lapham

strengend. Wer im ersten Heft noch einen Tarantino-Klon entdeckte, wurde bereits im zweiten eines besseren belehrt und konnte fortan in jedem weiteren Kapitel der Saga eine neue Perspektive entdecken.

Nicht chronologisch erzählt Lapham die Geschichte einer ganzen Reihe von Personen zwischen den späten 70er und 90er Jahren. Da ist z. B. Virginia, die von ihrer Mutter nicht verstanden und von ihren Mitschülern gehänselt wird und die sich auf brutale Art ihrer Haut wehrt. Da ist Joey, der bei seiner Mutter aufwächst, die mit einer Clique von Klein-Kriminellen rumhängt und den Jungen sträflich vernachlässigt. Da ist Harry, der von der großen kriminellen Laufbahn träumt und zielstrebig an seinem Ziel arbeitet. Jeweils für sich allein stehende Kurzgeschichten ergeben hintereinandergestellt ein großes Ganzes, ein ehrgeiziges Porträt des Amerika der kleinen Gangster und besonders ihrer Opfer.

Gangster, das sind für Lapham nicht nur die Typen mit den großen Kanonen und der großen Fresse, sondern vor allem auch diejenigen, deren bürgerliche Fassaden dies niemals vermuten ließen. Opfer, das sind für Lapham alle. STRAY BULLETS ist vor allem eine Studie über Gewalt und ihre Wirkung. Von der Schulhofrangelei bis zum absurden Shoot-Out im Diner an der Landstraße. Selbst eine tödliche Krankheit wird schmerzhaft spürbar in diese Reihe gestellt, als weiterer Akt der Grausamkeit, den das Leben bereithält.

Das multiperspektivische Konzept bietet Lapham eine Fülle von Möglichkeiten, in die Tiefe zu gehen, abzuschweifen und auch zu improvisieren. Kein Plot zwingt ihn in eine bestimmte Richtung, nur das Schicksal treibt die Charaktere aufeinander zu. Oder auch nicht. Denn es sind die kleinen Geschichten, die zählen, und die haben keinen Anfang und kein Ende, sondern sind alle im großen Netz des Lebens miteinander verwoben, manche eng, manche vage, die meisten gar nicht.

Brian Michael Bendis brauchte länger als seine Kollegen, um sich mit seinen Arbeiten den nötigen Respekt zu verschaffen. Bereits 1993 hatte er mit FIRE einen zweiteiligen Spionage-Thriller vorgelegt, der spürbar in anderen Traditionen wandelte als in den Gefilden des US-Mainstream. Schwer dialoglastig, war das Werk dem Theater und dem Film nah, und auch die beiden folgenden Werke A.K.A. GOLDFISH (1994/95) und JINX (1996–99) bestachen durch komplexe und geschliffene Dialoge, die manches Mal sogar die Graphik in den Hintergrund drängten.

Bendis benutzt eine aufwendige und bisweilen sperrige Photo-Collagen-Technik. Gelegentlich – etwa in A.K.A. GOLDFISH – geht er so weit, seinen Charakteren die Gesichter von realen Menschen zu geben, darunter nicht nur Freunde und Bekannte, sondern auch Prominente wie Julia Roberts oder David Cronenberg. Spektakuläre, oft doppelseitige und gelegentlich verwirrende Layouts taten ihr übriges, um Bendis' Durchbruch im Weg zu stehen. Aber dennoch fanden sich im Laufe der Jahre genug Leser, die sich über die kantige Graphik hinweg für die ausgefeilten Stories interessierten und schließlich sogar Bendis' Wechsel vom kleinen Independent-Verlag Caliber Press zur Major-Company Image ermöglichten. Dort wurde er jüngst sogar als Texter mit der Aufgabe betraut, eine eigene Serie um SAM & TWITCH zu zimmern, das deppige Detektiv-Duo des Mega-Sellers SPAWN von Baseball-Sammler Todd McFarlane.

In A.K.A. GOLDFISH geht es um den kleinen Spieler David Gold (alias Goldfish), der nach zehn verlorenen Jahren wieder in

»A.K.A. Goldfish« © 1995 Brian Michael Bendis

seiner Heimatstadt auftaucht, um die losen Enden seiner Vergangenheit aufzunehmen. Er will seinen Sohn aus den Händen von Lauren Bacall befreien, seiner Ex-Freundin, die mittlerweile zur großen Nummer in der Stadt geworden ist. Hinter der Fassade des Clubs Cinderella hat Bacall eine mächtige Organisation aufgezogen, deren Führung ihr längst über den Kopf gewachsen ist. Die Konfrontation mit Gold bringt das Faß zum Überlaufen.

Je weiter die Reihe voranschreitet, desto sicherer wird Bendis in der Inszenierung der Story. Das Finale schließlich kann ohne Zweifel zu den Höhepunkten des Mediums gezählt werden, eine grandiose Verwicklung tragischer Umstände, eine Eskalation der

Gefühle und der Gewalt, die tief unter die Haut geht. Hier benutzt Bendis auch Erzähltechniken japanischer Mangas, um die Intensität auf die Spitze zu treiben. Über mehrere Seiten hinweg fliegt eine Kugel (wie in Zeitlupe) auf ihr Opfer zu, kontrastiert mit den Reaktionen der Zuschauer, bis zum gräßlichen, unvermeidbaren Einschlag, der ein Leben beendet und den Showdown einleitet.

Der einzige US-Verlag, der in den 90ern konsequent um den Aufbau von Crime-Comics bemüht war, ist DC, jener Verlag, der mit BATMAN: THE DARK KNIGHT RETURNS einen seiner größten Erfolge gefeiert hatte.

Am wenigsten davon berührt waren erstaunlicherweise die Batman-Comics selbst. Zu kostbar muß den Verantwortlichen der Vermarktungswert der Figur gewesen sein, als daß sie die Stories in zu finstere Regionen hätten abgleiten lassen. Ausnahmen bestätigen hier eher die Regel. NIGHT CRIES (1992; dt. Carlsen) von Archie Goodwin und Scott Hampton etwa, eine in düstersten Farben gehaltene Graphic Novel über Kindesmißhandlung, JAZZ von Gerard Jones und Mark Badger (1995), eine wunderbare Charlie-Parker-Hommage und eine echte Detektiv-Story, BLACK & WHITE (1996; dt. Carlsen), eine Sammlung von Schwarzweiß-Kurzgeschichten verschiedener Zeichner, und THE LONG HALLOWEEN (1996/97; dt. Ehapa), eine überlange Kalendergeschichte von Jeph Loeb und Tim Sale, die graphisch zu den schönsten Batman-Stories aller Zeiten gehört und inhaltlich nur an Überkompliziertheit krankt.

Jenseits des »DC-Universums«, also jener fiktiven Welt, in der Batman, Superman & Co. zu Hause sind, tat sich einiges mehr, namentlich bei Paradox und Vertigo, zwei Imprints des Verlages, die sich vornehmlich um Stoffe für ein älteres Publikum bemühen.

Paradox Press lancierte zwischen 1994 und 1998 gar ein eigenes Crime Label (»Paradox Mystery«) mit dem erklärten Ziel, Comics aus den Comic-Fachgeschäften heraus und in den regulären Buchhandel hineinzubringen. Im Format paßte man sich regulären Taschenbüchern an, und natürlich blieb der Inhalt seriös schwarzweiß. Das durchaus ehrgeizige Konzept scheiterte aber wohl nicht zuletzt auch daran, daß normale Krimi-Kunden sich eben doch nicht so ohne weiteres auf Comics einlassen wollten – selbst wenn es DC/Paradox gelungen war, renommierte Autoren wie Jerome Charyn oder Max Allan Collins für das Label zu gewinnen.

Eines der letzten Bücher des Labels, THE ROAD TO PERDITION von Collins und Richard Piers Rayner, war auch gleichzeitig der Höhepunkt der Reihe. Es ist die zwingende Geschichte des Killers O'Sullivan, der einen beispiellosen Rachefeldzug gegen die Mafia startet; an seiner Seite nur sein minderjähriger Sohn, der als einziger das Massaker überlebte, das die Mafia an O'Sullivans Familie verübte. Von üppigem Detailreichtum und dennoch beispielhaft in Tempo und Aufbau, gehört THE ROAD TO PERDITION zu den besten Beispielen, die zeigen, was möglich ist, wenn sich ein feiner Autor und ein kongenialer Zeichner zusammentun.

In der Abteilung Vertigo dagegen ist man auf das Genre Horror/Fantasy abonniert. Die Geburt von Crime-Noir-Comics geschah hier eher zufällig bzw. aus Not- und Expansionsdrang.

Rückgrat des Vertigo-Imprints war jahrelang die Serie THE SANDMAN, die aus ihrem Autor Neil Gaiman eine Art Pop-Star machte, wohl nicht zuletzt auch deshalb, weil seine halb-esoterischen, gelegentlich ins Kitschige abgleitenden und schwer intertextuellen Weisheiten auf offene Ohren bei Leuten trafen, denen Kajal und schwarze T-Shirts so wichtig sind wie ein Glas Rotwein und

Wagner-Pizza. Als Gegenentwurf zu der abgehobenen Fantasy-Story Gaimans entwarf Matt Wagner SANDMAN MYSTERY THEATRE (1993–99), eine Reihe, die mit der Stammserie nur am Rande etwas zu tun hat.

Angesiedelt in den späten 30er Jahren in New York, dreht sich SANDMAN MYSTERY THEATRE um Wesley Dodds, einen grüblerischen Typen, der durch Erbschaft zu Geld gekommen ist und den üble Träume dazu bringen, des Nachts mit Trenchcoat, Gasmaske und -pistole Verbrechern nachzustellen. Eine grandiose Pulpfigur, die Matt Wagner und sein Co-Autor Steve Seagle durch alles hetzen, was in NYC zwischen Depression und Weltkrieg relevant war: Jazz, Radio-Soaps, Zeitungskriege, Weltausstellung, aufkeimende Frauenbewegung, Rassenkonflikte etc. An Dodds Seite stellten sie mit Dian eine Frauenfigur, die ihresgleichen im Medium sucht, und die Beziehung der beiden zueinander dürfte ohne Übertreibung die komplexeste, durchdachteste und wärmste sein, die die Comics je gesehen haben. Von den Settings bis zu den Nebenfiguren, von den Plots bis zu den Zeichnungen von Guy Davis: SANDMAN MYSTERY THEATRE war eine der großen Ausnahmeerscheinungen im US-Crime-Comic.

In den späten 90ern – SANDMAN war lange beendet – suchte man bei Vertigo nach neuen Wegen. Mit Science Fiction war man gerade auf die Nase gefallen, und vielleicht entschied man sich deshalb dazu, einfach das nächste Genre auszuprobieren, das eine halbwegs festzumachende Leserschaft versprach. Ab Mitte '98 schob man innerhalb weniger Monate einen Crime-Comic-Titel nach dem anderen in die Läden. JONNY DOUBLE und 100 BULLETS, beide von Brian Azzarello und Eduardo Risso, sowie HUMAN TARGET von Peter Milligan und Edvin Biukovic boten originelle Ansätze, aber die Juwelen im Pool waren eindeutig SCENE OF THE CRIME (dt. Tilsner) von Ed Brubaker und Michael Lark und YOU ARE HERE von Kyle Baker.

Michael Lark hatte bereits 1995 eine zwar wortlastige, aber dennoch bestechende Adaption des Chandler-Romans LITTLE SISTER abgeliefert, doch mit SCENE OF THE CRIME gelang ihm und seinem Autor Ed Brubaker ein kleines Meisterwerk. Jack Herriman ist ein junger Privatdetektiv, der eher aus therapeutischen Gründen seinem Job nachgeht. Der Ex-Junkie lebt im Haus seines Onkels, der die Polizei-Fotografie zur Kunst erklärt hat und eine Galerie mit dem Namen SCENE OF THE CRIME eröffnete. Gemeinsam arbeiten die beiden an Fällen, meist üblichem Kram. Ihr jüngster Vermißten-Fall wächst sich jedoch plötzlich zu einer weit größeren Sache aus, denn die gesuchte Person gehörte zum Umfeld einer New-Age-Sekte, die ihre Angelegenheiten gerne jenseits der Augen der Öffentlichkeit abwickelt.

Brubaker entwirft fesselnde Charaktere, die von Lark auf beeindruckende Weise zum Leben erweckt werden. Gängige Klischees der Detektiv-Story werden vermieden, wo immer möglich. Ganz bewußt wird auf den üblichen Zynismus, faule Witze, farbige Vergleiche oder toughe Typen verzichtet und statt dessen ziemlich alltägliches Drama bis an die Grenze des Absurden ins Zentrum gerückt. Gerade auch die ganz unromantische Vergangenheit Herrimans macht den Reiz dieser Detektivgestalt aus, die um einiges glaubwürdiger wirkt als die meisten seiner Kollegen.

Aus ganz anderem Holz geschnitzt ist Kyle Bakers disneybunte Crime-Noir-Comedy YOU ARE HERE. Baker spielt auf sehr ungewöhnliche und satirische Weise mit den Versatzstücken des Genres. Schon die Ausgangssituation ist so komisch wie bizarr: Da

leistet sich ein Ex-Dieb eine niedliche, völlig durchgeknallte Natur-Fetischistin als Wochenend-Geliebte, um dann aus allen Wolken zu fallen, als ihn die Gute plötzlich aus heiterem Himmel in der großen, bösen Stadt besucht und plötzlich all seine Freunde kennenlernt, all die kleinen Ganoven und billigen Prostituierten. Und als wäre das nicht genug, kommt ausgerechnet in diesem Moment auch noch ein Kerl aus dem Knast, der mit ihm ein Hühnchen zu rupfen hat.

Baker hat ein Ohr für pointierte Dialoge und haarsträubende Situationen, wie es seit der großen Zeit der Screwballs nur wenige Autoren gehabt haben. Er benutzt das Genre vor allem, um allzu menschliche Schwächen und Zivilisationsschwachsinn aufs Korn zu nehmen. Und darunter fallen für ihn auch Killer, die sich über Fußmassagen unterhalten und Nabokov auf dem Klo lesen.

Unter dem Strich bleibt festzuhalten, daß die 90er Jahre zwar bestimmt kein goldenes Zeitalter der Crime-Noir-Comics in den USA waren, aber immerhin der zaghafte Versuch, an eine alte Tradition anzuknüpfen, die viel zu lange brach gelegen hat. An Chester Goulds DICK TRACY etwa, Will Eisners SPIRIT oder Alex Raymonds RIP KIRBY. Eine Tradition, die man gänzlich den begnadeten Händen europäischer oder lateinamerikanischer Zeichner wie Jacques Tardi oder José-Antonio Muñoz überlassen hatte. Mit SIN CITY, STRAY BULLETS, JINX oder SCENE OF THE CRIME sind sehr unterschiedliche und wegweisende Titel erschienen, die einiges erhoffen lassen.

»Sandman mystery Theatre« © 1993 DC Comics, Inc.

Die Autoren:

Jürgen Alberts

Geboren 1946 in Kirchen/Sieg. Er ist einer der profiliertesten deutschen Krimi-Autoren. Neben eher traditionellen Arbeiten (eine zehnbändige Polizeiserie) fällt besonders seine ungewöhnliche Experimentierfreude auf. 1996 legte er das Noir-Pastiche DER GROSSE SCHLAF DES J. B. COOL (Haffmans) vor; 1997 den beeindruckenden Roman HITLER IN HOLLYWOOD.

Max Allan Collins

Geboren 1948 in Muscatine, Iowa. Studium an der Universität in Iowa City, Bachelor of Arts und Master of Arts. Er ist Kritiker für Populärkultur, Musiker, Produzent, Comic-Autor, Regisseur und Schriftsteller. Neben zahlreichen Romanen (über Nate Heller, Eliott Ness u.a.) auch sekundärliterarische Bücher über TV-Krimis, Jim Thompson, Mickey Spillane und jüngst den Pin-up-Maler Elvgren. Von Max Allan Collins erschien bei DuMont Noir BLUT UND DONNER (Noir 17).

Martin Compart

Geboren 1954. Bei Ullstein Herausgeber der Reihen Gelbe Krimis, Abenteuer und Populäre Kultur von 1982 bis 1985. Bei Bastei-Lübbe die Reihen Schwarze Serie, Thriller und Polit-Thriller. Zwei Drehbuchpreise. Letzte Veröffentlichung: CRIME-TV im Bertz-Verlag.

Hans Gerhold

Geboren 1948. Studium der Publizistik, Anglistik, Amerikanistik und Romanistik. Dr. phil., MA. Filmhistoriker. Mitarbeiter am

Hanser-Buch über Jean-Pierre Melville. Seine Sozialgeschichte des französischen Kriminalfilms, KINO DER BLICKE, erschien 1989 im Fischer Verlag.

Peter Henning

Geboren 1959. Der in Frankfurt lebende Journalist und Literaturkritiker wurde 1997 für seinen ersten Roman TOD EINES EISVOGELS (Kiepenheuer & Witsch) mit dem Literaturförderpreis der Jürgen-Ponto-Stiftung ausgezeichnet. Der neue Roman AUS DER SPUR erschien 2000 (Suhrkamp).

Josef Hoffmann

Geboren 1948. Er wohnt in Frankfurt, wo er als Professor für Recht der sozialen Arbeit an der FH unterrichtet. Seine Vorliebe für Hard-boiled- und Noir-Literatur spezialisiert sich im besonderen Interesse an Philosophie und Pop-Musik in der Kriminalliteratur.

Sabine Janssen

Geboren 1967. Journalistin. Studierte Englisch und Französisch an der Universität Duisburg. Volontariat bei der Rheinischen Post, Düsseldorf. Zur Zeit in der Oberhausener Redaktion der Rheinischen Post beschäftigt. Dissertation über Daniel Pennac.

Bernd Kronsbein

Geboren 1965, ist seit 1991 Mitherausgeber und Chefredakteur des Fachmagazins COMIC SPEEDLINE. Seit 1994 verantwortlicher Lektor des Comic-Programms im Verlag Thomas Tilsner. Er lebt in Bielefeld.

Olaf Möller

Geboren 1971 in Köln. Studierte Japanologie, Skandinavistik und Niederlandistik. Übersetzer, Journalist, Film- und Literaturkritiker. Schreibt regelmäßig für Die Welt, De Standard, Züricher Tages-Anzeiger u.a. Zahlreiche Publikationen über den japanischen Film. Übersetzte unlängst gemeinsam mit Antje Seidel das Theaterstück MEIN FREUND HITLER von Yukio Mishima. Veranstaltet gelegentlich zu den bizarresten Sujets Filmfestivals.

James Sallis

Geboren 1944 in Helena, Arkansas. Studium der Russischen und Französischen Literatur in New Orleans und Arlington. Lyrikredakteur der Riverside Quarterly und Redakteur von New Worlds. Kunst-, Literatur- und Musikkritiker. Als Schriftsteller in den letzten Jahren besonders mit seiner Lew-Griffin-Serie hervorgetreten. Von James Sallis erschienen bei DuMont Noir DIE LANGBEINIGE FLIEGE (Noir 11) und NACHTFALTER (Noir 20).